이미테이션 *Imitation*

# 이미테이션

초판 1쇄 찍은 날 § 2008년 1월 28일
초판 1쇄 펴낸 날 § 2008년 2월 8일

지은이 § 진금하
펴낸이 § 서경석

편집장 § 문혜영
편집책임 § 이종민
편집 § 한지윤

펴낸곳 § 도서출판 청어람
등록번호 § 제1081-1-89호
등록일자 § 1999. 5. 31
어람번호 § 제5-0180호

주소 § 경기도 부천시 원미구 심곡1동 350-1 남성B/D 3F (우) 420-011
전화 § 032-656-4452 팩스 § 032-656-4453
http://www.chungeoram.com
E-mail § eoram99@chollian.net

ⓒ 진금하, 2008

ISBN 978-89-251-1169-8 03810

※ 파본은 구입하신 서점에서 교환하여 드립니다.
※ 저자와 협의하여 인지를 붙이지 않습니다.
※ 이 책은 도서출판 청어람과 저작자의 계약에 의해 출판된 것이므로,
  무단 전재 및 유포·공유를 금합니다.

# 이미테이션
*Imitation*

진금하 지음

*Imitation*

프롤로그 … 7

1. 파트너 … 21   2. 반년 후의 현실, 그리고 연적(戀敵)? … 40

3. 결정 … 71   4. 유혹 … 88   5. M&A … 115   6. 약속 … 136

7. 돈만으로는 부족한 … 157   8. 선 … 185   9. 선, 그리고 그 후 … 217

10. 전화 … 242   11. 상견례 … 252   12. 절망 … 267

13. 마음이 가는 곳 … 301   14. 전쟁 … 325   15. Interlude … 346

16. 해빙, 그리고 결빙 … 369   17. 결혼 … 396

에필로그—이미테이션 … 405

번외 삼 년 후—일곱의 낮과 밤 … 410

작가후기 … 423

## 프롤로그

**천**장에 매달린 샹들리에가 은은한 빛을 뿌린다. 속에서 반짝이는 소형전구를 촛불이라고 생각하면 중세시대 서양의 성에 왔다고 스스로를 속일 수 있다.

이미테이션. 모조품. 아주 비싼 보석을 가진 사람들은 진짜를 금고에 넣어둔 채, 웬만하면 이미테이션을 사용한다고 들었다. 그런데, 그렇다면 늘 쓰는 그 이미테이션이 사실은 진짜 아닐까?

테이블 위에 은제 식기 대신 놓인 스테인리스 설탕통과 크림통, 도자기처럼 보이는 유리 접시, 그리고 잘 만들어진 조화 꽃꽂이. 은영은 진짜와 가짜가 어떻게 구분될까 잠시 고민에 빠졌다. 아무도 저 물건들을 가짜라는 시선으로 보지 않는다. 진짜는 아니라도 필요하니까 당당히 존재하는 이미테이션. 생각해 보면 자신도 이미테이션이다. 초대 받고 상류사회 파티에 섞여든 중산층이니까. 속이려고 신분을 위장한 가짜가 아니다. 그러니까 나도 이 자리에 존재할 자격이 있다.

"그랬는데, 글쎄, 그 남자 뒤에 오빠가 나타났어요! 목덜미를 붙들고 얼굴에 한 방!"

왁자하니 웃음이 터졌다. 연한 회색빛 정장을 입은 아리따운 아가씨가 주먹 휘두르는 시늉을 한다. 누가 봐도 정말로 귀엽고 매혹적이다. 흑백이 뚜렷한 눈은 반짝이고, 한 듯 만 듯 화장한 부드러운 뺨에는 가벼운 홍조가 드리워지고, 연분홍빛 립스틱을 먹인 입술은 연신 맑고 명랑하게 또는 우아하고 상냥하게 여성스러운 음성을 흘려낸다. 흔히 말하는 요조숙녀 타입이지만 쾌활한 순수함이 있었다. 남자라면 누구나 관심을 가질 만한 여자다. 모두들 그녀를 본다.

은영은 진짜란 저런 여자를 말한다고 생각했다. 혈통과 재산, 지성과 유머감각, 아름다운 용모와 여성적인 곡선의 완벽함, 이 화려한 자리에서 굳이 발돋움하지 않고도 자연스럽게 인정받는 품격. 어느 자리에 가든 무슨무슨 영양으로 불리는 아가씨다. 필요에 따라 불려 나온 자신과는 다르다.

"아페리티프는 무엇으로 하시겠습니까?"

나비넥타이로 목을 졸라맨 웨이터가 옆에 다가와 묻는다. 애써 구겨 넣은 식사예절 지식을 뒤적거려 보았다. 아페리티프는 식사 전에 식욕을 돋우려고 마시는 술이다. 양식에서 식사하며 마시는

술이라면 보통 포도주다. 또는 와인일까. 해야 할 일도 있는데 마침 잘되었다.

"레드 와인. 뭐가 좋을까요?"

웨이터가 몇 가지 상표를 읊어댔다. 무슨 와인이 옷에 묻었을 때 더 끔찍해 보이느냐고 물으면 어떤 표정을 할까? 가까스로 참고 그냥 자주 듣던 이름을 댔다. 얼마 후 튤립 모양의 잔이 앞에 놓이고 루비처럼 붉은 와인이 담겼다. 기왕 받은 것, 맛이나 보려고 조금 입 안에 머금었는데 쌉쌀하면서도 달콤한 것이 분명 마실 만했다. 비싼 데라 그런가 보다. 은영은 아쉬움을 삼키면서 잔을 적당한 자리에 놓고 필요도 없는 후춧가루 병을 집는 척하며 팔을 뻗다가 와인 잔을 슬쩍 밀었다.

반쯤 남은 루비 빛깔의 액체가 잔 가장자리에서 남실거리다가, 끝내 잔이 넘어지자 새하얀 테이블보 위로 좍 쏟아졌다. 세팅하기 전이라 텅 빈 테이블 위를 날듯이 달린다. 은영에게서 한 자리 건너편을 향해. 핏빛 액체가 조금도 머뭇거리지 않고 테이블 끄트머리를 넘어 깔끔한 연회색 치마를 덮쳤다.

"꺄악!"

목표가 황급히 일어났지만, 이미 늦었다. 은영 오른쪽에 앉았던 남자는 재빠르게 일어나 그다지 큰 피해가 없었다. 입은 옷도 짙은 감색 정장이니까 조금 닦아내면 알아보기 어려울 것이다. 그에 비해 목표 쪽은 처참했다. 비둘기 빛이라고도 부르는 연한 회색 정장치마가 절반쯤 시뻘건 자줏빛으로 뒤범벅되어 버렸다.

"어머, 미안해요!"

은영은 냅킨을 움켜쥐고 재빨리 여자에게 달려갔다.

"어떡해, 미안해요! 이런, 정말, 이런 실수를. 아, 난 왜 이러지! 죄송해요!"

연신 사과의 말을 뱉으면서, 은영은 보기보다 감촉이 보드라운 치마를 냅킨으로 열심히 닦았다. 아니, 뭉갰다. 살살 닦아도 와인 자국이 남아 보기 흉할 텐데 이제는 무지막지하게 번져 앞자락 거의 전부가 눈뜨고 봐줄 수 없는 꼴이 되고 말았다.

"아, 그만, 놔둬요!"

여자가 당황해서 뒤늦게 손을 내저으며 은영을 말렸다. 그래 봐야 소용없었다. 치마는 회생 불능이었다. 오히려 그 순간이 은영에게는 기회가 되었다. 은영은 재빨리 눈앞에서 흔들리는 손을 움켜쥐고 정말 미안하다는 표정을 지어 보이면서 잡아끌었다.

"이리 오세요! 물을 적셔 닦아내면 좀 나아질 거예요. 아, 정말 속상해. 예쁜 옷인데. 그쵸? 죄송해요. 이리 오세요. 어떡해! 옷값은 제가 물어드릴게요."

여자는 놔두라며 저항했다. 사실, 앉아서 식사하니까 냅킨으로 덮으면 다 가려진다. 여자가 그런 말을 하면서 버텼다. 하지만 그러라고 놔둘 수는 없는 것. 은영은 계속 호들갑을 떨어 정신을 빼가며 숙녀다운 저항을 단호하게 묵살하고 여자를 화장실로 질질 끌고 갔다. 테이블에 함께 앉았던 세 남자와 또 다른 한 숙녀는 은영과 여자가 모퉁이를 돌아 모습을 감출 때까지 그저 멍하니 바라보고만 있었다.

식사 코스가 반쯤 진행되었을 때쯤 두 여자가 돌아왔다. 은영은 아직도 사과를 연발했고, 여자는 그렁그렁한 눈물을 가까스로 참으며 포도주 빛으로 물든 손수건을 비틀었다. 자리를 정돈하고 다시 식사를 시작한 뒤에도 여자는 내내 비참한 꼴을 당한 치마에 신경을 썼다. 그리고 디저트까지 마친 뒤에 나이트클럽에 가보자는 말이 나왔을 때, 여자는 결국 사촌오빠라는 파트너와 돌아가고 말았다.

'흠, 목표달성!'

은영은 여자를 태우고 사라져 가는 이름도 모르는 고급 차를 향해 남모를 성취감 섞인 웃음을 날려주었다. 여자가 은영에게 잘못한 일은 없다. 따지자면 오히려 호감까지 갖고 있었지만, 불행히도 그녀는 친구 정은에게 사랑의 라이벌이었다. 정은이 찍은 대영그룹 외아들과 저녁식사를 하는 자리에서 어떻게든 여자를 쫓아내라. 정은이 부탁했고, 은영은 이루어냈다.

"약속 잊지 마!"

사이키 조명이 현란한 빛을 뿜어대는 나이트클럽에 자리를 잡자, 은영은 정은의 귀에 대고 속삭였다.

"염려 마! 얼마래?"

"응, 좀 비싸더라. 스커트만 백팔십."

"흥, 여시 같은 지지배. 아닌 척하면서 명품으로 도배하는 꼴 하고는. 알았어!"

 그 옷은 샤넬이 이번 시즌에 새로 내놓은 작품 가운데 하나였다. 다소 딱딱한 그 옷을 여자가 아주 여성스럽게 소화해 냈더라고 말하면 정은은 뭐라고 할까? 사실 은영은 파리 패션이든 동대문 패션이든 어울리면 그만이라고 생각한다. 아니, 기왕이면 명품으로 쫙 빼입는 쪽을 선호하는 편이다. 솔직히 돈 없어서 못 입을 뿐 아닌가. 자기 스타일 생각도 못하고 명품만 쫓는 애들은 꼴 보기 싫지만 어울리는데 뺄 필요도 없잖은가.

 '아자! 프라다 구두! 기다려라, 내가 간다!'

 망쳐 버린 옷은 미리 약속한 것처럼 정은이 물어주기로 했다. 은영은 공짜로 맛있는 저녁을 즐겼고—메인 코스부터는 그럭저럭 제대로 먹었다—친구가 모처럼 해온 부탁을 들어주었으며, 늘 갖고 싶었던 프라다 구두 한 켤레를 조만간 손에 넣는다. 기분 좋은 미소가 입가에 떠오르는 것을 멈출 수 없었다.

 "은영 씨, 뭐 재미있는 일 있었나 봅니다? 기왕이면 같이 웃죠."

 굵직한 남자 음성에 은영은 가슴이 뜨끔했다. 정은이 찍은 남자가 호박 빛 액체가 담긴 잔을 입가로 가져가며 은영에게 눈웃음을 치고 있었다. 진태형. 대영그룹 외아들로, 지금은 그냥 대영전자 기획실 직원이지만 조만간 실장, 그리고 장차는 대영그룹 회장 자리에 앉을 것이 확실한 사람이다. 진하게 쭉 뻗은 눈썹, 약간은 두툼한 코, 거뭇하고 큼지막한 입. 샤프하다기보다는 위압적이란 말이 어울릴 남자. 사회적 지위가 아니라도 여자가 줄줄이 따르게끔 생겼다. 무척이나 남자답고 매력적인 사람이다.

"아, 별거 아니에요. 이런 나이트클럽에 와본 적이 별로 없어서 좀 흥분했어요."

내숭. 물론 반쯤은 사실이다. 여기는 압구정동에 자리 잡은 회원제 나이트클럽이니까. 한다 하는 명함 없으면 클레오파트라나 디카프리오라도 입구에서 쫓겨날 곳이다. 은영이 자주 와봤을 턱이 있나. 일반 나이트클럽도 어쩌다 가는 정도인데. 단지 그 정도로 흥분할 그녀가 아니라는 부분만 내숭일 뿐이다. 그래야 이런 자리에서는 점수를 딴다. 보라. 그녀 옆에 앉은 오늘의 파트너가 의외라는 눈빛으로 바라보잖는가.

"호오, 의외로 조신하시군요."

태형이 잔을 테이블에 내려놓고 의자에 몸을 편히 기대면서 씩 웃었다. 은영은 어쩐지 비웃는다는 느낌을 받았지만 무시했다. 그녀를 어떻게 생각하든 상관없다. 그는 정은의 목표였고 구름 위의 사람이다. 오늘이 지나면 서로 다시 볼 일도 없다.

"음, 아닌데요. 그저 주머니 사정이 좀. 정은이 아니면 이런 자리 꿈도 못 꾸죠."

그러면서 정은에게 웃음을 보냈다. 그들과는 다른 계층의 사람이라고 밝혀 관심 대상에서 벗어날 것. 괜히 그로부터 관심을 사서 정은이 질투하게 만들 필요는 없으니까. 그리고 덤으로 정은도 은근히 띄워준다. 의도대로 정은이 마주 웃음을 보내주었다. 그가 식사 내내 단순한 파트너 이상의 관심을 보여주지 않아서 정은이 조금 몸 달아하는 기미를 눈치 채고 있었다. 이렇게 한번 짚어주면 나중에 딴소리 나올 일은 없다.

"그럼 평소에는 어디에 가십니까?"

'이 남자가. 왜 자꾸 나한테 관심이야? 넌 저쪽이야, 저쪽!'

은영은 자연스럽게 옆으로 시선을 돌려 오늘 저녁식사를 하는 동안 파트너였던 남자를 보면서 건배하는 시늉을 했다.

"학생이 뭐, 어디 가겠어요? 보통 호프에서 맥주 몇 잔 정도? 아, 많이는 못해요."

파트너가 마주 웃음을 보내왔다. 봄에는 대학원에 진학할 예정이라는 선배로, 태형의 친구이기도 하다. 군 제대 후 그에게 마땅히 사귀는 사람이 없다는 것이 임시 파트너로 은영을 불러낼 때 정은이 내세운 구실이었다. 물론 주목적은 폭탄 제거다. 파트너가 묻는다.

"은영 씨 같은 미인이라면 대시하는 사람이 많을 텐데요?"

아, 그 말은 맞다. 은영은 꽤나 미인이고 키도 165cm로 적당한 데다 몸매도 잘빠진 편이다. 쫓아다니는 남자 한둘쯤은 있었다. 가벼운 연애도 몇 번 해봤다. 그렇지만 이제는 대학 4학년. 연애 놀음만 할 수는 없지 않은가. 마음 같아서는 멋지고 돈 많은 남자 하나 꿰차고 졸업과 동시에 시집가고 싶은데, 그게 어디 말처럼 쉬운가. 성형미인도 넘치는 시대다. 미모 하나로 남자를 잡기란 하늘의 별따기와 같다. 무엇보다 은영은 어정쩡한 남자와 구질구질하게 연애해서 반 지하 셋방살이부터 시작할 마음은 없었다.

그렇게 저렇게 지내다 4학년으로 넘어갈 때쯤까지도 적당한 상대를 못 잡았다. 괜찮다 싶은 남자들은 짝 정해놓은 채 군침 흘리고, 솔로들은 짝 되고 싶은 마음도 없으면서 군침 흘린다. 그래서

과감하게 취직파로 방향을 바꾸고 말았다. 아무나 물고 늘어지는 불독파가 되느니, 좀 쓸쓸하더라도 화려한 오피스 레이디의 길을 걷자 마음먹었다. 어차피 대학은 통과점이다. 인생 승부처인 직장에서 능력있는 남자를 잡는 방법도 괜찮다고 생각했다. 설마 이 내가 노처녀로 늙을까 하는 근거없는 자만심도 있었다.

"없진 않죠. 다만, 알잖아요, 4학년 여대생은 불독이라죠? 물고 늘어질 태세를 하니까 다들 몸을 사리더군요."

은영이 양손을 들어 덤벼들 듯 포즈를 취하자 파트너는 찔끔하는 표정을 애써 감추며 하하 웃었다. 하룻밤 업어치기를 기대한 모양이다. 천만의 말씀. 은영이 아까 그 아가씨 같은 요조숙녀는 아니라도 몸을 막 굴리는 겉멋 든 계집애 역시 아니다. 기왕이면 다홍치마 이왕이면 처녀가 남자들 속셈인데, 날벼락 같은 사랑에 빠졌다면 모를까, 아낄 건 아껴둬야 한다. 하룻밤 재미에 인생 종칠 생각은 없다.

"하하, 정은 씨도 그러신가요?"

이것 봐라, 이 파트너 씨, 은영이 마땅찮다고 정은을 어찌해 볼까 하는 모양이다. 오늘의 도우미로서 그것은 안 될 말. 그녀는 정은 쪽으로 막 고개를 돌리는 남자의 손을 낚아채 놀란 얼굴에다 빙긋 웃음을 날려주며 일어섰다.

"나이트까지 와서 술만 마실 건가요? 춤춰요!"

은영은 정은 쪽을 힐끗 쳐다보는 것으로 신호를 하고 파트너를 플로어 한가운데로 끌어냈다. 그녀 앞에서 어정쩡하게 몸을 흔드는 파트너 씨. 색정, 기대, 아쉬움 등등이 뒤범벅된 묘한 표정을 한다. 터져 나오려는 웃음을 가까스로 참았다.

 파트너와 잇따라 세 곡쯤 추었을까. 참다못한 정은이 숙녀 가면을 벗고 태형을 플로어로 잡아끄는 모습이 눈꼬리에 걸렸다. 저스트 온 타임. 은영은 은근히 기대오는 남자에게서 슬며시 몸을 빼내어 테이블로 돌아가 백을 집어 들었다.

 "너무 더워요! 땀난 것 봐. 화장 좀 고치고 올게요."

 "괜찮은데요. 제가 보기에는 눈이 멀 정도로 아름다우십니다."

 군바리 삼 년에 작업멘트 노하우 다 까먹은 모양이다. 스스로 쑥스러워하는 모습에 피식 나오는 웃음을 가까스로 고정시켜 은근한 웃음으로 바꾸었다.

 "안 돼요! 화장은 여자의 전투복인걸요. 오늘 밤 킹카 파트너에게 밀릴 수는 없잖아요? 콜라나 한 잔 시켜주세요. 금방 돌아올게요."

 은영이 활짝 웃자 남자 얼굴에 희망과 흥분이 떠올랐다. 그녀는 야릇한 상상에 빠져 어깨를 으쓱이는 남자를 남겨두고 재빨리 화장실로 달아났다. 화장은 의외로 많이 망가지지 않았다. 땀만 대충 닦아내고 립스틱을 다시 바른 다음, 핸드폰을 꺼내 들었다.

 "나야, 은영이."

 [왜?]

 "간다. 군바리 아저씨가 부담돼."

 [알았어.]

 은영은 폴더를 닫고 화장실 문을 조심스레 열었다. 밖에는 아무도 없다. 잰걸음으로 광란하는 사람들을 멀리 돌아 클럽 문을 나섰다. 시원한 10월의 밤공기가 숨통을 탁 틔워주었다. 밤 10시 40분. 아직 지하철은 다닌다. 은영은 숨을 훅 불어내 퍼지는 입김을 감상하며 지상으로 나가는 층계참에 발을 얹었다.

"아직 열두 시는 멀었어, 신데렐라 아가씨."

당황해서 급히 몸을 돌리다 헛디며 넘어질 뻔했다. 남자가 은영을 감싸 부축하는가 싶더니 미처 정신을 차리기도 전에 통로 벽으로 밀어붙였다. 등에 닿는 딱딱한 돌 벽이 싸늘하다. 몸 앞에 쳐든 두 손을 탄탄한 가슴이 눌러왔다. 정은이 쫓던 사냥감. 그 남자다.

"조심해야지. 잘못해서 발목이라도 부러지면 신발만 남길 수가 없잖아?"

가까스로 대답을 꺼냈다.

"당신 아니면 부러질 일도 없어요."

'이런 젠장.'

독창성도 위트도 없다. 은영은 속으로 욕설을 터뜨렸다. 남성용 로션과 땀이 뒤섞여 만들어내는 지독한 남자 냄새. 용을 써도 옴짝달싹 못하게 묶어놓는 단단한 팔뚝. 강렬한 남자의 느낌이 넋을 빼내고 독특한 멘트 따위는 떠올릴 수 없게 만들었다.

"도망가는 여자를 계단에서 쫓는 남자라. 너무 고리타분하잖아요?"

좀 낫다.

"포도주로 경쟁자 쫓아내는 것만큼은 아니지."

"알고 있었어요?"

"입장이 그렇다 보니."

그따위 빤한 수작은 예전에 꿰고 있었다는 소리다. 선수다. 하긴, 그와 같은 사람에게 꼬이는 여자야 무수히 많았겠지. 여우 짓도 숱하게 겪었을 테고. 당해주고 싶었다면 모를까. 앞으로는 쓸데없는 수작 부리지 말라고 정은에게 충고해야겠다. 앞으로가 있다면 말이다.

"이야기하시지 그랬어요."

"귀여워서."

"뽀뽀라도 해주시게요?"

'아, 이런. 실수. 왜 이러지. 도발하는 게 아닌데.'

파티 내내 멋지다 생각했던 입술이 내려왔다. 난폭하지는 않았다. 오히려 부드러웠다. 은영이 어떻게 대응할지 갈피를 잡지 못하는 사이에 재빨리 입술을 열고 부드러운 혀가 밀려들어 와 희롱했다. 혀가 얽히고 숨이 섞이면서 이성이 멈췄다. 겨우 그를 밀어내야겠다는 생각을 떠올리는데 이미 키스는 끝났다.

"생각보다 순진하네."

얼굴로 피가 확 올라와 고개를 숙이고 말았다. 숨 막힐 정도로 가슴이 뛰었다. 무서웠다.

"잡아먹지는 않아. 이건 그냥 가벼운 경고야. 불장난 잘못하면 데이거든."

남자가 그녀를 놔주면서 한 발 물러섰다. 용기를 내서 고개를 들었지만, 층계 천장에 달린 조명 때문에 그늘이 져서 내려다보는 얼굴의 표정을 분간할 수 없었다. 하얀 이빨만 또렷이 웃는다.

"당신인 줄 알았는데 알고 보니 친구잖아. 그쪽이라면 한 번쯤 넘어가 줄까 했어. 솜씨가 그만이었으니까. 뭐, 몰이꾼과 사냥꾼은 따로따로인 편이 효과적이긴 하지."

"관대하시군요."

"별로. 이러고 놀기에는 나이가 너무 들었어."

"아저씨."

"어이."

또 너무 나갔다. 웬일인지 나불거리는 입술을 좀처럼 제어할 수가 없다.

"미안합니다. 나쁜 뜻은 없었어요."

"알아. 친구에게 전해. 둘 다 내 사냥감은 아니라고."

말을 마치자마자 그는 계단을 탁탁 올라가 모습을 감췄다.

갑자기 혼자 남겨졌다. 클럽 문 안쪽에서는 쿵쾅거리는 소리가 요란한 데도 주위만 조용한 느낌이다. 쓸쓸한 마음이 들었다. 영화도 아닌데 그렇게 사라져 버리다니. 계단에서 그에게 붙들려 키스당한 일도 착각이 아닐까. 살며시 입술에 손가락을 대보다 화들짝 정신을 차렸다. 감상에 빠져 있을 때가 아니었다. 급히 핸드폰을 꺼내 들었다.

"나야, 은영이."

[왜?]

"들켰어. 그치, 방금 나한테 한 방 먹이고 튀었어."

[젠장.]

"나, 입구에 있는데 나올래? 물먹었는데 한 잔 때리자. 그치, 너희들 둘 다 자기 사냥감은 아니란다."

잠시 말이 없었다. 핸드폰에서 귀청을 찢을 것 같은 소음이 배경음악으로 흘러나왔다.
[놀다 들어갈란다.]
"꿩 대신 닭?"
[응.]
"그럼 낼 보자."
[어.]
폴더를 접고 천천히 계단을 올라가 주위를 둘러보았다. 몰려다니는 젊은이들. 쌍쌍이 거니는 연인들. 압구정동다웠다. 그 속에 군청색 바바리코트를 입은 남자는 없었다. 정은과 은영의 환상조, 대학 마지막 사냥에 실패하다. 정은이 옷값을 지불해 줄까 걱정되었다. 잠시 생각하다 날려 버렸다. 그 숙녀가 괜찮다는 말을 여러 번 했고, 은영 자신도 어물쩍 연락처를 가르쳐 주지 않았다. 정은이 돈을 안 주면 잊어도 괜찮다. 앞으로 몇 달 동안은 취직시험 준비 때문에 놀러다닐 시간 따위는 없은데, 그동안 못 만나면 숙녀도 잊어버릴 것 같았다.
은영은 압구정역을 향해 걸음을 떼었다. 잠시 걷다가 문득 그에게서 의외로 담배 냄새가 나지 않았다는 생각을 했다. 그리고 쓸데없는 기억에 피식 웃었다.

# 1. 파트너

대영그룹은 70년대에 전자밥통 제조회사로 출발해 가전제품 제조 분야에서 자리를 굳힌 탄탄한 기업 집단이었다. IMF 때 잠시 휘청거리기는 했지만 잘 적응해 급성장, 지금은 정밀기계와 반도체까지 영역을 넓혀가고 있다. 국내 10대 그룹 가운데 자기자본 비율이 가장 높은 편이며, 최근에는 가장 발전적인 그룹으로 뽑히기도 했다. 독자적인 인재육성 프로그램을 갖춰 젊은이들에게 인기있는 곳이다.

그런 회사의 입사지원서, 특히 학과장 추천을 첨부한 것이 손에 들어왔을 때, 은영은 이런 행운도 있나 했다. 그래도 나름대로 실력에는 자신이 있었기에 당당히 응시했다. 일 개월간 대졸 신입사원 의무연수를 하고 대영그룹에서도 노른자인 대영전자, 그것도 핵심인 기획실 근무가 떨어졌을 때도 조금 의외였지만 도전의욕만 불태웠지 이상한 일이라는 생각은 하지 않았다. 그런데 방금 들은 소리는 아무래도 묘했다.

"파티라고요?"

무의식적으로 땀이 밴 손바닥을 옷에 문질렀다가 아차하고 이맛살을 찌푸렸다. 대기업에 입사했다고 아버지께서 사주신 크림빛 정장에 이 무슨 짓. 마수걸이인데 얼룩을 만들다니. 아니, 그런 생각을 할 때가 아니다. 야심만만한 첫 출근에 놀고먹으라는 소리를 들었다. 아닌 밤중에 홍두깨도 유분수지, 이게 무슨 귀신 씻나락 까먹는 소리란 말인가.

"맞아."

앞에 앉은 홍영철 기획실 차장도 반쯤 벗겨진 이맛살을 은영 못지않게 찌푸린다. 그 역시 조금 당혹스럽다는 의미였다. 그는 인사기록으로 보이는 서류를 뒤적이며 말을 이었다.

"영어 통역사 자격을 가졌고, 일본어도 웬만큼 할 수 있어. 맞지?"

"네."

"현지 어학연수도 했지?"

"대학 때 방학에 틈틈이 다녀왔습니다."

"전공 경영학, 부전공 비서학, 미혼 맞지?"

"네."

"대학 3학년 때 과 부대표, 축제 진행위원 맞지?"

잠시 당황했다. 그런 자잘한 일까지 이력서에 적지 않았다.

"⋯⋯네."

"대학에 다니는 동안 이벤트 회사인 인터 스튜디오에서 아르바이트를 하며 학비를 충당했어. 맞지?"

"네, 그것도 맞습니다. 그렇지만⋯⋯."

차장은 서류를 덮고 은영을 올려다보았다.

"신입사원인 은영 씨에게 이런 일을 맡긴다는 게 의외긴 하지만, 기록대로라면 은영 씨가 가진 능력을 백분 활용할 기회라는 것도 맞다 싶은데."

은영은 기가 막혀서 한동안 눈만 껌뻑이며 차장을 쳐다보았다. 형광등 불빛을 반사하는 반쯤 벗겨진 머리를 보며, 다 벗겨지면 만화에서처럼 빛날까 하는 말도 안 되는 생각까지 얼핏 스쳐 갔다. 저 머리에서 이런 생각이 나온 걸까. 전구에 불 들어오듯이 반짝? 아, 이런, 넋 놓고 있을 때가 아니다.

"실장님을 모시고 파티 쫓아다니는 일이라고요?"

그랬다. 경사스러운 첫 출근에 각오했던 서류복사나 커피 심부름이 아니라 난데없는 파티 파트너 일이 떨어졌다. 정확히는 기획실에서 근무하며 그룹 후계자인 실장이 파티에 참석할 때 비서를 겸한 파트너를 하란다. 덧붙인다면, 여긴 나이트클럽이나 룸살롱, 출장 서비스 업체가 아니라 대영그룹 기획실이다.

"나도 좀 의외였는데, 생각해 보면 크게 이상한 지시는 아니야. 실장님 위치도 좀 특수하니까. 파티를 하다가 중요한 계약 협상을 하는 일도 적지 않거든? 그런저런 온갖 돌발 상황에 유연하게 대처할 사람이 필요해. 그때그때 파트너에게 맡기기도, 비서 이 사람 저 사람에게 맡기기도 좀 곤란해서 아예 전담 인력을 두겠다고 하셔. 외국에서는 비서가 파티 호스티스 역할을 하는 일도 드물지 않다니까."

그리고 차장은 고개를 절레절레 흔들면서 덧붙였다.

"전례는 없지만."

아, 네. 신입사원에게 파티 파트너를 하라고 요구하는 전례가 없다는 말인지, 직원을 파티 파트너로 데리고 다니는 전례가 대영그룹에 없다는 말인지 잘 모르겠지만, 하여튼 이게 처음 있는 일이군요.

"예쁜 얼굴도 적합한 요소 가운데 하나지. 성희롱은 아니야."

"고맙습니다."

미처 감정 조절을 하기 전에 말이 튀어나가 빈정거림이 섞였다. 속으로 뜨끔했다. 차장은 웃음을 거두고 눈살을 살짝 찌푸렸다. 그래도 자기가 했던 농담이 걸렸는지 별다른 말은 없었다. 하긴, 예쁘다는 말에 고맙다는데 뭐라고 할까.

"하여간 그렇게 정해졌으니 그렇게 알고 있어. 자리는 저쪽, 저기 안경 쓴 아가씨 보이지? 미스 김이야. 우리 부서 서무. 2년차니까 은영 씨에게는 선배야. 그 옆 자리 검은 파일 쌓아놓은 곳에 앉아."

그리고 차장이 가보라는 듯 손짓을 하기에 은영은 '네' 하고 지정된 자리로 갔다. 옆 자리에 앉은 김 선배와 인사하고 파일을 들춰보았다. '재계인사 총람'이다. 그 순간, 차장이 멀리 앉은 자리에서 소리쳤다.

"아, 그리고 그 파일, 일주일 내에 전부 외워! 실장님 명령이야. 일주일 뒤에 출장에서 돌아와 확인해 봐서 다 못 외우면 인사고과에 반영한다고 하셨어."

통통한 붕어 배때기 같은 파일에 글씨도 깨알 같은 자료를, 열일곱 권이나, 일주일 내에 모조리 외우라고? 맙소사. 누구를 이동용 하드디스크로 아나.

*

"삼환그룹 회장."

저 빌어먹을 실장 얼굴이 하얘지도록 멱살을 잡고 세게 흔들어 줬으면 좋겠다는 생각이 은영의 머리를 스쳐 갔다. 그리고 흔들면 저 미치고 환장할 만큼 묵직한 작자가 아니라 자신의 몸이 오락가락하겠다는 생각 역시 스쳐 갔다. 대답은 공손하게 나왔다.

"역대 회장 말씀이십니까, 아니면 현재의 회장 말씀이십니까?"
"현재의 회장."
"회장만 말씀드릴까요, 아니면 회장 일가를 포함시킬까요?"
"반항인가?"

실장의 눈이 날카로워졌다. 머리털이 쭈뼛했다.

"무슨 말씀이신가요?"

물끄러미 쳐다본다. 진태형. 대영그룹 회장의 외아들로 최근 기획실장에 오른 남자였다. 지난 며칠 동안 기획실 선배들에게 넌지시 물어보았는데, 뜻밖에도 회사 내에 불만은 별로 없다. 굳이 따지자면 너무 젊고 살벌하다는 불평 정도? 능력은 있는 모양이다.

그리고 육 개월 전 몰이에 실패했던 대학 시절 마지막 사냥감. 입사지원을 할 때 만날지 모른다고 생각은 했다. 설마 아예 붙어 다니게 될 줄이야. 다 좋다. 다 좋은데, 왜 저렇게 딱딱해? 무표정한 얼굴에다 눈까지 날카로워지니 무시무시하다. 디너 자리에서나 키스할 때나 그럭저럭 웃던 얼굴이 회사에서는 완전히 철판이다. 철판에는 철판. 속이야 어떻든 겉으로는 태연하고 약간은 의아해하는 낯빛을 고수하며 시치미를 뗐다.

통한 모양이다. 여전히 뚱한 면상이지만 어쨌든 다시 정보를 요구했다.

"회장만."

"삼환그룹 회장은 1952년 7월 23일생으로, 부친……."

신입사원 은영은 서류복사와 커피 심부름, 문구 수급 및 전화 받기 등등 신입사원다운 잡무를 처리하는 틈틈이 열일곱 권이나 되는 엑스파일을 달달 외우느라 일주일간 거의 잠을 자지 못했다. 그 결과, 눈 밑의 시꺼먼 다크서클과 피부의 뾰루지, 홀쭉해진 볼살, 어쩐지 늘어지는 듯한 가슴과 엉덩이 등을 얻었다. 그래도 그럭저럭 외우기는 했다. 현재 줄줄이 읊는 삼환그룹 회장 약력이 그 증거다.

"……하여 회장 자리에 올랐습니다. 부인 이옥자 여사와의 사이에서 삼남 이녀를 두었고, 약한 당뇨병 증세로 통원치료를……."

"그만."

일주일 내내 아물거리는 눈으로 **빽빽**한 글자를 들여다보며 별별 생각을 다 했다. 대영그룹에 입사원서를 넣으면서, 그리고 기획실에 배정 받으면서도 설마했는데, 혹시 그때의 앙갚음? 그렇지만 저 작자가 손해를 본 것이 없잖아. 앙갚음할 이유도 없어. 어쩌면 기억도 못할걸?

그때, 지그시 눈 감고 검은색 의자에 편안히 기대앉았던 작자가 눈을 떴다.

"외우긴 했네. 그런데 그거 몇 줄 때문에 다크서클까지 생기나?"

"재계인사 총람 열일곱 권을 모두 외우라고 지시하셨잖아요?"

망할 실장이 얼굴에 의아해하는 기색을 떠올렸다. 이내 눈썹을 찌푸렸다. 그리고 짜증이 솟구치는 얼굴을 한다.

"그거, 잘못 전달됐군. 난 재계인사 총람에서 삼환 관련 기록을 전부 외우라고 했어."

환장할.

"이봐, 이은영 씨. 바보인가? 무리한 지시가 떨어지면 확인을 해봐야잖아? 저번에 봤을 때는 머리 휙휙 돌고 눈치도 괜찮더니, 왜 그래?"

젠장할. 기억한다. 잊었기를 바랐는데.

"대영그룹 기획실이 신고식 따위로 시간 낭비하는 곳인 줄 알아? 돈 들여 사람 구해서 쓸데없는 일 시키지 않아! 상식도 없나?"

맞는 말이다. 맞는 말이지만 말이다. 실장이 첫 출근에 시킨 일이잖아. 출장 가버리면서. 말단 직원이 지시 맞느냐고 물어보기에, 그리고 못한다고 뻗대기에 좋은 상황이야? 고생은 고생대로 하고 욕까지 먹는 기분은 아주 더러웠다. 며칠 동안 잠도 제대로 못 자며 차곡차곡 우겨넣은 '재계인사 총람' 데이터가 머릿속에서 조금씩 뒤엉키기 시작했다.

"알겠습니다, 실장님. 다음부터는 주의하지요. 그런데요."

"뭔가."

"한 가지 질문을 해도 될까요?"

"해봐."

"저한테 이 일 시키시는 거, 어째서죠?"

"어째서라니?"

"차장님께 대충 이유는 들었습니다만, 그래도 신입사원이 할 만한 일은 아니라는 생각이 들어서요."

빌어먹다 환장할 실장은 답답하다는 듯이 머리를 위로 쓸어 올리며 한숨을 훅 불어냈다. 그리고 다다다다 읊어대기 시작했다.

"이봐요, 이은영 씨. 혹시 묘한 생각이라도 하나 의심했다면 꿈깨. 그런 게 아니니까. 나한테는 지금 파티 파트너로 함께 다녀줄 비서가 정말 필요해. 그래서 적당한 사람으로 이은영 씨를 고른 거야. 내가 직원 역량도 못 재는 사람으로 보이나?"

"아뇨."

은영은 고개를 푹 숙였다. 얼굴이 화끈화끈했다. 실장 말이 옳다. 대영 같은 대기업에서 일을 그렇게 허투루 할 리가 있나. 괜한 자의식 과잉이었다.

"아, 혹시 예전 그 일이 마음에 걸리는 거라면 이은영 씨를 담당자로 고르는데 영향을 미치기는 했어. 파티에서는 임기응변이 꽤 필요한데, 그때 이은영 씨가 했던 행동들이 꽤 인상적이더라고. 순간순간 반응이 탁월했어. 그래서 후보 몇 명 가운데 이은영 씨를 골랐지. 잘할 사람 놔두고 이 사람 저 사람 시험할 필요는 없잖아."

그때 한 여우 짓을 모조리 간파당했다는 소리잖아. 아, 쪽팔려.

"그럼……."

"오해는 말아. 내가 이은영 씨더러 대영그룹에 입사원서 넣으라고 했나? 이은영 씨가 대영그룹에 들어온 일은 나하고 상관없어. 이번 선발과정에도 나는 참여하지 않았어. 난 그저 들어온 인재 중에서 이은영 씨가 눈에 띄기에 골랐을 뿐이야. 이해했나?"

이 사람, 독심술도 하나 보다.

"네."

"말해두지만, 난 그 일로 이은영 씨가 가진 '능력'을 높이 샀을 뿐, 다른 꿍꿍이 같은 건 없어."

은영은 파티에서 잔머리 굴리는 재주도 '능력'에 속하는지 묻고 싶었다. '꿍꿍이'도 유난히 크게 들렸지만, 그냥 '네' 하고 말았다. 신입사원이 뭘 어쩌겠는가. 하늘 같은 실장님이 까라면 까는 거다.

"정 싫으면 관두든지. 그 일 아니었으면 이은영 씨가 기획실까지 올 일은 없었어."

이건 협박이다. 신입사원이 첫 명령부터 항명하고 목 붙어 있을 리 없다. 설사 관용을 베풀어 다른 부서로 보내줘도 마찬가지다.

일주일 만에 기획실에서 쫓겨난 사원, 곱게 봐줄 가능성이 있을까. 이리저리 채이고 굴러다니다 내쫓길 게 뻔할 뻔자. 실망하는 부모님 얼굴이 눈에 선했다.

　게다가 파티다! 정은을 따라 몇 번 가보기는 했어도 그냥 관광하는 수준이었다. 진짜 드레스를 입고 상류사회 사람들 속에서 하하호호 해보는 일은 어릴 때부터 은영이 바라왔던 꿈 가운데 하나였다. 하긴, 어느 여자애가 그렇지 않을까. 기회가 눈앞에서 달랑거린다. 실장에게 정말 꿍꿍이만 없다면야 사양하지 않아도 괜찮을 것이다. 은영은 더 이상 생각하지 않고 기회를 움켜쥐며 협박에 굴복했다.

　"아뇨, 하겠습니다."

　실장은 만족한 눈빛으로 고개를 끄덕였다.

　"좋아. 이건 일이야. 다크서클 그려가며 비실비실하는 파트너 따위는 딱 질색이야. 다음부터는 그런 일 없도록 해. 오늘 내일 무조건 정시퇴근하고 푹 자. 앞으로도. 차장에게 이야기해 두지. 모레 토요일에는 오전에 나오지 말고 오후 세 시까지 출근하도록 해. 마사지를 하든지 약물로 절이든지 알아서 탱탱하고 매끈매끈한 얼굴로 나와. 실장 명령이야. 삼환그룹 관련 기록은 세세한 것까지 전부 암기하고 출근해서 차장에게 파일에 기록되지 않은 정보는 없나 확인해 둬. 이상. 질문 있나?"

　"아, 그…… 옷은 어떻게 할까요?"

　"당일 같이 나가서 마련할 거야. 설마 이은영 씨더러 사라고 할까? 시장 패션 입었다가는 웃음거리가 돼."

할 말 없음. 유구무언. 침묵은 금이다. 은영은 꾸벅 인사하고 실장 앞에서 물러났다. 방문을 나설 때 '큭' 하고 억지로 참는 웃음소리를 들은 듯한데, 확신할 수는 없었다. 저 무표정 냉랭한 실장이 설마 웃었을까. 돌아보니 아니나 달라, 실장은 고개를 숙이고 심각하게 서류를 살피는 중이었다.

그날 밤부터 하루 밤낮 동안 은영은 온갖 팩을 다 동원했다. 감자, 오이, 진흙, 녹차, 녹두, 율무 등등 각종 재료 팩부터 모공축소용이나 기능성 트러블 팩에 이르기까지 모두 써봤다. 이를 위해 자신이 가진 미스 노하우는 물론, 어머니가 숨기던 아줌마 노하우, 고2 동생이 떠벌이는 영계 노하우까지 모조리 긁었다. 미시 노하우는 친구들이 잘 안 내놓아서 유감스럽게도 써보지 못했지만 미시도 따지면 아줌마라 됐다 싶어 억지로 추궁하지는 않았.

잘못하면 애써 들어간 대기업에서 잘릴지도 모른다니까 모두들 적극적으로 참여해 주었다. 실은, 첫 월급도 못 받고 쫓겨나면 십시일반으로 긁어모았던 첫 출근 투자비도 못 건지기에 다들 필사적으로 움직였다 싶었다. 알 바는 아니다. 어쨌거나 덕분에 토요일 오후, 퇴근하는 사람들과 엇갈려 기획실에 들어서며 탱탱하고 매끈매끈한 피부로 동료 여직원들에게 부러움과 질투가 섞인 눈길을 받고 말았다.

\*

은영은 입을 꽉 다물고 무게 잡으면서 운전하는 실장을 흘낏흘 낏 쳐다봤다. 진한 갈색 정장에 눈처럼 하얀 드레스 셔츠. 남자답 고 멋지긴 한데, 십여 분 동안 말 한마디 없다. 사무실에서 삼환그 룹 관련 기록을 재확인할 때 몇 마디 하고는 줄곧 침묵이다. 그녀 는 더 이상 참지 못하고 말을 꺼냈다.

"저……."

"뭔가."

망할. 그렇게 뚝 잘라 버리면 어쩌란 말이야. 말 꺼내기 어렵잖 아. 좀 부드러우면 어디가 덧나나.

"말해."

"에, 그, 뭐 하나 여쭤봐도 될까요?"

"말하라니까."

은영은 애써 바른 립스틱이 지워지는 사태를 무릅쓰고 혀로 살 짝 입술을 축인 다음, 지난 이틀 내내 머릿속에 오가던 의문을 토 해냈다.

"그러니까…… 자꾸 물어서 죄송한데요. 왜 저인가 계속 의문 이 들었어요. 실장님이라면 괜찮은 아가씨들 골라잡을 수 있고, 보안 문제가 걸린다면 친척 분을 불러도 될 텐데요."

그리고 황급히 덧붙였다.

"아, 이건 아부는 아니에요."

목석 실장은 힐끗 은영을 쳐다보고 '고맙군' 하고는 그만이었 다. 대답해 주지 않으려는가 보다 생각하는데, 실장이 말을 했다.

"재계총람 외우면서 우리 집안 기록을 봤을 텐데? 나는 외아들인데다, 우리 집안에는 여자아이가 드물어. 한두 번이면 모를까, 파티마다 회장 사모님이나 네 살짜리 여자아이를 데려갈 수는 없잖아?"

그는 다시 한 번 은영을 힐끗 쳐다보고 길모퉁이를 돌면서 잠시 말을 멈췄다가 설명을 이어갔다.

"그리고 대학 마치고 유학 다녀와 조금 일하다 보니 스물아홉이야. 생각보다 일찍 실장 자리도 꿰찼어. 이래저래 부담스러워. 지금 다른 집안 아가씨를 파트너로 택하면 곧장 혼담인데, 아직 결혼하고 싶지는 않아."

차장에게 들은 이야기와 대충 맞는다. 이런, 아깝다. 내심 기대했는데, 그녀를 찍었다는 희망은 깨졌다. 그래도 미리 정한 상대는 없는 것 같다. 실망과 희망 사이에서 오가다 희망 쪽에 불이 켜졌다. 아직 포기하기에는 이르다. 영 아니라면 데리고 다닐 리도 없으니까. 김칫국부터 마셔선 안 되겠지만 말이다. 부모님도 은근히 기대하는 모양이니까 실망시켜 드리고 싶지는 않았다. 마지막으로 마음에 걸리는 문제의 확인 작업에 들어갔다.

"실장님 비서도 있잖아요? 제가 보기에는 미인이고 유능한데."

실장비서 이유정 씨는 올해 입사 오 년차인 선배다. 그룹 핵심인 실장의 비서니까 당연히 유능하고, 미혼이며, 나이는 실장과 같은 올해 스물아홉. 오피스 레이디의 전형 같은 깔끔한 미인이다.

"물론 유정 씨는 유능해. 미인이지. 그런데 놀 줄 몰라. 시험해 봤어."

아, 실망. 시험까지 해봤단다. 황당한 일이기는 해도 실장이 이번 일을 꽤나 진지하게 여긴다는 사실은 분명했다. 혹시나가 역시나다. 아무래도 신데렐라는 동화로 그칠 모양이다.

실장이 길가에 차를 세우고 시동을 껐다. 어느덧 목적지에 다다랐나 보다. 서둘러 내렸다. 둘러보는 눈에 널찍하고 뻥 뚫린 거리가 들어왔다. 강남 어디인 듯한데, 길에는 오가는 사람도 별로 없었다. 그때, 차에서 내린 실장이 '이경숙 부티크'라고 흘림체로 적힌 가게를 향해 반듯한 걸음을 옮기면서 한마디 던졌다.

"다음부터는 문 열어줄 때까지 기다려. 익숙해져야지. 날 예의도 모르는 망나니로 만들 셈이야? 에티켓 입문서라도 다시 한 번 읽어봐."

망할.

\*

가게는 고급스러웠다. 아이보리와 베이지를 주조로 해서 단순하고도 우아하게 꾸민 인테리어가 '여기 물건은 전부 비쌉니다' 하고 외쳤다. 파티 드레스, 칵테일 드레스, 웨딩드레스, 구두, 핸드백, 속옷, 란제리, 기타 등등 기타 등등. 많지는 않지만 액세서리도 심플하고 어느 옷에나 잘 어울릴 만한 종류로 한 귀퉁이에 마련돼 있다. 여성이 치장하기 위한 모든 것을 준비한 장소다.

"안녕하세요, 실장님."

문을 열고 들어서자마자 점원이 웃는 낯으로 달려와 인사한다.

그 얼굴에 대고 실장이 무뚝뚝하게 말했다.

"점장을 불러줘."

그리고 은영을 돌아보며 말했다.

"어머니께서 자주 오시는 가게야. 위치를 기억해 두고 파티가 있을 때마다 한 벌씩 옷을 맞춰둬. 비용은 내가 지불한다. 이야기는 해뒀어. 아니면 달리 마음에 둔 가게가 있나?"

중산층 아가씨가 이런 고급 맞춤복 전문점을 골라뒀을 턱이 있나. 은영은 살며시 고개를 흔들었다. 그러자 은영을 유심히 쳐다보던 그가 막 생각났다는 듯이 물었다.

"그러고 보니 묻지 못했는데, 이은영 씨는 애인 있어?"

빨리도 물어보는군. 있으면 벌써 말했지 이 일을 할까.

"아뇨."

"생기면 바로 말해. 양다리 어쩌고 하며 신문에 실리면 곤란하니까. 비서라고 말해도 믿지 않는 사람은 많을 거야. 파티에서 이놈저놈 붙잡지도 말고. 구설수에 오를 일은 삼가."

"네."

속으로 '당신에게 더 이상 희망이 없어질 때까지는 그럴게요' 라는 말을 덧붙였다.

"어머, 실장님! 오랜만이세요."

약간 호들갑스럽게 사십대 초반쯤 되어 보이는 여성이 다가왔다. 부드러워 보이는 고동색 벨벳 드레스를 멋스럽게 입고 있다. 미인은 아니지만 자신이 입은 옷에 도움을 받고 주위 분위기에서도 조력을 얻어 본바탕보다 훨씬 아름답고 우아해 보였다. 눈이 반짝인다. 자기 자신을 적절히 광고탑으로 이용하는 머리 좋은 사람이라고 평가를 내렸다. 진열한 옷을 보면 솜씨는 물론 일류다.
"왜 그렇게 안 들르셨어요? 어머님은 어제 다녀가셨는데."
"요즘 좀 바빴습니다."
실장은 사무적인 어투로 더 이상의 수다를 차단하고 은영을 앞으로 끌어냈다.
"이은영 씨. 이쪽은 점장 이경숙 씨. 이 아가씨에게 적당한 드레스와 소품을 갖춰줘요. 오늘 삼환그룹 창업기념 파티에서 입을 것으로. 그리고 아무 때나 적당히 입을 만한 칵테일 드레스도 한 벌."
그러더니 휘적휘적 가까이 마련된 소파로 걸어가 아까 차에서 내릴 때 들고 온 서류가방을 열고 일을 하기 시작했다.
"신경 쓰지 마세요. 어머님과 오셔도 저러세요."
약간은 어이가 없어 그를 쳐다보는 은영에게 점장이 빙긋 웃으며 위로하는 말을 건넸다. 하긴, 애인도 아닌데 그녀에게 신경 쓸 리가 있겠는가?
"사정은 실장님이 미리 전화 주셔서 알아요. 일단 치수부터 잴까요? 스타일 좋으시고 체격도 보통이고. 맞는 옷이 많겠네요. 이쪽으로."
이후는 치수를 잰 다음 입고 벗는 인형놀이를 계속했다. 그러다가 적당하다 싶은 옷을 실장에게 보이고, 실장이 고개를 가로저으면 다시 반복. 은영이 애인이나 아내가 아닌 비서 겸 기획실 직원이었기 때문에 눈에 띄게 화려한 옷은 곤란했다. 그렇다고 지나치게 소박해도 문제였다. 옷을 고르기가 쉽지 않았다. A라인이 우아하게 흐른 연한 회색 파티드레스와 검은색 실크로 만든 민소매 칵테일드레스를 고르고 적당한 소품을 갖추었을 때쯤에는 밖에 어둑어둑한 저녁 그늘이 짙게 드리워지기 시작했다.

 가게를 나오자, 실장은 이번에도 아무 말 없이 파티가 열리는 삼성동 중심가의 엠페러 호텔까지 운전만 했다. 운전 중에는 말을 하지 않는 습관이라도 있는가 보다. 그나마 호텔 입구에서 은영의 팔을 끌어당겨 팔짱을 낀 다음부터는 이것저것 주의사항을 일러주기 시작했다.
 "자료를 봐서 알 텐데, 삼환그룹은 건설이 주 업종이고 중장비 분야에도 진출했어. 중장비 쪽에서 우리 기계 분야와 약간 교류가 있어. 대단한 관계는 아니야. 첫날이기도 하니까 분위기에 어울리는 훈련도 할 겸 오늘은 사람들 얼굴 익히는 데 주력하도록 해. 사진과 실물은 많이 달라."
 파티장으로 올라가는 엘리베이터를 향해 걸으며 힐끔힐끔 그를 훔쳐보았다. 그는 몸집에 걸맞게 키가 컸다. 기록에 적혀 있기로는 188㎝였다. 은영이 하이힐을 신으니까 겨우 적당히 어울려 보인다.
 "당신과 몇 차례 파티에 드나들면 소문이 날 거야. 확실하다는 소문은 곤란해도, 적당한 수준은 괜찮아. 그쪽이 정보수집에 도움이 될지도 몰라. 알아서 해."
 알아서 해. 젠장. 무슨 소문이 나든 책임지지 않겠다는 소리다.

그렇다고 은영이 자기 평판을 위해 전면 부인할 수 있느냐면, 그것도 아니다. 겉으로든 실제로든 비서이되 뒤로는 애인이란 소문도 감수해라. 곤란했다. 정말 곤란했다.

"실장님, 그건……."

"왜, 혼삿길 막힐까 봐?"

"네."

"싫으면 그만둬."

그 말이 '회사를 그만둬'로 들린다. 회사에는 이미 야릇한 소문이 돌았다. 입사하자마자 기획실장이 채가 파티 전문 파트너로 등용했는데 소문이 안 날 수가 없다. 이 일을 그만둔다 해도 회사에서 일하자면 곤란할 게 뻔했다. 진퇴양난이다. 실장이 원망스러웠다.

"그런 표정은 하지 마. 내가 결혼하거나 적당한 파트너가 생길 때까지만 버텨줘. 그러면 충분한 보상을 할게. 원한다면 다른 기업에 소개해 줄 수도 있어. 그리고……."

엘리베이터가 도착해서 두 사람은 안으로 들어갔다. 엘리베이터는 비어 있었다. 실장은 파티가 열리는 층의 단추를 누르며 말을 이었다.

"소문만 나지 않는다면 파티에서 만난 사람들 가운데 적당한 사람을 사귀어도 돼. 기회가 닿으면 좋은 신랑감 만나 결혼해도 좋고. 이 일이 꼭 나쁘지만은 않아."

그 말대로였다. 어차피 파트너용 비서로 소개하는데 연애를 못할 것도 없다. 물론 사교계 아가씨들처럼 이 남자 저 남자 고를 수는 없지만, 일단 괜찮은 남자를 만날 확률은 높아진다. 그런데 소문나지 않게 사귀면서 결혼할 수는 있을까. 그런 일은 대개 불륜인데. 어쩐지 앞으로 데이트는 물 건너갔다는 위기의식이 느껴졌다.

'하긴, 어차피 이 남자보다 괜찮은 남자는 별로 없을걸.'

은영은 그렇게 속으로 생각하면서 실장을 힐끗 보고 고개를 끄덕였다. 일단 일이 년 정도는 이 남자에게 걸어보자. 내가 당장 결혼하고 싶어 안달인 상황도 아니니까. 기왕 이렇게 된 것, 침대로 뛰어들라는 요구도 아닌데 상류사회 물 좀 먹어본들 어떠리 하는 생각도 들었다. 순결에 목숨 거는 시대도 이미 지났다. 그리고 자신이 소문과 달리 순결하면 신혼여행 때 신랑도 뜻밖의 선물에 좋아할 것이다.

'아니면 올드미스로 늙지 뭐.'

그럴 생각은 조금도 없으면서 은영은 되는 대로 놔둬보자는 반자포자기가 섞인 결정을 내렸다. 열일곱 권이나 되는 재계인사 총람을 간신히 외웠는데 그냥 삽질로 치부하기에는 너무 억울했다.

땡.

엘리베이터 문이 열렸다. 은영은 침을 꿀꺽 삼키고 데뷔의 첫발을 내디뎠다. 한 발 밖은 다른 세상이었다. 은은한 샹들리에 불빛 아래에서 고운 옷차림을 한 사람들이 천천히 오가고 나직한 웅성거림이 퍼져 간다. 화려한 세계였다.

## 2. 반년 후의 현실, 그리고 연적(戀敵)?

**'화**려하기는 개뿔.'

 사교계 데뷔 후 반년이 지났다. 은영은 남들 다 퇴근해 적막한 월요일 저녁의 사무실에 홀로 앉아서 신나게 자판을 두들기며 속으로 욕설을 중얼거렸다. 속았다. 사교계의 꽃이 된 소감? '파티 파트너'는 글자 그대로 빛 좋은 개살구였다. 멋모르고 친구 정은을 따라가 어중간하게 상류사회를 맛본 것이 잘못이었다. 쓸데없이 큰 허영심이 꼭 문제다. 실장 말마따나 이건 일, 그 이상도 이하도 아니다.
 정말 품질도 가격도 눈 돌아가는 드레스를 최신 유행에 맞춰 한 두 주에 한 번 꼴로 장만했다. 진짜 귀부인들도 그렇게 자주 사지는 않는다. 은영에게 아무것도 없기 때문인데, 파티 분위기나 유행, 계절 등에 따라 적당한 옷차림을 하자면 당분간은 어쩔 수 없다고 한다. 옷값은 실장 개인 지갑에서 나왔다. 어차피 그녀에게 맞춘 것이라며 실장은 그냥 가지라고 했다. 평판에 흠집 내는 보상으로 치라면서. 처음에는 좋았다.

웬걸. 입을 일이 없다. 최상층 사교계에서 통하는, 그것도 파티용 드레스를 그냥저냥 중산층 사람이 입을 경우란 전혀라고 해도 무방할 만큼 드물다. 그렇다고 일 때문에 산 옷을 누구에게 주기도 뭣했다. 결국 집에 있는 좁다란 장롱에 차곡차곡 쟁여 넣었다. 넘치고 넘쳐 골치다.

구두, 핸드백 등 소품들. 명품을 쓸 수 있다. 그래 봐야 개 발에 편자다. 우선 회사에는 들고 가지도 못한다. 그렇지 않아도 흰 눈으로 보는데 구설수를 자청할 수야 없지 않은가. 소문날까 봐 데이트도 못한다. 결국 친구들 만나서 콧대 세우는 데 가끔 쓰일 뿐, 옷들처럼 대개는 집안 한구석에 처박혀 잠을 잤다.

피부와 몸매를 관리하라고 절대 늦게까지 야근을 시키지 않는 점만큼은 좋았다. 그러면 뭐 할까. 놀 수가 없다. 하란 대로 집에 일찍 가서 꼼꼼히 세안하고 팩도 한다. 잠도 남보다 더 잔다. 술 따위는 금물이다. 더하고 빼면 남는 게 없다. 하도 답답해 하루쯤 무리해서 놀아봤다가 대뜸 밤에 뭐 했느냐는 소리만 들었다.

파티 자체? 즐길 사람은 즐겨도 은영에게는 일터다. 거래 상담에 동향파악에 접대 멘트 꾸며내는 데 바빠 끝날 때쯤에는 기분전환이 되기보다 머리가 지끈거린다. 최상급 요리들을 맛본다는 것이 그나마 장점인데, 정작 귀로 들어가는지 코로 들어가는지는 알 수가 없었다. 쉽게 말해, 진짜 상류사회 사람이 아닌 은영에게 파티란 중노동의 다른 이름이었다.

"파티 보고서는 다 됐어?"

실장 비서인 유정 선배가 빠끔 고개를 들이밀고 물었다.

"아직. 잡스런 소식만 마무리하면 돼요."

은영은 시계를 힐끗 보았다. 저녁 아홉 시가 다 되어간다. 그녀는 자판을 두드리는 손에 속도를 더했다.

파티 보고서란 지금 그녀가 작성하는 서류로, 파티 업무의 결과물을 말했다. 은영이 파트너 일을 하면서 받는 시간외 수당의 근거이기도 했다. 정식 명칭은 사실 평범한 '시간외 근무 보고서'다. 주된 내용은 파티에서 벌어진 기업 간 비공식 접촉들에 대한 것이지만 때때로 어느 기업 따님과 어느 기업 막내가 사귄다는 것 같은 나름대로 의미있는 가십거리도 포함됐다. 물론 소문만이며, 확인은 다른 사람들이 했다.

재미있게도, 처음에는 단순히 수당의 근거였던 이 보고서가 최근 기획회의에 정식 문건으로 채택됐다. 전혀 기미가 없던 모 철강기업과 건설기계 기업의 합병을 그녀의 보고서에서 실장이 우연찮게 잡아낸 이후의 일이다. 그래서 요즘 은영이 맡은 업무는 신문기사와 웹 서핑을 통해 기업 동향을 체크하고 주요 사건을 요약 정리하는 한편, 드러나지 않는 파티 이면의 분위기를 첨가해 나름대로 사건의 중요도와 파급효과 및 향후 진행방향을 예측하는 보고서를 작성하는 것이었다. 물론 공식 실무분석은 따로 전담팀이 맡아서 했다. 그녀가 만드는 보고서는 정보라기보다 첩보에 가까워 전적으로 의지할 수도 없기 때문이었다. 단지 실무 전문가들과는 상당히 다른 시각에서 사건을 바라보았기에 의외의 일면을 어쩌다 잡아내기도 해서 언제나 참고자료로 이용됐다.

"다 됐다. 유정 선배, 메일로 보냈어요."

"응. 이거 뽑고 퇴근하자."

"실장님은?"

"아까 본가에서 호출해 일찍 퇴근하셨어."

은영은 주섬주섬 뒷정리를 하면서 사무실을 둘러보았다. 조용하다. 월요일 저녁 아홉 시. 월요병 때문인지 월요일에는 야근하려는 사람이 별로 없었다. 반면에 주말이 피크인 은영에게는 보고서를 작성하는 월요일이 남들의 주말과 마찬가지였다. 남들과 다른 사이클로 산다. 때때로 좀 쓸쓸하긴 했다. 그래도 일하며 나름대로 보람이 있어 큰 불만은 없었다.

'불만이라면 그 목석같은 실장이지.'

반년이 지나도록 덤덤한 부하 상사 사이 그대로다. 여우 짓에 빠삭한 실장을 잘 알기에 이렇다 할 작업도 못 걸고 세월만 갔다. 포기하면 속이라도 편할 텐데, 그럴만한 계기조차 없다. 의미있는 접촉이라고는 열 달도 전에 했던 키스가 전부니까. 그때 일은 아직도 가끔 떠올랐다. 입술이 부드러웠다. 누가 들으면 열부(烈婦)났다고 할지 모른다.

그뿐이라면 차라리 다행이다. 요즘은 그를 볼 때마다 무어라고 하지 못할 야릇한 감정이 생기는 것 같아 걱정이었다. 자꾸 챙겨주고 싶어진다. 얼마 전 뷔페식 파티에서도 줄지어 찾아오는 사람들 때문에 쫄쫄 굶는 그가 안쓰러워 이것저것 가져다주고 말았다. 일방적으로 좋아해 봐야 곤란하기만 할 뿐이라 마음을 다잡으려고 해도 파티 때마다 붙어다니니 소용이 없다. 무작정 달려들 정도는 아닌데, 감정인만큼 언제 확 달아오를지 몰라 고민이었다.

감정과는 별개로 처음에 은근히 바랐던 대영 작은 사모님 자리가 요즘은 시큰둥했다. 번쩍번쩍한 재벌 사모님들 속사정을 조금씩 보기 때문이다. 파티도 가끔 하는 기분전환이라면 모를까, 매번 쫓아다니기는 고역이다. 일이니까 더욱 그렇다. 돈 많으면 뭐하나, 쇼핑도 억지로 할 때는 중노동이다. 평판도 신경을 써야 해서 맘 놓고 놀러다니지도 못한다. 다 무시하고 멋대로 놀아나는 사람도 없지는 않지만. 그리고 귀부인 행세를 하려면 배울 것도 많아 머리가 빠개진다.

무엇보다 그는 그냥 외아들이 아니라 종갓집 외아들이다. 때 되면 제사. 종부(宗婦) 노릇 하려면 만만찮고, 시부모님도 확실히 모셔야 한다. 그리고 그는 바쁘다. 철야는 수시, 야근은 항상이다. 결혼해서 남편 얼굴도 제대로 못 보면서 시부모님 모시고 가정부랑 대저택에 덜렁? 그래서 외롭다고 막 나가? 가문 망신시킨다고 온 집안 어른들 들고 일어나 당장 소박맞을 일이다. 빛 좋은 개살구. 실장도 파트너 일처럼 빛 좋은 개살구였다.

그렇게 이래저래 복잡하니까 실장에게 더 다가서기도, 그렇다고 멀어지기도 망설여졌다. 은영은 요즘 '에라, 모르겠다, 되어가는 대로 내버려 두자' 하는 심정이었다. 다행이라면 실장과 은영이 서로 덤덤하게 지내는 바람에 회사 내에 떠돌던 연애설이 점차 희미해지면서 처음에 알게 모르게 있었던 부서 안의 은근한 따돌림이 많이 사라진 것이다. 요즘은 기획실 직원들과 농담 정도는 주고받았고, 그녀는 조금씩 기획실에 동화되어 갔다.

"레드 조커로 갈까?"

유정 선배가 실장실 문을 잠그면서 물어왔다. 은영은 가볍게 미소를 지으면서 고개를 끄덕였다. 그녀가 파트너 일을 하면서 가장 의외였던 점이 유정 선배와의 우정이었다. 은영이 파티 위주로 대외관계를 전담한다면, 유정은 회사업무 위주로 대내업무를 전담했다. 그리고 유정에게는 알려지지 않은 약혼자가 있었다. 교환교수로 독일에 가 있는데, 올 겨울에 돌아와 내년 봄에는 결혼할 거란다. 역할도 구분되고 남자도 구분된다. 반목할 이유가 없었다.

맺고 끊는 게 확실하고 시원시원한 유정이 은영은 좋았고, 약삭빠르긴 해도 사근사근해 미워할 수 없다며 은영을 유정도 마음에 들어했다. 웬만큼 업무가 겹쳐서 자주 이야기하다 보니, 은영이 기획실에서 근무한 지 반년이 넘어가는 요즘에 와선 때때로 퇴근길에 칵테일 한 잔을 함께하면서 회사 사람들을 씹는 사이로까지 발전했다.

레드 조커는 본사 옆 건물에 자리를 잡은 10평 남짓한 칵테일 바였다. 트럼프 무늬와 붉은색을 기조로 상당히 여성 취향을 반영해 우아하게 인테리어를 해서 여자 손님이 많았다. 대개는 삼성동 주변에서 근무하는 오피스 레이디들이 퇴근 후에 들러 가볍게 한

잔하면서 상사를 씹거나 남자 이야기를 하곤 했다. 남자들도 간혹 들어왔지만, 대개는 분위기에 질려 금방 도망가 버렸다.

바텐더도 삼십대 초반으로 보이는 여자였다. 미인이라기보다는 대하기 편한 얼굴로, 가게 주인이기도 했다. 그 나이에 테헤란로의 야경이 내려다보이는 자리에 자기 소유의 칵테일 바를 낼 정도면 평범한 사람은 아닐 테지만 뒷사정은 은영도 알 수 없었다.

월요일이라서인지 가게에 손님은 없고 바텐더 혼자 잔을 닦고 있었다. 자리에 앉아 메뉴판을 열고 이름을 훑다가 반가운 이름에 눈길이 갔다.

"헌터."

대학 때 정은과 함께 장난삼아 시키던 칵테일이다.

"나는 핑크레이디."

"선배는 의외로 핑크레이디를 좋아하더라."

"오늘은 빨간 옷을 입었잖아."

은영은 피식 웃으며 메뉴판을 덮었다. 일을 마치고 마음이 맞는 사람과 좋은 가게에서 한잔하는 칵테일은 사치라고 할 만하다.

그러고 나서 회사 일을 한차례 도마 위에 올렸다가 내리고 한가롭게 주말에 있었던 일들을 주고받을 때였다. 조용했던 분위기를 깨며 문 열리는 소리가 들렸다. 무심코 돌아보는 눈에 아는 얼굴이 들어왔다. 그녀다. 실장을 처음 만난 파티에서 타깃이었던 요조숙녀. 옷도 그때 그것과 같은 계열의 비둘기 빛 정장 슈트를 입었다. 바에 들어서자마자 바텐더와 눈짓을 주고받는다. 서로 아는 사이인 모양이었다.

은영은 모른 척 유정 쪽으로 고개를 돌렸다. 정은에게서 받은 옷값은 계좌로 부쳤기에 다시 만나지는 않았고, 최근 파티에서 이따금씩 얼굴을 보긴 해도 직접 말을 나눈 적은 없었다. 의외의 장소에서 만났다고 굳이 아는 시늉을 하고 싶지는 않다. 그랬는데 조금 시간이 지난 후 그녀가 은영 쪽으로 다가와 말을 걸었다.
"저, 실례합니다."
부드럽고 여성스러우면서도 분명한 목소리다. 이런 음성을 내려고 은영이 요즘 꽤 노력하는데 쉽지 않았다. 아마도 타고나야 하지 않는가 싶다.
"네?"
"저는 한성주라고 합니다. 대진 엔터테인먼트에서 근무해요. 대영에서 근무하는 이은영 씨죠? 초면에 실례지만, 뭐 하나 여쭤봐도 될까요?"
여자는 반쯤 결의를 굳히고 나머지 반쯤은 기왕지사 내친 몸 하는 체념이 섞인 얼굴을 보이고 있었다. 예전 일 때문에 말을 건넨 것 같지는 않았다. 그랬으면 초면이라는 소리도 하지 않았을 테니까. 은영은 내심 껄끄러웠지만 공손하게 물어오는데 외면하기도 뭣해서 어쩔 수 없이 일어나 대답했다.
"네, 그래요. 무슨 일이신데요?"
여자가 잠시 망설이다가 이내 결심을 굳힌 듯 은영을 똑바로 보면서 물어왔다.
"이곳저곳 파티에서 가끔 뵈었는데, 태형 오빠, 그러니까 대영그룹 진태형 실장과 종종 같이 오시더군요. 두 분 사이가 어떻게 되시나요?"

 등허리까지 쏟아져 내린 짙은 갈색 생머리. 손대면 묻어날 듯 부드럽고 깨끗한 피부. 갸름하고 우아한 얼굴 선. 가느다란 콧날은 진짜였고, 살짝 깨문 입술은 너무나 선이 곱다. 우미함이란 무엇인가를 눈앞에 선 그녀가 보여주고 있었다. 그 아름다운 얼굴 위로 맑은 물처럼 바닥까지 드러난 감정에 은영은 숨이 막혔다. 질투. 이 아가씨는 실장을 좋아한다. 아니, 사랑한다. 예전 만남 때 정은이 굳이 그녀를 쫓아내려고 했던 이유도 그래서였다. 핸드백을 꼭 쥔 그녀의 손가락 관절들이 하얗다. 뭐라고 해줘야 하나?

 "대답하기에 앞서 질문 하나 먼저 하죠. 아가씨는 태형 씨, 그러니까 실장님과 무슨 관계이시죠?"

 잘했어. 대외적으로 실장님이지만 나에게는 그뿐이 아니라고 은근히 드러냈다. 알아들은 듯했다. 얼굴이 조금 창백해졌다. 순진하지만 멍청하지는 않다. 까다로운 상대였다. 그녀가 입술을 꼭 깨물더니 단호해진 낯빛으로 은영에게 말했다.

 "전 태형 오빠와 어릴 때부터 알던 사이예요. 부모님들이 서로 친하게 지내셨거든요."

 아, 그 패턴. '오빠에게 어울리는 여자가 될 거야'였다. 곤란하게 되었다. 오래 간직한 마음일 텐데 쉽게 접을 리 없다. 주변에서 알 가능성도 크고, 무엇보다 상류사회 관습으로는 이미 어르신들 사이에 약속이 오갔을 가능성마저 있었다. 여기서 연인입네 해봐야 물먹기 딱 좋다. 그렇다고 완전히 물러서면 좋다고 밀어붙이겠지. 그동안에는 '오빠'에게 별다른 연인이 없어 미적댔겠지만, 은영 앞에 나타날 정도라면 더 이상 여유 부리지 않겠다는 뜻이다. 본격적인 '아빠' 만들기가 시작된다. 옆에서 듣는 유정 선배에게 신경이 쓰였다.

"저와 실장님은……."

호흡이 중요했다. 망설이는 척 아주 잠깐 끊고.

"부하직원과 직장 상사 사이. 그 이상도 이하도 아닙니다. 기획실 직원으로 파티 파트너 역할을 해드리고 있죠."

지나치게 단호한 말투. 이거야. 상대편 얼굴에 안도감과 경계심이 함께 떠올랐다. 뜻대로 되었다. 사실대로 말하면서도 거짓말일지 모른다는 인상을 주어 살짝 브레이크를 걸었다. 그래 봐야 마음먹고 달려드는 여자한테는 조금 불안하게 만드는 정도겠지만, 지금 은영의 처지로는 이 정도가 한계다.

사실, 이번 여우 짓은 상당한 오버였다. 은영 자신도 왜 이러는지 알 수가 없었다. 실장에게 야릇한 감정이 없지는 않다 해도 매달리고 싶을 정도는 아니다. 사정 살펴보면 그는 그녀에게 너무 버거웠다. 그래서 내버려 두고 있었는데, 저 한성주라는 아가씨가 실장을 채가겠다면 '아쉽지만 그러시지요' 해야 하는데, 그러면 모든 고민이 한꺼번에 해결될 텐데, 그러지 못하고 있었다. 못 먹는 감 찔러나 본다는 심정인지도 모르겠다.

"그러시군요……. 실례했습니다."

여자는 말을 흐리고 굳은 얼굴로 꾸벅 인사한 뒤 돌아섰다. 그리고 바텐더에게 다가가 몇 마디 나눈 다음, 술값을 치르고 바에서 나가 버렸다. 볼일 다 봤다는 듯이. 그녀가 떠난 뒤에 바텐더는 은영 쪽에는 시선도 주지 않고 무심한 얼굴로 잔을 닦는 데만 열중했다.
 '이 칵테일 바에는 더 이상 오면 안 되겠네. 아까워, 마음에 드는 가게였는데.'
 은영은 시켰던 헌터를 한 모금 넘겼다. 좋아하는 체리브랜디 맛이 왠지 너무 들척지근하다. 잔을 내려놓고 일어나며 유정 선배에게 말했다.
 "죄송해요, 유정 선배. 일어나야 할 것 같네요."
 "응, 그래. 나도 들어가 봐야지. 유석 씨가 전화할지도 몰라."
 유정 선배가 눈치 빠르게 동조해 주었다.

 은영은 유정과 헤어져 삼성역 쪽으로 걸으며 하늘을 보았다. 대도시의 밤하늘답게 별빛을 구경하기가 어려웠다. 환한 빌딩 불빛들만 넓적한 플라타너스 잎사귀들 사이로 드문드문 눈에 들어왔다. 대영전자에 갓 입사했을 때는 헐벗었던 나무들이 어느덧 커다란 잎사귀를 흔들고 있다. 어느 사이에 봄은 가고 벌써 한여름이었다.
 봄부터 여름까지 짧다면 짧고 길다면 긴 시간을 진태형이라는 남자에게 얽매여 보냈다. 감정 면에서는 한 치의 진전도 없이 껍데기뿐인 관계라도 붙들 만한 가치는 있다고 생각했는데, 그런 착각을 조금 전에 만난 여자가 간단히 허물어 버렸다. 그와 은영 사이에는 어떤 기대를 걸 만한 일도 없었다. 아까 있었던 일은 다시 생각해 보아도 수컷을 차지하려는 암컷의 무의식적인 반사작용에 단순한 심술이 더해졌을 뿐이다. 확실한 오버였다.

애초에 태형에게 애인이나 부인이 생기는 순간에 없어질 관계였다고 스스로를 위로했다. 마지막이 뜻밖에 빠를지도 모르지만, 약속을 어기는 사람은 아니다. 뒷일은 크게 걱정되지 않았다. 그래도 조금은 허무하고 쓸쓸했다. 가슴속에서 조금씩 커져 가던 자리가 살짝 욱신거렸다.

※

그 시각. 태형은 성북동 저택에서 저녁식사를 마친 뒤에 부모님과 커피를 마시는 중이었다.

"그 아가씨 한번 데리고 오너라."

"네? 누구요?"

"너와 함께 파티 다니는 아가씨 말이다. 이름이 이은영 씨라고 했던가?"

태형은 아버지 진청후 회장을 바라보며 무슨 뜻으로 그런 말씀을 하시는지 가늠해 보려고 했다. 그가 속마음을 파악하기 어려운 몇 사람 가운데 한 사람이 아버지다. 지금도 뜻을 짐작하지 못하겠기는 마찬가지였다. 옆에 앉은 어머니 오수희 여사는 고개를 숙인 채 참외를 깎고 있었다. 그는 잠시 말을 고르다가 무난한 대답을 했다.

"집에 데리고 와서 인사드릴 만한 사이는 아닙니다."

커피를 한 모금 마신 진 회장이 눈살을 찌푸렸다. 그가 한 말이 마음에 안 드는지, 커피 맛이 마음에 안 드는지 알 수가 없다. 태형은 조금 가슴이 답답해졌다. 잠시 말이 끊긴 사이에 오 여사가 깎아서 잘게 쪼갠 참외를 접시에 담아 진 회장 앞에 놓아주고 당신의 커피잔을 들어 올렸다. 그리고 진 회장을 거들고 나섰다.

"어쨌거나 반년이나 그 일을 해온 아이 아니냐. 파티에서 몇 번 만나기는 했다만, 차분히 이야기할 만한 자리는 아니었지. 그렇다고 내가 회사 가서 오라 가라 하기도 곤란하고. 내일쯤 데리고 오너라. 저녁이나 같이하자."

아버지보다는 어머니 쪽에서 바라신다는 뜻이다. 설마하는데 이번에는 진 회장이 입을 열었다.

"그건 그렇고, 너도 이제 결혼을 해야지?"

태형이 어머니에게 뭐라고 묻기 전에 아버지가 앞 이야기를 끝내 버리고 다른 주제를 꺼내셨다. 그것도 대충 넘기기 어려운 것을. 아버지와 어머니의 콤비플레이는 예나 지금이나 일품이었다.

"그건 제가 알아서 하기로 했잖아요?"

"네 나이가 벌써 스물아홉이다. 우리가 종가집이고, 넌 외아들이야. 대영도 너한테 갈 거고. 잘 알 거다. 며느리는 너만의 문제가 아니다. 내 건강 문제도 있다. 더 이상은 마냥 기다려 줄 수 없어. 성주가 너 기다리는데 계속 모른 척하기도 안쓰럽다. 아니면 아니라고 빨리 결정해라. 내 힘써보마."

성주는 가깝게 지내는 진성실업 한동후 회장의 손녀딸이다. 정확히 말하면 한 회장 둘째 아들의 외동딸이다. 진성실업은 무역업이 주력인데, 70년대 후반에 가전제품 해외 판매로 대영과 인연을 맺은 뒤로 쭉 좋은 관계를 유지해 왔다. 그 덕분에 태형과 성주도 어릴 때 만나서 철들기 전에는 오빠 동생처럼 지냈다. 그러다 점차 결혼하는 것이 당연한 사이처럼 되었다. 그렇지만 확실한 이야기는 아무것도 없었기에 어떻게 보면 꽤 애매한 관계였다.

그런 상태가 된 것은 성주보다 태형 탓이 컸다. 그녀는 상당히 어릴 때부터 그에게 마음이 있다는 것을 분명히 했고, 태형도 그 사실은 잘 알고 있었다. 단지 결혼할 마음이 아직은 없어서 이렇다 할 움직임을 보이지 않았을 뿐이었다.

"생각해 보겠습니다."

진 회장이 빈 커피잔을 내리면서 말했다.

"오래 걸리지 않도록 해라."

태형은 헤파이스토스의 그물처럼 조용히, 그렇지만 피할 수 없도록 내려앉는 압력을 느끼며 가슴 안의 답답함과 함께 무겁게 대답을 내었다.

"네."

✽

"네?"

은영은 당황했다. 어제 성주와 만난 일로 잠을 설쳐서 컨디션은 바닥인데, 엎친 데 덮친다더니, 이런 일이 잇따라 올 수도 있었다.

"부모님이 한번 보자셔. 대단한 일은 아니야. 내 파트너로 반년을 보냈잖아. 한번 저녁이나 같이하자는 이야기니까 부담 가질 것은 없어."

'여자가 남자 집에 가는데 부담스러워하지 말라고? 말이 돼?'

가볍게 말하는 태형이 원망스러웠다. 은근히 마음에 둔 남자의 부모님을 집까지 찾아가서 만나는 자리다. 그것도 초대 받아서. 그런데 정작 남자는 아무 생각이 없어 보인다. 이것을 어떻게 해석해야 할까? 해석은 뭘. 나한테 아무 관심도 없다는 뜻이지. 은영은 절망스러웠다. 그런데 저 남자 하는 소리 좀 봐.

"차림은 그만하면 됐어. 삼십 분 뒤에 내려갈 테니 준비해."

할 말 다 했다는 듯 나가라고 손짓을 한다. 은영은 멍하니 실장실을 나와 자기 자리로 돌아가서 털썩 주저앉았다.

"왜? 무슨 일이야?"

옆 자리에 앉은 김 선배가 자료를 입력하다 말고 쳐다봤다. 눈에는 호기심이 가득. 다른 직원들도 은근히 주목하는 눈치였다. 보스에게 불려 들어갔다 나와서 넋을 놓았다. 궁금하게도 됐다. 자칫 실수했다가는 또다시 구설수에 휘말리기 딱 좋다.

"아, 별일 아니에요. 실장님이 같이 갈 자리가 있다고 하셔서요."

가끔 기업 간 친목모임이 갑자기 생기고는 한다. 대개는 태형 혼자 참석하지만, 상황에 따라 유정 선배나 은영을 동반하기도 했다. 이번에도 그런 경우인 것처럼 말했다. 다행히 다들 호기심을 끊고 자기 일로 관심을 돌렸다. 옆 자리에서 은영을 쭉 보아온 김 선배만 아직 뭔가 미심쩍은 모양이었다. 그녀가 곤란한 질문을 하기 전에 재빨리 자리에서 일어났다.

"삼십 분 뒤에 출발하신대요. 빨리 화장을 고쳐야겠어요. 다녀올게요."

떨리는 손으로 아이라인을 그리고, 입술도 두 번이나 다시 칠했다. 안색이 창백해서 분을 더 바를까 하다가 역효과를 내겠다 싶어 그만두었다. 어쨌든 회장님 내외분을 뵙는 자리다. 부하직원이라면 당연히 긴장한다. 조금 핏기가 없는 편이 오히려 자연스러울 수도 있다. 은영은 땀만 닦아내는 정도로 피부화장을 끝내고 근무하느라 약간 흐트러진 머리를 정돈한 뒤, 시원한 음료라도 한 잔 하며 마음을 가라앉힐 생각에 휴게실을 찾았다.

"은영 씨, 돌아오는 주말에 약속있나요?"

자판기 앞에서 동전지갑을 꺼내는데 누군가 대신 동전을 넣으며 물어왔다. 마음도 복잡한데 누가 말을 거나 싶었다. 가까스로 짜증을 누르고 돌아보았다.

자타가 공인하는 '기획실의 젊은 태양' 박준후 대리였다. 명문 S대학 경영학부를 졸업하고 특채로 입사한 엘리트로, 올해 스물여섯에 동기들 중 가장 빨리 대리를 달았다. 느글거리는 태도가 조금 밥맛이지만 180cm가 넘는 훌쩍 큰 키에 씩 웃는 미소가 괜찮아 '감상용'으로는 별로 나쁘지 않다. 물론 여직원들 사이에서는 관심의 대상이었다.

은영은 그동안 은근히 데이트에서도 열외였다. 파트너 일 때문이다. 이런 노골적인 수작은 오랜만인데다 방금 태형에게 안중에도 없다는 의미의 말을 들은 터라 슬쩍 몸매를 훑으며 보내는 찬

탄의 눈길이 기분 나쁘면서도 고맙기까지 했다. 이은영, 아직 죽지 않았다. 그녀는 덜컹 소리를 내며 떨어진 오렌지주스 캔을 집어 들고 몸을 펴면서 가볍게 대답했다.

"실장님이 아직 별다른 예정을 잡지 않으셨어요. 그래도 토요일은 안 될걸요. 왜요?"

그리고 내심 눈살을 찌푸렸다. 취소. 전혀 고맙지 않다. 캔을 집어 들면서 몸을 수그렸을 때 블라우스 깃 사이로 가슴 골짜기가 보였던 모양이다. 허겁지겁 자판기 쪽으로 몸을 돌리는 꼴이나 흘깃거리며 봉긋 솟은 가슴을 훔쳐보는 태도가 무슨 생각을 했는지 빤하게 드러내 주었다. 콜라 하나를 뽑아 든 그가 태연히 예의 씩 하는 웃음을 지으며 말했다.

"그러면 일요일 오후에 영화나 한 편 어떻습니까? 근처에 괜찮은 이탈리아 식당 하나 봐둔 곳이 있습니다. 영화 보고 함께 저녁 식사도 하시죠."

'그리고 호텔 가서 밤늦게까지 침대에서 뒹굴자고?'

속으로 비아냥거리며 하지도 않은 말을 덧붙였다. 아마 얼굴에 드러났나 보다. 박 대리의 얼굴이 살짝 굳었다. 진 회장 댁 방문으로 그처럼 초조한 상태가 아니었다면 좀 더 유연하게 받아들였을지 모른다. 지금은 참아줄 수가 없었다. 박 대리에게서 풍기는 엉큼한 기운에 그녀는 내심 진저리를 쳤다.

실장의 여자라는 소문 때문인지 이러는 작자가 가끔 있었다. 그녀를 엉덩이 가벼운 여자로 보는 남자들. 설익은 남성다움이나 비싸 보이는 허섭스레기를 껄렁껄렁하게 과시하다가 냉정하게 거절당하면 마치 자기 권리를 무시당한 양 화를 내며 악의에 찬 소문을 퍼뜨리곤 했다. 실장에게 알랑댄다거나, 잠자리 기술로 파트너 자리를 꿰찼다는 이야기들 말이다.

어쨌든 직장 상사인데 대놓고 면박을 주기는 좀 그랬다. 어떻게 말하면 골치 아픈 사태를 피하면서 효과적으로 다시는 들러붙지 않게 만들까 하고 은영이 잠시 고민하는데, 굵직한 목소리가 들렸다.

"준비 다 됐나? 내려가지."

가슴이 살짝 내려앉았다. 태형이 휴게실 문 앞에 서서 두 사람을 쳐다보고 있었다. 은영은 당황한 기색을 가까스로 감추고 박 대리에게 빠르게 말했다.

"주말 일정이 정해지지 않으면 계획 잡기가 곤란해요. 그럼, 실장님이 기다리셔서 실례할게요."

박 대리가 뭐라고 더 말하기 전에 재빨리 휴게실을 나와서 가방을 가지러 사무실로 종종걸음을 쳤다. 심장이 마구 뛰었다.

'들었을까? 뭐 어때. 박 대리랑 사귈 생각도 없는데.'

가방을 들고 아직 퇴근하지 않은 직원들에게 인사한 다음, 벌써 엘리베이터를 잡고 기다리는 태형을 향해 뛰어갔다. 엘리베이터 문이 닫히자 아니나 다를까, 그가 물었다.

"박 대리와 사귀나?"

낮은 목소리에 냉랭한 기운이 깔렸다. 가슴이 써늘했지만 내색하지 않고 의뭉을 떨었다.

"박 대리님과? 설마요."

의심스런 눈길에는 변함이 없었다. 은영도 그런 행운은 기대하지 않았다.

"아까 하던 이야기는 뭐지?"

"주말에 같이 영화 보자고 하던데요. 주말 일정을 몰라 거절했어요. 그게 다예요."

그는 거짓말이 아닐까 가늠하는 듯 그녀를 한참 뜯어보다가 엘리베이터 숫자판으로 눈길을 돌렸다. 언제나처럼 무표정한데 입을 꾹 다문 것이 아마도 아직 불쾌한 듯했다. 왜 화가 났을까? 사실은 박 대리와 사귄다고 생각하는 거 아냐? 아니면, 설마?

은영이 더 생각하기 전에 그가 딱딱한 어투로 다그쳤다.

"데이트를 할 거면 남들 눈에 띄지 않게 해. 안 하면 더 좋고. 은영 씨가 하는 일은 평판이 중요하니까. 알고 있겠지만."

은영은 '네' 하고 대답하면서도 속으로 '그럼 어떻게 시집가란 말야!' 하고 소리를 질렀다. 그때, 듣기라도 한 듯 그가 돌아보았다. 심장이 멈출 것 같았다. 그녀는 어떻게든 속마음을 드러내지 않으려고 안간힘을 쓰며 제발 아무 소리 말라고 속으로 빌었다. 소용없었다.

"얼굴이 창백한데, 어디 안 좋은가?"

숨이 멎을까 봐 겁난다고 할 뻔했다.

"아뇨. 좀 긴장돼서. 말단 사원 주제에 회장님 댁 방문하는 일이 어디 흔해요?"

그는 납득한 듯 고개를 끄덕이고 다시 하나씩 줄어가는 숫자판에 시선을 집중했다.

놀란 신경을 다 진정시키지 못한 상태에서 엘리베이터가 멈추고 문이 열렸다. 태형이 앞서서 내려 차를 향해 성큼성큼 걷고 그 뒤를 은영이 후들거리는 다리로 뛰다시피 쫓아갔다. 그녀는 조금 전 일에도 불구하고 그의 뒤통수에 '따라가는 사람 생각 좀 해!' 라고 속으로 쏴붙이지 않을 수 없었다. 아무래도 그의 머릿속에는 파티 때와 그렇지 않을 때의 행동패턴이 따로 입력되었나 보다. 파티 때 에스코트는 완벽한데 평상시 태도는 이 모양이었다.

진 회장 댁으로 가는 차 속에서 태형은 내내 침묵을 지켰다. 어떻게든 방문 목적을 확실히 알고 싶은데 물어볼 타이밍을 잡을 수가 없었다. 그는 그렇다 치자. 그의 부모님은 왜 은영을 부르시는 것일까? 대그룹 회장님이 그냥 저녁을 먹자고 평사원을 집까지 불러? 그녀가 가진 상식으로는 가당치 않은 일이다. 뭔가 있다. 단지 그 '뭔가' 가 정말 뭔지 알고 싶어서 미칠 지경이었다.

혹시, 반년을 두고 보니 아들 배필감으로 괜찮다 싶어 부르시는 것일까? 생각만으로도 가슴이 콩닥거렸다. 옆에서 풍겨오는 남자용 스킨 냄새가 갑자기 의식되었다. 숨이 막힌다. 끈적끈적할 정도로 손에 땀이 찬다. 하마터면 말끔한 스커트에 손을 문질러 버릴 뻔했다. 그러다가 어제 만났던 성주가 생각나서 시무룩해졌다. 이쪽에 더 가능성이 있어 보였다. 딴생각하지 말라는 경고를 받을지도 모른다.

"아가씨, 그동안 수고했어. 조만간 태형이 약혼할 거니까, 그때까지만 참아."

들을 법한 이야기를 상상해 보다 가슴 한쪽이 아릿해졌다. 어림짐작했던 것보다 실장에게 의외로 많이 기울었나 보다. 언감생심 꿈도 꾸지 말아야지, 개살구야, 개살구 하던 여자는 어디로 갔을까? 갑자기 울컥하면서 이대로 물러설 수 없다는 반발심마저 치솟아 조금 어리둥절하기까지 했다.

혹시 하면서 콩닥거리다가 설마하면서 풀이 죽었다. 그래도 하면서 싱숭생숭해졌다가 아니야 하면서 한숨을 내쉬었다. 생각이 돌고 돌아 어지럽기만 하고 결론은 나지 않았다. 왜 아니겠는가. 어째서 오라는지 모르는데 결론이 날까.

'우씨.'

이제는 짜증이 다 났다. 알아야 면장도 해먹는다고, 부른 목적을 말해줘야 마음을 다잡기라도 하지? 은영은 막무가내로 머릿속 생각을 물을까, 아니면 자연히 알게 될 때까지 그냥 기다릴까 계속 망설였다. 힐끗힐끗 쳐다보는 기색이 짜증스러웠던 듯했다. 태형이 퉁명스러운 목소리로 짧게 한마디를 던졌다.

"뭔가?"

"네?"

"왜 그렇게 안절부절못해?"

'이봐요, 당신 같으면 괜찮겠어?'

속으로 욕을 퍼부었지만, 어쨌든 말문이 트인 것을 다행으로 생각하고 물을까 말까 하던 질문을 꺼냈다.

"왜 부르시는지 혹시 아세요? 제가 뭔가 잘못을 저질렀나요? 묘한 소문이라도 났나요?"

그는 표정 하나 바꾸지 않고 조금 짜증난다는 듯이 대답했다.
"아까 이야기했잖아. 그 이상은 나도 몰라."
그리고 다시 입을 꾹 다문다. 수확 제로. 무장도 없이 무기도 없이 용의 소굴로. 아멘, 하나님, 알라님, 부처님, 저를 보우하소서.

성북동의 진 회장 자택은 꽤 컸다. 마당은 상당한 공간에 잔디를 깔아 작은 파티를 할 수 있을 정도로 널찍했고, 담장을 따라 드문드문 관상용 나무와 유실수, 그리고 각종 화초들이 심어져 있었다. 집은 이층이었는데, 아래층은 진 회장 부처가, 위층은 실장이 이용한다고 들었다. 다만 실장은 집보다 따로 마련한 회사 근처의 오피스텔에서 주로 지낸다고 한다.
은영이 방문하기는 이번이 두 번째였다. 한 번은 진 회장이 마련한 가든파티에 참석하느라 왔는데, 그때는 중국에서 온 바이어들을 접대하려고 신경을 곤두세우느라 집 구경도 제대로 하지 못했다. 사실, 이번에도 집 구경을 할 마음의 여유가 없기는 마찬가지였다. 은영은 실장을 따라 현관으로 올라가며 땀이 밴 손바닥을 치마에 문질렀다. 아빠가 사주신 크림 빛 정장에 또 얼룩을 만들었다. 초조한 머릿속으로 집에 세탁해 놓은 정장이 있었던가 하는 생각이 흘러갔다.
'그래서 뭐. 나중에, 나중에!'
속으로 나중에를 되뇌며 가까스로 마음을 다잡는데 현관문이 열렸다. 진 회장 부인인 오 여사였다. 은영은 황급히 허리를 숙이며 인사를 했다.

"안녕하세요, 사모님."

"아, 왔군. 마침 잘됐어. 태형이 넌 들어가 봐라. 아버지가 식사 전에 좀 보자신다."

오 여사는 실장을 쫓아 보내고 은영 쪽으로 몸을 돌리며 싱긋 웃어 보였다.

"어서 와요, 이은영 씨. 잠깐 나 좀 도와줄 수 있을까? 충주댁이…… 아, 그 사람은 우리 가정부인데 아까 시장에서 장 보고 돌아오다 다리를 좀 다쳐서 병원에 갔어. 그래서 지금 저녁 준비할 사람이 나밖에 없어 손이 모자라거든."

그러고서는 대답도 듣지 않고 은영의 손을 잡아끌었다.

'손님에게 일 시키는 거야?'

황당했지만 어쩌랴. 그녀는 꼼짝없이 주방으로 끌려 들어갔다.

주방은 난리도 아니었다. 한쪽에서는 냄비가 끓고, 식탁에는 뭔가 부칠 생각인지 전 거리가 흩어져 있고, 도마에는 다듬다 만 생선이, 개수대에는 조리하면서 생긴 설거지감이 쌓여 사람의 손길을 기다리고 있었다.

"어수선하지? 충주댁만 없으면 내가 이렇다니까."

오 여사는 고무장갑을 손에 끼우면서 미안하다는 듯 웃음을 은영에게 보냈다. 은영도 마지못해 웃음으로 응대하면서 주방을 둘러보았다. 어쩔 도리가 없었다. 음식 솜씨 따지기 전에 당장 고양이 손이라도 빌려야 할 듯했으니까. 틈틈이 어머니께 배운 솜씨와 대학 때 자취하면서 어쭙잖게 익힌 실력을 모조리 끌어내야 할 판이었다. 은영은 윗도리를 벗어 식탁의자 등받이에 걸치고 블라우스의 손목 단추를 풀어내며 물었다.

"뭐부터 할까요?"

"일단 전을 좀 부쳐 주겠어?"

다행히 어머니가 전 종류를 좋아하셔서 전은 웬만큼 부칠 줄 알았다. 재료는 잘 아는 대구전 거리인 듯했다. 은영은 식탁 위에 놓인 앞치마를 두르고 꺼내 놓은 밀가루와 부칠 대구살 분량을 가늠하며 냉장고에서 계란과 파를 꺼냈다. 오 여사는 생선을 다듬으며 틈틈이 그녀가 전 부치는 모습을 건너다보았지만 별다른 말은 없었다. 부산하면서 차분한 주방 특유의 분위기 속에서 차례차례 음식이 만들어져 식탁 위로 올라갔다.

"다 됐다!"

얼마간 시간이 흐른 뒤에 오 여사가 보글보글 끓는 조기 매운탕 냄비를 식탁 가운데 올리면서 말했다. 은영은 더러워진 조리 기구를 씻다가 그녀를 돌아보고 같이 일한 사람들 사이에서 통하는 웃음을 주고받았다.

"내, 그이랑 태형이 불러올 테니까, 아가씨도 대충 정리하고 자리에 앉아요."

"네."

뒷정리를 다 끝내기도 전에 실장과 진 회장이 들어왔다. 은영은 계란 휘젓는데 썼던 비터를 서둘러 물에 씻어서 마지막으로 식기 세척기에 넣고 몸을 돌렸다. 자리에 앉은 세 사람의 눈이 그녀에게 집중돼 있었다. 그녀는 얼굴로 피가 몰리는 느낌에 어쩔 줄 모르며 재빨리 앞치마를 풀어내 걸이에 걸어놓고 걷어붙인 소매를 내리면서 남은 빈자리에 앉았다.

"이것들을 은영 씨가 다 준비했어?"

태형이 물어왔다. 그녀는 고개도 들지 못하고 어물어물 대답했다.

"아뇨. 사모님이 다 하셨어요. 전 그냥 거들기만……."

"웬걸, 손끝이 꽤 야무지던데?"

오 여사가 그녀의 팔을 톡톡 치면서 웃어주었다.

"그 전은 은영 씨가 부친 거야. 맛있더라."

그 말을 듣고 진 회장이 대구전 한 조각을 가져다가 간장을 묻히며 웃음기 어린 목소리로 말했다.

"이은영 씨 수고한다고 대접한다면서 우리가 대접 받네. 이해하게."

"그러게 말예요. 충주댁이 다치는 바람에 그렇게 됐지 뭐예요. 미안해요, 은영 씨."

은영은 정신이 없어서 그냥 괜찮다, 아니다, 그렇다 등등 대답만 하면서 뭘 먹는지도 모르는 채 식사를 했다. 그저 어서 거북한 자리가 마치기만 바랐다.

애석하게도 식사만 끝나면 돌려보내 줄 것이라는 추측은 오판이었다. 그녀는 저녁식사를 마치고 커피를 곁들여 간단한 다과를 나눈 다음, 충주댁이 없어 걱정하는 오 여사를 도와 설거지까지 거들어야 했다. 그녀가 진 회장 댁 대문을 나섰을 때는 어느덧 완전히 밤이 되었다. 하늘에는 약간 이지러진 반달이 떴다.

은영을 집에 바래다주는 길에서도 태형은 아무 말이 없었다. 그녀 역시 혼이 쏙 빠진 기분이라 말을 하고 싶지 않아서 침묵을 지켰다. 마침내 그녀가 사는 아파트 앞에 도착해 차가 멈추고 나서야 그가 입을 떼었다.

"너무 늦었어. 부모님께는 연락드렸겠지?"

"네. 아까 전화드렸어요."

그는 묵묵히 고개를 끄덕였다.

"수고했어. 우리 어머니는 뭐랄까, 아들이 말하기에는 좀 그렇지만 보기보다 덜렁대는 분이라, 많이 당황했을 거야."

은영은 그 말에 가볍게 고개를 저으며 부정했다.

"아뇨, 그건 소탈하신 거예요. 파티에서 뵈었을 때는 단아하고 빈틈없어 보이셔서 대하기가 더 어려울 줄 알았어요. 저, 아까 찾아뵈었을 때는 무척 긴장했는데, 덕분에 한숨 놓았어요. 즐겁기도 했고. 사모님과 요리하는 일이 흔한 경험은 아니잖아요?"

"다행이군."

　그가 싱긋 웃었다. 항상 딱딱하게 굳은 얼굴로 냉랭한 말만 내뱉던 사람이 부드러운 얼굴을 하니까 전혀 다른 사람처럼 보였다. 순간적으로 가슴이 꽉 조여와 잠시 아무 말도 할 수 없었다. 위험했다. 웃음을 머금은 입술로 키스해 줬으면 하는 마음이 뭉클뭉클 솟는다. 그녀는 싱숭생숭한 마음을 억지로 가라앉히고 서둘러 차 문을 열며 인사를 했다.

"태워다 주셔서 감사합니다. 조심해서 들어가세요."

　은영이 차 문을 닫자 그는 고개만 끄덕이고 차를 출발시켰다. 그녀는 집 앞에 서서 미등의 붉은 빛이 보이지 않을 때까지 지켜보았다. 마음속에서는 진 회장 댁에서 저지른 갖가지 실수들과 방금 본 웃음이 회전목마처럼 빙글빙글 돌아 갈피를 잡지 못하게 했다.

✻

"어떠셨어요?"
 태형이 집에 돌아와서 질문을 던지자, 진 회장과 오 여사는 똑같이 뭘 묻느냐는 듯 그를 바라보았다. 삼십 년 넘게 같이 사신 분들이라 그런지 이런 의뭉스러운 모습은 똑같았다. 부부는 닮는다고 했는데, 그 말이 맞는 모양이다. 그는 한숨을 내쉬면서 다시 말했다.
 "이은영 씨 보자고 부르셨잖아요. 어떻게 보셨어요."
 두 분이 서로 마주 보다가 오 여사가 먼저 대답했다.
 "성격은 차분하더구나. 갑자기 부엌일로 내몰렸는데도 당황하지 않더라. 좀 서투르지만 직장 다니는 사람, 그만하면 됐다. 몸가짐도 생각보다 조신해. 잘 가르치면 되겠지."
 다음으로 진 회장이 말했다.
 "안사람 보는 눈이야 네 어미만 할까. 아까 얼굴 붉히는데, 귀엽더구나."
 진 회장은 그 말만 하고 껄껄 웃었다. 오 여사가 도끼눈을 하고 '이이가!' 하면서 옆구리를 꼬집자 진 회장은 '어이쿠!' 하면서 엄살을 피웠다. 어머니나 아버지나 남들에게는 중매로 어쩔 수 없이 결혼했다고 투덜대시곤 하는데, 친척들 이야기를 종합해 보면 상황은 소개팅이었다고 한다. 옛날식대로 얼굴도 못 본 채 결혼한 것이 아니고 선봐서 호감을 느꼈기에 사귀다가 결혼하셨다. 어쩌다 하는 부부 싸움은 옆에서 보기에 누가 더 사랑하는지 자존심 싸움을 하는 연인의 모습 바로 그것이었다. 그래서인지 재벌 집안 치고는 화목한 편이라 이런 닭살 돋는 장면을 다 큰 자식 앞에서 종종 연출하곤 했다. 보기 좋지만, 난감할 따름이다. 태형은 또다시 한숨을 푹 쉬며 말했다.

"신붓감 보자고 부르셨나요."

두 분이 돌아보면서 동시에 말했다.

"왜 아니겠니."

그리고 껄껄 깔깔 웃으시다가 진 회장이 이어서 말했다.

"이은영 씨나 성주나 나는 다 마음에 든다. 둘 다 너와 잘 어울리고, 너에게 도움을 줄 수 있는 사람들이야. 참한 아가씨야 많다 해도 어디 아는 사람만 하겠냐. 일단 두 사람부터 생각해 보고, 다 아니다 싶으면 말하려무나. 내 힘써보마."

태형은 무척 당황했다. 두 분은 성주를 며느리로 들이기를 바라신다고 생각해 왔다. 얼마 전에 결혼을 재촉하신 말씀도 그런 의미로 받아들였다. 그런데 갑자기 은영을 끼워 두 사람 중에서 우선 골라보라고 하신다. 사정 모르는 사람에게야 그저 결혼 재촉이겠지만, 그에게는 은영과 결혼하라는 은근한 권고나 다름없었다.

결혼 상대로 은영이 부족하지는 않다. 반년 전부터 이때까지 까다로운 상류사회 사람들을 상대로 큰 실수 없이 버텼고, 간혹 생기는 갑작스러운 바이어 상담에도 비서로서 또는 통역사로서 능숙하게 대처했다. 그룹 후계자 부인에게 요구되는 교양이나 사교 능력은 입증됐다고 봐야 한다. 사람만 놓고 보면 그녀는 어느 누구의 상대로도 부족하지 않았다.

여자로서도 마찬가지다. 설마, 그런 여자를 곁에 두고 아무 느낌도 없을까. 옆 자리에서 풍기는 향기를 맡으며 무슨 생각을 하는지 그녀가 알았다면 집에 올 때 괜히 할끗거려 의식시키기보다 당장 차에서 내려 도망갔을 것이다. 회사에서 박 대리와 이야기하는 그녀를 보고 치졸한 독점욕을 드러낸 것도 그렇다. 일로 붙어다닐 뿐인데 의심 많은 남편처럼 구는 자신이 우스우면서도 좀처럼 울컥하는 기분을 누를 수 없어서 괜히 딱딱하게 나갔다. 그녀 앞에서 냉정을 유지하기란 사실 쉽지가 않다. 얼마 전 두성텔레콤 회장 생일파티 때 기억이 아직도 생생하다. 은근히 몸매를 드러내는 와인빛 실크드레스 차림의 그녀를 보고 순간적으로 피가 끓었다.

지금까지 그녀를 고이 놔둔 것은 일단 그녀가 부하직원이었기 때문이다. 파트너 일을 시작하며 암묵적으로 약속한 것도 있다. 철없던 시절, 진(陳)씨 집안의 종마(種馬), 진종마 소리를 들어가며 상대했던 하룻밤 인연들과 그녀는 전혀 달랐다. 결혼할 생각이 없다면 섣불리 건드려서는 안 됐고, 언젠가 성주와 결혼해야 한다고 생각하는 이상 완전히 대상 밖이었다. 그런데 부모님이 뜻밖의 말씀을 하신다.

두 분이 갑작스럽게 은영을 권하는 의중이 궁금했다. 태형이 아는 한, 오늘 하루 보고서 대뜸 그녀를 며느리 후보로 삼을 부모님들이 아니었다. 하긴, 저녁 내내 이상하기는 했다. 오늘 일은 '어떤 사람인지 보고 괜찮으면 며느릿감으로 고려한다' 수준을 훌쩍 넘었다. 어머니가 웬만큼 확신하시지 않고는 주방에까지 세웠을 리가 없다. 아마도 놀러다니기만 했을 것 같은 그녀가 음식 준비하는 태를 보며 종갓집 종부로 맞아들여도 괜찮을지 가늠해 볼 생각이셨을 것이다. 그리고 아버지의 조금 전 말씀. 결국 오늘은 '최종 면접'이었다는 결론에 도달했다.

"저……."

"왜?"

"이은영 씨와는 사귀는 사이가 아닙니다."

성주를 내버려 두고 은영을 파티 파트너로 삼았다. 어쩌면 태형을 배려한다는 취지에서 그런 결론을 내리셨을까 싶어 한 말이었다.

"저번에도 네가 말했지 않냐. 안다. 그랬으면 벌써 드러났지. 예쁜 아이 데리고 다니면서 아무 짓도 하지 않았다고? 너, 옛날 실력은 다 죽었냐? 진종마 어디 갔어?"

진 회장이 옛날 별명까지 들먹이며 농을 했다. 마치 손도 대지 않아 불만이시라는 투다. 두 분 낯빛을 살펴봐도 기꺼워하실 뿐, 다른 실마리는 전혀 주지 않았다. 의외였다. 은영이 마음에 들었다면 곧이곧대로 '너, 이 처자랑 결혼해라' 해도 될 텐데, 여기저기 단서만 흘리면서 결론은 미룬다. 최종 결정은 태형에게 달렸다는 의미다. 더불어 왜 이런 복잡한 과정을 거치나 알아내는 수고도 그의 몫이었다. 그는 고민에 빠졌다.

비공식 약혼자나 다름없는 성주를 놔두고 은영을 내세우신 이유가 뭘까? 잠시 생각하다 막막해 밀어버렸다. 쉽게 떠오를 일이라면 벌써 부모님이 말씀해 주셨을 것이다. 어차피 그에게 달린 선택이라면 두 사람 중에서 고르면 그만이다.

은영의 마음은 확실히 모른다. 우선 성주를 생각해 봐야 했다. 얼마 전까지는 회사 사정도 복잡한 데다 그도 막 실장 자리에 올라서 업무를 파악하느라 분주해 결혼을 생각할 틈이 없었다. 이제는 아니다. 아버지 말씀대로 더 미룰 이유가 없다. 그래, 그냥 결혼하면 된다. 뭐가 문제지? 없다. 다만 꼭 성주가 상대여야 할 이유가 없다는 것이 문제라면 문제였다.

태형이 생각하는 이상적인 부부란 아무래도 부모님 같은 사이였다. 화목하다 못해 뜨거운 부모님을 보며 자랐다. 가능하면 그도 그렇게 살고 싶었다. 그런데 성주는 아무래도 뭔가 부족했다. 말하자면, 은영에게 갖는 강렬한 충동을 느낀 적이 없다. 그래서 미루었다. 몇 년 전까지만 해도 성주는 아직 어렸으니까. 대영 후계자인 그를 뒷받침할 만큼 성숙하지 않았고, 뒤늦게 감정이 생길지 모른다는 생각도 있어서 조금 거리를 두고 지켜보았다.

더 이상은 기다릴 수 없게 되었다. 부모님이 최후통첩을 하셨다. 은영을 파티 파트너로 삼으면서 아무 거리낌이 없었던 자신을 보면 결론은 빤했지만, 그래도 확인은 해야 했다. 약혼자로 바꾸든 오빠 동생으로 남든 말이다. 마침 진성실업 한 회장의 칠순잔치가 이번 주 토요일에 열린다. 구실은 좋았다.

# 3. 결정

'**다**른 직장을 알아볼까.'

 진 회장 댁에 다녀오고 나서 처음 맞는 주말, 은영은 마음도 싱숭생숭하고 해서 나가지 않고 저녁나절까지 집에서 뒹굴었다. 파티가 있긴 한데, 태형이 이번에는 다른 파트너와 간다고 했다. 성주였다. 까마귀 날자 배 떨어진다는 속담도 있고, 아니 땐 굴뚝에 연기 나겠느냐는 속담도 있다. 진 회장 댁 방문과 이번에 파트너가 바뀐 일은 어느 쪽일까.

 아무리 생각해 봐도 진 회장 댁에 다녀온 일은 그냥 문안 방문이라고 보기 힘들었다. 난데없이 끌려가 어처구니없이 주방 일을 했다는 것부터가 이상했다. 꼭 시댁에 인사 가서 자질시험을 당한 기분이다. 그런 방향으로 생각하면 이번 파트너 교체 건은 더욱 비관적인 결론을 낳게 만들었다.

'회장님 내외분이 난 아니라는 결론을 내렸을까.'

그건 또 그것대로 서글프다. 진 회장 내외를 꽤 좋아하게 되었기 때문이다. 파티에서 만난 오 여사는 완벽한 귀부인이었는데, 집에서는 다정하고 푸근한 아내요 어머니가 되었다. 날카롭다 생각했던 진 회장은 무골호인 아닌가 생각할 정도로 잘 웃었다. 그리고 두 분 사이는 한눈에 알 수 있을 정도로 따스했다. 시부모님을 모신다면 이런 분들이었으면 좋겠다고 생각할 만큼. 견물생심(見物生心)은 꼭 물건에만 적용되는 말이 아닌 듯했다. 잠깐 만나고 속단하기는 일러도, 짧은 시간에 그만큼 호감을 주는 사람들 만나기란 쉬운 일이 아니다. 은영 쪽의 일방통행이라면 슬퍼할 만했다.

차라리 잘된 일이라는 생각도 해보았다. 재벌 종갓집 시집살이가 힘겨울 것은 뻔한 데다, 정작 태형은 별다른 관심도 보여주지 않는다. 혹시 회장님 내외분이 밀어주더라도 행복하기는 어려울 것이다. 여자는 사랑해 주는 남자에게 시집가는 편이 행복하다고 했다. 버거운 자리 차고앉아서 애면글면하느니 태형에게 더 깊은 감정을 갖기 전에 그만두고 적당히 수준에 맞는 남자를 잡는 편이 좋을지도 몰랐다.

단념하자 생각하니까 이번에는 집에 데려다 주면서 태형이 보여준 웃음이 떠오른다. 사업상 파티에서 보는 의무적인 미소가 아니라 은영이라는 사람에게 보내주었던 인간적인 미소. 잊을 수가 없었다. 멍하니 생각하다 헤벌쭉하고 만다. 이래서야 마음을 쉽게 정리하지도 못한다.

'별 의미도 없는 걸 가지고…….'

어떤 애정을 담은 표정은 아니었다. 분명 과잉반응을 하고 있다. 적당히 하라고 스스로를 타이르는데, 그러면서도 은근히 기대하기를 그치지 못한다. 다른 이유일 리 없다. 역시 그에게 끌리기 때문이었다. 이러다 정말 사랑에 빠지기라도 하면 어쩌나 싶어 걱정이 됐다. 이런 적이 없었기에 어떻게 수습하면 좋을지도 떠오르지 않았다. 수습하고 싶은지조차도 모르겠다. 그저 힘들 것이 뻔한데 그만두어야지 하면서 '그래도 혹시' 하고 이리저리 그와 이어질 가능성을 재보곤 했다.

물론 아직 아무것도 분명한 것은 없다. 태형은 별다른 말을 하지 않았고 이번 파트너 교체도 일시적이란다. 진 회장 내외분은 그냥 평범한 저녁 초대처럼 편안하게 대해주었을 뿐, '아가씨는 내 아들 짝이 아니니 물러나주시오'로 해석할 만한 티는 전혀 내지 않았다. 모두 은영의 짐작이고 추측이다. 어떤 식으로든 결론을 내리기에는 아직 증거가 모자랐다.

'그래, 실장이 확실히 말할 때까지는 기다려 보자.'

은영은 우울해지려는 마음을 억지로 지우고 힘차게 스트레칭을 시작했다. 은영이 하는 일은 미모와 몸매에 많은 부분이 달려 있었다. 한시도 몸매 가꾸기에 나태해서는 안 되었다.

은영이 스트레칭에 열중하기 시작할 때쯤, 태형은 진성실업 한

동후 회장의 칠순잔치에서 파트너인 성주에게 의자를 빼내주고 있었다.

"같이 식사하기는 꽤 오랜만이지?"

태형이 나직이 건네는 말에 성주가 살며시 얼굴을 붉혔다.

"네, 먼젓번이 언제였는지 기억도 잘 안 나요."

대답하는 말이 유독 가냘프다. 그만큼 그녀가 태형 앞에서 긴장하고 있다는 증거였다. 굳이 물어볼 것도 없다. 사랑 때문이다. 그는 성주의 그런 마음을 오래전부터 알고 있었다. 숙녀다운 수줍음 때문인지 맞대놓고 털어놓는 일은 없어도, 마냥 부끄러워하는 태도라든지 열정 섞인 눈빛에는 다 드러났다. 성주는 요즘 세상에 드물다 싶을 정도로 순진했다. 그런 그녀를 읽어내기란 태형에게 장난거리도 되지 못했다.

문제는 마음을 받아주느냐다. 옆 자리에서 흘러오는 달콤한 플로랄 향을 맡으며 이 향기를 평생 곁에 잡아두고 싶은지 스스로에게 물었다. 조건만 따지더라도 곱게 커온 규중 처자라 신부수업을 확실히 받았고, 미인인데다, 외동딸인만큼 그녀 부친이 소유한 진성실업 지분까지 물려받을 수 있었다. 게다가 사업가 집안에서 자랐다. 때문에 그가 아버지의 뒤를 잇느라 바빠서 좀 소홀해도 이해해 줄 것이었다.

"그래, 요즘은 어떻게 지냈니? 학교는?"

결혼하고 소홀할 것부터 걱정하는 자신이 우스워서 태형은 전채 요리에 포크를 가져가며 되는대로 물었다. 무대에서 개그맨이 막 시작한 잔치의 분위기를 돋웠지만 두 사람이 앉은 자리와는 꽤 떨어져서 대화하기에 불편하지 않았다.

"지난봄에 졸업했잖아요."

"아, 그랬지."

"그때 보내주신 꽃, 장미랑 튤립이 참 예뻤어요. 꽃다발로 드라이플라워를 만들었는데 꽤 곱게 말라서 거실 꽃병에 한동안 꽂아두었죠."

비서인 유정 씨를 시켜 보냈던 꽃다발 이야기였다. 어떤 꽃인지 기억에 없다. 직접 주지도 않은 꽃다발을 오랫동안 두고 보며 아꼈다는 소리에 변명할 여지도 없이 무심했던 자신을 자각했다. 정성스러운 마음을 제대로 대접하지 못한 죄책감이 슬며시 고개를 든다.

'죄책감인가?'

그가 보낸 꽃다발에 의미를 부여하는 여자를 두고 기쁨도 만족도 아닌 죄책감을 느꼈다. 이번에는 당혹과 쓸쓸함이 밀려왔다. 아내감으로 생각해 왔던 여자가 행복해하는 얼굴을 대하면서 죄책감뿐이라는 사실에 대한 당혹, 그 정도 감정밖에 없는 자신에 대한 쓸쓸함. 자기감정을 들여다보는 작업은 그다지 기분이 좋지 않았다. 고운 뺨을 연분홍빛으로 물들인 성주를 슬쩍 보았다. 흐뭇함 이상을 느끼지 못하는 자신이 어쩐지 싫어졌다.

"졸업한 다음에는 한동안 할아버지 댁에서 지냈어요. 할머니께서 감기 때문에 꽤 오래 앓으셨거든요."

"저런, 연락을 주지. 모르고 있었어. 병문안을 가야 했는데."

"그럴 정도는 아니었어요. 연세 때문에 잘 낫지 않을 뿐이라고 주치의 선생님이 말씀하시더군요."

"지금은 괜찮으신가?"

태형은 연회석 중앙 자리에서 환하게 웃는 한 회장 부인을 힐끗 보며 물었다. 성주는 가볍게 고개를 저었다.

"이젠 괜찮으세요."

그 뒤로는 성주가 최근 나가기 시작한 이탈리아 요리학원에 대한 이야기를 꺼내면서 서로 마음에 들어 하는 이탈리아 요리, 대학 시절 각자 이탈리아에 다녀왔을 때의 소감, 둘이 알고 지내는 친구들 소식, 집안 이야기, 다시 한 회장 내외의 건강 등에 관한 대화가 이어졌다. 잔치는 흥겹게 계속됐다.

이윽고 축하 케이크 조각과 커피가 두 사람 앞에 놓였을 때는 대화 주제가 다시 이탈리아 요리로 돌아갔다.

"작년 말인가 만났을 때, 오빠가 라자니아를 맛있게 드셨잖아요. 그건 자세히 배워뒀어요. 언제 놀러오세요. 만들어 드릴게요."

"그래, 시간 나면 한번 들를게."

약간의 자랑스러움과 기대감에 반짝반짝하는 눈을 보며 태형은 차마 그때 라자니아가 좋았다기보다는 그녀가 고른 가게였기에 그런 척했다고 말하지 못했다. 재계 톱에 선 일가의 한 사람으로서 세계 각국의 미식을 맛봐왔지만, 태형은 최근 자꾸 한식에 손이 갔다. 그것도 화려한 궁중음식보다 단출한 가정식 쪽이었다. 어머니가 한국 전통음식, 특히 진씨 종가에서 대대로 내려오는 음식 솜씨들을 제대로 이어받은 덕분이다. 밖에서 양식으로 배를 꽉꽉 채우고 집에 돌아와서는 어머니가 손수 무치신 나물 반찬으로 입가심을 한 적도 있다.

　물론 십대 시절에는 스테이크나 피자, 스파게티 같은 것도 즐겨 먹었고 유학을 갔을 때는 며칠을 햄버거로 때우기도 했다. 서른을 바라보는 요즘에는 그런 느끼한 음식에서 저절로 멀어지는 참이었다. 어릴 때부터의 식습관이란 무섭다.

　'그런데 그때 왜 말해주지 않았었지?'

　지금과 마찬가지다. 오해를 지적해 무안을 주기 싫었다. 좋게좋게 넘어가기를 원했다. 사교상 만난 사람끼리라면 당연하다고 할 정도의 배려인데, 그것이 성주에게까지 적용되었기에 문제였다. 성주가 요리를 배우는 이유가 뭔가. 신부수업이다. 그래도 태형은 말하지 않았다. 대신 은영은 어땠는지를 떠올렸다.

　얼마 전 일이다. 태화종합건설이 대형 뮤직홀을 도심에 세우고 완공기념 파티를 연 자리였다. 뷔페 형식을 취했는데, 줄지어 다가오는 사람들 때문에 꼼짝 못하고 이야기만 계속해야 했다. 음식을 못 가져왔으니 내내 앞에 놓인 와인과 물만 들이켰다. 배가 고파 이제는 더 못 참겠다 싶었을 때, 앞에 접시가 놓였다. 은영이 가져다준 음식이었다.

　그때는 별생각없이 먹었다. 지금 생각해 보면 느끼한 종류는 없었다. 그리고 이야기하는 틈틈이 먹기 좋도록 자잘한 것들만 담겨 있었다. 그가 다 먹은 뒤에 다시 한 번 음식을 가져다주었을 때도 마찬가지였다. 은영은 그의 기호를 알았다.

　'남자 공략은 뱃속부터라는 말대로인가. 나도 별 볼일 없군.'

　따지고 보면 대단한 일은 아니다. 은영에게는 그게 일이니까.

파티에서 태형을 제대로 보조하자면 기호를 파악하는 작업이 무엇보다 우선되어야 했다. 주말이면 거의 반드시, 주중에도 가끔씩 함께 파티에 다니는데 모른다면 그게 오히려 이상하다. 모르긴 해도 성주를 은영의 자리에 데려다 놓았다면 성주 역시 그만큼은 했을 터였다.

돌고 돌아 원점으로 돌아왔다 싶은데, 두 가지가 뚜렷하게 의식되었다. 우선, 일 때문이든 뭐든 현재 그에게 가장 가깝고 그를 잘 아는 여성은 결혼하려고 생각했던 성주가 아니라 은영이라는 것. 그리고 성주가 그의 기호에 대해 잘 모르고 있는데도 별다른 실망이 들지 않는다는 사실이었다. 몰라도 괜찮다. 꽃과 음식 기호. 사소한 두 가지였지만, 그는 자신이 성주를 어떻게 보고 있는지 자각했다. 그녀를 배려해 줄지는 몰라도, 기대를 갖지는 않는다. 마치 돌봐줘야 할 동생을 대하는 것 같다. 어떻게 봐도 아내가 될 여자를 대하는 태도라고 생각하기는 힘들었다.

"……오빠?"

성주가 새빨개진 얼굴로 물어왔다. 생각에 빠진 채 한참 동안 성주의 얼굴을 빤히 쳐다보았던 모양이다. 그를 부른 것도 한 번만이 아닌 듯했다. 주위에 둘러앉은 사람들이 약간은 민망하고 약간은 흐뭇해하는 얼굴로 그들을 번갈아 쳐다보았다.

"아, 네가 너무 예뻐서 잠시 넋을 잃었어."

태형은 상황을 무마하려고 가벼운 웃음과 함께 농담을 장난스럽게 늘어놓았다. 오늘의 성주는 가슴이 살짝 엿보이는 하늘하늘한 우윳빛 드레스로 자그마한 몸을 감싸고 머리를 말아 올려 스팽

글이 촘촘히 붙은 그물로 고정했다. 단아하면서 약간은 유혹적이다. 올해 스물넷을 맞은 한창때의 여성다웠다. 테이블 주위에 웃음이 터지고 성주의 얼굴이 목덜미까지 새빨개졌다. '오빠!' 하며 항의하긴 했지만 싫은 기색은 없었다.

성주와 결혼하면 부부 관계에서 문제를 일으킬 소지는 별로 없었다. 성주 쪽은 말할 것도 없고 태형 역시 본처와 첩 사이에 끼어 콩가루 날리는 짓 따위는 취향이 아니었다. 화목할 것이다. 그렇지만 그뿐이다. 분명 만족스러운 삶이 되겠지만.

불쑥 두성 텔레콤 파티에서 보았던 은영이 끼어들었다. 곱게 틀어 올린 머리에서 하늘거리며 흘러내린 몇 가닥의 머리카락이 유독 눈에 띄었던 기억이 났다. 하얗게 빛나던 목, 동그스름한 어깨를 타고 흘러 허리에서 엉덩이까지 부드럽게 이어진 곡선, 깊이 트인 슬릿 사이로 엿보이던 숨 막히는 허벅지. 옷과 같이 짙붉은 빛깔의 와인 잔을 들어 가볍게 맛보던 그녀가 문득 그를 돌아보며 부드럽게 웃었다. 목이 탔다. 태형은 테이블에 놓인 물잔을 들어 단번에 비우고 벌떡 일어났다. 마침 오늘 잔치의 주인공인 한 회장이 마지막 순서로 부인과 함께 노래를 부르고 무대에서 내려오는 중이었다. 파티는 파장에 이르렀다.

"자, 일어서자. 데려다 줄게."

성주가 조금 당황한 얼굴로 따라 일어나 태형의 팔을 붙들었다. 두 사람은 한 회장 내외에게 인사하고 아는 사람들에게 간간이 고개를 끄덕이면서 연회장을 벗어났다.

엘리베이터를 타고 주차장에 이를 때까지 성주가 간간이 말을 걸었지만 태형은 아무 말도 하지 않았다. 달착지근한 향과 함께 기대오는 성주가 느껴졌다. 간간이 팔에 부드러운 가슴이 닿았다 떨어졌다 했다. 힐끗 보니 성주의 뺨이 발갛게 달아 있었다. 귀여웠다. 태형이 보지 않을 때마다 조금씩 훔쳐보는 눈길도 느껴졌다. 유감스럽게도 심장은 잔잔했다. 거의 결론에 이르렀다. 단지 십여 년에 이르는 오랜 시간만 마지막 결심을 가로막고 있었다. 두 사람은 그렇게 친밀함과 서먹함이 섞인 묘한 상태로 차를 타고 도로 위에 나섰다. 그때, 성주가 평소에 안 하던 부탁을 해왔다.
"오빠, 바람 좀 쏘이고 가자. 파티장에 오래 있었더니 답답해."
"어디로 갈까?"
"아무 데나, 가깝고 탁 트인 곳으로."
"오케이."

밤 열 시가 넘었는데도 한강 둔치에는 아직 사람이 많았다. 날씨가 더워서일 것이다. 아이들과 프리스비를 날리는 부부, 트랙을 달리는 자전거, 코트 위에서 날고 뛰며 소리 지르는 청소년, 손 붙잡고 앉은 연인들. 그 속에 섞여 성주와 태형도 느긋하게 강가를 따라 걸었다.
"오빠."
"응?"
잠시 망설이던 성주가 말을 이었다.
"오빠…… 파트너 말야. 오빠랑 같이 파티에 다닌다는 그 사람. 저번에 회사 근처 칵테일 바에서 만났어."

"그랬어? 언제?"

그가 결혼 상대로 생각하는 두 사람이 따로 만났다. 조금 당황스러웠다. 은영은 아무 말도 해주지 않았다. 하긴, 굳이 이야기하기도 우습다. 파티에서 가끔 만나니까 얼굴은 알지 몰라도 별다른 사귐은 없었던 두 사람이다.

"지난 주말. 직장 상사와 부하직원 사이라고 하더라."

직장 상사와 부하직원 사이. 맞는 말이다. 은영이 달리 말할 만한 일은 둘 사이에 없었다. 그 이상이라고 한다면 곤란했다. 태형이 누누이 강조해 왔던 일이었으니까. 그런데 어쩐지 불만스럽다. 불쑥불쑥 매력을 느꼈던 것은 자신뿐이었을까? 알게 모르게 보여주었던 은영의 마음 씀씀이들은 그저 동료로서의 배려였나?

태형은 다시금 은영에게 돌아가려는 생각을 다잡았다. 뭔가 걸렸지만 무시하기로 했다. 부모님께 결혼 상대로 생각해 보라는 언질을 들어서 남자로서의 에고에 조금 상처를 입었을 뿐이다. 그런 거다. 일단은 그렇게 놔두자. 세세한 감정 분석은 나중에.

"오빠?"

"응?"

돌아보는 태형을 성주가 와락 끌어안았다. 부드러운 가슴이 눌러오며 확 하고 플로랄 향이 퍼졌다. 당황해서 어깨를 잡고 밀어내는데, 이번에는 목에 팔을 감으며 눈을 맞춰왔다. 눈에 열기가 가득했다. 연분홍빛 입술이 벌어졌다가, 살짝 다물어졌다가, 다시 벌어지면서 한숨 쉬듯 작은 목소리를 토해냈다.

"키스해 줘."

대답보다 먼저 성주의 입술이 덮여왔다. 몸이 달라붙었다. 태형은 순간적으로 망설이다가 움직이지 않고 가만히 기다렸다. 혀가 입술을 가르고 들어왔다. 부끄러운 듯 조심스럽게 이빨을 열어줄 것을 재촉했다. 받아들이자 얽혀 들어왔다. 그는 어깨를 잡았던 손을 아래로 미끄러뜨려 허리를 당겼다. 그녀의 팔에 더욱 힘이 들어갔다.

당황은 금방 사라졌다. 입술로 입술을 애무하고 혀를 얽었다 풀었다 빨아들이고 놔주면서 희롱해 봤다. 대담하게 나간다고 해봤자, 순진한 처녀가 그를 당할 수 있을까. 성주는 이내 갈팡질팡하면서 그가 하자는 대로 휩쓸렸다. 여린 몸이 나긋하게 그의 몸에 맞춰 휘어졌다. 그녀의 목 깊은 곳에서 가냘픈 신음이 흘러나왔다.

웅성거리고 킥킥대는 소리에 주위를 의식하고 키스를 멈췄다. 천천히 팔에서 힘을 빼며 성주의 입술을 놔주었다. 그녀가 눈을 감고 할딱거리며 태형의 가슴에 얼굴을 묻었다.

한참 만에 고개를 든 성주는 그가 잘 아는 얼굴을 하고 있었다. 남자를 원하는 여자의 얼굴. 필사적인 여자의 얼굴. 이십대 초반 시절에 종마 소리를 들으며 남자로서의 자만심을 충족시키던 바로 그 시절에 늘 보던 얼굴이었다.

"오빠, 나……."

성주가 더 말하기 전에 손가락을 입에 대고 눌렀다. 더 말하게 할 수 없었다. 그래도 손가락을 피하며 그녀가 어떻게든 말을 하려고 했다.

"들어줘, 나 말야, 오늘……."
"그만."
단호하게 말했다. 성주가 울 것 같은 눈으로 입을 다물었다. 고개를 저었다. 그리고 어깨를 잡고 살며시 밀었다. 그녀의 고개가 떨어지면서 그의 허리를 감싸 안았던 팔에 힘이 빠져 양 옆으로 축 늘어졌다. 그는 그녀의 어깨에서 손을 떼고 한 발 물러났다.
"데려다 줄게."
성주가 고개를 숙인 채 보일락 말락 하게 고개를 끄덕였다. 태형은 몸을 돌려 차를 세워둔 곳으로 천천히 걸어갔다. 잠시 후에 뒤에서 타박타박 따라오는 성주의 발걸음 소리가 들렸다.

두 사람은 잠실에 있는 성주네 아파트에 도착할 때까지 아무 말도 하지 않았다. 열한 시를 넘긴 아파트촌은 너무나 조용해서 괴괴할 정도였다. 그런 분위기 탓인지 성주는 엘리베이터에서 그의 팔꿈치를 꼭 잡고 고개를 숙인 채 말이 없었다.
"들어가라."
문 앞에서 초인종을 누르며 말했다. 성주가 다시 애타는 눈으로 뭔가 말하려고 했다. 마치 뭔가를 찾으려는 듯 필사적으로 그의 얼굴을 살폈다. 그리고 체념하는 얼굴로 고개를 숙였다. 팔에서 손이 떨어졌다. 그녀가 자신의 얼굴에서 아무것도, 아니, 원하는 것을 찾지 못했음을 알았다. 그 사실이 무겁게 느껴졌다. 잠시 후에 성주 어머니 김 여사가 문을 열었다. 성주는 말없이 그에게 고개를 숙여 인사한 뒤 집 안으로 들어갔다.

태형은 아파트 현관을 나서서 주차해 둔 차 쪽으로 걷다가 문득 고개를 들어 아파트 팔층에 있는 성주의 방에 눈길을 주었다. 창가에 섰던 누군가가 몸을 숨겼다. 그는 잠시 빈 창문을 바라보다가 차에 타서 시동을 걸고 바로 그곳을 떠났다.

태형은 한동안 성북동을 향해 달리다가 충동적으로 차를 돌려 한강변의 임시 주차공간에 차를 세웠다. 8월도 막바지라 찌는 듯한 무더위가 슬슬 물러갈 만도 한데, 밤 깊은 시간에도 아직 후텁지근하다. 강바람은 답답한 속을 풀어내는데 도움이 되지 않았다. 오히려 곳곳에 붙어 앉은 연인들을 보며 짜증만 더해갔다. 사춘기와 청년기를 넘기면서 별달리 관심 갖지 않았던 담배가 유독 끌렸다.

둔치에서 성주와 키스했을 때, 조금 흥분하기는 했다. 아쉽게도 그가 바라는 것과는 달랐다. 남자가 여자를 안고 느끼는 흥분일 뿐이었다. 상대가 누구냐와는 상관이 없는. 그 흥분에 성주가 희망을 갖고 사랑을 하는 여자로서, 그리고 익숙하지 못한 열정에 휩쓸려 자신을 던지려고 했을 때, 그는 차마 욕망에 충실할 수 없었다. 진종마라는 별명이 무색해지는 순간이었다. 그저 익숙해진 습관대로 그녀를 다루었다. 다른 여자라면 안아버렸을지 모른다. 성주였기에 그러지도 못했다.

아니, 솔직해지자. 성주가 키스했을 때, 수줍게 들어오는 혀를 받아주면서 이 여자가 이은영이라면 어땠을까 하는 생각이 얼핏 들었다. 신붓감으로 고려해 보라는 부모님의 말씀을 들은 이후 내내 머리 한구석에서 생각했기 때문일지도 모른다. 어둡고 소란스러운 주변 환경 탓에 컴컴한 나이트클럽 계단에서 있었던 은영과의 키스를 떠올렸을 수도 있다. 어쨌든 성주를 안고 딴 여자를 생각했다. 그러다가 코끝에 걸리는 여성적인 플로랄 향기를 깨닫고 가끔씩 맡았던 시원한 은영의 향기가 아니라는 생각을 했다. 흥분은 바로 식어버렸다.

태형은 씁쓸했다. 파티장을 떠나기 직전에 '예쁘다'고 했을 때, 성주는 진심으로 기뻐했다. 간단한 한마디로 기쁘게 해줄 수 있는 아이였다. 정말 좋은 아이였다. 그게 문제다. 그는 아이를 아내로 맞고 싶지 않았다.

스물아홉 해를 살아오며 사랑을 바랐다. 증거가 부모님이라는 형태로 눈앞에 있었다. 기다려도 오지 않았다. 찾고 찾아도 보이지 않았다. 그런 축복은 아무에게나 내리지 않는다. 지쳐 포기하다시피 했지만, 그래도 놓을 수 없는 부분은 있었다. 감정이야 운명이 결정한다 해도, 하다못해 부모님처럼 정신적으로 대등한 동반자 관계만큼은 결혼에서 얻을 수 있기를 바랐다. 대영을 책임지는 자와 그 반려로서 일생을 통해 손잡고 걸을 사이. 그가 설정한 마지노선은 거기까지였다. 그가 성인이 됐을 때, 다들 맞는 짝이라던 성주로는 도저히 바랄 수 없는 일이었다. 그래서 일단 기다렸다. 오늘까지 기다렸다.

오늘 본 성주는 여전히 어렸다. 은영과 같은 나이일 텐데, 기업 톱들을 당당히 상대하는 그녀에 비하면 팔에 매달린 성주는 너무 약했다. 너무 그에게 의존했다. 결혼하는 순간, 순종하는 아내에 안주해 버릴 성주가 눈에 보였다. 그의 말 한마디에 울고 웃고 하라는 대로 따라줄 아내는 원한 적이 없다. 혹시라도 태형이 힘겨워하면 함께 쓰러져 버릴 여자였다. 다른 남자라면 괜찮다. 대영을 이어갈 그의 반려는 절대 그래서는 안 되었다.

그래도 망설였다. 십여 년을 함께해 온 세월은 그만한 무게를 지녔다. 키스가 그마저도 날려 버렸다. 그때 깨달았다. 기다림은 끝났다. 그의 몸은 벌써 품에 안은 여자에게서 다른 향기가 날 것을 요구했던 것이다.

은영을 알기 전이라면 성주와 결혼해서 그럭저럭 살아갈 수 있었을지 모른다. 이제는 늦었다. 은영을 알았기에 성주와는 결혼할 수 없다. 다른 여자를 아내로 맞을 수 있을지도 확실치 않다. 산더미 같은 사진? 개나 주라지. 그와 대등한 역량을 가졌으면서 그에게 강렬한 욕망 또한 불러일으키는 여자를 만났다. 바라던 절대적 상대라고 할 수는 없겠지만, 최선이라고 하기에는 충분했다. 그래서 안겨오는 성주에게, 안아달라고 애원하는 성주에게 등을 돌렸다.

"미안하다, 성주야."

태형은 묵지근한 밤공기에 나직하게 답답한 속을 털어놓았다. 철없던 이십대, 종마 소리를 듣던 바람둥이 시절이었다면 어땠을까. 마지막까지는 아니라도 어떻게든 위로는 해주었겠지. 지금의 그에게는 그것도 무리다. 소중했던 친구가 침대 위에서 울었던 날, 그는 하나의 맹세를 했다. 결혼할 여자가 아니면 어설픈 위로 따위는 하지 않겠다고. 진종마는 그때 죽었다. 그래서 오늘 성주에게 단호히 등을 돌렸다. 그럴 수밖에 없었다.

  거기까지만 생각하고 태형은 성주에 대한 미안함을 마음 한 구석으로 밀어버렸다. 생각해야 할 일이 한두 가지가 아니었다. 결정은 내렸지만, 일은 지금부터다.

  성주를 확실히 거절했을 때, 그들이 결혼할 것이라고 생각했던 사람들이 어떤 반응을 보일지 걱정됐다. 진성실업의 한 회장은 가만있지 않을 것이다. 어쩌면 두고두고 원한을 품을 수도 있다. 부모님께는 또 어떻게 말씀드린다? 게다가 은영은 아무것도 모른다. 그나 그의 부모님이 그녀를 장래 대영의 작은 사모님으로 점찍었다는 사실을 알면 어떤 반응을 보일까? 아무래도 남들과는 좀 다른 여자다. 그에 대해서도 잘 안다. 진종마가 사랑고백 따위를 해봐야 코웃음을 치겠지. 대뜸 청혼한다고 받아줄지도 의문인 것이다. 뭔가 치밀한 작전이 필요했다.

  힘들지만 순탄하게 흘러가던 인생이 꼬이기 시작했다. 갑자기 뛰어들어 그의 삶을 휘저어놓은 여자를 생각하면 얄밉기까지 하다. 행주치마를 벗으며 얼굴을 붉게 물들이던 여자. 몸이 후끈 달았다. 분명 더위 때문은 아니다. 결정은 잘못되지 않았다. 그저 뒷감당이 막막해 짜증이 날 뿐이다. 태형은 한숨을 훅 불어내며 도도히 흘러가는 강물로 눈길을 돌렸다.

# 4. 유혹

**막**상 실장실 문 앞에 서자 은영은 망설였다. 손을 들어 문을 두드리려다가, 그냥 내렸다가, 머리를 쓸어 올리며 한숨을 쉬다가, 손을 다시 들었다가, 포기하고 자리로 돌아가 앉아버렸다. 옆자리에서 김 선배가 뭐 하냐는 눈초리로 쳐다본다. 입술을 질끈 깨물며 모른 척했다.

'아, 정말, 내가 왜 이래야 해. 어쩔 건지 속 시원히 말해주면 좀 좋아!'

벌써 목요일. 태형이 진성실업 한 회장의 칠순연에 참석한 뒤로 일주일이 다 되었다. 그가 성주를 파트너로 참석하고 나서 온갖 연예잡지와 신문들은 진성과 대영의 결합을 점치며 갖가지 추측을 쏟아놓았다.

두 사람이 오랫동안 알아온 사이라는 것, 그가 사귀던 이 모 양과 결별했다는 설, 조만간 그와 성주가 정식으로 약혼한다는 추측, 바로 결혼한다는 예상, 두 가문의 오랜 인연과 앞으로의 전망 등등. 다정하게 팔짱을 끼고 연회장을 나서는 두 사람의 사진도 물론 함께 실렸다. 태형이 진 회장의 외아들로서 경영권을 장악하기 위한 사전 포석이라고 한발 앞선 예측을 내놓는 사람도 있었다. 원래 친밀했던 진성부터 배경 세력을 구축하고 있다는 주장이다. 덩달아 두 그룹 주가마저 소폭 오르기도 했다. 어쨌든 대세는 그와 성주의 결혼이었다.

정말 그가 성주와 결혼하면 어이없게도 은영은 작은 사모님의 연적 취급을 당할 가능성이 꽤 높았다. 업무 변경이나 부서이동 정도는 양반이다. 성주와의 사이에 있었던 일을 생각하면 아예 회사에서 나가야 할 판이었다. 그녀는 애가 탔다. 반년이나 기획실에서 근무했어도 뚜렷하게 일로 쌓은 실적이라고는 없다. 파티에서의 정보 수집을 누가 업적으로 봐줄까. 신문 방송 모니터 정도는 누구라도 한다. 때늦게 파트너 일에 회의가 밀려들었다.

'그래, 나 결혼 당사자 아니다. 그래도 내 평판 깎아가며 하던 일이잖아!'

그런 상황에서 태형은 일언반구 말이 없다. 이번 주에 파티 계획은 있는지, 일에 변경은 없는지, 결혼을 하는지 마는지 그녀에게는 알려주어야 하는데 말이다. 그러면서도 은영이 앉은 자리 근처를 지날 때면 그녀를 묘한 눈초리로 쳐다보곤 했다. 덕분에 눈치가 빤한 기획실 직원들은 아예 대놓고 흥미롭다는 시선으로 그녀를 보았다.

태형과 진 회장 내외로부터 자택 방문에 대한 반응이 오기를 기다리던 마음은 이제 완전히 비관 쪽으로 기울었다. 일주일이나 아무 말 없는 것 자체가 답이다. 더 기대를 갖기는 무리였다. 그나마 돌이킬 수 없을 만큼 마음을 주지 않아 다행이었다. 직장 상사를 향한 한때의 풋사랑으로 정리하면 된다. 마음이야 아프든 말든, 달리 선택의 여지란 없었다. 아니, 애매모호한 연정에 연연할 때가 아니었다.

'젠장, 끙끙대면서 처분 기다리는 꼴은 내 스타일이 아냐! 설마 묻는다고 죽일까.'

은영은 '설마가 사람 잡는다'는 속담을 애써 머리에서 지워 버리며 십여 분째 한 장도 넘기지 못한 서류를 탁 덮었다. 그리고 그녀를 쳐다보는 김 선배를 비롯한 몇몇 기획실 직원들의 눈길을 뒤로하고 실장실을 향해 똑바로 걸어가서 마음이 흔들리기 전에 노크를 하고 바로 문을 열었다.

"은영 씨, 무슨 일?"

유정 선배가 번개같이 자판 위로 손가락을 놀리다가 들어오는 그녀를 보고 반갑게 웃으며 물었다.

"어, 그게, 실장님 계시죠? 잠깐 면담할 수 있을까요?"

"응, 지금 혼자 계셔. 그 일 때문에?"

그녀는 그냥 고개만 끄덕였다. 유정이 더 묻지 않고 인터폰 단추를 눌러 그녀가 찾아왔다고 알렸다.

"들어오라고 해요."

인터폰을 통해 들려오는 목소리가 딱딱하고 사무적이었다. 유정이 힘내라는 듯 웃어주었지만 마주 웃을 수가 없었다. 그녀는 그냥 신경질적으로 입꼬리만 올리고 목례한 다음, 내실로 통하는 문 앞으로 다가가 침을 꿀꺽 삼키고 노크를 했다.

"들어와요."

문을 넘어오는 목소리도 무감정하기는 마찬가지였다. 그녀는 마른 입술을 혀로 살짝 축이면서 문을 열었다.

실장실 안에는 짙은 녹색 카펫이 깔리고 사방에 경영학 관련서적과 서류철이 가득했다. 문으로 들어가면 바로 낮은 탁자를 중심으로 놓인 소파들이 보이고, 그 안쪽에 '기획실장 진태형'이란 팻말이 놓인 커다란 책상이 있었다.

그녀가 들어가자 태형은 잠시 고개를 들어 소파 쪽을 가리키며 손을 저어 앉으라는 표시를 하고 다시 서류로 눈길을 돌렸다. 그녀는 그의 손짓을 못 본 척 무시하고 책상에서 조금 떨어진 곳까지 걸어가서 조용히 기다렸다.

태형은 한참 만에 서류에서 고개를 들어 아직 서 있는 그녀를 힐끗 보고는 모니터 쪽으로 다가가 마우스를 딸깍거리며 몇 가지 서류를 더 검토한 다음, 전자결재를 완료하고 송부했다. 그러고 나서야 비로소 그녀 쪽으로 돌아앉았다.

"기다리게 해서 미안해. 급한 서류라서. 용건은?"

최근 그에게 업무가 집중된다는 소문이 사내에 돌았다. 기획실장이 조만간 톱의 자리에 오른다는 소문을 뒷받침하는 셈인데, 그 때문인지 태형은 거의 매일 한밤중까지 일했다. 은영은 피곤해 보

유혹 91

이는 그의 얼굴에 연민이 솟는 것을 억누르느라 자신도 모르게 입술을 꼭 깨물었다. 그의 얼굴에서 눈을 떼어 목의 넥타이 부분에 시선을 주며 용건을 꺼냈다. 다행히 목소리는 침착하게 나와주었다.

"파트너 일을 계속하는지 알고 싶습니다."

태형이 날카로운 눈을 그녀에게 고정시켰다. 은영은 마치 핀에 꽂힌 나비가 된 기분이 들어 침을 꿀꺽 삼키며 무의식중에 땀이 밴 손을 치마에 문질렀다.

"무슨 소리지?"

말투가 무심하고 냉정하다. 은영은 소리라도 지르고 싶었다. 기획실장이 냉정하다는 소리야 언제나 듣지만, 저렇게 반문하는 데는 정말 오만정이 뚝 떨어졌다. 실장을 만나고 나와서 울음을 터뜨리는 여직원은 많았다. 남자 직원들도 새하얀 얼굴로 나오는 경우가 비일비재했다. 그녀 역시 한때는 자신을 특별히 싫어하지 않나 생각했다. 이제는 천성일 뿐 딱히 감정이 있어서가 아님을 알지만, 대하기 어렵기는 마찬가지였다. 이런 생각에는 그의 비서인 유정도 어느 정도 동의하고 있었다.

"진성실업 회장 손녀따님과 실장님의 결혼에 관해 갖가지 보도가 나오고 있습니다. 사내에 소문이 돌고……. 이번 주에 저와 동반하실 예정도 없고. 업무에 변화가 있다면 준비하고 싶습니다."

"사내 소문까지 모니터할 필요는 없어."

말하자마자 바로 대답이 날아왔다. 냉정하고 무심한 얼굴이 어쩐지 노려보는 듯하다. 물론 괜한 생각이다. 목소리는 여전히 사무적이었다.

"은영 씨 업무는 그대로야. 이번 주는 주말에 출장이 잡혀서 그럴 뿐이지."

그리고 그는 탁상 다이어리를 보고 스케줄을 체크하더니 말했다.

"다음 주말에 별다른 일 없으면 태성유화 창립기념 가든파티에 참석할 예정이니까, 온 김에 나가면서 유정 씨에게 스케줄을 받아가. 다른 용건은?"

"없습니다."

태형은 고개를 끄덕이고 바로 서류를 살피기 시작했다. 은영은 내심 한숨을 놓으면서 호랑이굴로부터 한시바삐 도망치기 위해 걸음을 재촉했다. 그녀가 막 문 손잡이를 잡으려는 순간, 뒤에서 그가 불러 세웠다.

"아, 은영 씨."

은영은 문고리를 잡은 채로 고개를 돌려 그를 쳐다보았다.

"혹시……."

"네?"

말끝을 흐리던 그는 은영이 다시 묻자 서류로 눈을 떨어뜨리며 됐다는 듯 손을 저었다.

"아니, 아니야. 가서 일봐요."

그녀는 '네' 하면서 실장실을 나와 문을 닫고 한숨을 쉬었다. 앉아 있던 유정 선배가 일손을 멈추고 묻는 듯 눈길을 보내왔다. 혀를 살짝 내밀면서 배시시 웃어주었다.

유혹 93

"하던 일이나 잘하래요. 당분간은 목 떨굴 생각이 없나 봐요."

"잘됐네."

유정은 바쁜지 마주 웃어주고 바로 컴퓨터 화면으로 눈길을 돌렸다. 은영은 실장실을 나와 문을 닫았다.

바쁜 일도 없고, 지금 바로 사무실에 돌아가 봐야 궁금해하는 동료 직원들에게 눈총만 받을 뿐이다. '가까스로 호랑이굴에서 살아나왔으니 내게는 잠시 쉴 자격이 있어'라고 자위하면서 휴게실을 향해 걸음을 옮겼다. 아직 가슴 한쪽에는 불안이 남았지만 일단 목은 붙어 있다. 최소한 앞으로 이 주일간은. 뒷일은 나중에 생각하기로 했다. 발걸음이 조금은 가벼워진 기분이었다.

은영이 문을 닫는 소리가 들렸다. 태형은 보던 서류를 놓고 의자 등받이에 몸을 기대면서 커피에 손을 뻗었다. 다 식어 미지근했다.

'혹시 질투하는 거요?'

실수할 뻔했다. 그보다 한 수 아래라고는 해도, 그녀 역시 반년 동안 상류사회의 복마전을 돌아다니며 감각을 갈고닦았다. 자칫하면 이상한 낌새를 알아차릴지 모른다.

알고 있었지만, 새삼 살펴봐도 은영은 매력적인 여자였다. 늘 가꾼 덕분에 몸매는 늘씬하고 피부는 빛이 난다. 세련되면서도 시원한 그녀만의 향기도 매혹적이다. 그리고 입술. 연한 분홍빛 슈트에 맞춰 펄이 들어간 연분홍빛 연지를 칠한 입술. 조금 전만 해도 꼭 다문 그녀의 입술에 키스해 버리면 어떨까 궁금했다. 사무적이던 눈빛이 욕망으로 물드는 상상까지 하다가 몸이 후끈 달아오르는 느낌에 얼른 지워 버렸다. 최소한 동생으로는 보이지 않는다. 그 부분만큼은 다행이었다.

한 회장 회갑연 때 그녀에 대한 끌림이 어느 정도인지 자각한 뒤로, 좀처럼 자제하기가 힘들어지고 있었다. 문득문득 처음 만났을 때 계단에서 했던 키스가 생각난다. 그때 받은 느낌이 사실이었는지 확인하고 싶어진다. 갑자기 아내감으로 봐서 혼란이 생기는 것일까. 아차하면 생각이 엉뚱한 쪽으로 달려갔다. 아무래도 계속 브레이크를 걸다 해금된 반동인 것 같다. 욕망이 이성을 흔들 지경이었다.

물론 그가 감탄하는 부분이 여자로서의 은영만은 아니다. 섬세한 겉모습 속에 재계 톱들의 기세 싸움에 밀리지 않는 대찬 속내를 지녔다. 그렇지 않았다면 반년이나 함께 다니지 않았다.

'이렇게 될 줄 알고 며느릿감으로 추천하신 것일까······.'

태형은 억지로 은영에게서 의식을 돌리며 커피잔을 내려놓고 보던 서류를 집었다. 별것 아니지만 그의 결재가 필요한 서류다. 요즘은 이런 서류가 많았다. 성주를 에스코트한 이후 최근 며칠은 더욱. 쓸데없이 일 열심히 한다는 증거를 보이려고 한다. 차기 대권주자에 대한 줄 서기가 시작됐다. 피곤한 일이다. 각오했더라도 치솟는 짜증을 어쩔 수가 없었다. 이대로는 '그따위도 알아서 못하면 집어치우고 애나 보시오!' 하고 소리를 질러댈지 모른다.

그는 서류를 집어 던지고 자리에서 일어나 커피잔을 다시 들고 테헤란로가 내려다보이는 창가로 다가갔다. 식어빠진 커피가 너무 달았다.

널찍한 길 위로 갖가지 색의 차들이 달려간다. 벌써 몇 년째 보는 풍경이었다. 삐죽삐죽 빌딩들이 솟은 스카이라인 아래에서 비가 오고, 바람이 불고, 낙엽이 지고, 눈이 내리는 그 모든 계절의 광경을 눈에 담고 살았다. 이곳에서 바라보는 모습이 그의 세상이었다. 때때로 뛰쳐나가 난장질을 쳐도 언제나 여기로 돌아왔다. 이 자리가 바로 그가 있을 곳이다.

'아버지 건강은 아직 괜찮아. 만약을 생각해 서두르실 뿐……'

다만 조만간 닥칠 일이라고 생각해 왔는데도 그 무게가 예상 이상이었다. 삼십이 될 때까지는 일반 직원으로 일할 예정이었는데 벌써 실장이다. 중간에 다른 사람을 톱에 올리고 시간을 벌 수도 있지만, 그건 또 나름대로 문제가 생긴다.

'그래 봐야 압력은 마찬가지다. 이 압력은 온전하게 내 몫. 이것까지 부모님이 도와주실 수는 없다.'

철없을 때는 여자로 닥쳐 올 미래에 대한 스트레스를 풀었다. 진종마 소리를 들을 정도였으니까 그가 생각해도 참 난잡하게 놀았다. 그러다가 정말 마음 편하던 친구 둘을 잃었다. 많지도 않은 마음의 안식처 둘을 잃고서야 자신이 정말 못할 짓을 해왔다고 겨우 자각했다. 후회는 아무리 빨라도 늦다.

이제는 여자와 가볍게 관계하기가 너무 공허해서 버겁다. 좀 더 안정적이고 견고한 관계가 필요했다. 너무 무겁고, 앞으로는 더욱 무거워질 대영을 그와 함께 짊어져 줄 사람이 필요했다. 그에게 마냥 기대오는 여자가 아니라 그 역시 기댈 수 있는 여자, 그만 바라보는 사람이 아니라 그와 같은 것을 봐줄 사람, 그의 고민을 이해하며 기운을 북돋워줄 절대적 원군이 절실했다. 기획실장입네 해도 그는 중역들 앞에서 아직 스물아홉의 애송이였다.

은영이 떠올랐다. 그녀라면 가능할까? 물론이다. 뒷배없이 그녀 자신만으로 부모님께 인정 받은 여자다. 반년을 함께 지낸 경험도 그렇다고 확인해 준다. 육체적으로도 반응하는 자신을 보면 그녀보다 결혼 상대로 적합한 여자는 따로 찾기 어려울 것 같다. 부모님의 안목에 새삼 감탄하는 요즘이었다. 허영기가 있고 다분히 계산적이라 사랑해 주기 어려운 성격이지만, 그 정도는 함께 살면서 생기는 정으로 어떻게든 될 것 같다.

그렇게 보면 지난 세월 동안 성주와 쌓은 정은 아쉬웠다. 성주가 은영만큼 굳건하고 은영만큼 매력적이었다면 좋았을 것을. 조금 더 시간이 있었다면 어땠을까. 성주가 은영만큼 성장해 줄까. 의미없는 가정이다. 당장 무한히 전력질주를 해야 하는데, 크기가 다른 바퀴로 마차를 뒤엎지 않을 자신 따위는 없다. 괜한 동정이나 기대는 금물이다. 지난 시간에 연연해서 성주를 붙들어봐야, 잃어버린 둘처럼 성주마저 잃을 뿐이다.

"내가 무슨 생각을 하는 거야."

자조하는 목소리가 흘러나왔다. 성주를 잃기 싫다고? 웃기는 소리. 솔직해지자. 아무리 해도 결혼할 만큼은 안 된다는 것이었잖은가. 그리고 그런 결론을 내린 배경은 바로 은영이었지 않은

유혹

가. 성주가 약하다고? 기준이 뭔가? 은영이었다. 성주를 만나면서 은영과 비교했고, 은영은 버틸 상황에서 성주는 쓰러져 버릴 것이라는 확신이 들었기에 성주를 버렸다. 은영보고 계산적이라고 할 것이 아니다. 자신이야말로 계산 끝에 결정을 내렸다.

처음부터 은영을 여기까지 끌어들일 작정은 아니었다. 그저 필요할 때 손 닿는 곳에 있었다. 하긴, 나름대로 인연은 인연이다. 아니, 은영의 입장에서는 악연일까. 은영의 생각이 어떤지는 몰라도, 사실은 그랬다. 사회 첫 걸음이 기형으로 뒤틀려 버린 현실이 단적인 증거였다. 실력이 있는 여자다. 자신만 아니었다면 평범하게 입사해서 몇 년간 실적을 남기다가 좋은 남자 만나 알콩달콩 살아갔을 여자다. 반년을 지켜본 바로는 은영이 인생에서 기대하는 바도 대략 그 정도였다.

이제는 속된 말로 '물 건너간' 이야기였다. 은영은 아직 깨닫지 못했겠지만, 앞으로 그녀가 어떤 삶을 살든 '진태형'이라는 꼬리표가 붙어다닌다. 태형은 이미 결정을 내렸다.

아까 보았던 긴장으로 창백했던 은영. 교활한 그는 그녀의 얼굴에서 피곤해하는 자신을 향한 연민을 읽어냈다. 반년을 함께 다니며 알게 되었다. 약삭빠르고 계산적인 은영에게 뜻밖에도 꽤나 무른 면이 있다. 알게 모르게 보여준 배려들이 모두 업무상 필요에 의한 행동이었다고 생각하기는 어렵다. 남한테는 냉정해도 곁을 준 사람에게는 살뜰한 타입. 그런 점을 발판으로 타고난 허영심을 파고들면 그녀를 함락시킬 수 있겠다는 판단이 섰다.

이렇게 하나하나 분석하고 확인하는 자신이 역겹다. 가슴으로 사람을 대할 수 없는 자신이 싫다. 그렇지만 어쩔 수가 없다. 다른 삶 따위는 모른다. 내달릴 뿐이다.

"젠장."

태형은 식은 커피를 마저 삼키고 파란 하늘과 활기찬 도심의 풍경에 등을 돌렸다. 은영의 정이 깊어져 마침내는 인생의 파트너로 곁에 서주기를 바라는 마음, 은영에게 보답할 수 없는 자신, 그래서 줄 상처에 미안해하는 마음, 그리고 그런 마음들을 지켜보고 조롱하며 역겨워하는 마음이 소용돌이쳤다. 그 모든 마음을 어두운 곳에 밀어 넣고 자물쇠를 채우며 자리로 돌아가 앉아서 별 볼일 없지만 봐야 하는 서류로 눈을 돌렸다.

그는 대영의 후계자. 빌어먹게도 그리운 두 친구로 인해 마음에 눈을 뜬 냉혈한이었다.

✱

"은영 씨?"

자신을 부르는 소리에 은영은 마시던 주스 캔을 내리고 돌아섰다. 내심 눈살을 찌푸렸다. 박 대리와 비슷한 수준으로 종종 그녀에게 찝쩍거리던 홍보담당 이 대리였다. 뻔뻔스럽기는 박 대리보다 한 수 위인 지겨운 남자. 그래도 상급자다. 어쩔 수 없이 대답했다.

"네?"

"실장님과 면담은 잘되었나요?"

'알아서 뭐 하게!'

튀어나오려는 거친 말을 간신히 눌렀다. 동료들 호기심이 껄끄러워 도망친 줄 모르나. 여기까지 쫓아와서 물어봐? 뻔뻔스럽기만 한 줄 알았는데 눈치도 없다. 한번 미운털 박히니 하는 행동마다 짜증이 났다. 말은 자연히 냉정하게 나갔다.

"네. 업무 변경은 없다고 하시네요. 주말에 출장이라고 다음 주 파티나 준비하래요."

어차피 다들 물어볼 말, 이 대리를 사환 삼아서 알려도 상관없겠다 싶어 사실대로 말했다. 실수였다. 바로 이 대리가 기쁜 기색을 떠올리며 입을 열었다.

"그럼, 주말에……."

재빨리 잘랐다.

"다행이에요. 동생들이 수영장 데려가 달라고 전부터 졸랐거든요. 주말에는 그 애들 데리고……. 아, 무슨 말씀하셨나요?"

이 대리가 말 잘린 사람들 특유의 속상하고 어색한 표정으로 떠듬거렸다.

"아뇨, 별로……."

"네, 그럼."

냉정하게 끊고 돌아섰다. 더 있어봐야 들러붙을 빌미만 줄 뿐이니까. 마시다 만 주스는 쓰레기통에 던져 버렸다. 입맛이 썼다.

그리고 하루하루가 조용히 흘러갔다.

\*

출장에서 돌아온 태형은 대진 레미콘 창업파티에 참석하고 바이어와 두 번이나 회식을 겸한 저녁식사를 했지만 성주도 은영도 동반하지 않았다. 태형과 은영은 이 주째 파티에 함께 가지 않은 셈이다. 덕분에 은영이 버림받았다는 설은 거의 기정사실처럼 굳어져 갔다. 묘하게도, 그게 꼭 나쁘지만은 않았다.

실장이 업무 변경은 없다고 했어도 괜한 생각이 자꾸 떠오르는 바람에 여유가 생기면 손을 바쁘게 하려고 버릇처럼 책상을 정리했다. 그러다 차장에게 책상이 깨끗해서 보기 좋다는 칭찬을 들었다. 그동안 손 놓고 지냈던 게임과 채팅도 밤늦도록 해봤다. 오래간만에 친구 정은을 불러내 서먹했던 관계를 조금 회복하고 수다도 떨었다.

소홀했던 기획실 직원으로서의 일에도 신경을 쏟았다. 늘 열외였던 야근을 신청해 밀린 잡무를 처리하고 마침내는 바쁘지도 않은 일들을 집에까지 가져가 밤늦도록 몰두했다. 파티의 꽃이 아니라 직장여성으로서 일하는 기분은 은영에게 신선한 활력을 주었다. 자기 일이 없을 때는 이리저리 도울 만한 일거리를 찾고, 그도 없으면 소문 때문에 소원했던 여직원들과 수다를 떨며 관계를 돈독히 하는데 힘을 기울였다.

그런 행동들 때문에 차였다는 소문이 더욱 확신을 얻어갔고 끈 떨어질 것 같으니 애쓴다며 뒤에서 수군거리는 사람마저 없지 않았다. 실장이 사무실을 지날 때마다 은영을 살피는 일은 여전했는데, 그것과 관련해서는 이제 은영을 어떻게 할지 실장이 고심한다

유혹 101

는 루머가 돌았다. 실장과 은영의 무덤덤한 파트너 관계를 알 사람은 다 아는 터라 애정 문제까지 엮어서 더 심해지지 않아 그나마 다행이었다. 사실, 당장 머리가 너무 복잡해서 신경도 쓰이지 않았다.

그러다 보니 이런 일도 생긴다. 그동안 애써 혼자 있는 상황을 피했는데, 결국은 걸렸다. 하긴, 직장이란 좁아서 마음만 먹으면 언제 어디서든 붙잡을 수야 있다.

"은영 씨, 돌아오는 주말에 약속있나요?"

날은 덥고 일은 없고. 겨우 얻은 다섯 쪽짜리 보고서 타이핑을 끝내고 허리도 펼 겸 졸음도 쫓을 겸 음료수라도 뽑아 마실까 하고 나온 참이다. 어떤 것을 고를까 고민하는데 누가 옆에서 지폐를 밀어 넣으며 말을 걸었다. '삭은 태양' 박 대리였다. 레퍼토리가 변하지도 않는다.

"네? 왜요?"

박 대리는 오렌지주스를 두 개 뽑아서 하나를 건네며 씩 웃었다. 확실히 웃음 하나는 일품이다. 그렇지만 지금 은영은 회장님 댁에 끌려가 며느리 심사 비슷한 것을 겪고 결과가 비관적인데다 일자리마저 불안정한 상태였다. 남자들 자만심에 무게를 얹어주고 싶은 생각은 전혀 없다. 심지어 남자 따위 다 집어치우고 평생 일이나 할까 하는 생각도 든다. 그런 상황에서 뭘 마실지 묻지도 않는 박 대리가 친절하다기보다 오만하게 보여 내심 불쾌했다.

"주말이 연휴인데, 금요일 저녁에 같이 식사, 어떨까요? 식사하고, 영화도 보고……."

'호텔 가서 하룻밤 같이 뒹굴고 괜찮으면 주말까지 연장하자고?'

은영은 내심 빈정거리면서 그가 말을 흐린 부분을 멋대로 추가했다. 이처럼 짜증나는 상태가 박 대리 탓은 아니다. 그렇지만 푹푹 찌는 무더위가 에어컨을 틀어도 사람 지치게 만드는데, 주변 상황마저 어쩐지 잔뜩 꼬여 돌아가 해결할 방법이 없다. 끈 떨어졌다 생각하고 접근해 날름 따먹으려는 남자들 치근거림에 일일이 상대해 줄 여력 따위는 남지 않았다.

"날도 더워서 어디 가기 싫어요. 주말에는 그냥 집에서 에어컨 틀어놓고 편히 쉴 거예요. 그럼, 주스 잘 마실게요."

은영이 주스를 인사하듯 들며 휴게실을 나가는데 박 대리가 팔을 잡아 돌려 세웠다.

"튕길 거 없잖아? 어차피 실장하고 잘 안 된 거 다 알아. 나쁘게는 안 할 테니까 나랑 한번 사귀어보지?"

속에서 열불이 치솟았다. 천하의 이은영이 이런 바람둥이 떨거지한테 재벌 후계자에게 빌붙다 채인 화냥년 취급을 받다니. 그러지 않아도 탈출구가 없어 쌓여만 가던 울화가 임계점을 넘어 터지려고 했다.

"손 놔요."

냉랭한 목소리가 떨어졌다. 회사 안에서 난리 피우고 싶지 않아 터져 나오려는 소리를 간신히 참았다. 억지로 누르는 바람에 목소리가 거칠다. 유감스럽게도 박 대리는 다르게 해석한 듯했다. 비릿한 웃음을 지으며 오만하게 은영의 입술 가까이 얼굴을 가져다

유혹 103

대고 내려다보았다. 그에게서 나는 스킨 냄새가 역겨웠다.

"싫은데? 떨고 있군. 혹시 은영 씨, 키스해 주기를 바라는 거야? 금요일에 나와주면 밤새도록 해주지."

박 대리가 자기 성적 매력을 턱없이 자신하는 소리를 주워 넘겼다.

'빌어먹을 자식.'

머리꼭지가 돌아버릴 것 같은 상황에 사타구니를 걷어차 줄까 비명을 지를까 망설이는데, 뒤에서 굵직한 목소리가 들렸다.

"그건 좀 곤란해. 은영 씨는 토요일에 나랑 태성유화 파티에 참석하니까, 밤늦게 노는 일은 삼가줘."

태형이었다. 가벼운 말투와 달리 박 대리를 바라보는 날카로운 두 눈에는 냉랭한 분노가 가득했다. 계단 옆에 마련된 휴게실은 벽이 통유리라 밖에서 훤히 보인다. 지나가다 본 모양이다. 한 손에 결재판을 들었다. 사장실에 결재 받으러 올라가려다 옥신각신하는 모습을 봤겠지. 박 대리의 얼굴이 재빨리 멀어지고 은영의 팔을 움켜쥐었던 손도 떨어졌다. 박 대리가 눈에 띄게 창백해졌다.

'꼴좋다.'

은영이 붙잡혔던 팔을 주무르며 박 대리가 난처해하는 모습을 내심 고소해하는데, 노기가 서린 태형의 말이 이어서 그녀에게 날아왔다.

"그리고 은영 씨, 전에도 말했는데 자꾸 이야기하지 않게 했으면 좋겠어. 사귈 작정이라면 말을 하든지. 양다리 걸친 여자 때문에 망신당했다는 소문은 사양이니까."

'내가 뭘!'

마치 바람난 여편네 다그치듯 쏟아 붓는 그의 말에 화가 났다. 그래도 억지로 참고 입을 꼭 다물며 가만히 있었다. 말투가 심해 항의라도 하고 싶었지만, 괜히 성을 냈다가 박 대리가 공연한 희망을 품을지도 몰라서 참고 말았다. 실장의 싸가지없는 말투는 중역들에게 정중한 빈정거림, 부하들에게 싸늘한 빈정거림이라는 것만 다를 뿐 모든 사원들이 공통으로 겪는 고통이기에 반년이나 지난 요즘에 와서는 그러려니 하고 넘길 만했다. 물론 절대 익숙해지지는 않았다.

은영이 아무 말 없자, 그는 주스 캔 하나를 뽑아 들고 휴게실 창가로 다가가 밖을 내다보며 천천히 마셨다. 유정 선배가 냉장고에 음료들을 채워두는데 굳이 나와서 저러는 이유가 뭘까. 하긴, 사무실에 갇혀서 서류만 들여다보기도 갑갑하겠지. 그렇게 생각하자 건장한 등에 왠지 피곤이 쌓인 것처럼 보였다. 그녀는 어릴 때 아빠 등을 주물러 드리던 기억을 떠올리다가 내심 화들짝 놀라 지워 버렸다.

상사가 버티고 선 휴게실에서 노닥거리기는 아무래도 거북하다. 박 대리는 더 이상 아무 말도 하지 않고 비실비실 웃어 보이며 사무실로 가버렸다. 다른 직원들마저도 눈치를 보고 오다가 돌아가는 바람에 휴게실에는 잠시 태형과 은영 두 사람만 남았다. 좌불안석이 된 그녀도 미처 마시지 못한 주스 캔을 들고 살금살금 도망치려는데, 그가 다 비운 캔을 쓰레기통에 던져 넣으며 말을

유혹

했다.

"그런 이야기는 다른 장소에서 하는 편이 좋아."

"네?"

태형이 휴게실의 한쪽 벽을 가볍게 두드리면서 말했다.

"회의실에서 들리거든. 회의할 때야 모르지만, 조용하면 누가 누구와 이야기하는지 정도는 알 수 있어."

다 듣고 왔다는 소리다. 지나가다 본 것도 아니고. 창피해서 얼굴이 확 뜨거워지는 기분에 고개를 푹 숙였다. 그 위로 낮게 가라앉은 태형의 목소리가 떨어졌다.

"은영 씨 탓은 아니지. 그래도 은영 씨는 지금 대영을 대표하는 얼굴의 하나니까 조심하라는 뜻에서 말하는 거야."

뜻밖에도 질책하는 어조가 아니어서 눈만 살짝 들어 얼굴을 살폈다. 속았다. 표정이야 없지만 눈빛은 아무래도 무시무시하게 화난 상태였다. 떨리는 속을 가다듬고 간신히 덤덤한 어조로 대답을 했다.

"그건 잘 알고 있습니다."

그가 가볍게 고개를 끄덕이고는 말했다.

"믿겠어. 아, 그리고, 토요일 오후는 완전히 비워. 가든파티 이후 밤 시간까지 모두. 다른 일정이 생길지도 모르겠어."

은영은 어쩐지 힘든 한 주가 될 것 같다는 생각에 기운이 빠졌다. 상황을 바꿀 재주도 없다 보니 말투만 삐딱하게 흘러나왔다.

"그러죠."

태형은 그냥 고개만 끄덕이고 말없이 그녀 곁을 스쳐 느릿한 걸음으로 사무실을 향해 걸어갔다.
 '호랑이의 외출 종료. 중상자 둘, 사망자 없음.'
 꼬인 속마음을 빈정거리는 속말로 풀며 먹지도 않은 주스 캔을 저 멀리 아가리를 벌린 쓰레기통에 집어 던졌다. 캔은 뭔가 터진 듯 굉장한 소리를 내며 쓰레기통 속으로 처박혔다. 그녀는 주먹을 꽉 쥐어 승리의 포즈를 취했다.

 사무실로 들어가려던 태형은 요란한 소리에 놀라 휴게실을 돌아봤다가 포즈를 취하는 은영을 보고 자신도 모르게 픽 웃었다. 눈치를 보니 그 자식이 뽑아준 캔을 따지도 않은 채 쓰레기통에 처박았다. 왠지 모르게 기분이 좋았다.

 태성유화 창립 기념파티는 예정대로 토요일 정오경에 태성유화 본사 옥상의 정원에서 가든파티 형식으로 열렸다. 숨 막히는 무더위에 쨍쨍 내리쪼이는 햇볕 아래서 가든파티라니 제정신인가 싶다. 전통이란다. 예전에는 토요일 오전 근무를 끝내고 파티를 열었기 때문이라고 들었다. 그렇지만 토요 격주 휴무제를 실시하는 요즘, 아니, 주 5일제 근무를 하는 곳도 많아지는 요즘 추세에 그런 관습을 무작정 따를 필요가 있을까 하는 생각이 들었다. 귀부인들은 전부 차일 그늘로 숨어버렸고, 남자들은 얼음을 꽉꽉 채운 음료로 목을 축이며 장황하게 이어지는 유건화 회장의 기념사를 견디고 있었다.

"남자들은 그런다죠? 까라면 까! 시대가 변했는데도 옛날 관습을 버리지 못하고 맹종하죠. 여성경시 풍조가 없어지지 않는 이유를 알 만해요."

시니컬하게 은영이 던진 한마디에 주위에서 숨죽인 웃음소리가 들려왔다. 그녀는 얼굴을 살짝 찌푸리며 이글거리는 대기 건너편에서 땀을 뻘뻘 흘리는 유 회장의 모습을 쳐다보았다. 아마 유 회장도 이런 행사는 좋아하지 않겠지. 정말 왜 하는지 알 수가 없었다.

은영은 이경숙 점장의 충고를 받아들여 연한 라임 빛 민소매 드레스를 입고 있었다. 발목까지 내려오는 길이지만 어깨가 드러나고 가슴도 시원하게 패인 덕분에 숨이 턱턱 막히는 무더위가 그나마 견딜 만했다. 주위에 앉은 남자들이 매끈하고 하얀 팔이나 가슴 골짜기를 힐끔힐끔 보는 것도 감수했다. 세트로 가져온 진한 녹색 실크 숄을 어깨에 두를 생각은 조금도 들지 않는다. 반투명 망사라서 두르면 오히려 더 색스럽게 보일 것이다.

실장의 생각은 조금 다른 듯했다. 그녀가 챙 넓은 모자를 벗어 휘적휘적 부치자 눈썹을 찡그리며 나직하게 말했다.

"그만둬."

"왜요? 뭘요?"

"모자로 부채 부치는 거. 가슴 옷자락이 펄럭여. 그리고 거기 숄로 어깨도 좀 가리는 게 좋겠어. 그렇지 않아도 더운데 근처 남자들 혈압 올라 쓰러질지도 몰라."

'이 남자가 농담도 하네?'

은영은 눈살을 찌푸리며 평소에 안 하던 소리를 하는 실장을 한동안 쳐다보았다. 유감스럽게도, 밝은 햇빛 속에서 가늘게 눈을 뜨고 유 회장을 쳐다보는 그의 얼굴에서는 아무것도 알아낼 수 없었다. 그녀는 팔에 걸쳤던 숄을 두르고 모자를 썼다. 마침 유 회장의 연설이 끝났기에 자리에서 일어나 박수도 쳤다. 이어서 간단한 회사 연혁과 현황 보고가 이루어졌지만 사람들은 더 이상 행사에 관심을 두지 않았다.

딱딱한 공식 행사는 얼마 안 가 적당히 마무리됐고, 유 회장이 자리를 벗어나 내빈들과 인사를 나누면서 금세 자유로운 분위기가 자리를 잡았다. 실장과 은영은 잠시 있던 자리에 머물렀다가 유 회장 주변에 사람이 조금 줄어들자 천천히 유 회장 앞으로 다가갔다.

"안녕하십니까."

"이게 누구야. 진 실장 아닌가! 오랜만이네."

유 회장은 허리를 숙이는 태형에게 다가와 악수를 하며 손으로 태형의 어깨를 두드렸다.

"잘 지냈나? 춘부장께서는?"

"그만 하십니다. 오늘은 일이 있어서 참석하지 못하셨지요."

"그래. 그 친구, 아직도 펄펄 나는구먼. 난 이제 뒷방 늙은이야. 아, 만난 김에 소개하지. 내 둘째 아들 문성이 놈일세. 얼마 전에 본사 사장이 됐네."

유 회장이 옆에 있던 남자를 잡아끌어 태형에게 소개했다. 짧게 깎은 머리에 입가에는 느긋한 미소를 지은 매력적인 남자였다. 나이는 삼십대 초반 정도. 코가 부러진 적이 있는 듯 약간 매부리코처럼 보였다. 쌍꺼풀 진 눈이 서글서글했다. 내심 '잘생겼다. 인상 좋네' 하는데, 그가 은영을 쳐다보았다. 바로 생각을 수정했다. 눈이 웃지 않는다. 순간, 주변 온도가 5도쯤 내려가는 기분이 들었다. 팔에 오소소 솜털이 일었다.

"이분은?"

남자가 그녀를 보고 물었다.

"이은영 씨. 내 파트너요."

아마도 소개는 필요없었다. 남자의 눈은 이미 그녀가 누군지 안다는 기색이 역력했다. 평소 자주 보았던 경멸하는 눈은 아니다. 아름다움에 대한 찬탄을 담긴 했어도 탐욕에 빠져 허우적대지는 않고, 그렇다고 덤덤하지도 않았다. 여자를 원하는 남자의 눈, 바로 그것이다. 그런데도 질척거리지 않아 묘하게 기분이 괜찮았다. 그녀가 악수하려고 내민 손을 그가 자연스럽게 들어 올려 손끝에 입을 맞추고 그녀의 눈을 들여다보며 말했다.

"아름다운 분이군요. 말씀은 듣고 있었습니다."

낮지만 부드럽고 매끄러운 목소리. 단단하고 냉랭한 태형의 목소리와는 또 다른 의미에서 사람의 마음을 휘저어놓는다. 남자들이 들으면 어쩐지 기분이 나쁠 것 같고, 여자가 들으면 몽롱한 기운에 하자는 대로 해버릴 것 같다.

태형이 북풍한설 몰아치는 가운데 문 꼭꼭 걸어 잠근 겨울성의 왕자님이라면 이쪽은 뜨거운 태양이 내리쪼이는 남국 정글 속의 왕자님이었다. 숨 막히게 밀려드는 분방한 향기에 자신도 모르게 방어벽을 내리고 순수한 여자로 돌아가 어울려 버리고 싶어진다. 각박한 생활 속에 벌어지는 순간의 일탈. 해변에서 벌어지는 관능적인 하룻밤. 꼭 그런 분위기의 남자다.

은영은 문득 머릿속에 떠오르는 망측한 생각에 당장 손을 빼버리고 싶었다. 서양식 예절에 익숙하지 못한 탓이라고 스스로 변명해도 두근거리는 가슴을 어쩔 수가 없다. 애써 속내를 감추고 얼굴을 굳히면서 입을 열었다.

"반갑습니다."

이도 저도 아닌 애매한 대답을 하며 손을 내리려는데, 그가 잡고 놔주지 않았다.

"언제 조용히 한번 만나고 싶습니다. 아니면……."

그가 잠시 말을 끊고 태형을 힐끗 돌아본 뒤 이어서 말했다.

"허락이 필요하신가요?"

네.

"아뇨. 그렇지는 않아요."

"그럼 기대하겠습니다."

은영은 대답하지 않고 그냥 가볍게 고개만 끄덕이면서 손을 뺐다. 이번에는 그도 잡지 않았다. 이내 유 회장과 문성은 다른 손님을 향해 움직였다. 은영은 주위에 들리지 않게 나지막한 음성으로 태형에게 말했다.

"위험한 남자군요."

"그렇지?"

"저 사람을 보러 온 건가요?"

태형은 대답하지 않았다. 은영은 그가 침묵으로 동의했음을 깨달았다.

"이 더위에 이게 무슨 짓인가 했어요. 얼굴은 싱글싱글 웃지만 눈이 차가워요. 그냥 재벌 2세는 아닌 것 같네요."

'실장님 못지않아 보여요' 라는 말을 덧붙이려다가 말았다.

"맞아. 저 남자가 기획 톱으로 들어간 뒤에 중화학부문 3위였던 태성유화가 1위로 뛰어올랐어. 자료에서 봤을 거야. 덕분에 맏아들이 쪽박을 찼지. 그런데 큰소리는 나지 않았어. 상대가 안 됐던 거야."

은영이 쳐다보자 그가 씩 웃으며 말을 이었다.

"외아들인 나로서는 그런 경쟁을 할 필요가 없었어. 그래서 기회가 왔을 때 한번 봐두고 싶더라고. 은영 씨가 보기에는 어떻지? 여자 눈으로 보기에는?"

"여자가 따르게 생겼어요. 그렇지만 좀처럼 여자에게 마음을 줄 것 같지는 않아요. 이용하고 버리겠지요. 여자들은 알면서도 매달릴 거고. 돈에 용모에 파워. 솔직히 다시 보고 싶지 않아요."

"끌릴까 봐?"

목소리에 평소 느끼지 못하던 뭔가가 있어 얼굴을 쳐다봤다. 늘 보던 무표정 그대로다. 혹시 질투? 문성에게 잠시 흔들렸던 것을 알아챘을까? 설마. 은영은 그래도 어쩌면 하는 희망에 잠시 망설이다가 부질없다 싶어 금방 포기하고 솔직하게 말했다.

"네. 그렇지만 내 타입은 아니에요. 전 사랑에 목숨 거는 여자가 아니거든요. 아시겠지만."

"그거 유감이군."

농담인가 진담인가 살폈지만 역시 무표정. 그가 은영의 타입이 아니란 게 유감인지, 그녀가 사랑에 목숨 거는 여자가 아닌 게 유감인지 모르겠다. 그의 무심한 가면과 머리 꼬리 다 자르는 말투가 어쩐지 지긋지긋했다.

"눈도장도 찍었고, 슬슬 나갑시다. 이 이상은 고문이야. 참, 전에 말했던 대로 저녁 시간은 비워두었지?"

"네."

'누구 명령이신데' 라고 덧붙이고 싶은 충동을 간신히 참았다. 이렇게 일찍 끝날 일인데 왜 저녁까지 일정을 비우라고 했는지 알 수가 없었다. 그 명령만 아니면 영화 한 편 예약해 두었을지도 몰랐다. 아니면 오랜만에 친구를 불러내거나. 유정 선배에게 알아보니 이 이후에는 그도 별다른 예정이 없었다.

"그러면 더위도 식힐 겸 잠시 드라이브나 하지. 할 이야기도 있어."

'드디어.'

파트너 역할에 대한 이야기라고 짐작했다. 은영은 올 것이 왔다는 기분과 듣기 싫다는 기분, 그리고 피할 수 없는 일에 대해 물러서고 싶지 않은 오기를 함께 느끼며 갈피를 잡지 못했다. 오늘 이후 자신의 인생은 변할 것이다. 어느 쪽인지는 모르지만 그럴 것이다. 그 키를 자신이 아닌 이 무뚝뚝한 남자가 쥐었다는 사실이 분했다.

대세는 태형과 성주가 결혼하는 방향으로 흘러가고 있었다. 가슴속에는 미처 정리하지 못한 감정이 끈덕지게 남았지만 미련을 질질 끄는 것은 아무래도 그녀와 맞지 않았다. 어차피 매달릴 만한 일도 없었다. 이미 물 건너간 일, 오늘 최후통고를 받는 대로 말끔히 정리하자. 그렇게 마음먹고 나니까 꼭 사형판결을 받는 죄수라도 된 기분이었다.

은영은 퇴직도 각오했다. 혹은 그룹 내 다른 회사로 전출하는 것도. 업무 변경이나 부서이동 정도로 그칠 가능성은 별로 없었다. 자신이 성주라면 남편이 될 사람과 그의 옛 연인—단순한 파티 파트너였다고 해도—을 한 회사에 놔두지는 않을 것이다.

다만 한 가지 의문은, 회사에서 말해도 되는데 굳이 드라이브를 자청하는 실장의 의도였다. 마지막으로 인사치레라도 하는 것일까. 물론 은영으로서는 그 답을 낼 수 없다. 실장이 하자는 대로 따라갈밖에 다른 수는 존재하지 않는다. 그녀는 그게 앞으로도 실장의 뜻에 끌려 다닐 징조처럼 보여 내심 답답했다. 문득 막무가내로 반항도 해보고 싶었다. 그래도 대답은 역시 하나였다.

"네."

# 5. M&A

**뙤**약볕 아래서 차들은 느릿느릿 강변북로를 따라 기어갔다. 토요일을 맞아 놀러가는 차들이 대부분이라는 생각이 들었다. 차 안은 에어컨을 틀어 시원했지만 차창을 통해 들어오는 볕은 따가웠고, 바람을 맞을 수도 없어 드라이브를 하는 기분도 나지 않았다. 카오디오에서는 클래식 음악이 흘러나왔다. 은영은 어떤 곡인지 알 수 없었고, 그래서 더 답답했다.

고등학교 음악 시간에 배운 지식이 그녀가 가진 클래식 교양의 전부다. 가요와 팝송과 댄스음악, 그리고 약간의 로큰롤. 그게 은영이 즐기는 음악이다. 대학 시절에 배운 전설적인 운동가요 몇 도. 한때는 이어지기를 막연히 기대했던 태형과 이만큼 취향과 품격이 차이 난다는 증거 같아서 짜증이 났다.

벌써 태성유화 본사를 출발한 지 한 시간 반이 넘었다. 그런데도 아직 강변북로 위에서 미적거리고 있다. 은영은 태형에게 신경질적으로 물었다.

"우리, 어디로 가는 거죠?"

"맞혀봐."

뜻밖의 소리에 확 머리가 뜨거워졌다. 일이라면 저런 말을 할 리가 없다.

"농담 주고받을 기분 아닙니다. 일 때문이 아니면 이렇게 길바닥에서 시간을 버리고 싶지 않아요. 말하지 않으시겠다면 적당한 곳에 내려주세요. 집에 가겠어요."

태형은 속도를 늦추는 앞차에 맞춰 기어를 바꾸고 속도를 조절하며 은영 쪽을 살짝살짝 보았다. 은영이 진심인가 가늠하려는 듯했다. 은영은 팔짱을 끼고 앞쪽으로 시선을 고정시킨 채 입술을 질끈 물었다. 그를 돌아봐서 얼굴을 읽히고 싶지 않았다.

"통일전망대."

"거긴 왜요?"

"다녀오면 그럭저럭 저녁식사 시간에 맞을 듯해서."

"네?"

"저녁까지 일정을 비우라고 했잖아. 은영 씨 일정을 망쳤는데 책임을 져야지."

"그래서 삼복더위에 통일전망대까지 기어갔다 오자고요? 그리고 제 한 달 월급과 맞먹는 프랑스 요리를 대접하시게요?"

태형이 찔끔하는 기색을 보였다. 그녀는 어이가 없었다. 그가 한때 엄청나게 놀았다고 들었다. 결과가 이거다. 허탈해서 하품이 나올 것만 같다. 이번 주는 대체 왜 이러나 싶었다. 주초부터 박 대리가 초를 치고 문성이 의미심장하게 나온다 싶더니 이제는 태형마저 헷갈리는 소리를 한다.
"필요없어요. 둘 다 제 취향이 아니에요. 저를 위해서라면 그만두세요."
"집에 데려다 달라고?"
"네."
"그건 안 돼."
"왜요?"
"할 말이 있거든."
"하세요."
"여기서?"
"그럼 어디서 하시게요? 한강 야경을 내려다보며 일류 호텔 스카이라운지에서 와인 한 잔 들고? 청혼하세요? 장미꽃 다발은 어디 있어요? 새 신부 될 사람은?"
결국 성주와 그의 결혼설에 치이는 자신의 비참한 처지를 떠올리며 되는대로 내뱉고 말았다. 부하직원이 실장에게 할 만한 말은 아니지만 은영은 짜증이 났다. 뙤약볕 아래 한 시간여를 버텼다. 파티에서 힐끔힐끔 훑어보는 남자들의 시선도 피곤했고, 떠나기 전에 문성과 벌인 신경전도 마음에 들지 않았다. 지금은 그저 찬물에 샤워하고 누워 한숨 잤으면 하는 생각밖에 없는데 실장이란 사람이 안 하던 짓을 하면서 신경을 있는 대로 긁는다.

배배 꼬인 말로 따지다시피 했는데도 태형은 대답하지 않고 입을 꾹 다문 채 전방을 노려보며 운전만 했다. 그렇게 오 분이 지났다.

"실장님, 제발."

은영이 참다못해 사정했다. 그가 화난 시선을 그녀에게 던지고 퉁명스럽게 내뱉었다.

"은영 씨가 원한 거야. 나중에 딴소리 말아."

태형은 조금 거친 동작으로 운전대를 돌리며 차선을 바꾸기 시작했다. 그리고 얼마 후에 강변북로를 벗어나 그녀가 처음 가보는 골목들을 이리저리 빠져나가다가 한강을 내려다보는 어느 카페 앞에 차를 세웠다. 카페는 하얀색으로 칠한 이층 건물이었는데, 강을 내려다보는 전망 때문인지 카페 자체는 이층에 있고 일층은 승용차 서너 대를 주차할 만한 주차공간으로 남겨두었다.

카페 안에 들어서자 흰색과 검은색으로 통일한 인테리어가 눈에 들어왔다. 탁자와 소파들이 적당히 배치된 내부는 나쁘지 않았고, 에어컨은 시원했다. 카페 안에 흐르는 곡은 재즈인 것 같았다. 곡 자체는 전혀 짐작이 가지 않는다. 오늘따라 아는 노래 하나 들을 수 없다. 한낮이라 그런지 사람도 없는 실내에 종업원 한 사람만 카운터에 앉아 음악을 듣다 두 사람을 보고 벌떡 일어나 메뉴판을 갖고 다가왔다.

따가운 햇볕을 피해 조금 안쪽의 그늘진 곳에 앉아서 은영은 오렌지주스, 태형은 콜라를 시켰다. 그녀는 음료를 기다리며 카페를 둘러보다가 픽 웃고 말았다. 태형이 애써 한강변 카페에 온 보람도 없이 강은 보이지 않는다. 안쪽에 앉은 탓이다. 태형이 자신은 여기 오고 싶지 않았다는 듯 뚱한 눈초리로 마주 쳐다봤다.

"실장님이 바라신 분위기는 아니겠지만 어쨌든 이야기할 만한 장소에 도착했어요. 해 떨어지기 전에 하고 싶은 이야기를 해주세요."

태형이 퉁명스럽게 물어왔다.

"항상 그러나?"

"뭘요?"

"남자가 이야기할 때를 기다려 주지 못하고 분위기 깨는 거."

"상대에 따라 다르죠. 이야기에 따라서도 다르고. 솔직히 실장님이 무슨 이야기를 하시려는지 모르겠어요. 그러니 분위기 깨려고 하니 마니 할 것도 없죠."

"짐작 가는 것도 없어?"

은영은 잠시 그를 살피면서 그와 주고받을 만한 이야기를 생각해 보았다. 무표정한 얼굴이 정말 밉살스러워지고 있었다.

"짐작은 가요. 하실 이야기라면 파트너 정도겠죠. 그렇지만 그건 사무실에서도 말할 수 있잖아요. 다른 업무도 마찬가지고. 굳이 여기까지 저를 끌고 나오실 이유가 없어요. 그러니 모르겠다는 말이에요. 제가 틀렸나요?"

"반은 맞았어."

"나머지 반은요?"

그때 종업원이 음료를 가져와 두 사람 앞에 놓아주었다. 은영은 잔을 들어 주스에 꽂아놓은 스트로로 한 모금 빨고 내려놓았다. 잔 받침이 예뻤다. 나갈 때 몰래 들고 나갈까 생각하는데 태형이 말했다.

"평생 욕먹고 싶지는 않았어. 어차피 그렇게 될 것 같지만. 어쨌거나 서툴렀다는 걸 인정해. 나도 처음이야. 그게 나머지 반이야."

"에둘러 말하지 말고 핵심을 이야기하시라니까요."

태형이 콜라 잔을 들어 스트로로 한 모금 빨았다. 그가 스트로를 빠는 모습이 어쩐지 귀여워 보였다. 그는 콜라를 마실 때도 와인 잔에 부어 우아하게 기울일 분위기를 가진 남자였기 때문이다. 태생부터 귀족이라는 느낌. 그녀가 쳐다보는 눈길을 느꼈는지 그가 살짝 눈살을 찌푸리면서 잔을 내려놓았다.

"할 말이란 내 인생의 파트너 문제야. 결혼. 종갓집 외아들이라 대를 잇기 위해서라도 결혼해야 해. 알다시피 결혼적령기고. 서두르고 싶지 않아서 은영 씨에게 도움을 받아 시간을 벌었는데 사정이 바뀌었어. 가급적 빨리 결혼할 필요가 생겼거든."

"하면 되잖아요. 알았어요. 어쩔 수 없죠."

결국 그거였다. 뭘 아닌 척인지. 언젠가는 이렇게 될 일이었다.

"이해해 주니 다행이야."

"뭘요. 약속이나 지켜주……."

"그래서 말인데, 일단 키스부터 해보면 어떨까?"

"네?"

은영은 순간적으로 잘못 들었나 싶어 반문했다.

"중매결혼도 많은 세상인데 사랑없는 결혼이라고 잠자리마저 소홀할 수는 없으니까. 결혼생활에서 속궁합은 의외로 중요하다고 해. 그 말에는 나도 동의하는 편이야."

그녀는 눈살을 찌푸렸다. 파티 파트너라지만 이런 것까지 상담해 줘야 하나 싶었다. 얼굴이 철판이라고 신경도 철사줄인가 하는 생각마저 든다.

"결혼도 안 한 처녀에게 못하는 말씀이 없군요. 저도 속궁합 중요하다는 데는 동의하지만, 그건 한성주 씨에게 할 이야기 같은데요?"

"성주는 왜?"

"결혼할 분이잖아요."

"누가?"

"한성주 씨가."

"누구와?"

"실장님하고."

"아닌데?"

결혼 상대는 성주가 아니었나 보다. 어쨌거나 은영과는 상관없는 일이다.

"아니면 말고요. 하여튼 그런 건 결혼할 아가씨와 이야기하세요."

"그래서 지금 하잖아."

뭔가 이야기가 빙빙 돌았다. 늘 무표정한 그가 희한하게도 재미있어하는 기색을 역력하게 보인다. 이런 사람이었던가 하며 그 얼굴을 물끄러미 쳐다보다가 은영이 물었다.

"결혼하려는 아가씨가 대체 누구죠?"

"은영 씨잖아. 뭘 새삼스럽게. 그런 이야기를 결혼할 사람 말고 누구와 하지?"

"네에?"

듣고 있으면서도 이게 무슨 소린가 했다. 그와 언제 결혼 이야기를 했나? 물론 없었다. 오히려 그런 소문이 돌까 봐 사소한 접촉도 삼가지 않았던가. 같이 춤춰본 적도 없다. 기껏해야 의자 빼주고 음식 가져다주는 정도였다. 은영은 정색을 하고 그에게 말했다.

"처음 듣는 소리군요."

"한 적이 없으니까. 그래서 오늘 여유있게 의논하고 싶어서 저녁 시간 좀 비우라고 한 거야."

겨우 이야기가 제 길로 간다. 그러니까 확확 찌는 무더위 속에서 통일전망대까지 거북이 드라이브로 친밀감을 만들고, 키스로 무드를 조성한 다음, 남녀 사이의 통일에 관해 전망을 물어보고 은영이 오케이 하면 어딘지 모를 고급 식당에서 건배하며 축하할 속셈이었다는 말이다. 하기야, 하던 대로 사무실에서 덤덤하게 기업 M&A 선언하듯 청혼했다가는 아내에게 평생 책잡혀 바가지 긁혀도 할 말이 없다.

은영은 방금 청혼 받았다는 사실을 뒤늦게 깨달았다. 나중에 딴소리 말라고? 어처구니가 없게도 태형은 '나는 애썼다. 이 사태는 당신 책임이다'라며 지금 발뺌을 하는 참이다. 예상도 못한 상황에 멍해 있는데, 그가 일어나며 말했다.

"자, 이만 일어서지."
"네?"
"그러면 여기서 결혼 이야기를 마무리 지을까?"
"마무리 같은 것은 필요없어요. 거절할게요."

은영은 빠르게 뛰는 고동 소리를 무시하고 단호하게 말했다. 그리고 스스로에게 되뇌었다. 남들은 몇 달, 심지어는 몇 년까지 끌어가며 달콤새콤하게 걷는 키스부터 속궁합 프러포즈까지의 풀코스를 단 하루에 끝내 버리려는 남자와 무슨 결혼을 할까. 이런 남자와의 미래를 꿈꾸었다니 한심하다. 안달복달 못하고 보냈던 시간이 아깝다. 이럴 줄 알았다면 어쭙잖은 미련 따위도 갖지 않았다.

그가 잠시 은영을 바라보다가 물었다.
"왜?"
"실장님과 결혼하고 싶지 않아요."

태형은 의외의 말을 들은 사람처럼 은영을 보다가 고개를 끄덕였다. 청혼 거절에 실망한 표정을 지을 만도 한데, 이 남자는 덤덤하다. 저 얼굴도 실망스럽다.

"거절은 들었어. 그렇지만 내게도 설득할 시간은 줘야지?"

거래 조건을 다시 생각해 볼 테니 잠시 시간을 달라는 투다.

"싫어요. 여기서 해보세요."

"길이 막히니까 지금부터 천천히 예약해 둔 식당으로 가면 시간이 얼추 맞을 거야. 거기는 여기보다 조금 프라이버시가 보장되겠지."

태형이 말을 마치고 카운터 쪽을 슬쩍 쳐다보았다. 종업원이 안 그런 척하면서 열심히 듣는 태가 역력했다. 은영은 한숨을 쉬며 일어났다. 그가 옳다. 이런 장소에서 계속할 만한 이야기가 아니다. 그렇지만 이렇게 끌려가는 일이 반복되는 상황은 마음에 들지 않았다. 그렇지만. 어쩐지 그와 함께 있는 시간이 길어질수록 '그렇지만'도 늘어가는 듯하다.

곧바로 튀어나온 단호한 거절에 자신도 놀랐다. 어이없는 상황이기는 해도, 한때는 방금 들은 이야기를 내심 바랐다. 그런데 당장 거절했다. 거절할 수 있었다. 여자들이 꿈꾸는 로맨틱한 청혼이 아니어서? 그건 아니다. 엉망으로 어긋났어도 시도하기는 했다. 우습지만 보기에 따라서는 로맨틱하다. 문제는 다른 데 있었다.

카페를 나와 새삼 번쩍거려 보이는 검은색 SM5에 몸을 실으면서 은영은 다시 작게 한숨을 쉬었다. 머리가 너무 복잡했다. 체력적으로 지치는 하루인데 끝날 기미는 보이지 않고 앞으로의 인생길은 더욱 보이지 않는다. 만약 이 어이없는 청혼을 받아들이면 그 뒤의 생활은 어떨까 하다가 아찔해져 그만 작은 비명을 지르고 말았다. 창밖으로 눈을 돌리며 억지로 머리를 비우려니까 태형이 물어왔다.

"괜찮아?"

"네?"

"조금 전에 악 소리를 내기에."

"괜찮아요. 별거 아니에요."

"그렇다면 다행이고."

그는 다시 운전에 신경을 집중했다. 숱이 많고 단정하게 깎은 머리카락. 짙은 눈썹. 다소 커 보이지만 곧은 콧날. 거칠고 남자다운 얼굴 선. 그러면서도 몸에 배인 귀족적인 우아함. 스물아홉의 젊은 나이에 대기업 기획실장 역할을 완벽히 해내는 능력. 그리고 표정이 거의 없는 무심한 남자. 아니, 요즘 발견한 사실이지만 무심하지는 않고, 그저 겉보기에 무표정한 남자다.

"괜찮은 것 같아?"

"네?"

"평생 보고 살아도 괜찮을지 물었어."

"네, 글쎄요 뭐……."

재산을 제외해도 일등 신랑감인 그였다. 괜찮지 않을 리가 없다. 그렇지만 사람 좋고, 배경 좋아도 모든 일이 다 좋게 돌아가지는 않는다. 은영은 입술을 살짝 깨물었다. 아릿한 아픔이 어지러운 머릿속을 뚫고 전해졌다. 그 고통이 복잡한 심사를 정리해 주는 것만 같아서 반갑기조차 했다.

'적당히 괜찮은 집안이었으면 열 일 제치고 달려들었을 텐데.'

스스로 생각하기에도 은영은 사랑이나 순수와 거리가 멀었다. 다행인지 불행인지 남들 다 하는 사랑에는 빠져 보지 못했고, 인연을 기다리며 꽃 같은 시절을 마냥 보낼 로맨티스트도 아니다. 살면 정들 텐데 이왕이면 최고가에 팔려 팔자 편하게 살아보자. 그 이상 생각해 보지 않았다. 중견기업 판매부장의 딸이라는 평범한 배경은 어쩔 수 없으니까 자질을 갈고닦아 조금 나은 집안의 성격 괜찮은 남자에게 시집가자고 인생목표를 설정했다.
'부자도 웬만해야지.'
성주와의 결혼설을 겪으면서 파티마다 팔짱을 끼고 다니던 남자가 막연히 생각했던 것보다 훨씬 대단하다는 사실을 알았다. 결혼설로 주가가 변했다. 신문 방송이 그 후의 파장을 점쳤다. 분명 멀지 않은 미래에 그가 움직이는 데 따라 한국의 경제가 영향을 받을 것이다. 은영은 압도당하는 기분이었다. 아무리 생각해도 팔자 편한 삶과는 거리가 멀었다. 그 속에 들어간다고 생각하면 아득하다. 그때서야 태형이 어떻게 사는지도 눈에 들어왔다.
대그룹 후계자라고 남들은 부러워해도, 매일 밤샘하느라 거칠어진 얼굴을 보면 안쓰럽기만 하다. 파티 가는 차 속에서마저 서류 처리는 기본, 깜박잠은 선택이니까. 그에게 운전기사는 사치가 아니라 필수다. 막말로, 밤에 잠자리에서 쓸 힘이 남을까? 돈이 많으면 뭐 하나. 남편 얼굴 보기도 힘들 텐데. 부잣집에 시집가고 싶은 이유는 생활고에 치이지 않고 여유롭게 살고 싶어서이지, 보석에 둘러싸여 독수공방하고 싶어서가 아니다.
지난 며칠 동안 은영은 마음을 정리했다. 아니, 마음을 다잡는데 성공했다고 하는 편이 옳겠다. 욕심내지 말자. 다른 세계의 사람이다. 첫 만남에서 생각했던 것을 그대로 실천하자고 말이다. 그래서 조금 전에 미친 듯 두근거리는 가슴에도 불구하고 단번에 거절할 수 있었다.
아직도 가슴은 뛴다. 언제나 새파란 칼날처럼 곤두서 있는 이 남자를 가끔은 내 무릎을 베고 느긋하게 쉬도록 해주고 싶었다.

반년 동안 진심으로 웃는 얼굴을 몇 번 보지 못했고, 심지어는 표정이라는 것을 본 경우도 열 손가락으로 꼽을 정도인 이 남자를 말이다. 함께 지내며 어쩔 수 없이 그의 힘든 부분들을 조금씩 알게 되었다. 그가 겉보기만큼 무심하지도 단단하지도 않다는 사실도. 그렇지만 그와 살자면 그가 사는 것처럼 살든지, 그와는 따로 살아야 한다. 그렇게는 살고 싶지 않았다. 그래서 거절했다.

"내 청혼에 별로 기뻐하지 않는군."

복잡한 샛길을 벗어나 강변도로에 차를 올려놓고 태형이 입을 열었다. 차는 오던 길을 되돌아가고 있었다.

"왜 기쁘지 않겠어요? 천하의 대영 황태자님이 청혼을 해주셨는데."

"그런 것치고는 꼭 올가미를 눈앞에 둔 토끼 같은 표정인걸."

또. 또다. 파티장에서 보이는 세련된 매너나 회사에서 휘두르는 냉랭한 입담과는 달리 온기가 느껴지는 말들이 귀에 어색해서 받아들이기가 쉽지 않았다. 결심이 흔들리려고 했다.

"왜 그런 말씀을 하시죠?"

"뭘?"

"평소에는 그렇게 말씀하시지 않잖아요. 농담이나 배려 같은 것에는 담쌓은 듯하더니. 도무지 익숙해지지가 않아요. 하던 대로 하세요."

은영의 말에 태형이 씩 웃더니—정말 웃었다—편안한 어조로 말을 했다.

"당신에게 청혼한 이상 남이 아니야. 남처럼 대할 필요가 없잖아? 나를 어떻게 생각하는지 대강 짐작은 가지만, 나도 괴물은 아니야. 회사라면 몰라도 집에서는 편히 지내야지. 아내와는 화목하게 지냈으면 해. 그러자면 '하던 대로' 해서는 안 되잖아?"

그는 어느덧 편안하게 말을 늘어놓고 있었다. 알고 보니 말도 많다. 당신당신 하는 소리도 그렇다. 은영은 뭐라고 할까 하다가 그냥 입을 다물었다. 어차피 이야기를 끝내면 당신이든 여보셔요든 결론이 난다. 말투 따위의 사소한 일을 일일이 물고 늘어질 필요는 없다.

"왜 저예요?"

"진실게임 시작인가?"

"어차피 해야 할 이야기예요. 길은 막히고, 차 안에는 둘뿐이고, 할 말도 많아요. 입 다물고 있을 필요는 없잖아요."

"그렇긴 하지."

그 말만 하고 태형은 한동안 입을 다물었다. 이번에는 그녀도 재촉하지 않았다.

"당신이 궁금한 건 왜 있는 집 영양들 놔두고 하필 당신이냐는 건가?"

"그것도 있고, 한성주 씨 일도 있죠. 감정 문제도 있고."

태형은 알아들었다는 듯 고개를 끄덕이고 혀로 입술을 축이더니 말을 시작했다.

"대영그룹은 역사가 길지 않아. 시작이야 할아버지부터지만 아버지 대에 비로소 대그룹의 면모를 갖췄다고 봐야 해. 게다가 아버지는 외아들, 나마저 외아들이야. 할머니는 아버지를 낳다 돌아가셨고, 어머니도 무척 고생하셨어. 그래서 동생이 없지. 집안 내력인 것 같아. 임신하면 당신도 주의해야 해."

그가 힐끗하고 은영을 쳐다보며 할 말 있으면 해보라는 듯 말을 끊었다. 은영은 가만히 고개를 저었다.

"계속하세요."

은영의 말이 마음에 들지 않는지 태형은 이맛살을 살짝 찌푸렸다. 그래도 담담한 목소리는 그대로 유지하며 말을 이어갔다.

"어쨌든 가까운 친척이 없어. 그래서인지 그룹은 거의 아버지 1인 독재야. 그런데 지난겨울 아버지가 쓰러지셨어. 이건 기밀이야. 심장의 관상동맥 협착에 의한 심장발작이었는데, 다행히 증상이 경미해서 별다른 후유증은 없었어. 바이패스 수술 알아?"

은영은 얼마 안 되는 의학지식 속에서 답을 찾아냈다.

"네, 알아요. 혈관에 우회로를 만들어서 막힌 곳을 돌아 피가 흐르게 하는 거죠?"

"그래. 지금은 건강해지셨어. 그래도 무리는 금물이지. 만약을 위해 전문경영인을 둘까 했는데, 괜찮은 아들 놔두고 밖에서 끌어올 이유가 있느냐고 하시더군."

태형이 잠시 말을 끊고 가볍게 웃어 보였다. 그리고 그는 은영이 짐작하지도 못했던 일을 털어놓았다.

"성주의 할아버지가 경영하는 진성실업과 대영 사이의 인연은 거의 대영의 역사 전부라고 해도 될 정도로 깊어. 그래서 대영 내부에는 진성실업과 친밀한 인맥이 존재하는데, 아버지의 병을 계기로 움직였어. 경영권까지는 아니지만 그룹 내 흐름에는 영향을 줄 정도로. 아버지의 병이 잡히면서 일단 멈췄어. 그래도 위험은 여전해. 내가 급히 주력기업인 대영전자의 기획실장으로 올라가 후계구도를 분명히 하기 시작한 것도 그 때문이야."

은영이 불쑥 떠오른 생각을 입 밖에 냈다.

"그래서였군요. 다들 실장님이 한성주 씨와 결혼한다고 생각했으니까, 장래 생각해서 진성 쪽에 줄 대기가 한창이었겠지요. 난데없이 제가 나타났을 때 다들 황당했겠네요?"

"맞아. 자꾸 들어오는 성주와의 결혼 압력에 대한 브레이크와 진성 쪽의 혼란이 목적이었어. 그렇게 판단이 빠른 점도 청혼하는 이유 가운데 하나야. 기업총수의 아내는 브레인 역할도 겸해야 하거든."

파티 파트너 자리가 왜 생겼는지 이제야 알 수 있었다. 첫 직장에서 상사가 강요하다시피 시키는 일이라 어쩔 수 없이 했지만 항상 긴가민가했다. 태형이 갖가지 이유를 댔어도 꼭 뭔가 빠진 듯했기 때문이다. 파트너를 한 지 몇 달 만에 뒷사정을 들었다. 심정이 착잡했다.

"그런데 성주와 결혼하려고 했던 것은 어떻게 알았어? 정식으로 약혼하지도 않았는데."

그가 의외라는 듯이 물었다.

"저번에 어느 바에서 만났어요. 실장님과 어린 시절부터 잘 아는 사이라고 하더군요. 바로 감이 왔죠."

태형은 고개를 주억거리고 그 일에 대해서는 별다른 언급 없이 이야기를 이어갔다.

"어쨌든, 사람들이 머뭇거리는 사이에 서둘러서 나를 중심으로 판을 짰어. 그럭저럭 후계구도는 잡혔고, 이제는 정말 결혼해야 할 때야. 중역으로는 너무 젊은 나이, 집안의 대, 나 자신의 안정, 꽉 찬 나이. 이유는 많아."

길이 조금 뚫리면서 차의 속도가 빨라지자 태형은 말을 멈췄다. 얼굴을 쳐다보았지만 늘 보듯 무표정해 별다른 표시가 나지 않았다. 그녀는 말없이 기다렸다. 잠시 후에 길이 막히고 그의 설명이 다시 이어졌다.

"그래서 성주인데, 이제는 진성 쪽에 주도권을 잃을 염려가 없지만 아무래도 나한테는 동생이야. 게다가 심지가 약해. 원래라면 아버지 그늘에서 역량을 키웠을 십여 년이 송두리째 사라졌어. 내 배우자는 당장 복마전에 뛰어들어 나를 지지해 줘야 해."

"난……"

자신없다고 은영이 말하려는데, 태형은 지금 하는 말에 온정신을 쏟는 듯 아랑곳하지 않고 말을 이어갔다.

"나는 당장 아내가 필요해. 옆에 당당히 서줄 아내가. 나만 보고 내게 기대는 아내가 아니라. 기획실장입네 하면서 똥폼 잡고 앉았지만 사실 나는 요즘 꽤 힘들거든."

열기를 띠고 유난히 힘을 주어 말하는 투가 무척이나 신중했다. 은영은 느긋하게 옛이야기를 듣던 태도를 버리고 귀를 바짝 세웠다. 이상적인 아내상은 기대지 않고 당당한 여자란다. 성주라면 확실히 당당한 여자와는 거리가 멀다. 순종하는 현모양처 형이니까.

그때서야 지난 몇 주일 동안 사무실을 지날 때마다 자신을 한참씩 쳐다보았던 태형의 시선이 생각났다. 그러면 그게 은영의 처분을 고민하는 시선이 아니라 아내감을 보는 것이었다는 이야기인가? 뭔가 횡재한 기분도 들고, 얼떨떨하기도 하고, 살짝 부끄럽기도 했다. 아내 평가였을 뿐 로맨틱한 의도는 아니었다고 해도, 일단은 호감을 담은 시선이었잖은가. 미스터 무뚝뚝이 사람들 눈길을 무릅쓰고 그만큼 했다면 연애 감정이든 아니든 진지했다는 점만은 인정해 줘도 좋을 것 같았다. 사실 태형의 청혼에 긴가민가했던 은영은 겨우 믿어볼 마음이 생겼다.
  이야기를 듣는 내내 길 앞쪽에만 시선을 주던 은영이 태형을 돌아보면서 물었다.
  "이제야 본론이군요. 왜 나죠? 여자는 많잖아요?"
  "당신은 스스로를 과소평가하고 있어. 의외로 잘해내던데. 다들 폄하하긴 하지만, 어느 누구도 당신 자리에서 당신만큼 해낼 수 없어. 유인책은 그럴듯하지 않으면 안 먹혀. 별 볼일 없었다면 무시했을 거야. 동정하는 정도일까. 그냥 비서한테 무슨 소리를 하겠어?"
  그런 식으로 생각해 본 적은 없었다. 그저 하루하루 역할을 다 하려고 발버둥쳤을 뿐이다. 일종의 오기였다. 당사자한테서 높이 평가하는 말을 듣고 나니 솔직히 기쁜 마음이 들었다. 정말 애썼는데 주변의 어른이 '그래그래 잘했다' 하고 머리를 쓰다듬어 주는 기분이랄까. 슬며시 뺨이 붉어지는 것을 느끼며 창밖으로 시선을 돌렸다.

생각해 보면 반년 동안 평온한 날은 거의 없었다. 최근에 와서야 사람들이 '연애 상대가 아니다' 라는 결론을 내려 숨통이 좀 트였지, 그 전까지는 갖은 구설수에 휘말렸다. 은근한 무시와 따돌림, 연민을 가장한 비웃음, 직장 동료들로부터도 외면당하는 외로움. 친구 정은은 한동안 말도 하지 않으려고 했다. 그나마 최근에 와서 연락도 주고받곤 하지만 아직 서먹함이 남았다. 그 모든 고통을 태형의 말 한 마디에 전부 보상받은 듯해 기분이 묘했다.

어느덧 차가 음식점 주차장에 들어서고 있었다. 음식점은 강변에 세워져 있었는데, 예상과 달리 양식당이 아니라 한정식을 하는 곳이었다. 건물 한쪽에 아름답게 꾸며진 정원이 있지만 더워서 그런지 산책하는 사람은 없다. 바람도 없이 후텁지근했다. 태형은 차를 적당한 곳에 주차시키고, 내리기 전에 이야기를 마무리했다.

"이러니저러니 많은 이야기를 했는데, 당신 질문에 답이 되지는 않았겠지. 성주 아니면 누구라도 마찬가지라고 할 법하지만 내게는 그렇지가 않아. 사람들이 우리는 애인 사이가 아니라고 알아챘는데도 아직 당신은 내 파트너잖아?"

여기서 말을 끊고 태형은 잠시 머뭇거리다가 한 마디를 더 했다.

"이것만은 분명해. 누구보다 당신이 내 옆에 있어준다면 든든할 것 같아."

마음이 흔들렸다. 흔히 말하는 '사랑한다' 도 아닌데, 가슴이 뛴다. 대학 때 꽃다발 바쳐가며 해오던 프러포즈들도 심드렁했던 그녀다. 맨입으로 덤덤하게 내뱉은 한마디에 왜 새삼 이렇게 마음이 움직일까. '든든할 것 같아' 소리가 머릿속에서 메아리치며 다른 생각들을 모조리 지워 버렸다. 무어라 덧붙이는 태형의 말이 귀에 들어오지 않았다.

분명 이상적인 청혼은 아니다. 그렇지만 애초에 결혼 상대에게 열렬한 사랑고백을 받고 싶었던가? 역시 아니다. 옆에 당당히 서 줄 아내를 원한다는 사람이 은영보고 곁에 있으면 든든할 것 같다는 말을 했다. 진심이 느껴졌다. 놀이도 열정도 아니다. 그는 진지하게 긴 인생의 동반자를 청하는 것이다. 사랑은 없지만 그에 버금갈 만큼의 진중함이 있다. 엉망진창이지만 제대로 된 청혼이다. 그런 말이 오래도록 마음을 두어왔던 남자에게서 나왔다. 그 감각이 생경하면서도 감미로웠다.

무엇보다 그 말은 그가 가진 배경에 압도되었던 은영에게 마음을 묶었던 족쇄 하나를 풀어버리는 효과를 냈다. 그녀가 필요하다고 한다. 곁에 서기에 충분하다고 한다. 조금 전에 그녀의 역량을 칭찬했던 말까지 다시 떠오르며 그녀를 정신 못 차리게 했다.

은영이 미처 '든든할 것 같아'의 여운으로부터 회복하기도 전에 태형이 차에서 내려 그녀가 앉은 쪽으로 다가와서 문을 열어주었다.

"자, 대답은 식사를 하고 나서. 서둘러 결론을 내리지 말고 잘 생각해 봐."

그녀는 음식점으로 들어가는 태형을 따라가면서 그가 한 말들을 계속 곱씹었다. 오는 내내 설명을 들을 때는 청혼을 거절해야겠다는 결심이 굳어져만 갔다. 역시 그가 보이는 무심한 태도 때문이었다. 기업합병을 위한 사업설명회라면 모를까, 절대 인생의 반려에게 청혼하는 태도는 아니었다. 오늘 뜻밖의 모습을 조금 보기는 했어도 기본적으로 냉랭한 평소의 태도는 역시 좋은 남편감과 거리가 멀다. 아내와 화목하게 지냈으면 한다고? 은영도 마찬가지다. 기왕이면 다정한 남자를 남편으로 맞고 싶다.

그런데 마지막에 한 말은 뭔가. 그 한마디에 뭐라고 대답할지 모르게 되었다. 이 마음이 뭔지 알 듯도 모를 듯도 하다. 앞에 보이는 굵고 단단한 팔뚝에 팔짱을 끼고 싶은 마음과 뒤돌아서 정신없이 도망치고 싶은 마음이 뒤섞여 꼼짝을 못하고 그저 따라가기만 했다.

단아한 갈색 기와 아래 열린 음식점 입구로 들어서면서 외부의 소음이 차단되었다. 음식점 내부는 한옥같이 마루와 장지문 등으로 장식을 하고 곳곳에 서예 작품과 동양화가 걸려 우아하고 정갈했다. 전체적으로 차분하면서도 따스한 분위기였는데, 그럼에도 불구하고 한복을 입은 안내원의 인도를 받아 들어서면서 은영의 기분은 편치 않았다. 더운 곳에서 갑자기 서늘한 곳으로 들어섰기에 그런지는 모르지만, 마치 딴 세상으로 가는 문이나 괴물의 아가리로 걸어 들어가는 듯 소름이 돋아 몸을 떨기까지 했다.

# 6. 약속

조용한 온돌방으로 안내 받아 둘만 남았을 때부터 태형은 지금까지 은영이 알던 남자와는 사뭇 다른 사람으로 바뀌었다. 음식점이나 음식 취향에 대해 이것저것 이야기하는 말투는 여유로웠고, 무표정한 얼굴에 가끔씩 웃음을 보이기도 했다. 억지로 꾸민 태도로는 보이지 않는다. 생각해 보면 집에 있을 때는 진 회장 내외도 밖에서 만났을 때와 달리 쾌활한 사람들이었다. 회사에서의 태형이 가면을 쓴 모습이라면 말이 된다. 그녀는 젊은 나이 때문에 얕보이지 않으려고 감정을 억눌렀을 그를 생각하며 괜히 가슴이 뭉클했다.

태형은 그녀에게 더 이상 남이 아니라고 했다. 지금 보이는 그의 모습이 진짜 그라는 이야기다. 가슴이 두근거렸다. 여전히 감정 표현이 부족하고 딱딱한 말투지만 그만큼 감춰졌다 드러나 보이는 부분이 눈부셨다. 한번 흔들린 마음이 그런 그에게 조금씩 기우는 것을 막기 힘들었다.

그런 상황에서 떡 벌어진 상에 최고급 한정식 요리가 가지런히 놓였을 때는 '예쁘다'는 생각과 함께 달리 신경을 쓸 곳이 생겼다는 안도감에 기쁘기까지 했다. 좋아하는 민어구이와 고등어조림, 맛깔스런 된장찌개에 감칠맛 나는 오이냉국, 상큼한 나박김치, 맵싸한 더덕무침, 담백한 숙주나물 무침, 매콤 쌉싸름한 돈나물 무침, 달콤한 초간장에 찍어먹는 오징어 숙회, 새콤달콤한 홍어회, 살짝 지져낸 고소한 손두부, 씹는 맛이 아삭아삭한 겉절이 김치, 간이 제대로 배어든 갈비찜. 그렇게 맛만 보면서 배를 꽉 채운 다음, 밤, 대추, 잣과 찹쌀을 버무려 쪄낸 약식 한 덩이와 함께 빨간 곶감 하나를 퐁당 담근 수정과를 앞에 뒀을 때는 든든한 배와 함께 어이없게도 '절대불가'에서 '한번 생각해 봐?'라는 누그러진 태도가 불쑥불쑥 고개를 들었다.

온갖 불안이 다 사라진 것이 아니다. 단지 혼자 완벽하던 남자가 함께 있으면 든든할 것 같다고 곁을 준 사실에 마냥 기뻤고, 그저 무심한 줄만 알았던 남자가 그녀에게만 감정을 보여준다는 사실에 취할 것만 같았다. 이 남자를 방패막이로 한다면 살벌한 상류사회의 칼부림 속에서도 견딜 수 있지 않을까 하는 생각까지 들었다. 약해서 성주를 택하지 않았다는 사실은 편리하게도 잊었다. 무엇보다 끌리면서도 억제해 왔던 반년 동안의 마음이, 성주와의 결혼설로 잘라 버리려던 끌림이 다시 고개를 들려고 했다. 어차피 결혼도 서로 믿는 관계 정도면 만족하겠다고 여겨왔지 않은가? 스스로가 느끼는 끌림과 태형이 보이는 신뢰. 그 정도면 충분하다는 생각은 잘못일까?

한정식 집에서 나와 서울의 야경이 내려다보이는 호텔 스카이라운지에 앉아서 블루마운틴 커피를 받아 들 때도 그는 묵직하고 배려해 주는 최고의 데이트 파트너였다. 맞다. 분위기에 취했다. 그가 보이는 의외의 변신에 반쯤 멍한 상태에서 귓가를 어루만지는 단단하지만 다정한 느낌이 드는 음성을 뜻도 모른 채 감상했다.
"반년이나 함께 다녔으니까 서로 알 만큼 알잖아. 부모님도 은영 씨를 마음에 들어하셔. 그러니 문제는 없어. 결혼해 주겠지?"
또 결혼 이야기를 하면 거절할 작정을 했다. 흔들리든 말든, 태형의 처지와 성격을 생각하면 여전히 감당할 자신이 없었다. 무엇보다 독수공방은 싫다. 그런데 대답은 멋대로 나와 버렸다.
"생각할 시간을 주세요."
입을 꿰매 버리고 싶다. 이건 반승낙이나 마찬가지다. 밥 먹이고 다정하게 대해주는 데 홀랑 넘어가다니. 진종마다운 솜씨다. 빌어먹을. 바로 취소하려고 했다.
그 순간에 그가 환하게 웃었다. 날카롭던 눈이 부드럽게 휘어지면서 강퍅하던 인상을 한순간에 부드럽게 만들고 가볍게 입술이 벌어지며 금방이라도 환호가 튀어나올 것 같은 인상을 주었다. 심장이 멎었다가 덜컹거렸다. 하데스가 아폴로로 변신했다. 누가 그 순간에 그의 얼굴이 빛났다고 말해도 믿을 것이다. 그녀의 입을 막으려고 한 행동이라면 완벽하게 성공했다. 머릿속이 텅 비어버렸으니까. 어째서 그렇게 웃는지는 모른다. 그는 은영을 사랑하지 않는다. 단지 좋은 아내가 되어주기를 바라며 청혼을 한 남자다. 그런데 저렇게 웃다니. 왜 저렇게 기쁜 듯 웃는 것일까. 그건 반칙이다.

그에게 끌리는 마음을 자각했을 때부터 언젠가 저렇게 웃는 모습을 보고 싶었다. 자신이 그렇게 웃을 수 있도록 해주고 싶다는 생각을 해왔다. 그녀의 말에 그가 그렇게 웃었다. 그 얼굴에 대고 차마 취소한다는 말을 할 수가 없었다. 어물어물하는 사이에 그가 손을 당겨 손가락에 키스를 했다. 손끝에 닿는 입술이 따뜻했다. 그예 체념해 버렸다. 바보라고 해도 할 말은 없다. 그 순간에는 정말 행복했다.

손끝에 머무르던 온기가 물러가고 커피가 미지근하게 식어갈 무렵, 은영은 조금씩 정신이 들었다. 그녀에게 생각할 시간을 주겠다는 듯, 태형은 말없이 그녀를 바라보며 커피만 홀짝였다.

태형이 요구한 역할은 간단치 않았다. 시부모님 봉양. 종갓집 종부. 안살림. 일반적인 부부 관계. 가끔씩 있는 행사 참석. 여기까지는 은영도 생각했다. 그만 해도 은영이 지레 겁먹어 포기할 정도였는데 더 요구했다. 남편에 대한 지지. 지친 날개를 쉬는 가지 정도가 아니다. 비익조처럼 함께 날아달란다. 걱정대로다. 편히 살 가능성은 날아가 버렸다. 태형이 많은 말들 속에서 애매하게 언급했지만, 그녀는 놓치지 않았다. 그의 결혼에 대한 이상은 높다.

 그러면서도 그는 감정에 대해 별다른 주의를 기울이지 않았다. 그가 원하는 부부 사이가 감정의 교류도 없이 가능할까? 아니다. '살다 정든다'는 막연한 말이 해결해 줄까? 역시 아니다. 미친 듯이 사랑한다던 사람들이 미친 듯이 싸워대다가 미친 사람들처럼 서로 발목을 붙잡고 진흙탕 속으로 가라앉는 세상이다. 결혼에 대해 태형이 가진 턱없이 높은 이상을 이루어줄 자신이 없다. 그래도 생각해 보마고 말해 버렸다. 가능성은 있는가. 은영은 일단 머리에 떠오른 것부터 차근차근 확인해 보자고 결심했다.

 "실장님."

 은영이 입을 열자 태형이 바로 말을 끊었다.

 "태형 씨."

 "네?"

 "결혼을 생각하는 사이야. 당신과 나 둘만 있을 때는 실장님이라고 부르지 마."

 맞는 말이다. 하긴, 오빠 자기는 낯간지럽고 여보 당신은 이르다. 그는 당신이라고 하지만. 은영은 고개를 끄덕였다.

 "알았어요, 태형 씨. 그건 그렇고……."

 "괜찮네."

 "네?"

 "당신이 내 이름 부르는 울림이 듣기 좋다고. 이야기해."

 화악 하고 얼굴이 뜨거워졌다. 오늘의 그는 정신 못 차리게 한다. 바람둥이 맞다. 그 차가운 얼굴로 어떻게 진종마 소리를 들었나 했는데, 더 이상 의심할 여지가 없다. 그녀는 침을 꿀꺽 삼키고 잠시 진정한 다음, 말을 계속했다.

"태형 씨, 이 결혼을 더 진행하기 전에, 그러니까 부모님들 선까지 가기 전에 다짐할 게 있어요. 이게 확인되지 않으면 생각해 보겠다는 약속은 취소예요."

태형이 자세를 바로하며 듣겠다는 표시로 묵묵히 고개를 끄덕였다.

"오늘 낮에 우리는 의사소통이 안 돼서 한참 헤맸어요. 저와 태형 씨의 사고방식이 완전히 다르다는 증거죠. 이대로라면 웨딩마치를 울리기도 전에 이혼이에요."

"그래서?"

태형은 도와주지 않았다. 오랜 습관은 쉬이 사라지지 않는다던가. '하던 대로' 하고 있다. 무뚝뚝하지만 다정했던 파트너는 어느 사이 냉정하게 손익을 계산하는 사업가가 되어 있었다. 은영은 속으로 한숨을 쉬었지만 굳이 불평하지는 않았다. 은영으로서도 이런 태형 쪽이 익숙해 대하기 쉬웠다.

"우선, 솔직할 것. 무엇을 말하는지 이해할 때까지 설명할 것. 태형 씨는 속을 알기 어려워요. 사업에서는 장점이지만, 남편감으로는 최악이죠. 전 오해로 갈라서고 싶지 않아요. 약속해 줄 수 있어요?"

은영이 아까 그의 속셈을 몰라 갈팡질팡했던 일을 암시하며 말하자 태형은 바로 고개를 끄덕였다.

"바라는 바야. 약속하지. 당신도 그래 줘."

은영은 마주 고개를 끄덕이며 또 하나의 조건을 이야기하기 시작했다.

"솔직히 말하자면, 지금으로서는 태형 씨와 결혼해서 잘해 나갈 자신이 없어요."

"그……."

은영은 손을 들어서 태형이 뭔가 말하려는 것을 막고 서둘러 나머지를 쏟아냈다.

"태형 씨가 바라는 이상은 높아요. 노력할 수는 있지만 꼭 이룬다고 보장할 수는 없죠. 안 그래요? 노력한다고 다 되면 세상에 이혼이란 없을걸요. 전 슈퍼우먼이 아니에요. 그때, 노력했지만 아무래도 안 되었을 때, 저에게 등 돌리지 않는다고 약속해 주시겠어요?"

태형은 한참을 말없이 앉아 있다가 조금 화난 표정으로 말했다.

"빠져나갈 구멍을 만드는 건가?"

"맞아요. 그렇지만 물어볼게요. 그런 구멍조차 용납하지 않는다면 제가 태형 씨와의 결혼생활에 뛰어들 수 있다고 보시나요? 죽도록 사랑하는 사이라도 힘들 텐데? 싫다고 했어요. 그래도 원한 것은 태형 씨예요."

태형은 아까보다 오래 침묵을 지켰다. 은영이 커피 리필을 부탁하고 웨이터가 부어준 커피를 거의 다 마셨을 때쯤 그가 입을 열었다.

"당신이 최선을 다해준다면. 그러면 나도 당신에게 등 돌리지 않겠어."

"약속해요."

두 사람은 커피잔을 부딪치며 맹세를 확인했다. 옆 자리에서 박수 소리가 터져 나왔다. 듣고 있었던 모양이다. 샹들리에처럼 액세서리를 주렁주렁 단 예쁜 여자와 연예인처럼 미끈하게 빠진 남자가 박수를 치며 환한 웃음을 짓고 있었다. 은영은 웃음을, 태형은 찡그린 얼굴을 그들에게 보냈다.

"그러면 우리는 약혼한 건가?"

태형이 양복 주머니를 부스럭거리면서 물었다. 은영은 재빨리 대답했다.

"아뇨."

그가 동작을 멈추고 은영을 쳐다보았다. 은영은 그의 눈을 보면서 선언하듯 말했다.

"제가 태형 씨와의 결혼에 대해 진지하게 생각하기로 했죠. 방금 태형 씨는 그러기 위한 조건을 클리어했어요."

태형은 양복 주머니에서 손을 빼고 조금 심통난 목소리로 말했다.

"당신, 사업하면 성공할 거야."

"그쪽은 태형 씨에게 맡기겠어요."

두 사람이 약속하기는 했지만, 은영은 그 약속이 완벽히 지켜지는 것까지 기대하지는 않았다. 결혼 전에 한 약속을 모두 지키는 부부가 세상에 몇이나 될까. 그녀가 아는 한도 내에서는 단 하나도 없다. 물론 최선을 다할 생각이다. 최선 이하로 이 결혼이 가능할 리가 없다. 약속은 다만 그런 방향으로 노력해 달라는 부탁이

자 그녀 자신의 다짐이다.

  그렇게 불안하면서도 어째서 그만두지 않느냐고 누군가 묻는다면 대답할 말이 없었다. 대그룹 사모님이라는 허영심을 위해서냐면 꼭 그것만은 아니다. 그라는 남자에게 끌리기 때문이냐면 그것만도 아니다. 둘 다라고 해도 뭔가 부족하다. 하나하나 따져서 내린 결론이 아니다. 어쩌면 그녀가 약속에 집착한 것은 속물인 자신이 앞뒤 안 가리고 그의 조건만을 향해 달려가 버릴 것 같아 걸어놓은 자신에 대한 브레이크인지도 모른다.

  "당신이 조건을 내세웠으니 나도 조건을 말해야 공평하겠지?"

  생각에 잠긴 그녀의 뇌리를 뚫고 태형의 음성이 날카롭게 울렸다. 은영은 반사적으로 고개를 들어 그의 눈을 보았다. 야릇한 기색이 어려 있었다. 그녀는 왠지 후회할 것 같다는 기분을 억누르면서 침착하게 대답했다.

  "말씀하세요."

  "당신에게 청혼하기 전에 우리 두 사람의 결혼에 관해 모든 부분을 고려했어. 단 한 가지만 빼고."

  "뭔데요?"

  그리고 후회했다.

  "잠자리."

  잘못 들었나 했다. 저런 소리를 하는데 웃는 모습은 멋지다는 멍청한 생각을 순간순간 하면서 얼굴로 피가 몰려 화끈거리는 느낌에 어쩔 줄을 몰랐다. 멍하니 쳐다보니 그가 씩 웃으며 보충설명을 했다.

"우리 둘이 잠자리 쪽은 완전히 제외했잖아. 예전 그때 키스하면서 기분 좋았으니 별 문제는 없겠지만, 그래도 모르니까. 결혼하면 무를 수도 없고. 말했다시피 나는 정상적인 부부 사이를 원해. 그러니까 언제 한번 시간을 내자고."

'싫은데. 싫어. 말도 안 돼. 어떻게 그런 소리를!'

은영은 말도 못하고 아까 커피와 함께 시킨 초콜릿 무스를 노려보면서 움켜쥔 포크를 무스 대신 저기 테이블 위에 올려놓아진 그의 길쭉하고 단정해 보이는 손등에 꽂아버릴까 고민했다. 눈앞에 앉아 싱글싱글 웃는 이 남자와 결혼에 대해 진지하게 생각해 보자고 약속하지만 않았어도 볼 것 없이 손에 든 커피를 끼얹고 옷이 마르도록 패준 다음, 거시기를 하이힐로 꾹꾹 밟아주었을 것이다.

태형의 눈빛은 '오늘도 괜찮아'라고 말했다. 장난도 농담도 아니다. 얼굴은 웃지만 그는 진지하다. '혼빙간음(婚憑姦淫)' 같은 단어는 아예 논외다. 등 돌리지 말라고? 그라는 남자를 알면서도 쓸데없는 약속을 요구했다. 그는 일단 결혼하면 절대 무를 생각이 없다. 진 회장과 오 여사를 이상으로 끝없이 은영에게 요구하고 자신을 채찍질하려 한다. 그야말로 어쩔 수 없는 상황이 아니면 이혼 따위는 없다. 그래서 노력을 기울이기 전에 노력할 만한 가치를 증명하라고 요구하는 것이다.

그가 결혼생활에 충실할 작정이라는 사실은 고무적이다. 그렇지만 민망하고 자존심 상하는 기분은 또 다르다. 은영은 속으로 욕설을 퍼부었다.

'그런 걸 물어보고 일정 잡아서 하나? 망할 자식! 진종마라는

별명이 아깝다! 꼬셔볼 생각도 없어? 나한테는 수작 부리기도 아깝다는 거야, 뭐야!'

노려보는 그녀의 눈길을 못 느꼈는지, 태형이 다시 한 번 강타를 날렸다.

"설마, 처음은 아니지?"

옆 자리에서 '컥!' 하는 소리가 들렸다. 힐끗 보니 시뻘건 얼굴로 기침하는 남자를 옆에 앉은 여자가 걱정스럽게 쳐다보며 살살 등을 두드려 준다. 은영은 이내 관심을 끊고 눈앞에 앉은 밉살스러운 남자에게 집중했다. 방탕했다는 그의 연애 시절이 어떤 식이었는지 정말 궁금하다. 저런 뻔뻔스런 소리를 다들 허용했던 것일까. 은영이 얼굴만 붉히며 우물주물하자 그의 얼굴에 의아해하는 기색이 떠올랐다. 그리고 세 번째 강타를 날렸다.

"왜, 그쪽에 뭔가 문제가 있나?"

이번에는 여자 쪽이 콜록거렸다. 세련된 외모에 어울리지 않게 기침 소리가 꽤 귀여웠지만 은영은 거기에 제대로 신경을 쓸 상황이 못 되었다. 대답을 기다리는 그를 보면서 은영은 부들부들 떨리는 입술에 커피잔을 가져다 대고 울화를 가라앉히려 안간힘을 썼다. 그와의 결혼 생활은 의외의 방향에서 인내심을 요구할지도 모른다는 불안이 스쳐 갔다. 당장 결혼 이야기 따위 때려치우고 나가 버리지 않는 자신이 이상할 정도였다.

"당신이 생각하는 게 나와 같다면 문제는 없어요."

내려놓는 커피잔에서 커피가 넘실 넘쳤다.

"다행이군."

정말 다행이라는 어조에 머리 한쪽에서 김이 피식 하고 새버렸다. 손뼉도 마주쳐야 소리가 난다. 한쪽이 같으면서도 전혀 다른 소리를 하는데 맥이 빠지지 않을 수 없었다.
"정확히 말하면 몰라요. 나는 경험이 없으니까."
"아, 그래."
그의 눈에 의외라는 기색이 역력하다. 처녀라고는 생각하지 않았다는 반응. 씁쓸하고 화도 났다. 은영은 내친김이다 싶어 잔뜩 비틀린 웃음과 함께 눈앞에 앉은 뻔뻔하고 무신경한 남자에게 쏴주었다.
"그러니까 확인하고 싶으면 첫날밤까지 참아요. 난 속도위반은 싫어요. 정 결혼하기 전에 기능을 확인하고 싶다면 저 말고 딴 여자랑 결혼하든지."
옆 자리에서 '푸웁!' 소리에 이어 깔깔 하하 웃음소리가 났다. 남자도 여자도 허리를 부여잡고 숨을 할딱거린다. 딸그랑 쨍강 소리도 들렸다. 누군가 포크를 떨어뜨린 듯싶었다. 웨이터에게 포크 하나를 달라고 청하는 목소리가 들렸다. 저쪽은 재미있는 모양이지만 은영은 웃음이 나오지 않았다. 이제는 될 대로 되라는 심정이었다.
'싫으면 관두라지. 내가 사양하고 만다.'
"알겠어. 뭐, 어떻게든 되겠지."
어떻게든 될 일은 아니지만 은영은 더 이상 말을 하지 않았다. 한동안 두 사람은 각자의 생각에 빠져 대화 없이 커피만 홀짝거렸다.

그렇게 혼란스러운 속에서도 은영이 확신하는 점은 하나 있었다. 은영 자신의 행복을 제쳐 둔다면 예전은 물론 앞으로 죽을 때까지라도 태형만한 남자를 만날 확률은 무한히 제로에 수렴한다. 어쩌면 못한다고 결론을 내렸으면서도 생각해 보겠다고 유예를 두는 행위는 단순히 태형 같이 멋진 남자를 남에게 양보하기 싫다는 아주 단순한 이유 때문일 수도 있었다.

두 사람이 호텔 라운지를 떠날 때 은영이 자조의 웃음을 지으며 떠올린 생각은 최소한 그랬다. 그날 밤에 라운지를 찾아들었던 여자들은 대부분 태형을 은밀히 훔쳐보았다.

늦은 밤의 공기는 선선하다 못해 차갑다. 아까 낮의 열기가 거짓말 같았다. 휘발유 냄새와 고무 탄내가 뒤섞여 조금은 불쾌하지만 머리카락을 흔들며 지나가는 바람의 느낌은 그 모두를 감수할 만큼 기분이 좋았다. 달아오른 뺨에 와 닿는 감각도. 은영은 몸 안에서 느껴지는 까닭 모를 열기로부터 의식적으로 생각을 멀리했다.

좁은 차 안에 그와 함께 있기 때문이다. 몇 시간 전에 그녀와 함께 있을 권리를 그녀 스스로 부여한 남자가 바로 곁에 있다. 고작 몇 글자 '생각할 시간을 주세요'로 사람의 태도와 의식은 얼마나 달라지는지 무섭기조차 했다.

오늘 낮까지만 해도 그녀는 그와 단둘이 있어도 별로 의식하지 않았다. 늘 스캔들을 염려했던 탓에 서로의 관계가 성적인 방향으로 움직일 가능성을 아예 배제했다. 물론 두근거림 정도야 늘 있지만, 거기에서 뭔가 더 진전이 있으리라고는 기대하지 않았던 것이다. 반년이나 덤덤한 관계가 계속되었기 때문이다. 잘생기고 남성다움이 넘치는 남자임에도 불구하고 그는 은영에게 여자보다 안전한 남자였다.

한순간에 뒤집혔다. 이제 그는 성적으로 그녀에게 접근할 수 있는 유일한 남자가 되겠다고 선언했다. 음식점을 나올 때까지만 해도 아무렇지 않았는데, 지금은 허벅지 근처에서 기어를 넣는 그의 손이 의식되고 30㎝ 이상 떨어진 그의 체온에 피부까지 화끈거리는 듯했다.

'미쳤어, 이은영. 그렇다고 당장 껄떡대며 달려들 것 같니?'

아니다. 스카이라운지에서 태형이 했던 이야기에도 불구하고, 은영은 그가 그런 남자는 아니라고 확신했다. 그보다는 오히려 자신의 반응에 신경이 쓰였다. 결혼이라고 해도 거의 M&A에 가까운, 그것도 은영이 일방적으로 흡수 합병당하는 상황이나 마찬가지인데 거부감보다 기대감이 강했다. 아직 직접적인 경험이 없다고는 해도 지식마저 없지는 않은 은영으로서는 무척 당황스러웠다.

'이런 느낌이 저 사람을 진종마로 만든 것일까? 의식하자마자 바로 끌어당기는 힘이?'

설마. 소설 속의 남자도 아니고. 현실의 남자가 그런 힘을 가졌다고는 생각하지 않았다. 그렇다면 자신은 어째서 이럴까. 그를 남자로 의식하자마자 몸에 열기가 오르는 까닭은? 은영은 그 이상 생각을 밀고 나가기가 무서워졌다.

"무슨 생각을 하지?"

"네?"

침묵이 흐르던 차 안에 갑자기 그의 목소리가 울리자 은영은 심장이 덜컥 내려앉는 기분이었다.

"그렇게 문에 달라붙어서 도망갈 것처럼 굴지 마. 아까 동의했잖아. 결혼하기 전에는 당신 결심을 존중해 줄 테니까."

'결혼한 다음에는? 뭘 생각하는 거야, 이은영!'

"그러니까 무슨 생각을 하는지 가르쳐 주겠어? 서로 속마음을 털어놓자고 약속했잖아."

"당신의 뭘 보고 '진종마'라고 하는지 궁금해요."

말해놓고 은영은 혀를 깨물어 버리고 싶었다. 머릿속이 공황 상태다 보니 나오는 대로 내뱉고 말았다. 도발로 생각하지는 않을까 걱정하며 얼굴을 훔쳐봤다. 재미있어하는 기색이 역력하다. 다행히 화를 내는 기색은 없다. 은영은 살며시 한숨을 불어냈다.

"무슨 뜻인지 모르겠군."

"얼굴이야 좀 잘생겼지만, 아까처럼 여자 입장은 전혀 고려해 주지 않는 무례한 남자에게 왜 그렇게 여자가 꼬였을까 하는 의문이죠. 결혼도 안 한 처녀에게 처음이냐고 묻지 않나, 거기에 문제 있느냐고 하지 않나, 배려라고는 눈 씻고 찾아봐도 없잖아요."

태형이 피식 하고 웃었다.

"뻔하잖아. 돈이었겠지. 내 태도를 문제 삼는 여자는 별로 없었어. 재수없게 들리겠지만 내가 나서기 전에 여자들 쪽에서 달려들던데? 즐기고 싫증나면 바이바이. 여자야 많았지만 지금 당신이 신경 쓸 만한 여자는 없어. 답이 됐나?"

시니컬한 이야기를 하면서도 태형이 조금은 씁쓸한 표정을 했다. 은영은 속으로 말해주었다.

'돈 때문만은 아닐걸요. 당신은 남자로서도 충분히 매력이 있어요.'

입 밖에 내어 말하지는 않았다. 지금 상태로도 넘치도록 위태로웠으니까. 불티가 탁탁 튀는데 기름을 부을 담력은 없었다.

"방금 한 이야기나 아까 약속을 보면 역시 잘 선택했어. 성주라면 그런 소리를 할 생각도 못했겠지. 이 결혼은 예상보다 잘될 것 같아."

"그런 점이 배려가 없다는 거예요. 어쨌거나 결혼 생각하는 여자가 딴 여자 이야기 듣고 마음이 편한 줄 알아요?"

"아, 실수. 앞으로는 유념해 두겠어."

태형이 껄껄 웃자 은영은 괜히 삐진 척 고개를 홱 돌렸다. 그가 뭐라고 위로하는 말을 했지만 들은 척도 하지 않았다. 사실은 들리지도 않았다. 뚜렷한 이유를 집어내지 못하면서도 가슴이 따끔거렸다. 태형의 집요한 사과에 못 이긴 척 화를 풀고 돌아앉았지만 차가 집에 다다를 때까지 가슴의 그 따끔거림은 아릿한 통증이 되어 오랫동안 남아 있었다.

은영이 부모님과 함께 사는 수유동의 아파트 단지는 조용했다.

벌써 밤 열한 시를 넘어 열두 시가 가까워오는 시각이었다. 아파트 창문들은 대부분 불이 꺼져 캄캄한 가운데 유독 아파트 현관의 외등들만 환했다. 태형은 은영이 가리키는 아파트 현관 가까이에 차를 대고 시동을 껐다.

"수고하셨어요. 피곤할 텐데 어서 들어가 푹 쉬세요. 그럼 회사에서 뵙죠."

은영이 고개를 까딱하고 차 문을 열려는데 태형이 팔을 잡았다. 손이 뜨거웠다.

"왜, 왜요?"

당황해서 은영이 돌아보며 물었지만 그는 아무 말도 하지 않았다. 외등 불빛을 받은 얼굴이 기억하던 것보다 거칠고 날카로워 보였다. 그 강렬한 인상에 매혹되어 은영은 자신도 모르게 입을 다물었다. 그의 왼손이 천천히 다가와 얼굴을 가린 머리카락을 살며시 걷어내며 머리를 잡아당겼다. 거부하는 시늉도 못하고 얌전히 따라갔다.

두려움 반, 기대 반으로 기다린 키스는 뜻밖에도 부드러웠다. 거의 압력이 느껴지지 않을 정도로 살며시 입술을 맞대고 입술 선을 따라 움직이다가 가만히 눌러왔다. 은영은 그대로 눈을 감았다.

입술은 오래 머무르지 않고 다가올 때처럼 부드럽게 물러났다. 은영이 눈을 뜨자 그늘진 그의 눈이 앞에 있었다. 그늘 속에서 어슴푸레하게 보이는 그 눈은 무심해 보였다. 그저 그녀를 붙든 손만 참을 수 없을 정도로 뜨거웠다.

다시 입술이 다가왔다. 은영은 시트를 꼭 쥐며 그를 맞아들였다. 몽실몽실하고 촉촉하면서도 매끈한 감각이 입술을 덮었다. 그가 입술로 입술을 가만히 애무하며 자리를 잡고서 은밀하게 혀를 뻗어왔다. 살짝 입을 벌리자 혀끝이 닿았다. 떨어졌다. 다시 닿았다가 떨어졌다. 안으로 안으로 숨는 그녀를 쫓아 그가 다가왔다. 마침내 더 이상 물러설 곳이 없어진 그녀를 그가 옭아매고 살며시 잡아끌었다. 마지못한 듯 그녀가 따라갔다. 그녀의 입 안에서 얽혀 껴안고 돌아가던 혀가 조금씩 그의 입 안으로 옮아갔다. 아니, 물러나는 그를 그녀가 쫓아갔다. 그녀가 머뭇머뭇 경계를 넘자 도망치는 듯하던 그가 그녀를 무섭게 잡아끌었다. 영혼까지 잡아 뽑을 듯 무섭게 빨아들였다. 그녀는 더럭 겁이 났다. 이대로 가면 송두리째 빨리고 빈껍데기만 남을 것 같았다.

　은영이 머리를 뒤로 빼려 하자 태형은 억지로 붙잡지 않고 놓아주었다. 그의 손가락 사이로 그녀의 머리카락이 천천히 미끄러져 빠져나갔다. 어깨 정도 길이의 머리카락은 금세 그의 손아귀를 떠났다. 그의 손이 떨어지자 그녀는 의자 등받이에 몸을 기대며 숨을 몰아쉬었다. 가슴이 무섭게 뛰었다. 머릿속은 엉망진창이 되었다. 열기가 얼굴로 몰려들었다. 떨리는 손을 들어 뺨을 감쌌다. 뺨이 뜨거웠다.

　"머리카락은 길러줘. 손가락에 얽히는 감촉이 좋아."

　남자라면 누구나 할 법한 소리가 은영의 속을 뒤흔들었다. 마치 세상에 다시없을 음란한 말이라도 되는 것처럼 은영의 깊은 부분에 강렬한 자극을 가해 휘청거리게 만들었다. 그의 음성은 언제나처럼 무심했다. 그렇지만 무심하지 않았다. 무심한 겉모습에 감추어진 뜨거움이 은영을 한없이 달아오르게 만들었다.

은영은 차 문을 열고 밖으로 뛰쳐나가 그대로 아파트 현관을 향해 달음질쳤다. 그는 쫓아오지 않았다. 그녀가 현관에서 돌아보았을 때, 그는 차 안에 그대로 앉아 그녀를 주시하고 있었다. 어두워서 얼굴은 보이지 않았지만, 그녀는 그가 자신을, 자신의 눈을 보고 있다는 것을 느꼈다. 그녀는 안으로 도망쳤다.

엘리베이터는 일층에 내려와 있었다. 은영은 엘리베이터에 뛰어들어 칠층 버튼을 누르고 닫힘 버튼을 마저 누르며 엘리베이터 밖을 살폈다. 그가 쫓아오지 않는다는 것을 알면서도 쫓아올 것만 같았다. 문이 닫히자 그녀는 벽에 힘없이 기댔다. 정말 힘이 없었다. 아무 생각도 떠올리지 못하고 있다가 칠층에 도착하자 몽롱한 상태로 집까지 걸어가서 기계적으로 열쇠를 꺼내 문을 따고 들어가 문을 닫았다.

방 네 개짜리 40평형 아파트. 안쪽에 부모님께서 쓰시는 안방과 그 맞은편의 고2 여동생 주영이 쓰는 작은 방, 왼쪽에 대학 2학년인 남동생 찬영의 방, 오른쪽에 은영 자신의 방. 안방과 찬영의 방 사이에 있는 부엌, 그 맞은편의 거실. 매일 보던 그녀의 집이다.

은영은 바닥에 끌리는 핸드백을 의식하지 못한 채 느릿하게 걸어 들어가 거실과 주방 사이에 멈춰서 주위를 돌아보았다. 거실과 주방을 나눈 칸막이 겸 장식장과 그 안의 그릇들이 보였다. 식탁 위에는 조화를 꽂은 작은 꽃병이 보였다. 어머니께서 싱크대에 걸어놓은 행주, 한쪽의 전기밥통, 큰 냄비를 얹은 가스레인지도 보였다. 천천히 현실감이 돌아오기 시작했다.

"어머! 은영아, 돌아왔구나. 왜 이렇게 늦었니?"

말소리에 고개를 돌려보니 어머니께서 잠옷 차림으로 서 계셨다. 은영이 들어오는 소리를 듣고 잠에서 깨신 모양이다. 쉰이 다 되었지만 아직도 선이 고우신 분. 그녀가 파티 파트너 일을 한다고 하자 시집가는 데 지장없겠느냐고 염려해 주셨던 어머니다. 어머니의 얼굴이 살짝 찌푸려졌다.

"너, 좀 이상하구나. 무슨 일 있니?"

은영이 아무 대답 없이 어머니만 물끄러미 바라보고 있자 어머니께서 걱정스러워하는 말투로 물어오셨다.

"엄마."

"응?"

"나, 결혼할 것 같아."

은영이 현관에서 사라지고도 꽤 오랫동안 태형은 그녀가 멈춰 섰던 자리를 바라보았다. 당황한 표정과 쫓기는 야생동물 같은 눈빛이 뇌리에서 사라지지 않았다. 고작 키스였을 뿐인데 그녀가 그렇게 반응할 줄은 몰랐다. 처녀라는 말은 아마 사실이다. 딱히 그녀가 거짓말을 했다고 생각지는 않았지만, 키스에 당황할 만큼 연애 경험이 없다고 생각하지도 않았다. 그 키스가 예상 밖으로 뜨거웠다고 해도 말이다. 정말 의외였다.

차분히 사정을 설명해서 그의 청혼에 당위성을 부여함으로써 신뢰감을 주는 것이나, 평소와 달리 부드러운 면을 보여 마음을 누그러뜨리는 것 등, 오늘 그가 의도했던 일들은 대체로 성공했다. 스카이라운지에서 은영 모르게 만약을 위한 안전장치도 마련했다. 단지, 가급적 빨리 육체관계를 맺어 결혼 약속을 확실하게 만들려는 의도가 좌절된 것이 아쉬웠다.

'골치 아프게 됐군……'

태형은 조수석 문을 닫고 시동을 걸면서 그녀가 섰던 쪽을 다시 한 번 쳐다보았다.

"아니, 아닌가. 그래, 잠자리에 관해서는 걱정하지 않아도 되겠어."

그는 생각을 입 밖으로 내어 말했다는 사실을 깨닫지 못했다. 의식은 단단하게 굳어버린 자신을 느끼는 데 집중되어 있었다. 기억은 잘못되지 않았다. 반년 전에 계단에서 얼핏 겪었던 충동은 조금 전의 키스에서 분명한 모습을 드러냈다. 믿을 수 없을 만큼 격렬하게 변해 그를 사로잡았다. 손끝에서 흘러 떨어지는 머리카락 한올 한올을 놓치기가 그렇게 아쉬웠다. 성주와는 이렇지 않았다. 어느 여자도. 반년 동안 어떻게 모른 척하고 지낼 수 있었을까? 지난 몇 주일 동안 그녀를 보며 서서히 모여들었던 욕망이 키스를 계기로 터져 나갈 뻔했다. 그녀가 도망치지 않았다면 아마도.

거기까지 생각하다가 그는 씩 웃었다. 그 웃음은 사냥감을 눈앞에 둔 사냥꾼처럼 잔혹했다.

"그래, 도망쳐 봐, 토끼아가씨. 난 쫓던 사냥감이 생각 밖으로 먹음직하다는 사실을 방금 발견했거든."

# 7. 돈만으로는 부족한

은영이 들어온 각종 신데렐라 스토리는 대부분 남자 쪽 부모님의 반대와 현명한 신데렐라의 고난극복 이야기였다. 반대하는 사람은 물론 시어머니다. 그 반대의 경우는 생각해 본 적도 없다. 특히 물욕이나 신분상승 욕구에서 자신에 뒤지지 않는 부모님들을 모시는 다음에야 더 말할 필요도 없는 일이다.

토요일 밤에 은영은 어머니께 결혼할 상대가 태형이라고만 밝히고 너무나 피곤하다는 핑계를 대며 자기 방으로 돌아가 일요일인 다음날 정오가 다 될 때까지 자버렸다. 그리고 일어나서 세수하자마자 밥도 먹기 전에 부모님 앞으로 불려가 '관둬'라는 말을 들었다.

부모님은 뜻밖에도 태형과의 결혼을 완강히 반대하셨다. 서로 사랑하느냐고 묻지도 않았다. 그저 은영이 파티 파트너 일을 시작할 때부터 이렇게 되지 않을까 걱정했다는 말씀만 하셨을 뿐이다. 한쪽이 기우는 결혼의 문제점을 조목조목 짚어나가면서 그녀의 의지를 깎아나갔다. 태형의 과거에 관한 소문도 나왔음은 물론이다. 그 소문 중에는 같은 회사에 다니는 은영조차 모르는 것도 많았다. 은영은 부모님들이 의외로 그녀의 행복에 관심이 많다는 사실에 기쁘면서도 태형과의 결혼에 장애가 많다는 사실에는 마음이 무거워졌다.

＊

"그래서 못하겠다고?"
"모르겠어요."
월요일에 출근한 두 사람은 잠시 짬을 내어 태형의 사무실에서 의논을 하기로 했다. 결혼 문제가 확정지어지기 전에는 조심할 필요가 있었기 때문에 밖에서 만나기는 위험했다.
"부모님의 반대와는 별도로 물어볼 것이 있어요."
"또 뭔데?"
의외의 장애가 신경 쓰인다는 듯, 태형이 얼굴을 찌푸리면서 짜증스럽게 물었다. 은영은 그의 말투가 마음에 안 들었지만 일일이 따질 시간도 없기에 그냥 이야기를 계속했다.
"우습게 들릴지는 모르겠어요. 그래도 물어는 봐야겠어요. 지난 토요일에는 태형 씨의 청혼이 너무 뜻밖이라 떠올리지도 못한 일이었는데, 어제 부모님 말씀을 들으면서 차분히 생각해 보니까 허술히 넘어갈 부분은 아니었어요."

"말해봐."

"태형 씨는 감정적인 부분에 대해 아무 이야기가 없었어요. 그 말은, 이 결혼을 통해 태형 씨는 얻을 게 있다는 뜻이겠지요? 저에게 설명한 것들이나, 또는 혹시 더 있지만 저에게 설명하지 않은 것들도."

"당신에게 아무 감정도 없느냐는 질문이라면 아니라고 하겠어. 의외일지 모르겠는데, 나는 꽤 당신이 좋거든. 특히 토요일 밤에 당신을 배웅한 뒤로는 더욱."

입술에 와 닿는 그의 시선이 뜨겁다. 은영은 목덜미에 열기가 퍼지는 것을 느꼈지만 아무 말도 하지 않았다. 그는 말을 계속했다.

"그렇지만 당신 말은 대체로 맞아. 나는 필요에 의해 청혼을 했고, 결혼하면 원하는 것을 얻겠지. 대답이 됐어?"

은영은 입술을 살짝 축이면서 어젯밤부터 계속 생각했던 말을 했다.

"그런데 저는 뭘 얻죠? 시부모님 모시고 종갓집 종부로 고된 시집살이를 하면서 파티장에서 시답잖은 일로 거짓 웃음을 짓는 대가 말예요. 우리 집이 그렇게 못살지는 않아요. 태형 씨만큼은 아니라도 괜찮은 신랑감 잡아 사는 데는 어려움이 없어요."

"남들과는 비교도 안 되는 우리 집안의 부. 그리고 나. 부족한가?"

"네."

흠칫하는 태형의 얼굴을 보며 은영이 덧붙였다.

"제가 돈 욕심이 좀 많기는 해도 돈에 환장한 바보는 아니에요. 태형 씨만 해도 대영 때문에 사랑하는 사람과 결혼할 기회를 포기하잖아요? 돈 때문에. 원래 그 세계의 주민이 아닌 저는 태형 씨보다 더 많은 부분을 포기해야겠죠. 부모님 말씀이 틀리지 않아요. 저 자신을 위해서는 이 결혼, 하지 않는 편이 좋겠죠."

태형은 은영의 말을 무표정하게 듣고 있다가 말이 끝나자 뜻밖에도 만족스러운 듯 웃었다. 그 웃음이 마치 올가미를 졸라매는 사냥꾼 같아 은영은 오싹했다.

"당신 말이 맞아. 그렇지만 당신이 생각하지 못한 일이 두 가지 있어."

그게 뭐냐고 은영이 눈으로 묻자, 태형이 책상 위에 있던 신문 하나를 은영에게 건네주면서 말했다.

"첫째, 이미 늦었어."

은영은 신문을 보고 낮게 욕설을 중얼거렸다. 연예신문이었다. 호텔 라운지에서 태형이 은영의 손가락에 키스하는 사진이 실려 있었다. 그 기사 옆에 같은 장소에서 걸린 연예인의 스캔들 기사도 보였다. 재수가 없었다. 게다가 하필이면 장소가 호텔이었다.

"당신 말대로, 이 결혼은 남들 생각과 달리 내 쪽에 유리해. 기사 때문에라도 성주는 물 건너갔고, 더 찾아봐야 당신만한 배우자감은 없다고 봐. 그래서 언론이 물어오면 나는 솔직히 대답해 줄 생각이야. 전부. 괜찮은 신랑감 구하기는 좀 어려울걸."

은영이 발작하려고 하자 태형이 손을 들어 제지했다. 그리고 다가오기 시작했다. 머리끝까지 화가 났던 은영은 그에게 밀리지 않으려고 제자리에서 억지로 버텼다. 그래도 그의 압력에 몸이 떨리는 것을 어쩔 수가 없었다. 그가 손이 닿을 만큼 가까운 거리까지 다가오면서 남성용 화장품과 비누 향기에 그 특유의 체취까지 뒤섞인 남자의 냄새가 그녀를 휘감았다. 더 이상 참지 못하고 물러서려는데 그가 어깨를 움켜쥐고 잡아당겼다.

육식동물이 사냥감의 목을 물어뜯듯 그의 입술이 그녀의 입술을 유린했다. 미처 반항하기도 전에 입을 뚫고 혀가 침입해서 얽혀들며 사정없이 빨아들였다. 그의 한 손은 목 뒤를 붙잡아 도망가려는 그녀의 머리를 고정시키고, 다른 한 손은 그녀의 팔과 함께 허리를 단단히 감싸 안았다. 그녀도 여자치고는 작은 편이 아니었지만 그보다는 한참 작았다. 그녀는 양팔을 통째로 묶인 채 꼼짝하지 못하고 그에게 압도당했다.

거칠게 시작했지만 아프지는 않았다. 은영이 반항하려는 기색을 늦추자 태형은 서서히 그녀의 뒷머리와 목을 애무하면서 그녀의 입술을 희롱하기 시작했다. 그녀의 혀를 감았다가 놓고 아랫입술을 빨았다가 핥았다. 누르고, 문지르고, 삼키고 다시 입술을 가르며 들어와 그녀의 입 안을 점령했다. 어느새 그녀는 그가 조금씩 요구해 올 때마다 그만큼 자신을 내주기 시작했다. 이내 요구하는 것보다 더 많이 주었고, 그만큼 그를 요구했다.

정신없이 서로를 탐하던 두 사람은 어느 순간 키스를 멈추고 입술을 떼었다. 그도 그녀도 헐떡이고 있었다. 은영은 아직도 양팔을 그에게 구속당한 채 달아오르는 얼굴을 그의 품에 묻었다. 그의 냄새가 났다. 그의 품에 강하게 밀어붙여진 가슴이 격렬하게 두근거렸다. 가슴의 정점에서 단단해진 꽃망울이 느껴졌다. 맙소사, 그를 원했다. 그가 더욱 강하게 끌어안아 주기를, 더욱 강렬하게 키스해 주기를 원했다. 어느 누구도 그녀를 이렇게 만들지는 못했다.

태형이 옥죄었던 팔을 살며시 풀자 다리에 힘이 빠진 은영이 휘청거렸다. 허공을 휘젓는 그녀의 손에 그의 옷깃이 걸렸다. 그녀가 그의 옷을 부여잡고 매달리자 태형이 그녀의 팔을 잡고 잠시 부축해 주었다. 그녀가 균형을 잡고 그를 밀어내자 태형은 이내 손을 놓았다.

"둘째는 이것이지. 납득했어?"

태형이 짜내는 듯 낮은 목소리로 말했다. 은영은 대답을 할 수 없었다. 고개를 끄덕이지도 가로젓지도 못했다. 그저 고개를 숙인 채 양팔을 교차해 가슴을 꼭 끌어안고 옆에 있던 책상에 기대어 가쁜 숨을 몰아쉬었다.

"우리가 사랑에 미치지는 않았지만, 많고 많은 밋밋한 부부들보다는 나아. 알다시피 나는 좋마야. 평생 처음이라고 할 만큼 마음에 드는 암말을 만난 종마. 요즘 얌전해졌어도 거세당하지는 않았어. 원하는 만큼 가질 때까지는 멈추지 않아. 도망칠 생각은 하지 마."

그가 다가와 그녀의 귀에 대고 속삭였다.

"절대로 놔주지 않을 테니까."

그의 입김이 뜨거웠다. 너무 뜨거워서 온몸에 소름이 돋았다.

✻

한 주가 정신없이 지나갔다.

은영은 가능한 한 태형을 피했다. 태형도 굳이 은영을 찾지 않았다. 그렇지만 은영은 일하다가 문득문득 누군가의 시선을 느꼈고, 그 끝에는 반드시라고 해도 좋을 정도로 태형이 있었다.

사무실 사람들은 두 사람이 이상해진 기미를 알아채고 주시했다. 은영이 애써 구축해 놓은 여자들과의 우정은 흔적도 없이 사라졌고, 남자들은 그녀 근처에도 오지 않았다. 부모님은 볼 때마다 태형과의 결혼을 관두라고 종용했다. 주말이 다가올 무렵, 은영은 뼛속 깊이 느껴지는 외로움에 다른 세상으로 떨어져 나가 홀로 움직이고 있지는 않은가 하는 착각마저 들었다. 고등학교 시절에 잠깐 겪었던 왕따의 서러움이 다시 몰려와 참기 힘들었다.

똑.
똑.

커다란 화물선에서 물방울이 떨어진다. 길이 2m가 넘는 얼음 덩어리가 흘수선 아래만 하얗고 위는 완전히 투명하다. 은영은 그 차갑고 매끄러우면서도 당당한 모습에 매혹되었다. 흔히 만드는 봉황이나 용같이 기묘하고 신비한 형상은 아니지만 비록 인간의 손으로 만드는 배라도 우아한 곡선과 단단함이 제대로 표현되니 아름답다는 느낌이 들었다. 아마도 조각한 사람의 솜씨가 좋은 것이리라.

깨끗한 얼음 뒤로 보이는 사람들의 형상은 화려하고 우아한 본모습과 달리 우그러지고 일그러져 혹시나 그 본성이 비쳐 보이지 않나 상상하게 만든다. 저 사람은 매끈한 겉모습을 했지만 얼음 속처럼 마음이 뱀같이 구불거릴 거고, 저 아주머니는 완벽한 미시 몸매로 보이지만 얼음 속에서는 저렇게 뚱뚱하니 지방흡입술을 주기적으로 하는 것일까. 그러다가 자신 역시 반대편에서 보면 똑같이 추악하겠다는 생각을 떠올리고 피식 웃고 말았다.

시계를 보았다. 태형이 바이어 한 사람과 독대(獨對)하려고 잠시 자리를 비운 지 삼십 분이 넘어간다. 금방 온다면서 찾기 쉽게 얼음 조각 곁에서 기다리라더니 좀처럼 돌아올 줄을 몰랐다. 시원한 얼음을 옆에 뒀어도 사람으로 가득한 파티 룸은 갑갑하다. 안에 마냥 있기보다 잠깐 나가 바람이라도 쏘일까 하다가 요즘 예민한 태형의 심기를 건드릴까 싶어 그냥 있자 마음먹었다. 그렇게 태형을 신경 쓰는 자신의 태도가 한심스러워 자신도 모르게 침울해졌다.

"혼자서도 잘 노시더니, 어째 답답해 보입니다."

낮고 부드러운 남자 목소리가 들렸다. 돌아보니 아는 사람이다. 유문성. 태성유화 사장. 태형 씨가 주의해야 할 것 같다고 말한 인물. 그리고 웬만하면 만나고 싶지 않은 남자다.

"안녕하세요, 유문성 사장님. 보고 계셨어요?"

"안녕하세요. 여기서 또 뵙는군요, 이은영 씨. 얼음 조각을 보며 서 있는 모습이 그림 같아서 누군가 했는데 아는 얼굴이더군요. 지난번에는 바로 돌아가셨나요? 아버지께 끌려 다니다가 겨우 풀려나니 안 보여서 서운했습니다. 하긴, 꽤 더워서 여성들이 파티를 즐기기에는 좀 무리였죠."

"네, 일정이 있어서 가봐야 했어요. 마음에 두셨다면 미안해요."

청혼 받느라 그랬거든요.

"천만에요. 그저 한 번 더 뵙고 싶었을 뿐입니다. 아, 잠깐만. 뭐 드시겠어요?"

문성이 지나가는 웨이터를 세우고 와인 한 잔을 들어 내리더니 은영에게 의향을 물었다. 벌써 와인을 두 잔 마신 상태라 더 이상은 곤란했지만 앞에서 잔을 들고 있는데 빈손으로 있기도 뭐하고 마침 목도 약간 말라서 레드와인을 하나 받아 들었다.

"심심하신 모양인데, 잠깐 테라스로 산책이라도 하시겠습니까? 거기서 보는 야경이 괜찮아요. 이 호텔의 자랑거리 가운데 하나죠."

은영은 망설이다가 태형이 오나 주위를 살폈다. 여전히 안 보인다. 그러자 '뭐 어때' 하는 심정이 되었다.

"그럴까요?"

두 사람은 지나가는 아는 얼굴에게 가볍게 목례를 하며 천천히 걸어 벽면 전체가 유리로 이루어진 테라스 쪽의 벽 한구석에 난 문을 열고 나섰다.

문성이 말한 대로 야경은 볼 만했다. 검푸른 밤하늘 아래로 멀지 않은 곳에 쭉 뻗은 서울외곽순환도로와 기기묘묘한 자태의 색색가지 네온사인이 아름답게 펼쳐져 있다. 냉방을 하는 안에서 나오니 훅 하고 더운 느낌이 덮쳐 왔다가 이내 시원한 밤바람에 날아갔다. 은영은 자신도 모르게 기분이 좋아져 부드럽게 웃음을 지었다.

"웃는 모습을 보니 잘 권했다 싶군요."

문성의 음성이 생각보다 가까이에서 들려 가슴이 멈칫했지만 내색하지는 않았다.

"권해주셔서 감사해요. 아주 멋져요."

"별말씀을."

그가 손짓으로 건배를 청해 은영도 가볍게 잔을 맞부딪치고 살짝 와인으로 입술을 축였다. 달콤하고 부드러우면서도 쌉쌀한 맛이 입 안에 퍼졌다.

"진태형 씨와는 사귀는 사이신가요?"

갑자기 급소를 찌르며 들어왔다. 역시 이 남자는 위험하다. 은영은 경계심을 곤두세우고 반문했다.

"그건 왜 물으시죠? 제가 태형 씨, 그러니까 실장님의 파티 파트너 역할을 한다는 사실은 아시잖아요?"

태형에게 청혼을 받기는 했어도 부모님은 반대하시고 은영 자신마저 갈팡질팡하는 중이다. 그런 가운데에서도 그의 유혹에는 저항하기가 힘들다. 냉정한 겉모습에 냉혹한 일벌레라지만 매력적인 남자였다. 반년을 함께 다녔는데 정이 안 들었을 리 없고, 능력과 외모, 재산 등에 마음이 흔들리지 않을 리 없다. 그 모든 혼란스러운 사항이 복합되어 은영은 애매한 대답을 하고 말았다.

"확실한 사이는 아니군요. 그러면 저도 입후보하겠습니다."

문성이 혼란스러운 은영의 내심을 짚으며 의외의 말을 했다. 그리고 적당했던 둘 사이의 거리를 좁혀 한 발 다가섰다. 가슴이 덜컹하더니 가볍게 뛰기 시작했다. 은영은 무의식중에 한 발 물러서며 물었다.

"무슨 뜻이죠?"

"당신에게 관심이 있다는 말입니다. 진지하게. 진태형 씨는 자기 손안에 있는 보석의 가치를 잘 모르나 봅니다. 위험해요. 조금 전처럼 무방비 상태로 놔두면 훔쳐 버리고 싶을 정도인데."

그가 한 발 더 다가왔다. 은영도 한 발 더 물러났다.

"농담하세요?"

"천만에요. 제가 가든파티에서 당신을 처음 봤다고 생각하십니까? 두어 달 전인가? 동운전자 30주년 기념파티에서였습니다. 흐느적거리는 여자들 속에서 혼자 싸우고 있었지요. 물론 괜찮은 여자들도 있었지만 당신만 눈에 들어왔어요. 그 후로 쭉 기회를 엿봤습니다. 유감스럽게도 사장 취임 때문에 바빠서 좀처럼 틈을 낼 수가 없었지요."

문성이 말을 하면서 천천히 은영을 압박해 구석으로 몰아갔다. 은영은 그를 피해 파티 룸으로 돌아가야 한다고 생각했다. 그런데 어쩐지 오싹한 기분에 생각대로 몸을 움직일 수가 없었다. 테라스에는 그들 둘뿐이었다. 이 더운 날씨에 냉방이 되는 파티 룸을 벗어나 밖으로 나오는 미친 사람은 그들밖에 없었다. 은영은 나온 것을 후회했다. 테라스의 딱딱한 돌난간이 등에 닿자, 은영은 가냘프게 '아!' 하고 소리를 냈다. 놀라 와인 글라스를 떨어뜨렸다. 쨍 하는 소리가 은영의 귀에 아프게 울렸다.

"미안합니다. 평소에는 이런 취향이 아닙니다. 조금 마음이 급해져서. 지난번에 봤을 때만 해도 당신은 파티를 즐기며 당당하고 오만하기까지 했는데, 오늘 당신은 상당히 불안해 보입니다. 며칠 전 보도도 있었고. 더 여유를 부려선 안 될 것 같았습니다."

"왜…… 왜 이러시죠? 유 사장님이 저 같은 여자에게 관심을……."

머리가 잘 돌아가지 않았다. 어깨에 걸고 있던 핸드백을 양손으로 꽉 움켜쥐어 몸 앞에 방패처럼 들었다. 문성이 은영 오른쪽의 난간에 한 손을 짚고 다른 한 손을 천천히 뻗어 은영 왼쪽의 난간에 와인 글라스를 놓으며 은영을 가두어 버렸다. 그리고 천천히 상체를 구부려 은영을 압박해 나갔다. 은영은 그가 더 이상 다가오지 않도록 핸드백으로 밀어냈지만 거의 붙다시피 한 상태에서 윗몸이 뒤로 밀리는 것을 막을 수가 없었다. 난간의 장식이 등을 아프게 파고들었다.

"소리 지를 거예요. 그러니까 그, 그만두세요."

얼마 전에 박 대리가 비슷한 짓을 했을 때, 은영은 마음에 여유가 있었다. 몸은 남자의 힘에 꼼짝 못했어도 어떻게든 될 거라고 생각했다. 지금은 아니다. 처음 본 순간부터 그가 위험한 남자라고 생각했었다. 이만큼 위험할 줄은 몰랐다. 손끝 하나 대지 않았는데 옴짝달싹할 수 없다. 태형이 겉모습부터 거칠다면 그는 부드러운 겉가죽 속에 날뛰는 야생동물을 감추고 있었다. 치명적인 위험이 매력적인 야생동물을. 은영은 그의 입술이 천천히 내려오는 모습을 매료가 뒤섞인 공황 상태에서 보고만 있었다.

"남자가 여자에게 이러는 이유가 뭐라고 생각합니까? 부정하지 말아요. 당신이 날 남자로 본다는 건 처음부터 알았으니까. 한눈에 알았지. 눈을 떼지 못하더군. 괜찮아, 부끄러워할 것 없소. 나도 당신에게 끌리니까."

나도 당신에게 끌리니까.

매료가 풀렸다. 공황이 깨졌다. 대신 공포에 머리가 백짓장처럼 비어버렸다. 은영의 팔이 있는 힘껏 그의 가슴을 밀어냈다. 꿈쩍도 하지 않았다. 무릎을 쳐올렸다. 비명과 함께 그의 철벽이 흔들렸다. 밀었다. 이번에는 밀렸다. 시야가 틔었다. 안으로 통하는 유리문만 보며 미친 사람처럼 달려 문손잡이를 잡아채서 열었다. 냉기가 확 쏟아져 나왔다. 물을 한 바가지 덮어쓴 듯 차가움이 온몸을 휘감으며 정신이 들었다.

고개를 홱 틀어 남자가 있던 쪽을 보았다. 그가 고통과 분노가 뒤섞인 얼굴로 일어나고 있었다. 그와 눈이 마주쳤다. 그 순간, 그의 얼굴이 딱딱하게 굳으며 쫓아오려던 몸을 멈췄다. 그 상태로 은영은 그를 물끄러미 바라보았다. 잘생기고 능력있는 남자가 얼굴을 찌푸리고 서 있었다. 몸을 돌려 파티장으로 들어갔다.

파티장 안은 여전히 흥청거렸다. 멍한 눈으로 태형을 찾았지만 여전히 보이지 않았다. 은영은 문성이 쫓아올지도 모른다는 생각에 도망칠 곳을 찾다가 천천히 화장실을 향해 걸음을 옮겼다.

쳐다보는 사람들의 얼굴이 약간 이상했다. 화장이 망가지지 않았다는 것은 확실했다. 망가질 이유가 없었으니까. 그저 안색이 창백하거나 좀 이상해 보일 뿐이라고 생각했다. 침착하게 자세를 흩뜨리지 않고 걸었다. 주위의 상황이 평소보다 예리하게 인식되는데 뭔가 사고체계에 틈이 생긴 듯 바로 반응할 수가 없었다.

문성이 그랬다. 나도 당신에게 끌리니까. 안다. 은영을 천박한 여자로 여기지는 않는다. 단지 여자로 보았다. 그가 틀린 것은 아니다. 그의 말대로 은영은 처음부터 그를 남자로 보았다. 은영 속의 여자가 그를 인식하고 반응했다. 만약 그가 말없이 키스했다면 소설 속의 여자처럼 응했을지 모른다. 잡아끌었다면 그대로 침대에 함께 뛰어들었을지도 모른다. 그랬다면 하룻밤쯤은 미친 열정에 휘말려 보냈을 수도 있다.

왜 그랬을까. 그의 말로 뭔가가 깨져 버렸다. 마지막에 돌아봤을 때, 그녀는 그가 처음 보았을 때의 유문성이 아니라는 것을 알았다. 그럼 무엇으로 보였냐고 물어본다면 대답할 길이 없다. 자신의 마음속 깊은 곳을 들여다봐야 알겠는데, 그러고 싶지 않다. 단지 하나만이 확실했다. 속절없이 매료되었다가 갑자기 풀려났다.

화장실에 들어서자 여자 두엇이 수다를 떨다가 은영을 보고 나가 버렸다. 화장실이 조용했다. 이만한 규모의 파티에서는 드문 일이지만 왜 그럴까 짚어볼 여유가 없었다. 화장실 변기 뚜껑을 내리고 잠시 들어앉았다. 도저히 불안정한 기분이 가라앉지 않았다. 박차고 뛰어나가 거울을 보니 새하얀 얼굴에 화장이 들떠 보였다. 뺨을 때려보아도 겨우 붉은 기만 잠시 돌 뿐, 이내 창백해졌다. 은영은 포기하고 따스한 물을 틀어 세수를 했다.

화장을 천천히 다시 해가며 시간을 끌자 팽팽하던 신경이 차츰 느슨해지며 뺨에 혈색이 돌아왔다. 안도의 한숨이 나온다. 조금 전에는 미칠 듯해 비명을 올리며 펑펑 울고 싶었다. 여기는 은영의 일터. 그렇게 망가질 수는 없다.

"어머, 은영아. 오랜만이다."

주의 깊게 마스카라를 칠하고 상태를 확인하는데, 여자치고는 낮은, 그럼에도 불구하고 여자라고 단번에 알아볼 수 있는 목소리가 뒤쪽에서 은영을 불렀다. 만나지 않기를 바랐다. 역시 완전히 피할 수는 없었나 보다. 정은은 오늘 파티의 주최자인 대진해운 사장의 조카, 그러니까 대진해운 도청수 사장은 정은의 큰 외숙부가 된다. 오늘 파티에 은영이 참석한다는 사실 정도는 미리 알았다 해도 이상하지 않다.

주초에 태형과의 스캔들이 터진 지 얼마 되지 않았다. 대영그룹은 그 스캔들에 대해 침묵으로 대응했고, 별다른 조치도 취하지 않았다. 태형마저도 며칠 전 협박과 달리 침묵으로 일관했다. 그건 다행이지만, 소문을 잠재울 방법이 없었다. 그 결과로 오늘 은영은 평소보다 훨씬 심한 따돌림과 비웃음의 대상이 되었다. 재치 있게 피하지 않았다면 옷을 버렸을 일도 두어 번 겪었다. 소문에 부채질하는 꼴인 것을 알면서도 어쩔 수 없이 태형 옆에 딱 붙어 다녔는데, 태형이 놔두고 가버렸다. 그리고 유문성과 만났다. 겨우 도망쳤더니 정은마저 만났다. 오늘의 재난은 아직 끝나지 않은 모양이다.

'여자들의 싸움터는 왜 늘 화장실일까.'

물론 고상하고 우아한 이미지를 깨지 않기 위해서다. 어쨌거나 남자 출입금지 지역이니까. 파티 내내 주시하다가 은영이 들어오는 모습을 보고 따라왔을 것이다. 외나무다리에서 원수를 만나다. 고의는 아니지만 정은이 쫓던 태형을 은영이 가로챈 격이 되었으니 입장 불리한 데다, 그 원수가 친구라 은영에 대해서는 속속들이 다 알아서 더 문제다. 은영으로서는 제일 상대하기 껄끄러운 존재가 정은이었다.

"요즘 뜨겁다지?"

정은이 은영 옆 자리에서 화장을 고치며 다시 한마디 던졌다. 초구부터 직구다. 하긴, 정은은 예전부터 의뭉스럽게 뒷공작 꾸미는 경우가 없었다. 그 점이 마음에 들어서 그녀와 어울렸다. 덕분에 태형과 정은 사이의 뒷공작 담당까지 하게 됐지만. 평소 안 하던 짓까지 할 정도로 태형에게 대시했던 정은이었던지라 잘못한 일도 없으면서 한동안은 정은을 피해 다녔다. 그나마 반년동안 조금씩 화를 풀어서 겨우겨우 우정을 되살려 가던 참인데, 그런 기사가 실린 이상 이제는 변명도 통하지 않을 게 뻔했다.

"그렇게 됐어. 얼마 전부터야."

발뺌해 봐야 소용없다 싶어 솔직하게 나가기로 했다. 매도 먼저 맞는 편이 낫다고, 나중에 꼬투리 잡히느니 지금 대면하는 쪽이 차라리 나을지도 모르는 데다 정신적으로 너무나 지친 상태라 이리저리 머리 쓰기도 귀찮았다.

"흥, 그치, 너 돈 밝히는 거 알아?"

"알아. 허영심 많은 것도."

"반년이나 같이 다녔는데 모를 리가 없지. 네가 수작 부리는 줄은 예전 그때 알아봤을 거고. 용하다? 그래도 네가 좋대?"

"너도 알잖아. 잔재주 부린 덕분에 그 사람 눈에 띈 거. 그런 내가 마음에 든대."

은영이 어깨를 으쓱하자 정은이 픽 웃었다.

"웃겨 정말. 제 눈에 안경이라더니. 확실히 남자한테는 여자 친구 소개해 주면 안 돼. 그치가 그런 취향일 줄이야. 하여간 잘해봐라. 아니꼽긴 하지만 그래도 친구였으니까 무운을 빌어주마."

정은이 콤팩트를 집어넣으며 나가려 했다. 무심코 소매를 붙들었다.

"왜?"

정은의 짤막한 물음에 제일 먼저 떠오른 말이 튀어나갔다.

"너, 화내지 않니?"

"화? 내가 왜? 너랑 그치 잘나간다고? 어차피 그치는 나한테 관심이 없었는걸. 그동안은 괜히 심술부렸을 뿐이야. 그렇다고 예전처럼 지낼 수는 없지만. 너 당하는 꼴을 보니 내가 보태지 않아도 꽤 힘들겠던데? 거기에 거들어서 괜히 자기혐오 겪고 싶지 않아. 잘해보라는 말은 진심이야."

정은은 그리고 손을 흔들면서 나가 버렸다. 은영은 눈물이 나올 것만 같아 눈을 감았다. 원래 그런 아이였다. 그런 점을 좋아했으면서도 그동안 잊고 있었다. 야살스러운 면이 있는 은영에게 정은은 드물게 마음을 터놓을 수 있는 친구였다. 태형의 일로 반목하게 됐을 때, 어쩔 수 없다 생각하면서도 마음 한구석에서는 포기하지 못했다. 영영 미움을 샀다고 생각했는데 그나마 서로 말은 하고 살 수 있다. 그만해도 기쁘고 고마웠다.

"수작 부려서 오빠 마음을 끈 거예요?"

푸근해진 마음을 깨며 아름답지만 냉랭한 음성이 들려왔다. 눈을 떠보니 그녀였다. 한성주. 태형과 결혼하기를 바라고 태형이 동생으로 생각하는 어린 시절부터의 인연. 그녀가 문을 등지고 서서 은영을 노려보았다. 설상가상. 앞문에 호랑이 뒷문에 늑대. 뒷동산에는 곰인가? 아니, 표범. 그러더니 토끼까지 이빨을 보인다. 첩첩산중 구만리 끝날 줄을 모르난다.

어쨌거나 응대는 해야 했다. 은영은 떨리는 가슴을 애써 누르며 허리를 펴고 성주를 마주 보았다. 뭐라고 해줘야 하나? 수작 부리기는 했지만 목표는 당신이었다고? 당신 옷에 와인 엎질러서 그 사람 눈에 띄었다고? 생각 같아서는 당신 주고 싶지만 남자가 싫다는데 어쩌느냐고? 당신도 수작 부려서 빼앗아가 보라고? 연애와 전쟁에 페어플레이란 없다고? 모두 아니다. 공격에 고분고분 대답해서야 끌려 다닐 뿐. 최선의 방어는 공격!

"엿들었나요?"

성주의 얼굴에 설핏 부끄러움이 떠올랐다가 사라졌다. 빙고. 아직은 순진한 아가씨다.

"고의는 아니었어요. 당신에게 할 말이 있어서 왔다가 이야기하는 중이라 밖에서 기다렸을 뿐이니까. 엿들어서 미안하지만 사과할 마음은 없어요. 당신은 아직 내 질문에 대답하지 않았어요."

정정. 예전에도 느꼈지만 순진하기는 해도 만만찮은 아가씨다.

"누구시더라? 어디서 뵌 것 같은데 기억이 나지 않는군요. 저를 잘 아시나요?"

바에서 만났을 때, 성주는 은영에게 당한 일을 기억하지 못했다. 소개를 주고받았지만 겨우 한 번, 그것도 잠깐 만난 셈이다. 성주 쪽에서 보면 얼굴 기억하지 못한다고 따질 정도는 아니다. 그래도 기억조차 못할 만큼 존재감없는 사람 취급을 당하면 기분은 좋지 않겠지. 생각대로다. 한성주 분노 게이지 두 배. 오케이. 흥분하면 실수가 나오는 법이다.

"한성주. 예전에 레드 조커에서 만났잖아요."

"그랬던가요? 제 소개는 생략하죠. 알고 찾아오셨을 테니까. 일단은 진태형 씨의 파트너예요. 그래서요?"

"네?"

"소개를 했으니 용건을 말씀하세요."

성주가 파르르 떠는 게 보였다. 귀여워라. 어쩐지 이 아가씨를 놀리는데 재미 들릴 것 같았다. 처음 만났을 때부터도 그랬지만, 은영은 성주에게 별 유감이 없었다. 정확히 말하자면 오히려 호감을 갖는 편이다. 은영은 죽었다 깨어나도 못할 아름답고 순수하고 헌신적인 여성. 예쁜 사람이다. 상황만 이렇지 않으면 사귀어보고 싶다. 유감스럽게도 두 사람은 연적이었다. 아무리 시간이 흘러도 성주가 은영을 친구로 대할 가능성은 없다.

"물었잖아요. 기억력이 안 좋으신 모양이죠? 태형 오빠에게 수작 부렸죠?"

"그런 적 없는데요?"

수작은 성주에게 부렸다. 그녀는 고맙게도 잊어버렸지만 말이다. 반 거짓말도 거짓말이지만 남자 놓고 여자끼리 싸우는데 그 정도야 뭐. 태형과 은영 사이라면 수작을 부리는 쪽은 태형이다. 은영은 그냥 이리저리 끌려 다녔다. 그 부분에 대해서는 얼마든지 당당해질 수 있었다.

"거짓말. 아까 그 말은 뭐죠?"

은영이 정색을 했다. 이런 식으로 추궁하게 놔둬서는 곤란하다.

"아가씨, 말이 지나치군요. 절 얼마나 알기에 함부로 거짓말쟁이라고 비난하는 거죠? 잘 떠올려 보세요. 아까 그 여자 분이 그러던가요? 제가 '태형 씨'에게 수작 부렸다고?"

성주가 말을 못하자 은영은 계속 밀어붙였다.

"전 태형 씨의 파티 파트너예요. 태형 씨의 일이 잘되도록 이것저것 마음을 쓰죠. 네, 그런 의미라면 수작 부린다고 해도 맞을 거예요. 그런데 의외로군요. 아가씨 같은 분이 '수작' 같은 직접적이고 천박한 표현을 서슴지 않다니."

성주의 얼굴이 확 붉어졌다. 부끄러워 외면하는 모습을 보고 은영은 여기까지만 하자고 마음먹었다. 이 이상 하기에는 성주가 안쓰러웠기 때문이다. 그녀는 늘어놓았던 화장품을 챙기고 백을 집어 들면서 성주에게 작별인사를 했다.

"더 하실 말씀 없으면 이만 가보겠어요. 그럼 안녕, 아가씨. 빈말로라도 즐거웠다고는 못하겠네요."

은영이 문고리를 잡고 미는데 성주의 말이 그녀를 붙잡았다.

"오, 오빠는 나한테 키스했어요. 바로 며칠 전이죠."

문을 닫고 돌아보았다. 은영의 눈에 목까지 새빨개진 성주가 고개를 푹 숙이고 주먹을 꼭 쥔 채 가늘게 떠는 모습이 들어왔다. 아팠다. 웬만한 일은 웃으며 넘길 수 있는 은영에게도 성주가 방금 한 말은 아팠다. 얼마나 아팠는지 성주는 모른다. 태형은 성주에게도 키스하며 그 빌어먹을 '잠자리'에 만족할 수 있을지 가늠해봤다. 아마 성주를 에스코트했던 날의 일이라고 짐작되었다.

성주와 은영은 동갑이다. 그러나 약삭빠르고 세상 물을 많이 먹은 은영은 순진한 성주가 어려 보였다. 그리고 그렇게 대했다. 그래서 대응하는 데도 조금은 자제를 했다. 그렇지만 방금 들은 말은 너무 아파서 은영으로 하여금 참을 수 없게 만들었다. 은영은 가혹하게 공격했다.

"어머, 그래요? 그런데 어쩌나. 태형 씨는 나한테도 키스했는걸요?"

성주의 고개가 홱 쳐들렸다. 은영은 상처받은 성주의 눈을 보면서 가차없이 다음 공격을 날렸다.

"뿐만인가요? 수많은 다른 여자들에게도 했죠. 태형 씨의 별명이 뭔지 아나요? 진……."

"그만!"

그녀도 안다. 성주의 눈에서 눈물이 주르륵 흘러내렸다. 눈가에 칠한 마스카라가 눈물을 따라 번지고 흘러내리며 보기 흉한 자국을 냈다. 은영은 그 모습을 보며 어이없게도 참 예쁘다는 생각을 했다.

"오, 오빠는…… 그런 게 아니야. 오빠와 내 키스는 그런 게 아니에요. 그렇게 말하지 말아요."

은영은 한숨을 쉬었다. 이 아가씨는 어린 시절부터 눈도 돌리지 않고 태형을 사랑해 왔겠지. 어린 시절의 순수한 마음 그대로. 몸이 자라면서 여자다운 열정이야 품게 되었겠지만, 다른 이를 마음에 담을 여유가 없었으니 그 나이가 되도록 남녀 간의 욕정에 대해서는 무지하고, 알았어도 눈을 감았겠지. 고작해야 키스인데 이런 싸움에 무기로 들고 나올 만큼 의미를 부여한다. 자신에 대한 프라이드도 높다. 총명한 여자가 이성이 듣지 않는 모양이다. 어쩌면 그녀에게는 첫키스. 태형과 나눈 유일한 키스였을지도 모른다. 은영이 망가뜨렸다. 태형이 다른 여자와 욕정으로 주고받은 키스들과 동격으로 떨어뜨려 버렸다. 은영은 진심으로 미안했다. 스물넷 먹은 여자가 그만큼 순수하다는 것도 죄라면 죄였지만 미안한 마음은 어쩔 수 없었다.

'나쁜 자식.'

나쁜 것은 태형이었다. 끝내 보듬어주지 않으려면 이렇게 되기까지 놔두어서는 안 됐다. 키스도 하지 말고, 다정한 말도 건네지 않고, 그저 아는 오빠에 대한 어린 날의 풋사랑으로 남게 배려해야 했다. 은영은 지금 이 순간만큼은 정말 태형을 보고 싶지 않았다.

"자, 그렇게 울지 말아요. 화장이 번지니까."

은영이 무심코 손수건을 꺼내 성주의 눈가를 가볍게 눌러주었다. 성주가 은영의 팔을 거칠게 걷어내며 외쳤다.

"동정하지 말아요! 승자로서의 아량인가요? 아직 당신이 이긴 게 아니야!"

은영은 아픈 팔을 주무르며 성주에게서 물러났다. 어설펐다. 은영이 성주의 입장이라도 그렇게 반응했다. 성주에게 그렇게 한 이유를 은영 자신도 알 수 없었다. 그렇지만 야멸차게 거절당한 마음은 순수하게 건넨 호의만큼 아팠다. 자업자득이라고 생각하면서도 은영의 말은 거칠게 나왔다.

"동정? 동정이요? 당신을 동정하는 것처럼 보이나요?"

"그게 아니면 뭐죠?"

예쁜 눈에 파르스름한 독기가 서린다. 그녀가 질투에 미쳐 몸부림치며 스스로를 천박하게 떨어뜨리는 꼴은 왠지 보고 싶지 않았다. 은영은 낮은 목소리로 씁쓸하게 말했다.

"오늘 쭉 봤을 텐데, 내가 남 동정할 만큼 여유있어 보이던가요?"

성주는 아무 말도 하지 않았다. 그저 입술을 꼭 물었을 뿐이다. 그녀의 눈은 조금 전보다 독기가 많이 가셔 있었다.

"왜 그랬는지는 나도 잘 몰라요. 그저, 그저 안쓰러웠어요. 당신이. 그리고 내가. 그거 알아요? 다른 장소에서 다르게 만났으면 아마 난 당신과 친하게 지내고 싶었을 거예요. 당신은 아니겠지만."

돈만으로는 부족한

성주는 그 말에 대답하지 않았다. 눈물도 더 이상 흘리지 않았다. 아직도 혼란스러운 모양이지만 싸울 마음은 사라진 듯했다.

은영은 대화가 끝났다 싶어 나가려다 화장을 확인했다. 입술 연지가 지워지고 뺨에도 긁힌 자국이 있었다. 조금 전에 수건 가지고 옥신각신할 때 망가진 모양이다. 다행히 상처는 나지 않았다. 그녀는 말없이 콤팩트를 꺼내 화장을 고치기 시작했다. 옆에서 은영을 보던 성주 역시 얼굴을 씻어낸 다음 얼굴을 손보는 데 착수했다.

성주보다 화장을 먼저 끝낸 은영이 화장품을 정리하고 백을 집어 들자 성주가 말을 건네왔다.

"생각했던 만큼 나쁜 여자는 아니네요. 당신 말대로 친하게 지낼 생각은 없지만. 그리고……."

성주는 잠시 말을 끊고 호흡을 고르더니 은영을 노려보며 말했다.

"당신이 태형 오빠에게 어울린다고 생각하지도 않아요."

엉엉 울었던 성주는 겨우 한쪽 눈만 화장을 하다 만 상태라 보기에 우스웠다. 그래도 진지했다. 은영은 웃지 않고 고개만 끄덕여 준 다음, 화장실을 나갔다.

화장실 밖에는 태형이 팔짱을 낀 채 벽에 기대서 있었다. 얼굴은 서리가 한 겹 깔린 듯 무시무시할 정도로 냉랭했다. 꽤 오랜 시간 동안 화장실에 성주와 단둘이 있었는데 아무도 들어오지 않은 이유를 알 만했다. 은영은 말없이 파티 장소를 향해 걸었다. 태형 역시 조용히 따라왔다. 파티장 한가운데에 이르렀을 때쯤 은영이 주위에 들리지 않을 정도로 나지막이 물었다.

"저 아가씨를 위로해 주지 않아도 괜찮겠어요?"

태형이 여상스러운 말투로 대답했다.

"성주를 위로하는 역할은 내 몫이 아니야."

그 말이 어쩐지 야속해서 은영이 툭 내뱉었다.

"냉정하시군요."

태형이 그녀의 팔을 잡아 휙 돌려 세웠다. 화난 태형의 얼굴이 눈앞에 있었다. 주위에서 웅성거리며 두 사람을 쳐다봤다. 저쪽에서는 연예잡지 기자인 듯 황급히 사진을 찍어댔다. 두 사람을 중심으로 술렁거리는 모습이 파티장 전체로 퍼져 나갔다. 태형이 인상을 쓰더니 큰 걸음으로 사람들을 헤치며 은영을 잡아끌었다. 은영은 말없이 따라갔다.

두 사람은 아예 파티장 밖으로 나와서 한동안 대화 없이 걸었다. 마침내 사람이 안 보이는 곳에 이르자 태형이 화난 어조로 말을 시작했다.

"성주와는 오빠 동생처럼 지내왔어. 그 애가 나한테 품은 마음도 알아. 그래서 전에는 남처럼 대하지 않았어. 그렇지만 이제는 당신이 있어. 예전과는 다를 수밖에. 선을 긋는 쪽이 그 애에게도 좋아. 그런데 왜 나한테 화를 내지?"

"말해도 당신은 이해 못할 거예요."

"그래도 해봐. 당신이 그랬잖아. 서로 이해할 때까지 설명하자고."

은영은 그의 얼굴을 가만히 쳐다보았다. 그는 정말 모른다. 그래도 최소한 이해해 보겠다고 손을 내밀어주었다. 그녀의 마음속에서 얼어붙었던 부분이 조금 녹아내렸다.
 "아파요. 일단 손은 좀 놔줘요."
 "아, 미안."
 태형이 잡았던 부분이 하얗다가 천천히 빨갛게 되었다. 은영은 미안해하는 그의 시선을 외면하며 팔을 잠시 주무르고는 말을 꺼냈다.
 "성주 씨는 한때 당신의 범위 안에 있었어요. 그런데 지금은 밀려났죠. 당신은 주었던 모든 것을 거두고 선을 그어버렸어요. 당신이 옳아요. 당신과 제 결혼 이야기를 생각하면 성주 씨에게는 그렇게 대해야 옳겠죠. 그렇지만 사람 마음이란 대개 그렇게 무 자르듯 끊어지지 않아요."
 은영은 그의 눈을 살피며 계속해서 말했다.
 "언젠가 무슨 일이 났을 때, 당신이 저를 그렇게 내칠까 봐 두려워요. 약속했죠? 당신의 기대를 충족시키지 못하더라도 저에게 등 돌리지 않겠다고. 지금도 약속해 줄 수 있나요?"
 태형이 그녀의 눈을 쳐다보면서 나직하게 말했다.
 "당신은 내 아내가 될 거야. 성주와는 달라."
 "약속해 줄 수 있어요?"
 은영이 재차 묻자 그는 문득 오른손을 들어 손가락으로 그녀의 뺨을 쓸어내리고는 엄지로 가만히 입술을 더듬었다. 그녀는 조용히 그의 대답을 기다렸다.

"약속했잖아. 당신이 나를 배신하지 않는 한 당신에게 등을 돌리지 않아."

거짓말. 마음이 돌아서면 스스로도 어쩔 수 없는 법이다. 그렇지만 됐다. 은영은 버리지 않겠다는 약속에 만족하고 더 이상 요구하지 말자고 다짐했다. 애초에 사랑보다는 필요로 시작한 관계다. 그 이상을 욕심내면 이 관계는 깨진다. 은영은 고개를 끄덕이며 그에게 애써 웃어주고 팔짱을 끼었다.

파티장으로 돌아가다가 은영은 문득 한 가지가 생각나서 그를 올려다보며 물었다.

"우리가 화장실에서 다툴 때, 태형 씨가 밖에서 사람들을 막았죠?"

태형이 고개를 끄덕이자 그녀는 쿡 웃었다. 그가 한쪽 눈썹을 올리면서 왜 웃느냐고 눈짓을 했다.

"아, 별거 아니에요. 다투면서 시간이 꽤 흘렀는데, 그동안 화장실에 가야 했던 귀부인들은 어쨌을까 생각하니 웃음이 나와서."

태형은 어이없다는 표정을 짓다가 껄껄 웃었다. 은영도 킥킥 웃었다.

파티는 그 뒤로 별다른 성과가 없었지만, 별다른 사건도 없었다. 성주도 정은도 모습을 보이지 않았다. 열두 시가 되기 전에 두 사람은 파티장을 나왔다.

은영의 집 아파트 현관 앞에 차를 세웠을 때, 태형이 그녀에게 또다시 키스를 하려고 했다. 그녀는 손가락으로 입술을 막았고 그는 말없이 수긍했다. 그녀는 천천히 걸어서 뒤돌아보지 않고 현관

안으로 사라졌다. 그는 한동안 그녀가 사라진 현관을 보다가 차를 움직였다.

은영은 집에 들어가서 핸드백을 방에 던져 버리고 베란다로 나갔다. 아래를 내려다보니 태형의 차는 벌써 가버리고 없었다. 도로를 따라 죽 훑어보는데 현관에서 멀지 않은 아파트 공원의 벤치 하나가 눈에 들어왔다. 어두운 가운데 가로등 한 개가 근처에 서 있어 도드라져 보였다. 어슴푸레하니 그네와 미끄럼틀 정글짐 시소의 형체도 구분할 수 있었다. 건너편 아파트의 불빛은 일층쯤에 하나, 꼭대기 층에 둘 켜진 것을 제외하면 모두 꺼졌다. 하늘에는 구름이라도 끼었는지 별빛 하나 보이지 않고 깜깜했다. 그녀는 몸을 난간에 기대고 검푸른 밤하늘을 오랫동안 바라보았다.

*

대진해운의 파티가 있었던 다음날 일요일. 모처럼만에 진성실업 한 회장과 골프를 쳤던 진 회장은 뜻밖의 이야기를 들었다. 진 회장은 좋은 이야기지만 확인해 본 다음 진행시키자며 확답을 피했고, 한 회장은 그럽시다 하며 마지못해 물러났다.

# 8. 선

**태**형은 일요일에 친구와 만나기로 했던 약속을 취소하고 하루를 조용히 보냈다. 머리가 복잡했다. 좋아하는 바흐의 협주곡을 듣고 밀렸던 책도 뒤적여 봤지만 머릿속에서는 계속 은영과의 결혼 문제가 떠올랐다. 그렇게 하루해가 다 가고 저녁 어스름이 질 무렵, 그는 좀 더 기다리려던 예정을 바꿔 결혼을 서두르기로 결심했다. 아직도 반대하는 은영의 부모님들과는 별개로 자신의 부모님들께라도 이야기를 꺼내두어야 할 것 같았다.

진 회장이 골프를 치고 돌아와서 그를 찾았을 때는 마침 잘되었다고 생각했다.

"청혼이요?"

태형은 뒤통수를 맞은 기분에 반문했다.

"그래. 진성실업 한 회장하고 오늘 골프를 쳤는데, 그분이 그러더구나. 네가 성주와 키스했다고. 그러니 너하고 성주를 그만 맺어주자고. 내 민망해서 혼났다. 일단 결혼 문제는 네게 맡겼다고 했다만, 그래, 성주로 결정한 거냐?"

진 회장이 오 여사에게서 얼음을 띄운 오렌지주스 잔을 받아 들며 씩 웃었다. 민망했다고 하시면서도 기분이 나빠 보이지는 않았다. 하기야 재촉해 왔던 결혼을 아들이 할 모양이니 환영하실 일이다. 당신 건강 때문에 미루어서 미안하다는 뜻도 그동안 여러 번 비치셨다. 옆에 앉은 오 여사도 잘되었다는 듯 웃고 있었다.

태형은 웃지 않았다. 웃을 수가 없었다. 은영은 미적대고 장인 장모님은 반대하는데 난데없는 태클이 들어왔다. 은영이 알면 생각이고 뭐고 당장 집어치울 판이다. 키스와 협박을 동원해서 겨우 은영을 체념시켰다. 기자가 잘해준 덕분이다. 그런데 '성주한테서 청혼이 들어와 부모님이 좋아하셨다' 소리가 은영의 귀에 들어가면 어떻게 될까. 심장이 쿵 소리를 내면서 떨어졌다. 바로 '그럼 안녕' 하고 돌아설 여자다.

낮에 고민하며 결심해 두기를 잘했다. 물으시면 할 말도 대충 정해놓았다.

"저……."

바로 털어놓으려다가 참았다. 성주와의 혼담에 좋아하신다. 바로 털어놓았다가 부모님께 반감을 사기라도 하면 곤란하다. 어디까지 이야기가 됐는지 확인하는 것이 먼저였다.

"그 이야기, 성주가 했다던가요?"

"키스? 그야 모르지. 한 회장도 옛날 분인데 설마 성주가 말했다 해도 어디 그렇다고 하겠냐. 그래, 사실이냐?"

진 회장도 자세한 사정은 모르는 눈치였다. 곤란하게 됐다. 키스야 성주가 했지만 곧이곧대로 말해도 발뺌으로밖에는 보이지 않을 상황이다. 차라리 뻔뻔하게 나가기로 했다.

"사실입니다. 그리고 아닙니다. 잘하셨습니다."

"응? 무슨 소리냐?"

태형이 심각한 태도를 취하자 진 회장 얼굴에서 웃음이 사라졌다.

"확답을 피하셔서 다행이라는 말씀입니다. 성주와는 결혼하지 않습니다."

오 여사가 옆에서 바로 물었다.

"키스는?"

"사실입니다."

진 회장도 뒤따라 물었다.

"그런데 결혼은 안 하겠다?"

"네."

"그게 말이 되는 소리냐? 남의 고명딸에게 침 묻혀놓고 나 몰라라 하겠다고? 양쪽 집안 다 알고 나서? 그게 될 법한 소리야?"

바로 진 회장이 노기를 드러냈다. 하필 고르고 골라서 진성실업 회장 손녀딸을 상대로 장난쳤다는 말이다. 화를 낼 만도 하다. 아마 '이놈 제정신인가?' 싶으실 것이다.

"책임을 질 일은 하지 않았습니다. 요즘 세상에 키스 정도는 흠도 아닙니다."

고작 키스로 웬 난리냐고 뻗댔다. 진 회장이 가슴에 손을 짚자 옆에서 지켜보던 오 여사가 심장 괜찮으냐고 걱정스레 물었다. 목이 타는지, 진 회장이 손을 저으며 주스를 쭉 들이켰다. 잔을 탁자에 내려놓는 소리가 크다. 고함치고 싶은 기분을 가까스로 누르는 티가 역력했다. 진 회장의 낮은 목소리가 이어졌다.

"네가 한동안 잠잠하더니 제대로 사고를 치는구나. 어째서 그랬냐? 성주는 가벼이 대할 아이가 아니다."

"알고 있습니다. 어쩌다 그렇게 되었습니다."

"안다면서 그런 짓을 해!"

그예 고성이 터져 나왔다. 태형은 묵묵히 고개만 숙였다.

"그래, 어쩔 거냐?"

"뭘 말입니까?"

"성주 어쩔 거냐고!"

"만나서 잘 이야기하겠습니다."

태형은 계속 거부하는 뜻을 밝혔다. 애매한 태도를 취할 때가 아니다. 그러고 싶은 생각도 없었다. 진 회장이 피곤한 듯 소파 등받이에 몸을 기대며 재차 확인을 했다.

"그래, 성주는 영 아니냐?"

"네. 키스해 보고 확실히 알았습니다."

확신을 갖고 대답했다. 바람둥이다운 답변에 진 회장이 어이없다는 표정을 지으며 태형의 얼굴을 보다가 마침내 손을 들었다.

"알았다. 난 모른다. 한 회장께는 네 옛날 버릇이 잠시 나왔던 거라고 하면 되겠지. 그분 길길이 뛸 걸 생각하니까 벌써부터 골치가 아프다. 성주는 네가 알아서 해라. 그건 그렇고, 어쩔 거냐?"

"또 무엇을 말씀이십니까?"

"네 결혼 말이다. 말 나온 김에 묻자. 성주 그렇게 내쳤으면 생각이 있겠지?"

올 것이 왔다. 결심은 했으니 실행만 남았다. 태형은 침을 꿀꺽 삼키고 분명한 어조로 말했다.

"이은영 씨와 결혼하겠습니다."

진 회장의 얼굴은 묘했다. 마치 안심한 듯하다. 화난 기색도 눈에 띄게 수그러들었다. 옆에 앉은 오 여사도 크게 놀라지 않았다. 짐작한 대로인지는 모르지만 은영을 며느리로 들이는 데 반대하시는 분위기는 아니다. 내심 안도했다.

"저번에 데리고 왔던 그 아가씨?"

오 여사가 끼어들었다.

"맞습니다."

"야물고 싹싹하니 괜찮은 처자였지. 눈치도 빠른 것 같아. 무뚝뚝한 네 뒷수발은 잘 들겠더구나. 그래, 언제 청혼할 생각이냐?"

"지난 토요일 청혼했습니다. 그렇잖아도 오늘 말씀드릴 작정이었어요."

내친김에 주르륵 다 말했다. 진 회장 내외는 말없이 마주 보며 눈빛으로 대화를 나누고는 다시 태형을 물끄러미 쳐다보며 한동안 말이 없었다. 그러다가 진 회장이 한숨을 푹 쉬고 말했다.

"그래, 그렇게 됐다는 데야 어쩔 수 없지. 이미 청혼한 처자가 있는데 성주 쪽과 인연을 맺을 수야 없는 거지. 그건 그렇고, 태형아, 너 말이다."

진 회장이 잔소리할 태세를 취하다가 말을 끊었다. 그리고 허탈한 웃음을 지으며 태형에게 물었다.

"하나 묻자. 그 이은영이라는 아가씨하고도 키스를 했냐? 키스만 했냐?"

그 말에 오 여사가 펄쩍 뛰면서 소리를 질렀다.

"여보! 민망하게 뭘 그런 걸 묻고 그래요? 요즘 애들 알잖아요."

"이 녀석 애 아니야. 하는 짓 좀 보라고."

"그래도……."

"됐소. 말해봐. 그래서?"

태형은 조금 얼굴을 붉혔다. 부모님 앞에서 은영과 키스한 이야기를 하려니까 어쩐지 쑥스러웠다. 이상했다. 예전에 여자들 일로 아버지와 남자 대 남자의 이야기를 했을 때는 이렇지 않았다. 상대가 은영이라고 새삼 의식하는 이유를 알 수가 없었다.

"키스했습니다."

달리 할 말이 생각나지 않아 그냥 떠오르는 대로 말하고 말았다.

"좋던?"

진 회장이 씩 웃으면서 확인하듯 물었다. 오 여사가 옆에서 또 한 번 펄쩍 뛰었다.

"이이가!"

태형은 그냥 고개만 끄덕였다. 그때 진 회장이 웃음기를 싹 지우고 물었다.

"그래, 그 아가씨는 네가 그러고 다닌다는 걸 아냐?"

"네?"

태형은 숙였던 고개를 번쩍 들었다. 진 회장의 말투가 심상치 않았다. 뚫어져라 쳐다보는 노기 섞인 눈빛에 가슴이 덜컹 했다. 진 회장은 곁에 앉은 오 여사가 무슨 소리냐는 표정으로 쳐다보는 데도 눈길조차 주지 않았다.

"네가 이 여자 저 여자 키스하고 다니는 걸 아느냐 말이다."

태형이 저지른 망나니짓에 대한 분노가 가라앉지 않은 듯했다. 음성은 크지 않았지만 무거웠다.

"알고 있습니다."

"그런데도 너와 결혼해 주겠다던?"

"제가 놔주지 않겠다고 했습니다."

진 회장이 입을 다물었다. 마치 아들을 처음 본다는 듯한 눈을 했다. 이유는 짐작이 갔다.

태형에게는 아직 어리다 싶은 나이부터 여자가 꼬여들었다. 진 회장 내외가 막느라고 막아도 전부 막을 수는 없었다. 다행히 큰 말썽이 난 적은 없어서, 부모님도 웬만하면 그냥 지켜보시기만 했다. 그러다 언젠가부터 딱 끊었다. 어쩌다 만나도 한두 번으로 그만이다. 아마 걱정도 많이 하셨으리라 짐작했다. 그러던 놈이 여자를 놔주지 않겠다고 했는데 놀라지 않으면 오히려 이상했다.

이윽고 노기가 많이 가신 낯빛으로 진 회장이 물었다. 목소리가 은근하기까지 하다.

"그래, 어디가 마음에 들었는데?"

생각했던 그대로 말해야 할 때였다. 두 분 눈도 옹이구멍은 아니다. 은영이 어떤 여자인지 정도는 알고 계신다. 그저 태형이 은영을 제대로 보았나 확인하신다고 짐작했다.

"사치하지만 무리하지는 않습니다. 상황판단이 빠르고 재치가 있습니다. 청혼하니까 돈에 치이기 싫다고 거절하더군요. 집안일 쪽은 어머니께서 보셨으니 문제없겠지요."

차근차근 말씀드렸다. 최근 은영에게 느끼는 묘한 감정들은 뺐다. 자신조차도 어리둥절한 상태다. 설명하기란 불가능했다.

"거절했다? 그런데 어떻게 설득했냐?"

진 회장이 흥미가 동한 듯 몸을 앞으로 내밀며 물었다. 보기에는 흡족해하시는 것 같다. 방금 이야기한 내용 중에서 어떤 부분을 마음에 들어하셨는지 궁금했다. 관두고 싶다는 은영에게 키스했을 때를 생각하자 얼굴에 열기가 몰려들었다. 태형은 마지못해 사실을 털어놓았다.

"아직……. 생각해 보겠다고 했습니다. 저를 싫어해서는 아닙니다."

진 회장이 어이없다는 얼굴로 쳐다봤다. 그리고 웃었다. 무슨 일이 어떻게 흘러가는지 대충 감을 잡았다는 표정이다. 태형은 뭔지 모르지만 속마음을 들킨 듯 찜찜한 기분이었다. 얼굴이 더욱 뜨거워지고 저절로 고개가 숙여졌다.

한참 만에 진 회장이 껄껄 웃었다. 진 회장이 질문을 멈추자 이번에는 오 여사가 물었다.

"태형아."

"네."

"이야기를 듣자니까, 사랑하는 사이는 아니구나. 그래도 괜찮겠니?"

서로 사랑하는 두 분이다. 애정도 없이 사는 부부들을 주위에서 늘 보셨다. 가능하면 아들이 공허한 결혼 생활에 고통받지 않기를 바라는 마음이 느껴졌다.

기분이 묘했다. 예전에는 결혼에 대해 여러 가지 생각을 했다. 사랑도 기다려 봤고, 갖가지 조건도 따져 봤다. 은영을 처음 결혼 상대로 봤을 때는 그저 여러 조건에 맞는 사람이다 싶었다. 그런데 계속 보고 생각하다 마침내 청혼한 뒤로 키스까지 해보고 뭔가 다른 것을 느꼈다.

은영은 장점만큼 단점도 많은 사람이다. 그런데 그 단점들이 어떻게든 되지 않을까 하는 생각이 들어버린다. 단순히 흥미가 동했기 때문이라고 보기에는 진종마 시절의 기억이 너무나 생생했다. 이런 적이 없었다. 그가 그녀에게 했던 '당신이 곁에 있으면 든든할 것 같다'는 말은 진심이었다. 평생을 함께 살 텐데 속여봐야 의미가 없으니까. 그녀와 함께 파티를 누비면서 불안했던 적이 없다. 어떤 일이 닥쳐도 해치울 수 있을 것 같았고, 사실이 그랬다. 고작 키스에 그처럼 빠져 보기도 처음이고, 망설이는 여자를 설득하려고 애써본 것도 처음이다. 애초에 나이트클럽 계단에서 장난삼아 키스했던 여자를 파티 파트너로 삼은 이후 은영이라는 여자와는 모든 일이 처음의 연속이었다.

"그 부분에 대해서는 서로 이야기를 나누었습니다. 미래의 일이란 모르지만 은영 씨라면 괜찮습니다. 어차피 바란다고 사랑하는 사람 만나지지는 않으니까요."

은영이 아내라면 괜찮다. 이 근거없는 확신을 뭐라고 표현할 것인가. 애매한 마음을 설명할 길이 없어 결국 정략결혼을 하는 자식에게 부모가 해줄 만한 말을 해버렸다. 진 회장 내외가 말문이 막힌다는 표정으로 한참을 쳐다보았다. 잠시 후에 오 여사가 다시 물었다.

"그 아가씨, 성주와의 일은 알고 있니?"

태형은 망설이다가 솔직하게 말했다.

"지난 토요일 대진해운 파티에서 둘이 만났습니다."

"그래서?"

오 여사가 재촉했다. 태형은 상황을 자세히 설명하고 은영과 했던 이야기를 덧붙였다.

"나중에 은영 씨와 따로 이야기를 했습니다. 그러더군요. 뭔가 문제가 있으면 성주한테서 돌아서듯 자신에게도 등 돌릴 것 같아 무섭다고. 뜨끔했습니다. 그러지 않겠다고 약속하라더군요. 약속해 주었습니다."

"그랬구나."

오 여사의 얼굴에 흡족한 기색이 떠올랐다. 진 회장도 마찬가지였다.

두 분이 마음에 들어하실 줄 알았다. 태형의 냉정한 면을 알고 받아들이면서 어떻게든 함께 지낼 방도를 강구한다. 그 나이의 결혼도 하지 않은 젊은 여자에게는 쉽지 않은 일이다. 이야기가 대충 마무리되었다 싶었는데 진 회장이 진지한 목소리로 태형을 불렀다.

"태형아."

"네."

"아까 이야기하려다 말았다만, 너는 사람 대할 때 좀 매몰찬 데가 있다. 그 아가씨 말대로야. 너를 제대로 봤구나. 그래도 나 몰라라 하지는 않고. 그래서 그 아가씨를 택했겠지?"

태형이 고개를 끄덕이며 대답했다.

"그런 것도 있습니다."

진 회장도 마주 고개를 끄덕이며 말을 이어갔다.

"매사 분명한 것도 좋지만 매몰차서는 안 된다. 공과 사는 분명해야 하지만 몰인정하면 원망을 듣는 법이다. 기업을 운영함에 있어서는 특히 주의해야 할 부분이야. 기업은 건물이나 공장이 아니라 사람이야. 사람을 잘 끌어안을 줄 알아야 한다. 다행히 네 안사람 될 아이가 그런 부분을 벌써부터 챙기는 것 같구나."

진 회장은 몇 마디 쓴 소리를 해주고 다시금 넌지시 물었다.

"그래, 결혼은 언제쯤 할 생각이냐? 사돈 될 분들에게는 알렸겠지?"

자신이 없는 부분이다. 태형은 말을 흐렸다.

"그게, 사실은……."

"사실은?"

오 여사가 재촉했다.

"장인장모 되실 분들께 아직 허락을 받지 못했습니다. 조만간 찾아뵈어야죠."

"허락도 못 받았다고?"

진 회장이 혀를 쯧쯧 찼다. 아버지에게서 불쌍하다는 눈빛을 받으며 태형은 오랜만에 머리를 긁적이고 싶은 충동이 생겼다. 상대한테는 생각해 보겠다는 소리나 듣고, 집안에는 허락도 받지 못했다. 그런데 결혼하겠다고 한다. 말하는 자신도 어이가 없다. 그래도 안 될지 모른다는 생각은 들지 않는다는 것이 묘했다.

"아직? 솔직히 말해라. 그쪽 집안에서는 반대하냐?"

아무 말도 못했다. 사실인데 어쩌랴. 속여서 될 일도 아니다. 이번에는 오 여사가 가슴을 치면서 말했다.

"내, 네 녀석 여자 후리고 돌아다닐 때 알아봤다. 나라도 너 같은 녀석 사위로 안 들인다. 인정머리 없는 난봉꾼 사위 들여서 고이 키운 딸자식 마음고생 시킬 일 있냐? 너 좋다는 성주 보내고, 그 아가씨한테는 소박맞고, 꼴좋게 되었구나. 그래, 그래도 성주는 생각없지?"

"그럴 거였으면 은영 씨에게 청혼하지도 않았습니다."

자신도 모르게 단호한 대답이 나왔다. 한때는 성주와 은영을 저울질했는데, 이제 와서는 왜 고민했나 의아할 정도로 은영에게 기울어졌다. 왜 그럴까? 미처 답을 깊이 생각하기 전에 진 회장이 손을 휘휘 저으며 웃음기 어린 목소리로 충고를 주었다.

"됐다, 됐어. 그나저나 서둘러라. 내가 그 아가씨 부모라면 당장 선 자리 봐서 후딱 시집보내 버리겠다. 너 같은 바람둥이가 달려든다는데. 내일이라도 사돈어른 찾아봬. 우물거릴 시간이 없어. 성주 일도 확실히 해결해, 괜히 원망 사지 말고. 한 회장께는 내가 일단 사양하는 전갈을 넣어두마."

"네."

태형이 똑 부러지게 대답하자, 진 회장은 그제야 한시름 놓은 듯 오 여사와 마주 보며 웃음을 지었다.

✽

일이란 안 되려면 오라지게 안 되는 법이다. 꼬이려면 꼬인다. 그 대단하던 제갈공명도 꼬인 운명을 주체하지 못해 요절했지 않은가. 성 하나 못 무너뜨려 나라 말아먹은 수양제도 있다. 건장한 몸 다 놔두고 하필이면 발뒤꿈치에 화살을 맞은 아킬레스나, 인생 제대로 꼬여 어머니와 결혼한 오이디푸스 등등. 굳이 머피네 법칙을 들먹일 필요도 없다.

"선?"

"네, 선이요."

이튿날 출근하자마자 태형이 장인어른 찾아뵙겠다고 했더니 저녁에 선을 본단다. 어이가 없었다. 옛말 그른 게 없다. 어른 말씀 들으면 자다가도 떡이 생긴다던가. 그는 아버지의 통찰력에 경의를 표했다.

주말도 아닌 평일 저녁에 선이라. 은영이 주말에는 태형과 파티에 나가서 그런 모양이다. 상황이 상황이니만큼 오늘 선 자리는 보나마나 상견례 수준이다. 그간 들어온 선 자리 중에서 제일 괜찮은 남자이겠고, 은영이 싫다 하더라도 웬만하면 밀어붙일 셈이다. 안 봐도 빤하다.

　태형은 앞에 앉아 캔 커피를 홀짝이는 여자를 세게 흔들어주고 싶었다. 지금 상황을 아냐고. 물론 알겠지. 속에 불여우 서너 마리는 품은 여자다. 그런 얄망궂음을 좋아하지만 지금은 그저 원망스러울 따름이다. 순간, 전처럼 여우짓 하나 생각하다 바로 지웠다. 결혼을 말하며 장난칠 만큼 속없는 여자는 아니다. 청혼 전이라면 모를까, 그의 속을 떠본다고 얻을 것도 없다.

　"안 나가면 안 되나?"
　"저도 나가기 싫어요. 아빠 회사 사장님 소개래요. 방해할 생각은 말아요."

　깽판 놓기도 곤란한 자리였다. 야료 부렸다가는 미운털 제대로 박힐 판이다. 장인어른 사장님이라. 고약하게 됐다. 그렇다고 내 신부 데려간다는데 두 손 놓고 구경만 할 수도 없다. 태형은 고민했다.

　"안 돼도 앞으로 계속 있겠지?"
　"확실히."
　"피할 수도 방해할 수도 없는?"
　"네, 아마도."
　"당신이 거절한다고 해도?"
　"제가 왜요?"
　"뭐?"

"소문날 대로 났는데도 저 보자는데 고맙잖아요. 태형 씨를 죽자고 사랑하지도 않고. 덜컥 마음 꽂히면 그쪽 따라가야죠. 고생문 훤한 이쪽에 미련 가질 이유가 없잖아요."

백년해로 하자는데 이 여자가 안 도와준다. 하여튼 여차하면도 아니고, 호시탐탐 고무신 거꾸로 신을 기회만 노린다. 물론 반은 농담이지만, 나머지 반은 아무래도 진담 같아서 걱정되었다. 지난번에 효과를 본 회유 방법을 다시 써볼까 생각하다가 역효과만 더할까 봐 참았다. 그 흔한 사랑도 없이 반은 억지로 붙든 상태라 도무지 자신할 수가 없다.

성주와의 일로 지은 죄가 있어 더욱 그랬다. 한 여자에게 키스하고 바로 다른 여자에게 청혼했다. 양다리를 걸치고 저울질하다가 들통나 버렸다. 자신도 버릴까 봐 믿지 못하겠다는데 할 말이 없다. 약속하니 믿어주겠다고는 했다. 그렇지만 신뢰란 말 한마디에 쌓이지 않는다. 진태형 화려한 날은 다 갔다. 대한민국 신랑감 첫 순위에 꼽히던 그가 이게 무슨 꼴. 내가 왜 이 여자에게 목매나 싶다가도 다른 여자랑 결혼할까 생각하면 상상이 안 된다.

태형은 한숨을 푹 쉬고 은영에게 물었다.

"선보는 곳이 어디지? 시간은?"

"그건 왜요?"

"방해할 생각은 없어. 장인장모님이 나 보려고도 하지 않으시는데, 우연을 가장해서라도 얼굴도장부터 찍어야지. 저녁때 두 분 다 나오시나?"

"소개한 분 때문에 아버지도 나오시겠죠. 그런데, 알려준 사람

빤할 텐데 뒷감당을 어쩌라고요."

"빤해도 할 수 없어. 내가 먼저 청혼했는데 그쪽만 만난다니, 불공평하지 않아? 일단 날 상대해 주시게끔 해야 해. 나랑 결혼한다는데 억지로 내보내는 선 자리니까 당신보고 뭐라 하실 수는 없겠지."

은영이 그를 빤히 바라보다가 툭 내뱉었다.

"결혼? 전 아직 생각 중인데요?"

그 말이 가슴을 푹 찔렀다. 발밑이 허물어지는 기분이었다. 생각해 보겠다는 말부터가 반승낙이고, 약속해 달라는 소리는 승낙을 전제로 한다. 말은 확실히 하지 않았어도 결혼하자는 뜻은 서로 굳건히 했다고 여겼다. 그런데 아니란다.

태형의 배경 문제는 이미 고려되었다. 그 이유는 아니다. 어쩌면 넘어갔다고 생각한 성주와의 일을 아직 책망하는지도 모른다. 따지고 보면, 그가 성주와 은영을 저울질하듯 그녀도 태형과 선 자리를 양손에 들었다. 두려웠다. 내 사람이라고 생각했던 이가 갑자기 사라져 버린다는 두려움은 끔찍하게 컸다. 은영은 정말 다른 남자를 쫓아가 버릴 수도 있다. 어떻게든 하고 싶은데 아무 일도 할 수가 없다. 그 중심에 선 여자가 얄밉고 원망스럽고 그지없이 탐났다.

정신을 차리고 보니 키스를 하고 있었다. 다른 남자에게 갈 생각을 한다고 말하는 그 예쁜 입을 용서할 수가 없었다. 위기감과 울화가 모조리 입술로 옮겨가 누구보다 경멸하던 행동을 저질렀다. 그녀의 몸을 옥죄고 입술을 덮어 반응을 강요했다. 그 입을 막고 모든 거절의 말을 뽑아버리려고 했다.

얼마인지 모를 시간이 흘렀다. 키스를 멈췄다. 그녀의 몸이 가늘게 떨린다. 자기혐오가 밀려왔다. 미쳤다. 단 며칠 사이에 세상에서 가장 이성적이라고 생각했던 자신이 돌아버렸다. 그녀를 잃는다는 생각을 하는 순간부터 통제가 듣지 않았다.

"미안……."

사과하면서 그녀의 부은 입술을 살며시 핥았다. 피 냄새. 립스틱. 향수와 섞인 체취. 온몸으로 느끼는 부드러운 여체. 아우성치는 욕망과 보호해야 한다는 의무감. 조금씩 그녀의 떨림이 잦아들었다. 다시 한 번 핥았다. 그녀 안에서 흘러나오는 입김. 커피 냄새와 뒤섞인 무엇이 그의 속 무엇을 건드렸다. 확인하기 위해 또 핥았다. 그녀가 다시 떤다. 이제는 무서움이 아니다. 그녀가 몸 안의 무엇과 싸운다. 신사라면 물러나야 했다.

가만히 입술을 내리눌렀다. 한숨과 함께 그녀의 입술이 벌어졌다. 입술 안의 매끄러운 감촉을 맛보면서 부드러운 혀를 음미했다. 달콤하다. 혀를 스치는 혀의 애무에 참을 수가 없다. 견딜 수 없어 떨어지려다가 멀어짐이 아쉬워 다시 다가갔다. 그녀가 맞아 준다. 그녀의 입술을 열고 입술을 비비며 그의 속을 그녀에게 밀어 넣는다. 그녀가 머뭇거리며 받아들인다. 얽혀드는 혀와 혀처럼 그녀를 세게 끌어안았다. 그녀가 신음한다. 기쁨에 겨워 입 안에서 그녀가 꿈틀거린다. 신음 소리가 혈관 속을 치달려 몸에 불을 붙였다. 괴물이 깨어나려고 한다. 머리에 경고음이 울린다.

태형은 가까스로 입술을 떼었다. 그녀의 입술이 항의하면서 따라오려고 했다. 그는 옥죄었던 팔을 풀어 그녀의 어깨를 잡고 부드럽게, 그렇지만 강하게 붙들었다. 조금씩 그녀의 눈에 이성이 돌아오고, 이내 그의 눈길을 피했다. 둘 다 격하게 숨을 몰아쉬었다. 자칫하면 온 세상을 집어삼킬 불꽃이 두 사람 속에서 이글거린다.

"외면하지 마. 어느 여자도 이렇게 느낀 적이 없어. 당신도 마찬가지야. 부인하지 마. 누구에게도 줄 수 없다는 기분. 당신은 나와 결혼해. 알아들어? 당신은 나와 결혼해!"

그의 나지막한 외침에 그녀가 눈을 감으며 항의하듯 말했다.

"싫어요."

태형은 그녀의 얼굴을 두 손으로 붙잡고 감은 두 눈과 코, 그리고 입술에 가볍게 입 맞추었다. 그리고 다시 말했다.

"알아. 싫어해도 좋아. 그렇지만 당신은 나와 결혼해. 그렇지?"

그녀는 아무 말이 없었다. 감은 눈이 가늘게 떨린다. 그는 다시 다그쳤다.

"눈을 떠. 그리고 날 봐."

은영이 천천히 눈을 떠서 그를 보았다. 혼란과 공포, 그리고 체념. 감정들이 뒤섞인 그녀의 눈은 오팔처럼 현란하고 흑요석처럼 신비로웠다.

"그렇지?"

한참의 시간이 흐른 뒤에 그녀의 말이 흘러나왔다.

"그래요."

마침내 항복 선언이 떨어졌다. 태형은 닿을 듯 말 듯 그녀의 입술에 입 맞추었다. 그녀의 눈에서 눈물이 흘러내렸다. 눈물을 핥았다. 그리고 그대로 눈에 입 맞추었다.

"울지 마. 알아? 먼저 항복한 사람은 당신이 아냐, 나야. 오만하던 진종마가 당신 앞에 무릎을 꿇었어. 당신 아니면 안 돼. 당신 안의 무엇과 내 안의 무엇이 반응을 해. 뭔지 몰라. 무시할 수는 없어. 그러니까 외면하지 마. 뭔지 알 때까지."

은영의 머리가 보일락 말락 끄덕여졌다. 태형은 꼭 붙잡았던 어깨에서 손가락과 손바닥을 떼어내고 그녀의 몸에서 물러났다. 바닥에 떨어졌던 커피 캔을 들어다 쓰레기통에 버리고 쏟아진 커피를 휴지로 대충 닦았다. 그리고 그녀 옆에 앉았다. 그녀가 움찔하는 모습이 눈꼬리에 잡혔다. 돌아보지도, 손대지도 않았다. 조금씩 호흡 소리가 낮아지며 방 안에서 긴장이 빠져나갔다.

그렇게 한참을 앉아 있다가 그녀가 안정된 듯하자 태형은 가벼운 어조로 어제 있었던 일을 이야기했다.

"부모님께 당신과 결혼하겠다고 말씀드렸어. 두 분 다 찬성. 아버지는 어떻게든 올해 안에 결혼하라고 하셔. 뭣하면 애라도 만들라고. 아, 이건 농담이야. 그리고 어머니께서 조만간 한번 놀러오라고 하셔. 이번에는 일 시키지 않으시겠대."

은영이 그럴 줄 알았다는 듯 말을 받았다.

"역시 저번에는 며느리 면접이었군요. 그나저나 올해 안이라면 바쁘네요. 아무것도 결정된 게 없는데."

"그래, 큰일이야. 정말."

둘이 나란히 한숨을 쉬었다.

태형은 답답했다. 서로 가볍게 이야기하기는 했어도 정말 가벼운 상황은 아니다. 은영에게는 반강제로 결혼을 기정사실화시켰다지만 장인장모님은 또 다른 문제였다. 은영이 소설이나 영화에서처럼 부모님과 인연 끊어가며 결혼할 여자도 아니고, 그러도록 하고 싶지도 않았다. 가능하면 말이다.

"생각해 보니, 그걸 묻지 않았어. 집에는 나를 어떻게 소개한 거야? 집에서 반대한다는 말밖에 못 들었는데, 상황을 알아야 대책을 세우지."

태형이 묻자 은영이 잠시 생각하다가 대답했다.

"음……. 그러니까, 별다른 소개는 하지 않았어요. 결혼하게 될 것 같다니까 누구냐고 물으시더라고요. 태형 씨라니까 대뜸 안 된다면서 반대. 태형 씨에 대해 잘 아세요. 소개고 자시고 틈도 안 주시던데요."

"무슨 말을 했다고?"

"결혼하게 될 것 같다고."

"정확히 말해봐."

"그러니까, 음…… 잘 기억은 나지 않지만 '나 결혼할 것 같아'라고 한 것 같……."

은영이 얼굴을 새빨갛게 물들였다. 태형은 수그린 얼굴을 억지로 들어 올려 그녀가 눈길을 피하든 말든 아랑곳하지 않은 채 강하게 키스를 했다. 또다시 불이 붙어버리기 전에 입을 떼고 태형은 다시 물었다.

"잘했어. 그리고 또 뭐라고 했지? 당신이 생각해 보겠다고 했던 일도 말했어?"

"아뇨. 태형 씨 이름만 듣고선 일주일 내내 입도 못 열게 하면서 그냥 반대. 그리고 오늘 선."

"그러니까, 장인장모님은 당신이 내 청혼을 받아들였다고 생각하신단 말이지?"

"그렇게 되나요? 그런데 그게 중요해요? 어차피 지금은……."

태형은 어리둥절해 하는 은영을 보면서 씩 웃었다. 물론 중요하다. 지금은 정신적으로 뒤흔들린 상태라 그녀가 바로 깨닫지 못할 뿐이다. 한국 전통으로는 별것 아니지만, 21세기 한국에서는 그녀가 청혼을 승낙한 순간에 그에게 약혼자에 준하는 자격이 생긴다.

좋아하는 그를 가만히 보던 은영이 문득 물어왔다.

"그나저나, 언제부터 제가 당신이에요?"

"응? 그게 어때서. 미리미리 연습해 두면 어색하지 않고 좋잖아."

"난 아직 시집도 안 간 처녀라고요."

"남들 앞에서는 은영 씨라고 불러주지. 결혼하기 전까지만."

"둘이 있을 때도 그러세요."

"안 돼."

"흥."

상황이 엉망진창인데 마음은 가벼웠다. 눈앞에 앉은 이 여자 때문이다. 그녀와 가볍게 말싸움을 주고받다 보니 모든 고민이 가벼워 보였다.

결혼을 결심하기 전부터도 그랬다. 파티장을 오가면서 농담과 의견을 자연스럽게 주고받았다. 결혼이나 연애를 전제로 만난 사이가 아니기에 대화의 폭도 제한이 없었다. 대등한 관계가 좋았다. 마치 그의 부모님들처럼. 남자와 여자, 실장과 직원이라는 각자의 입장은 있어도 누가 누구에게 일방적으로 기댄다는 느낌은 없다.

'침대 위에서도 그럴까.'

태형은 키스를 하느라 립스틱이 거의 지워진 그녀의 입술을 보며 슬며시 웃음을 지었다. 오늘 입은 연한 파란색 투피스 정장에 맞춰 살짝 푸른 기가 도는 메탈 색상의 립스틱을 칠했는데, 그 아래의 입술은 키스 때문에 약간 충혈되어 고운 진분홍빛이었다. 그 입술을 다시 탐하고 싶었다. 회사 안이라는 생각에 아래쪽에서 올라오는 흥분을 억지로 참았다. 다시 손대면 참을 자신은 없다. 그는 진종마 시절의 버릇을 극복하려면 좀 더 시간이 필요하겠다고 생각했다.

은영이 태형의 방에서 사무실로 돌아오자 책상 위에 전화 메모가 있었다. 의자에 털썩 주저앉아 노란 메모지로 손을 뻗는데, 옆자리에 앉은 김 선배가 전화를 받다 말고 그녀를 쳐다보며 웃었다.

"그 사람, 두 번이나 전화했어. 목소리 끝내주던데?"

메모는 간단했다.

〈유문성. 전화요망.
010—XXXX—XXXX.〉

은영은 메모지를 앞에 놓고 고민했다. 토요일에 그런 식으로 헤어졌다. 솔직한 심정을 말하라면 다시 보고 싶지 않다. 문성이 박 대리처럼 일방적으로 힘을 휘둘렀다면 차라리 간단하다. 미친개에게 물렸다 치부하고 마음에서 잘라 버리면 그만이다. 문성의 경우는 아니었다. 그가 강압적으로 나오기는 했지만, 그녀 역시 평소와 달랐다. 냉정하지 못하고 그의 매력에 휘둘렸다. 그런데 그만 잘못했다는 듯 도망쳐 버렸으니 조금은 민망했다.

전화하지 않으면 포기할까? 아니다. 목소리를 들을 때까지 계속하거나 아예 직접 찾아올 것이다. 자존심 때문에라도. 전화가 올 때마다 벌벌 떠는 취미는 없다. 태형의 청혼에 발뺌하지도 못하게 된 지금은 더욱 곤란했다. 혹시라도 양다리 소리는 듣기 싫다. 은영은 결심을 굳히고 수화기를 들었다.

[여보세요.]

김 선배 말대로 전화 음성도 섹시했다. 수화기에서 나온 여유롭고 낮은 울림이 귀를 통하지 않고 바로 뇌에 전달되는 느낌이다. 다행스럽게도 어제 일 때문에 은영에게 저항력이라도 생겼는지, 좋은 목소리다 싶으면서도 느껴지는 감정은 희미한 공포와 분노였다. 필터로라도 걸러냈나 보다. 키스당할 뻔한 일 정도에 이렇게나 예민한 반응을 보인다. 어쩐지 우습다는 생각을 하며 신분을 밝혔다.

"이은영입니다. 전화 주셨다고요."

[아.]

반가운 기색을 담은 가벼운 탄성이 들려왔다.

[어제 일로 전화도 안 받아주시나 생각했습니다.]

파티장에서 있었던 일이 떠오르자 거부감이 심해졌다. 자연히 목소리도 딱딱하게 나왔다.

"용건을 말씀해 주세요."

잠시 침묵이 흐르다 미안해하는 목소리가 흘러나왔다.

[우선 사과드리고 싶습니다. 변명 같지만, 야경 속에 선 은영 씨가 너무 아름답고 우아해서 넋이 나갔던 모양입니다. 그 어느 아가씨보다 완벽했거든요.]

완벽? 누가? 내가? 반년 내내 이미테이션이었던 이은영이?

[조급한 마음에 그만 서둘렀어요. 좀 밀어붙여 본다는 것이, 다른 아가씨라면 게임으로 받아넘겼을 텐데. 아, 그게 은영 씨 잘못은 아니죠. 음. 잘 말하기가 어렵네요.]

게임? 무슨 게임? 설마 그 게임? 맙소사.

[은영 씨는 그런 사람이 아닌데. 오해하지 말아주세요. 저는 진지합니다. 오늘이라도 뵙게 해주신다면 정식으로 사과드리겠습니다. 다른 의도는 없어요. 듣고 계신가요? 은영 씨?]

문성이 다급하게 늘어놓는 말들은 귀에 들어오지 않았다.

처음에는 분노가 치밀었다. 그날 밤 은영은 사교계의 여자로 완벽했단다. 칼을 감추고 웃는다. 끌리면서 냉랭한 척한다. 태연히 약점을 쑤신다. 그런 게임의 룰을 즐기는 여자였단다. 그따위 모욕이 어디 있느냐고 쏴주려다가 물이라도 한 바가지 뒤집어쓴 듯 정신이 번쩍 들었다.

상류사회의 파티는 그런 곳이다. 그게 은영의 일이다. 완벽하게 해냈다는 칭찬인데, 어째서 모욕으로 느끼지? 왜 성취감 대신 혐오감을 느껴? 화려한 상류사회를 동경했던 술수꾼 이은영이 갑자기 왜 이러는데?

갈피를 잡지 못하고 스스로에게 질문을 거듭하다 파티 때 사건을 떠올렸다. 생각해 보면 이상했다. 그때, 은영은 그의 말 한 마디에 공포를 느끼고 도망쳤다.

"나도 당신에게 끌리니까."

왜? 문성은 끌릴 만한 남자에 부자인데? 영화에서나 볼 만한 과장된 접근이었지만 폭력을 쓴 것도 아니었다. 눈빛이나 음성에 담긴 울림도 진심이었다. 그 정도는 알아본다. 전화에서 들리는 그의 절박한 음성도 거짓이 아니다. 그라면 무뚝뚝한 태형과는 다르게 달콤한 사랑을 속삭이며 동경하던 상류사회에 들여놓아 주었을 것이다.

도망칠 이유가 없는데 도망쳤다. 성취감을 느낄 일이 혐오스럽다. 뭔가 잘못됐다. 파티 때 일과 자신의 반응과 문성이 한 말들이 정신없이 머릿속에서 춤을 추었다. 그리고 생각도 못했던 답을 내놓았다.

문성의 말은 진심이었다. 그 말에 은영은 공포를 느꼈다. 즉, 은영은 문성이 진심이었기 때문에 공포를 느끼고 도망쳤다.

어처구니가 없는 결론에 그녀는 망연자실했다. 그러면서도 스스로 알고 있었다. 자신이 바른 답을 냈다는 것을. 화려하고 술수로 가득해 다채로우면서도 나름대로 질서정연했던 은영의 세상이 뒤집혀 버렸다.

매력적인 외모, 부드러운 음성, 세련된 매너, 보통 사람은 상상도 못할 재산. 문성은 신데렐라의 꿈에 등장하는 왕자님이다. 그래서 은영이라는 신데렐라는 마음 놓고 매료되었다. 꿈이니까. 그런데 왕자님이 진심을 담아 유리 구두를 건네는 순간, 매료는 풀리고 꿈은 깨지고 신데렐라는 공포에 미쳐 도망갔다. 왜? 꿈이 현실이 되기를 바라지 않았기 때문이다.

은영은 파티 파트너 일을 시작하자마자 어떤 세계에 발을 들였는지 깨달았다. 믿지 못할 사람들, 은근한 비웃음과 따돌림, 비틀린 사고방식, 판이한 가치관, 멀어져 가는 친구, 겉도는 자신, 밑바닥까지 그러모아 강한 척 가면을 쓰고 보내는 시간. 어느 사회나 이면은 있지만, 등에 진 무게가 다른 그곳은 치열하고 가혹했다.

처음에는 화려함에 대한 동경과 태형에 대한 기대로, 다음에는 직장이고 일이기 때문에, 그리고 요즘에는 이제 인정할 수밖에 없는 태형에 대한 끌림과 익숙함으로 견뎠다. 그래도 힘들기는 마찬가지였다. 그럴 때, 지쳐 포기하고 싶어질 때마다 스스로에게 건 마법은 동화 속의 '그 후로도 영원히'가 아니다. '언젠가는 끝'이었다. 평범한 일상으로 돌아가면 다 상관없는 일이기에 그나마 가볍게 넘길 수 있었다.

문성이 건넨 진심은 한시적이었던 자리를 영원한 것으로 만들었다. 유리 구두를 빨간색으로 물들였다. 빨강 구두를 신겨주며 고통스러운 무대에 영원히 남으라고 한다. 게다가 그녀를 상류사회의 여자로 대하기까지 했다. 자신을 고통스럽게 만들던 사람들과 같게 만들어 버렸다. 이미 여기가 일상이란다. 그래서 도망쳤다.

태형에게 끌리는 자신을 모르지 않았다. 일등 신랑감인 그를 내버려 두다시피 하는 자신이 스스로도 의아했는데, 까닭을 알았다. 방금 깨달은 것이 진실이라면 당연한 일이다. 그는 그저 부자가 아니니까. '칼날 숨기고 웃는' 짓들은 생활이자 의무다. 그의 아내란 마음 내키면 사람들과 웃고 떠들다 지치면 돌아설 수 있는 자리가 아니다. 평생 칼날 밭에서 춤춰야 한다.

생각해 보면, 은영은 태형에게 매달리지 않고도 처음부터 원하는 것을 손에 넣었다. 장롱에는 명품들이 쌓이고, 파티는 신물이 나게 즐겼다. 원래 그곳의 사람이 아닌 은영에게 책임을 물을 사람도 없다. 남은 것은 적당한 때에 드레스를 던져 버리고 따스한 물에 푹 잠겨 향수를 씻어낸 다음, 편안한 침대에서 기분 좋게 잠드는 것뿐. 발치에는 빨강 구두 대신 발에 맞는 나막신을 놓고 말이다.

겨우 숨겨진 자신의 속내를 보았다. 의사, 판검사, 기껏해야 조금 부유한 남자 정도가 목표였던 자신. 겸손도, 분수도, 역량도 상관없다. 의식하지 않는 가운데 이미 계산하고 있었다. 그만하면 상류사회의 춤판에 끼어 놀다가 음습한 뒷면 따위 모른 척하고 나와도 된다고 여겼을 것이다. 그런 남편의 아내라면 파티에 물렸다고 집안에 들어앉아도 뭐랄 사람은 없다.

　[⋯⋯은영 씨?]

　은영이 생각에 잠겨 있는 동안에도 문성은 계속 말을 걸었나 보다. 미안했지만, 은영으로서는 그를 배려할 마음의 여유가 없었다.

　"말씀 감사합니다. 호의만 받아두지요. 그럼⋯⋯."

　[자, 잠시만. 괜찮으신가요? 그날 마지막에 본 은영 씨는 무서워하는 것처럼 보였습니다. 원망하는 것처럼도 보였어요. 저 때문이라면 사과하고 싶습니다. 그래서 전화했습니다.]

　은영의 속내를 알아보았다. 소름이 끼쳤다. 그의 진심이 거기까지 읽어낸 것이다. 마음은 고맙지만 사양하겠다는 말의 진정한 의미를 알 것 같았다.

　"괜찮습니다. 오히려 유문성 씨께는 감사하고 있어요. 눈 감고 있던 것을 알게 되었어요. 그럼."

　[네? 무슨 뜻이신⋯⋯.]

　찰각.

　왕자님이 보내온 유리 구두를 신어보지도 않고 깨뜨렸다. 후회는 없다. 은영은 천천히 의자 등받이에 기대며 안도 섞인 한숨을 쉬었다. 옆 자리의 김 선배가 궁금함 가득한 눈으로 힐끔힐끔 쳐다봤지만 모른 척했다. 생각해 봐야 할 일이 있었다.

　유리 구두는 하나가 아니다. 게다가 이쪽 왕자님은 이미 유리 구두가 신데렐라의 발에 맞는다고 확신한 상태다. 데리러 오는 병사들의 발걸음 소리가 들렸다. 도망쳐야 했다. 호박마차는 어디?

선!

선이 있었다. 그것도 오늘. 요정은 은영을 실망시키지 않았다. 은영은 마지못해 나가야 했던 오늘의 선을 좀 더 진지하게 고려해 보자고 마음먹었다. 아까 태형과 주고받았던 대화를 떠올리자 가슴이 아픔과 죄책감으로 물들었다. 모른 척했다. 그의 품속에서 항복했을 때는 물론 진심이었지만, 그럼에도 불구하고 빨강 구두처럼 발목이 잘려 나갈 때까지 춤판을 돌아다닐 엄두는 나지 않는다. 반쯤은 남의 일로 여겼던 상류사회의 관습과 가치관을 몸에 익혀야 한다. 하면 되지 않느냐고? 가장하는 것과 뜯어고치는 것이 같을 리 없다. 그리고 하면 뭘 해. 반년 동안 겪지 않았던가. 그래 봐야 남들 눈에는 가짜로 비칠 뿐이다. 남의 눈을 의식해 무엇하겠느냐고? 그게 쉬워? 그의 품속에서 행복해하다가도 밖에 나가면 비참해질 것이다. 천국과 지옥을 왕복하는 감정의 롤러코스터에 견딜 수 있을 것 같지가 않다. 그러면 집에 콕 박혀 지내? 태형이 원하는 아내는 그런 여자가 아니다. 은영 자신도 그런 여자가 아니다. 죽지야 않겠지. 그렇다고 행복할까? 아니다. 그래도 견뎌보겠다고 생각할 만큼 그에게 깊이 빠진 것도 아니다.

'정말?'

뜻밖에 튀어나온 물음이 그녀를 잠시 멍하게 했다. 아니라고 생각했으면 그대로 행동하면 그뿐이다. 그런데 왜 고민을 할까? 생각보다 태형에 대한 감정이 깊었나 보다. 그래도 결심에는 변함이 없었다. 가슴의 싸한 아픔은 애써 부인했다. 행복하지 않을 것을 알면서 이대로 끌려갈 수는 없다.

그러면서 다른 생각도 떠올랐다. 태형도 왕자다. 그런데 왜 문성의 경우처럼 청혼했을 때 바로 도망쳐 버리지 않았을까? 아니, 도망가려고 했다. 왜 멈췄을까? 그 뜨거운 키스 때문일까? 모르겠다. 그저 초조했다. 은영은 오늘 저녁의 맞선에 대비해 완벽하게 매니큐어를 칠한 손톱들을 물끄러미 쳐다보면서 그것들을 마구 물어뜯고 싶다는 충동을 느꼈다.

초조하고 혼란스러운 상태에서 오후의 시간이 흘러갔다. 그런 속에서도 머리는 삐걱거리는 소리를 내며 터져 버린 문을 넘어 다른 문들을 차례로 열어갔다.

왜 태형에게서 도망치지 않았는지에 대한 답은 금방 나왔다. 반년을 함께 일한 태형은 동화속의 왕자가 아니었다. 그보다는 폭군이고 냉소가이며, 무심한 철판 같은 얼굴을 지닌 그냥 남자. 끌리지만 영원을 약속하기에는 함께하는 시간이 너무 고통스러울 것 같은 남자. 그랬다. 그는 은영에게 그냥 남자였다. 그래서 다가가기도 도망치기도 망설였다.

파티에서 성주에게 어째서 잘해주고 싶었을까. 만나봐야 괴로운 그녀를 어째서 친구로 삼고 싶었을까. 당연했다. 요조숙녀라서가 아니었다. 어릴 때 사랑하는 남자를 만나 평생 사랑하는 여자. 그렇게나 괴로워하면서도 사랑하는 그녀가 부러웠다.

태형에게 어째서 그렇게 등 돌리지 말아달라고 약속을 강요했을까. 부자 남편과 살다 이혼하고 위자료 짱짱하게 챙겨서 멋진 남자애인 거느리며 유유하게 사는 방법도 있다. 평소의 자신을 생각하면 약속 하나에 매달려 괴로운 결혼 생활을 버티기보다는 깨끗하게 갈라선다. 태형의 배경이 부담스러웠던 것이 아니다. 그가 무심해서 싫었던 것이 아니다. 그가 언젠가 버릴까 봐 두려웠다.

그러면서 자신은 혼수의 하나로 순결을 지킨다고 떠들어댔다. 웃기는 소리. 은영은 스스로 갈고닦아 미모와 지성을 갖춘 재원이다. 자화자찬이 아니다. 태형과의 소문에도 불구하고 심심찮게 선 자리는 들어왔다. 대학 시절에도 전도유망한 청년은 많았다. 정은의 친구였던 덕에 바라던 의사, 판검사 집안 자제들이나 그럭저럭 부자인 가문의 아들들도 꽤 많이 만났고, 그중에는 진지한 사람도 물론 있었다. 성격 괜찮은 남자 하나쯤 없었을까. 순결로 낚을 만한 남자는 꽤 되었다. 단지 끌리는 남자를 만나지 못했을 뿐이다.

웃겼다. 정말 웃겼다. 상류사회 사람들을 대상으로 내숭 떤다고 생각했는데 알고 보니 자신을 상대로 내숭을 떨고 있었다. 화려한 미모와 지성을 무기로 괜찮은 남자 쫓아다니던 여자 속에 그저 사랑하는 남자 만나서 행복하게 백년해로하고 싶은 여자가 숨어 있었다. 하긴, 어느 여자가 그렇지 않을까.

은영은 인정했다. 고리타분하고 보수적인 자신을. 자식은 부모를 닮는다던가. 속물로 살던 부모님이 떼부자 바람둥이와 결혼하겠다니까 펄쩍 뛰며 순식간에 선 자리 잡아버리는 모습을 봐라. 낼모레 직장 관두라는 소리 나오지 않으면 손가락에 장을 지진다. 두 분 피를 받고 태어나 두 분 아래서 자라난 자신은 틀림없는 두 분의 자식이었다.

퇴근이 멀지 않은 시각, 은영은 사표를 내면 이달 월급을 제대로 받을까 생각하다가 문득 눈살을 찌푸렸다. 태형. 이번에 도망치면 그와는 정말 이별이다. 텅 빈 성에서 유리 구두를 상대로 춤춰야 할 그를 놔두고 가자니 짠했다. 아까 자신의 얼굴을 붙들고 외치던 그의 절박했던 눈동자가 떠올랐다. 아프다. 아마도 반년 동안 같이 다니면서 생각보다 정이 많이 들었나 보다. 그래도, 아니, 지금이 아니면 정을 못 떼어내 그냥 끌려가 버릴지 모른다.

 은영은 욱신거리는 가슴에 단호히 고개를 돌리고 힘차게 일어났다. 퇴근 시간이 멀지 않았다. 옷은 어머니가 가져오신다니 선보러 가기 전에 화장 상태나 한 번 더 점검해야 했다.

## 9. 선, 그리고 그 후

유토피아 호텔은 이름 덕분에 장사가 되는 곳이다. 물론 시설이나 부대 서비스, 강남 부촌에서 멀지 않으면서도 약간은 한적한 입지 조건 등 일류호텔로서 충분한 역량을 갖췄지만, 무엇보다 그 이름이 주는 뉘앙스에 사람들이 모여들었다. 태형은 러브호텔에 많이 쓰이는 '파라다이스'와 같은 계열이면서 그보다 고상한—막연히 파라다이스가 에로스 쪽이라면 유토피아는 좀 더 아가페 쪽이라는 느낌이 들었다—이미지 덕분이라고 생각했다. 간혹 유토피아를 남녀의 이상향으로 생각하는 사람들이 있다고 해도 호텔에서 애쓰는 덕분에 겉으로 드러나지는 않았다.

대영그룹은 삼 년 전에 그런 이미지에 주목, 해외 바이어 접대와 사원 가족의 복지를 목적으로 유토피아 호텔을 사들여 가족호텔로 탈바꿈시켰다. 물론 일반인도 받았다. 어쨌거나, 갖가지 우연과 필연이 겹쳐 국내 유수의 가족호텔로 자리를 굳힌 뒤로 이 호텔의 카페는 맞선 장소로 유명해졌다. 유토피아에서 만나 유토피아로 골인하기를 바라는지도 모른다.

태형은 그렇게 얻은 유토피아 호텔 대주주로서의 권리를 행사해서 호텔 경비실에 들어앉아 모니터 화면을 노려보며 적당한 때를 기다렸다. 경비용 카메라에 잡힌 중년 남녀와 그 곁에 앉은 화사한 꽃무늬 프린트 원피스를 입은 여성이 타깃이었다.

얼마 지나지 않아 세 사람이 일어서고, 중년 남자 둘과 여자 하나, 그리고 젊은 남자가 같은 테이블에 앉았다. 젊은 남녀가 일어나 서로 인사하고 자리가 정돈되면서 서로 의견을 물어 마실 것을 주문하는 광경도 비쳤다. 속이 예상보다 훨씬 부글부글 끓는다. 아무래도 유토피아와는 거리가 멀었다. 태형은 더 이상 참지 못하고 일어났다.

은영은 아름다웠다. 원래 파란색 계열이 잘 어울렸지만 오늘 입은 민소매 원피스는 특히나 날씬하고 여성스러운 몸매를 은근히 드러내 주며 그녀를 더욱 매력적으로 보이게 했다. 자칫 촌스럽게 보이기 쉬운 꽃무늬 원피스가 그녀의 섬세하고 화려한 얼굴과 매치되니 서로의 장점을 살려 더욱 우아하고 생기 있어 보인다. 곱게 다듬어 부드럽게 휘어진 눈썹, 반듯한 콧대, 원래의 입술 색과 비슷한 진분홍빛 립스틱, 매끄러운 피부, 그 위에 한 듯 만 듯한 내추럴 메이크업. 선보는 아가씨라는 조신하고 우아한 분위기가 제대로다. 언젠가 태형의 손가락 사이로 미끄러졌던 머리카락은 어깨에 닿는 길이에서 찰랑거리며 층지게 커트한 각도에 따라 부드럽게 빛을 발한다. 항상 가다듬어 온 외모가 언제나처럼 완벽했다.

그녀가 앞에 앉은 젊은 남자에게 부드럽게 웃음을 짓고 살래살래 고개를 흔들거나 가만히 끄덕인다. 그녀 또는 남자가 하는 말에 맞춰 주위에 앉은 중년 남녀들이 기분 좋은 웃음을 터뜨린다. 그녀가 얼굴을 붉히고, 그가 얼굴을 붉히고, 주위 사람들이 또 웃는다.

태형은 카페 입구 가까이에 예약해 둔 자리에 앉아 끓어오르는 분노를 억지로 삼켰다. 남자에게 가는 웃음에, 눈길에, 손짓에 가슴속에서 욱하고 무엇인가가 솟구친다. 생각 같아서는 당장 달려가 남자 놈의 미끈한 면상을 한 대 갈기고 은영을 끌어냈으면 했다. 은영에 대한 소유욕은 생각 이상이었다. 막연히 머리로 가늠한 것과 눈앞에서 보는 것은 또 달랐다. 머릿속이 하얗게 비어버리는 것 같다.

자리에 앉는 그를 알아챈 뒤로 창백해져 버린 은영의 모습이 마음에 들었다. 비틀린 만족감. 그녀 뜻이 아니라고 생각하면서도 분노를 참기 어렵다. 그녀, 그녀의 부모, 그녀 앞에 앉은 남자 모두에 대한 분노, 그리고 무엇보다 자신에 대한 분노였다. 지난 과거가 자신을 꼼짝 못하고 이 자리에 앉게 만들었다. 그가 그렇게 방탕한 생활을 하지만 않았어도 은영의 부모가 그처럼 완강하게 반대하지 않았다. 오히려 쌍수를 들어 환영했을지 모른다.

은영의 자리에 성주, 남자의 자리에 자신을 앉히고 은영이 바라보는 상상을 했다. 끔찍했다. 역지사지(易地思之)란 말이 이렇게 무거운 줄은 몰랐다. 대진해운 파티 때 그녀가 어떤 심정이었을지 생각해 보니 죄책감에 미칠 것 같았다. 미안했다. 정말 미안했다. 젊은 치기에 날뛰던 날은 지나갔다고 생각했다. 그런데 아니다. 하나도 변하지 않았다. 진종마. 그 업보와 굴레는 생각했던 것보다 무겁고 단단하게 자신과 얽매어져 있었다. 냉정하게 그 모든 일을 해치운 자신은 괴물이다. 날뛰는 미친 종마의 모가지를 비틀어 버리고 싶었다.
 '그렇기에 당신을 놔줄 수 없어.'
 창백한 얼굴로 간간이 웃음 짓는 그녀를 보며 또다시 다짐했다. 절대 놓아주지 않겠노라고. 우연으로 만나 조건으로 함께하기를 약속한 사이이지만 더 이상은 아니다. 자신이 한 짓을 알고도 의연한 태도를 유지하며 손을 내밀어준 여자. 그녀 말고는 자신 같은 괴물을 받아줄 여자를 또 만날 자신이 없다. 그래, 그녀는 버텨준다. 아무 증거도 없으면서 그는 확신을 가졌다. 저 여자다. 저 여자만이 내 곁에서 살아남을 수 있다.
 사랑까지 넘볼 생각은 완전히 버렸다. 서로에 대한 이해. 그리고 알게 모르게 쌓인 정. 바랄 수 있는 한도에는 넘치고도 넘쳤다. 감정 없는 괴물이 감정을 갖게 만드는 여자가 또 있을 리 없다. 그녀가 곁에 있고서야 비로소 자신은 인간이 된다. 그녀로 인해 잘못을 자각한다. 피가 돌고, 남을 생각하고, 웃고, 이처럼 미친 듯이 화를 낸다. 성인이 된 이후 이처럼 자기감정을 생생하게 자각한 적이 없다.

문득 성주가 생각났다. 바로 고개를 저었다. 성주에게 이런 감정을 느껴본 적은 없다. 애초에 성주가 곁에서 버텨주기를 바란 적도 없다. 다른 어느 여자도 아니다. 진종마 소리를 들으며 여자들을 섭렵하던 진태형을 이렇게 만든 여자는 오직 이은영 한 사람뿐이었다.

은영이 웃는다. 또 한 번 울화가 북받쳐 올랐다. 내가 아닌 남자에게 웃어주는 내 여자의 모습이 하얗게 달아오른 쇳덩이처럼 뇌를 지져댔다. 가슴이 쥐어짜듯 아프다. 심장에서 피어오르는 매캐한 연기를 느끼며 고통 속에서 또 한 번 맹세를 삼켰다. 그녀가 다른 남자를 보며 웃는 꼴은 앞으로 없다. 목을 부러뜨려서라도 용납하지 않겠다. 오늘이 마지막이다.

끝없이 이어지던 선 자리가 드디어 파했다. 중년 남녀들이 젊은 남녀에게 그대로 앉아 있으라는 손짓을 하고 간간이 돌아보며 흐뭇한 표정으로 입구를 향해 걸어나왔다. 태형은 이를 악물고 자리에서 일어나 눈여겨봐 두었던 부부에게 다가갔다.

"안녕하십니까."

몰려나오던 중년 남녀들의 눈길이 그에게 집중되었다. 그가 목표로 했던 중년 부부의 얼굴에 설마하는 기색이 떠올랐다. 태형은 가까스로 부드러운 미소를 지으며 정중하게 허리를 굽혔다.

"대영전자에서 근무하는 진태형이라고 합니다. 두 분과 잠시 말씀을 나눌 수 있을까요?"

은영의 부모님 얼굴이 새하얘졌다. 다른 세 남녀도 얼굴에 당황한 기색을 떠올렸다. 그가 누군지 알아본 듯했다. 이내 은영의 아버지가 얼굴을 시뻘겋게 물들이며 입을 열려고 했다. 태형은 재빨리 선수를 쳤다.

"오래 걸리지 않습니다. 잠시만 시간을 내주시기 바랍니다."

그러면서 태형은 주위 사람들을 둘러보았다. 은영의 부모님이 맞선 자리에서 자신을 상대로 소란을 피우지는 않을 것이라고 생각했다. 어쨌든 그와 은영은 결혼하기로 약속했으니까. 예상은 틀리지 않았다. 은영의 부친이 동행들을 돌아보며 그럭저럭 침착한 목소리로 말했다.

"이 사람과 이야기를 좀 하고 가겠습니다. 별일 아닙니다. 오래 걸리지 않을 테니 먼저 가시지요."

'누구 맘대로.'

사람들은 미심쩍다는 표정을 지으면서도 별다른 항의는 하지 않고 빨리 오라는 말만 남기며 떠나갔다. 그들도 웬만큼 사정은 알기 때문이다. 태형은 엘리베이터 쪽을 가리키며 은영의 부친과 모친에게 말했다.

"밖에서 할 만한 이야기는 아니라서 자리를 마련했습니다. 이쪽으로 오시지요."

은영의 부친이 고개를 끄덕였다. 태형은 엘리베이터를 향해 걸음을 옮기며 젊은 남녀 쪽으로 힐끗 눈길을 주었다. 은영의 얼굴이 아까보다 더 창백해 보였다. 애써 의식 뒤편으로 밀었다. 지금은 그녀를 생각해 줄 때가 아니었다.

시작이다. 사정이야 어쨌든 그들은 태형에게 감정적으로 빚이 있다. 은영을 그 몰래 시집보내려던 현장을 방금 들켰다. 이 기세를 틈타 원하는 것을 얻어야 했다.

호텔 십이층에 잡아놓은 비즈니스 룸에 도착할 때까지 태형은 어떤 방식으로 은영의 부모님을 공략할까 고민했다. 무릎을 꿇고 빌어? 바로 관뒀다. 아무래도 자신의 스타일은 아니고 그래서 되지도 않을 듯했다. 바람둥이라는 인식이 박혀 있는데 지나친 행동은 오히려 역효과를 낼 가능성이 컸다. 결전 장소도 집안 차이를 의식하는 두 분을 고려해서 수수한 비즈니스 룸을 고르지 않았던가? 방에 들어서면서 내린 결론은 그냥 반듯한 태도를 견지하자는 것이었다.

태형은 두 내외에게 자리를 권하고 룸서비스에 커피를 부탁한 뒤 자리에 앉았다.

"두 분을 모신 것은 아시다시피 은영 씨 때문입니다."

은영 부친의 목소리가 바로 터져 나왔다.

"허락할 수 없네."

만만찮다. 은영의 성격이 어디에서 나왔나 짐작할 수 있었다. 태형은 속으로 빙긋 웃음을 짓고 심각한 얼굴로 말을 계속했다.

"결혼 허락 문제가 아닙니다."

앞에 앉은 어른들 얼굴에 의아해하는 표정이 떠올랐다. 결혼 문제가 아니라면 만날 일이 없는 사람들이다.

"저는 은영 씨에게 청혼을 했고 다행히도 은영 씨가 받아들여

주었습니다. 그 이야기는 들으셨을 줄로 압니다."

태형이 두 사람의 얼굴을 번갈아 쳐다보자 둘 다 시선을 피하다가 은영의 부친이 거북해하는 목소리로 말했다.

"그게 그 소리 아닌가. 허락할 수 없네."

룸서비스가 들어와서 커피를 나눠 주고 나갔다. 은영의 부모는 눈길도 주지 않았다. 태형은 자기 잔에 설탕과 크림을 타고 두 사람에게 다시 한 번 커피를 권했다. 역시 받아들이지 않았다.

"사람들이 기다리고 있어. 할 말 없으면 이만 가지."

안 맞춰주기는 은영과 똑같다. 영락없이 은영의 부모였다.

"아직 안 끝났습니다."

두 사람이 일어나려다 마지못해 주저앉자 태형은 다시 한 번 두 사람의 얼굴을 살폈다. 역시 눈길을 마주하지 못했다. 싫다는 딸을 선 자리에 끌어냈는데 딸이 결혼하겠다는 남자가 나타나 눈앞에 앉았으니 꺼림칙할 만했다. 태형은 그 틈을 치고 들어갔다.

"아버님, 어머님이……."

"누가 자네 아버지야!"

바로 은영 부친의 고함이 터졌다. 태형은 아랑곳하지 않고 침착하면서도 빠른 어조로 말을 이어나갔다.

"마음에 들지 않으시더라도 은영 씨가 청혼을 받아들인 이상, 선 자리를 잡기 전에 일단 저를 만나주셨어야 한다고 생각합니다. 그런 자리는 은영 씨의 뜻을 무시하신 게 되니까요."

겉으로는 은영의 뜻과 상관없이 선을 진행해 불만이라는 투로 말하면서 청혼을 무시한 것을 교묘하게 엮어버렸다.

"그건, 미안하네."

은영의 부친이 인정했다. 태형보다는 딸에게 미안한 마음이겠지만 상관하지 않았다. 두 분이 이번 일에 죄책감을 갖도록 했다는 점이 중요했다.

"월요일 저녁에 후닥닥 치르는 선이라니. 은영 씨는 이렇게 팔아치우듯 시집보낼 만큼 하찮은 사람이 아닙니다. 은영 씨가 그런 취급을 당해 속상해서 뵙자고 말씀드렸습니다. 은영 씨는 오늘 자리도 나오기 싫다고 했습니다만, 제가 말렸어요. 부모님과의 골을 깊게 할 필요가 없다고 말해주었습니다. 그렇지만 눈으로 보니 역시 화는 나더군요."

반만 맞고 반은 거짓말이다. 은영이 선보기 싫다고 하기는 했어도, 그가 선보라고 한 적은 없다. 말한다고 고이 따라줄 은영도 아니다. 상관은 없다. 두 분이 사실을 확인할 길이 없으니까. 어쨌든 은영이 그를 염두에 두고 행동한다는, 나아가서 그의 뜻을 따른다는 인상만 주면 되었다.

"부족합니다만, 그래도 은영 씨와 결혼을 약속한 사람입니다. 요즘 세상에는 약혼했다고 봐도 되죠. 은영 씨 나이가 많지도 않고. 제 청혼에 대해 결론을 내리고 선을 봐도 늦지 않습니다. 최소한 은영 씨가 아무하고나 결혼해서 불행해지는 모습은 볼 수 없습니다."

은영의 뜻을 무시했다고 계속 비난하면서 얼렁뚱땅 자신을 약혼자 지위에 올려놓고 자신 아니면 은영이 불행해진다는 뉘앙스의 말로 마무리했다.

선, 그리고 그 후

"약혼? 반지도 안 끼고?"

은영의 모친이 비웃었다. 태형은 윗도리 주머니에서 반지 케이스를 꺼내 테이블 위에 놓았다. 청혼할 때 꺼내려다 빛도 못 보고 들어갔던 물건이다.

"사이즈 때문에 제가 갖고 있었습니다. 두 분이 반대하셔서 허락받으면 끼워주려고 했지요."

말만이 아니라 실물을 보여 태형과 은영 사이에 있었던 결혼 약속을 현실로 만들었다. 은영의 부모는 반지 상자를 보며 괴물이라도 본 듯 얼굴이 창백해졌다.

"그래서 어쩌자는 건가?"

기세에 눌린 은영의 부친이 한결 누그러진 어조로 물어왔다.

"은영 씨도 없는 자리에서 계속할 이야기는 아니라고 생각합니다. 일간 정식으로 찾아뵙겠습니다. 가부간의 말씀은 그 자리에서 해주셨으면 합니다. 그래야 은영 씨도 저에게 얼굴이 서지 않겠습니까."

끝까지 은영을 내세우며 말을 마쳤다. 이로써 집까지 찾아갈 명분을 확보했다고 생각했다. 은영 부친의 생각은 달랐다. 직접 공격으로 나섰다.

"그건 곤란해. 자네와 엮인 것만으로도 은영이 결혼하기가 어려워졌는데 집까지 찾아오면 뭐라고 변명한단 말인가? 지금까지야 일이었다지만 더 이상은 안 돼. 무엇보다 자네 평판이 문제야. 그러고 나면 은영이 평판은 또 뭐가 되겠나?"

이 부분에 대해서는 태형도 할 말이 없었다. 아까 절감한 부분이다. 진종마와 결혼 이야기가 오갔던 여자. 사람들이 어떤 결론을 내릴지 뻔했다. 자신이야 책임지겠다는 생각을 하지만, 이 결혼을 반대하는 은영 부모의 입장은 다르다.

"지금 저에게 다른 여자는 없습니다. 조사해 보셔도 좋습니다. 게다가 무엇보다도, 절 믿지 못했다면 저를 잘 아는 은영 씨가 결혼 약속을 해줄 리 없지 않습니까?"

옛일은 말할수록 불리하기에 언급하지 않고 현재만 말했다. 성주의 청혼은 말만 오갔고 거절했으니 다른 여자가 없는 것도 맞다. 그러고서는 딸을 믿지 못하냐고 은근히 비난했다.

은영 부모의 얼굴에는 아직도 미심쩍은 기색이 역력했다. 태형은 그대로 버텼다. 딸을 걸고넘어지는데 무턱대고 반론하기는 어려울 것이라고 생각했기 때문이다. 속단이었다. 이번에는 은영의 어머니가 치고 나왔다.

"내 솔직하게 물어보지. 자네, 혹시 우리 은영이와 무슨 일이라도 있었나? 우리 은영이가 예쁘장하긴 하지만 자네 같은 사람이 매달릴 정도는 아니라고 생각하는데?"

사고를 쳤느냐는 물음이다. 임신이라도 시켰냐는 뜻. 내친김에 은영이 없는 자리에서 확인하자는 기세다. 두 분은 억지로 끌려온 사람들답지 않게 꼬치꼬치 물어보고 있었다. 몇 마디 나누자던 자리가 태형의 신랑감 자질에 관해 토론하는 자리로 변질되고 있지만 두 분은 의식하지 못했다. 태형은 차라리 잘됐다고 생각하면서 매끄럽게 대답해 갔다.

"은영 씨를 과소평가하고 계십니다. 원래 가까이 있는 사람이 알아보기 어려운 법이죠. 제게는 은영 씨만한 사람이 없습니다. 그리고 결혼까지 약속한 사이에 손만 잡고 말았겠습니까. 당연히 키스 정도는 했습니다."

은영 부모의 얼굴이 흙빛으로 변했다. 은영이 다른 누구보다 매력적이라면서 키스까지만 했다고 한다. 다른 누구도 아닌 진종마가. 누가 믿을까. 막연히 아니겠지 하던 일을 긍정해 버렸다. 말로는 부정하면서 뒤로는 의심을 확신시켜 주었다. 태형은 두 분의 뇌리에 앞뒤 다 빼고 '손만 잡고 말았겠습니까' 만 메아리치고 있다는 데 전 재산을 걸어도 좋았다. 거짓말은 하지 않았다. 은영에게 확인해도 같은 말만 할 수밖에 없다.

"자네 이러는 거, 춘부장께서도 알고 계시는가?"

짧은 시간에 넋이 빠져 버린 듯 은영의 부친이 힘없는 목소리로 물었다. 부잣집 남자와 가난한 집 딸내미의 연애, 집안에서 반대할 텐데 왜 이러냐는 말이다. 딸이 저쪽에서 환영받을까 염려하는 소리가 나왔다. '춘부장께서'라고 말도 높였다. 항복이 멀지 않다.

태형은 일찍 결론을 내려주신 부모님께 감사드리며 당당히 말했다.

"물론입니다. 결혼하겠다고 말씀드리니까 선뜻 그러라고 하셨습니다. 전부터 은영 씨를 마음에 들어하셨지요. 원하신다면, 아, 이럴 것이 아니라 직접 만나서 말씀을 나누시죠? 제가 아무리 말씀드려 봐야 그만 못할 테니까요."

두 사람이 미처 반대 의견을 내기도 전에 태형은 핸드폰을 꺼내 들고 아버지께 전화를 드렸다. 쇠는 뜨거울 때 두드려야 하는 법이다. 여기까지 올 생각은 아니었지만 기회가 왔다면 잡아야 한다.

"아버지? 접니다. 태형이에요. 은영 씨 부모님을 뵙고 있는데, 네, 그래서요. 은영 씨가 저희 집안에서 환영받을지가 걱정된다고 하셔서. 어른들끼리 직접 만나 이야기하실 수 있도록 자리를 마련할까 해요. 네."

태형이 핸드폰 구멍을 손가락으로 막고 은영의 부모에게 물었다.

"멀리 잡을 거 뭐 있냐고, 이번 토요일이 어떻겠냐고 하시는군요. 함께 점심이나 하면서 편하게 말씀들 나누시지요. 카페는 좀 그렇고, 방을 잡아두겠습니다. 이 호텔은 저희 그룹에서 가족호텔로 운영하는 곳이니까 부담은 갖지 마세요. 그러면 괜찮으시겠죠?"

은영의 부모가 힘없이 고개를 끄덕였다. 태형은 진 회장과 약속을 확인하고 '잘했다, 태형아'라는 칭찬의 말을 들으며 핸드폰 폴더를 접었다. 하는 김에 상견례까지 밀어보고, 안 되면 전화통화로라도 진 회장의 뜻을 확인하시도록 할 생각이었는데 잘되었다. 될 일은 어떻게든 되는 법이다. 완전치는 않지만 일단 말은 잡았다. 다음은 아직 멋대로 널뛰는 장수 차례다.

\*

선보는 카페 입구에 태형이 앉았을 때, 은영은 심장이 멈추는 줄 알았다. 당장 뒤엎을까 봐 가슴을 졸였다. 다행히 지켜보기만 할 뿐, 양쪽 집안 어른들이 일어설 때까지 아무 일도 벌이지 않아 조용히 끝나려나 보다 하고 안심했다. 아니었다. 태형이 부모님을 끌고 엘리베이터 쪽으로 가버렸을 때는 정말 졸도할 뻔했다.

오늘 은영의 맞선 상대는 꽤 잘생긴 이십대 후반의 남자였다. 의사 집안의 둘째로, 내과 레지던트 과정을 밟는 중이라고 한다. 이 여자 저 여자 만나기도 지쳐 슬슬 정착하려는 모양이다. 물론 선 자리에서 오간 이야기는 아니었다. 불여우 9단인 은영이 이것저것 정보를 종합해 보면 그랬다. 말도 재미있게 하고 성격도 좋아 보였다. 일 년 정도 약혼 기간을 갖고 그가 서른을 넘기기 전에 결혼, 바로 분가해 산다. 명예와 풍족한 돈, 능력있고 잘생긴 남편, 하나 또는 둘의 아기. 은영이 기대해 왔던 결혼 생활이다.

유감스럽게도 선보는 내내 앞에 앉은 남자의 이름조차 잘 기억이 나지 않았다. 부모님과 태형이 함께 가버린 일에 신경이 온통 쏠렸는데 무슨 이야기인들 할 수 있을까. 얼마간 시간이 흐르고 부모님과 태형이 모습을 드러내자마자 하던 이야기—환자에 관한 에피소드였는데 나중에 찬찬히 생각해 봐도 자세히 기억나지 않았다—를 대충 끊고 카페를 나섰다.

저녁을 사겠다는 남자에게 내일 근무하니까 빨리 들어가야 한다고 거절했다. 차로 데려다 주겠다는 제의도 방향이 반대고 멀다는 이유로 사양했다. 마침내 '제가 마음에 안 드는 모양이시군요'라는 말을 들었을 때는 '설마요' 했지만 속으로 안도의 한숨을 내

쉬었다.

정말 아까운 남자지만 어쩔 수 없었다. 그는 뜻밖에도 은영에 대해 잘 알았다. 태형과 반년 동안 파트너를 하며 외부에서 생각하는 것과 달리 덤덤하게 지내왔다는 사실까지도. 그래서 선뜻 맞선에 응했다고 말했다. 곡해하는 사람이 있으면 바로 보는 사람도 있다. 다행이기는 한데, 이번에는 오히려 곤란했다. 결혼 문제로 태형과 옥신각신한다는 사실을 알면 어찌 될까 머리가 아프다. 이 바닥은 의외로 너무 좁다. 상대와 앉아 있는 동안 끊임없이 '절대 놔주지 않겠다'는 태형의 말이 귓가에 메아리쳤다.

맞선 상대와는 결국 로비에서 헤어졌다. 은영은 돌아서자마자 맞선 본 남자에 대해서는 잊어버리고 서둘러 호텔 문을 나서서 지하철 쪽으로 걸음을 옮겼다. 부모님과 태형이 나눴을 법한 이야기에 골몰하면서 걷는데, 누군가 휙 잡아당겼다. 태형이었다.

"맞선 상대가 데려다 주지도 않나?"

태형이 화난 표정을 감추지 못하고 물어왔다.

"거절했어요. 어떻게 됐어요?"

"일단 차로 가. 데려다 줄게. 가면서 이야기해."

이야기하자 해놓고서는 차로 가는 동안, 그리고 집으로 가면서도 계속 태형은 침묵을 지켰다. 마침내 집 앞에 도착했을 때는 은영의 인내심도 거의 한계에 놓였다.

"다 왔어요. 자, 말해보세요."

"선은 끝이야."

"네?"

"다시는 선보지 마. 하긴, 기회도 없겠지만. 오는 토요일 점심 때 상견례를 갖기로 했어. 그러니까 혹시라도 주중에 또 잡힌 선이 있으면 모두 거절해."

"그건……."

은영은 말을 끝맺지 못했다. 태형이 말을 삼켜 버렸다. 갑작스럽게 시작된 키스는 격렬했다. 놀라서 그에게 잡힌 어깨가 아픈 줄도 몰랐다. 그저 그의 입술이 뿜어내는 열기에 버티며 무슨 일인가 파악하느라 바빴다.

오래가지 않았다. 낮에 사무실에서 그랬던 것처럼 무시무시한 그의 힘에 어느 결엔가 그대로 무너져 버렸다. 은영은 밀어내던 손으로 그의 목을 휘감고 머릿속을 손가락으로 헤집으며 당겼다. 그가 빨아들이는 만큼 빨아들였다. 그가 삼키는 만큼 삼켰다. 그녀의 신음은 그의 입속으로 사라졌다. 위안도, 애무도, 심지어는 욕정마저도 아니다. 전쟁이다. 그와 그녀가 서로의 격렬함을 걸고 전쟁을 벌였다.

하루 종일 간신히 버텼던 신경이 끊어졌다. 그의 입이 그녀의 입을 떠나 목으로 내려갔다. 그가 요구하는 대로 기꺼이 고개를 들어 목을 핥는 그의 입술을 받아들였다. 불안과 슬픔과 기대와 갈망이 뒤엉켜 몸을 타고 흘러내렸다. 아니, 그의 손길을 따라 타올랐다. 그의 손이 등을 따라 미끄러져 내렸다가 거슬러 오르며 그녀의 가슴을 덮쳤다. 황홀했다. 아팠다. 그의 손이 가슴을 움켜쥐고 강하게, 또 부드럽게 일그러뜨리며 단단하게 일어선 봉오리를 손가락으로 문질렀다. 그녀의 신음 소리가 차 안에 퍼졌다.

그의 손이 가슴을 떠나 허리를 향해 천천히 미끄러지다가 엉덩이와 허벅지를 애무하며 흘러내려 무릎을 어루만지고 서서히 위로 올라갔다. 그녀는 그의 등을 쓸며 잡아당겼다. 그의 손이 떠난 가슴을 조금이라도 더 그에게 가까이 가져가려고 했다.

그의 손이 미끄러져 들어오는 허벅지를 따라 불꽃이 그녀의 깊은 곳을 향해 줄달음쳤다. 불길을 따라오는 그의 손을 고대했다. 다가오는 그를 향해 젖어들었다. 그에게 길을 열어주었다. 그를 환영했다.

빠앙—

두 사람은 갑작스런 클랙슨 소리에 놀라 떨어졌다. 초점이 잘 맞지 않는 은영의 눈에 저 멀리 사라지는 하얀색 스쿠프 승용차의 차창 밖으로 하늘을 향해 내놓은 남자의 팔이 보였다. 가운데 손가락이 위로 쭉 뻗었다.

태형과 은영은 서로를 외면하며 옷을 추슬렀다. 은영은 원래 단출한 차림이라 흘러내린 어깨끈을 끌어올리고 흐트러진 머리카락을 손가락으로 빗어 내리자 대충 정돈되었다. 태형은 가관이 아니었다. 단정했던 머리는 산발이 되었고, 윗도리는 반쯤 벗겨졌고, 와이셔츠는 잔뜩 구겨져 단추 하나가 덜렁거렸다. 은영은 셔츠 깃에 찍힌 진분홍빛 입술 자국을 애써 외면했다.

"그러려던 게 아니야."

태형이 머리를 쓸어 올리며 아직 흥분이 가라앉지 않은 목소리로 벌어질 뻔했던 일을 말했다.

"알아요. 아무 말도 하지 말아요."

은영 역시 태형에 못지않게 불안정한 목소리로 대답했다.

그리고 한동안 두 사람은 아무 말도 없이 숨을 고르는 데만 전력을 다 했다. 그렇게 한참 서로를 외면하고 앉았는데, 태형이 툭 하니 말을 던졌다.

"전에 말했던 거 말이야……."

태형이 그답지 않게 말을 끌기에 은영이 궁금해서 물었다.

"어떤 거요?"

"잠자리. 시험해 보지 않아도 되겠어. 최소한 내 쪽은."

그가 아직도 잔뜩 성난 그의 일부분을 가리키며 씩 웃었다. 은영은 그의 손길 쪽으로 눈을 주었다가 새빨갛게 물들었다.

"미쳤어, 미쳤어. 이 남자가 정말!"

은영은 태형의 어깨를 마구 때리다가 돌아앉아 얼굴을 두 손에 묻었다. 부끄러웠다. 처음으로 느끼는 여자로서의 열정이 부끄러웠고, 그가 원했으면 그대로 자신을 내줘 버렸을 형편없는 자제심도 부끄러웠다. 무례한 스쿠프 자동차가 아니었다면 은영은 사방이 훤히 뚫린 아파트 주차장에서 순결을 태형에게 주었을 것이다. 아니, 주었다. 그녀는 안다. 그에게 몸을 열었다. 육체의 순결이 동전 서푼 취급도 받지 못하는 요즘 세상에서 정작 중요한 것이 무엇일까. 첫 몸을 아낌없이 주어버리던 마음이 부끄러웠다.

뺨의 열기가 조금 가라앉자 은영은 옆에 앉은 남자를 손가락 사이로 살짝 살펴보았다. 그는 의자 등받이에 몸을 편히 기댄 채 한 손은 창턱에, 다른 한 손은 운전대에 자연스럽게 걸쳐 놓고 있었다. 넥타이는 이제 느긋하게 늘어졌고, 목의 단추는 하나를 끌러 두었다. 두 번째 단추가 덜렁거려 맨가슴이 살짝 엿보였다. 그녀가 무의식중에 벌인 일이다. 꼭 끌어안았을 때 느껴지던 굳건한 어깨와 가슴이 생각났다. 깊은 곳에 다시 열기가 피어올랐다. 자신도 모르게 그의 단단한 신체를 상상하며 시선을 아래로 미끄러뜨렸다. 그의 몸이 아직도 성을 낸다. 은영은 고개를 홱 돌렸다. 얼굴로 피가 몰렸다. 손에 닿는 뺨이 타는 듯 뜨겁다.

"식장 잡히는 대로 결혼할 거야. 딴소리하지 마."

은영은 그냥 고개만 끄덕였다. 이제 부인할 수 없다. 모르는 사이에 정으로 얽매였다 생각했는데 순식간에 몸마저 열어버렸다. 껍데기뿐인 순결을 가지고 다른 남자에게 가봐야 이 남자는 늘 자신의 의식 속에 따라다닐 것이다. 몸만의 이야기가 아니다. 늘 '그렇지만' 하며 그에게 맞춰주려고 하는 자신이 있다.

감췄던 내숭 한자락이 마저 속을 드러냈다. 끝없이 계속된다는 생각에 바로 도망칠 만큼 반년 동안의 생활은 괴로웠다. 하루하루 생채기를 내며 버텨왔던 심장이 썩어 문드러져 이제는 그만하자고 호소한다. 그런데도 구질구질한 이유를 대가면서 그를 멀리하는 진짜 이유를 스스로에게 감춰왔다. 왜? 깊게 생각하지 않아도 답은 바로 나왔다. 얍삽이 은영이가 그런 고통을 감수하면서라도 그의 곁에 머무르고 싶었다. 그가 다가오자 속절없이 허물어져 버리는 자신이 증거다. 기다렸다는 듯이. 사실이다. 기다렸다.

"오늘 그 자식하고 앉은 모습 보고 다시 한 번 깨달았어. 딴 놈에게 줄 수 없어. 당신은 내 거야. 혹시 다른 생각 하고 있다면 지금 접어."

 은영은 다시 고개를 끄덕였다. 낮의 깨달음이 아직도 생생하다. 이 남자와 행복해질 가능성은 적다. 그렇지만 다른 남자와 행복해질 가능성은 없다. 은영은 인정했다. 더 도망칠 기력도 없다. 다른 길은 보이지 않았다. 끝까지 발버둥치던 이성이 그를 짝으로 인정해 버린 몸과 마음에 항복했다.

 빨강 구두를 신어버렸다. 칼날 밭에서 춤출 수밖에 없다. 가망 없는 저항은 이제 그만. 이제는 그와 함께 행복해질 길을 필사적으로 찾아야 한다. 운명이 지푸라기밖에 쥐어주지 않는다면 그것이라도 휘둘러야 한다. 그렇게 마음먹자 불안한 가운데에서도 마음이 편해졌다.

 "토요일 자리 말인데, 장인장모님이 우리 집안에서 당신 받아들이겠냐고 하시기에 직접 만나 이야기해 보시라고 했어. 어쨌든 상견례야. 그날 결혼 이야기를 확정 짓겠어. 혹시 그때 가서도 반대하실지 모르지만, 그래도 나한테 올 각오는 하고 있어."

 바로 현실이 달려든다. 은영은 피가 차갑게 식는 기분이었다.

 "난 부모님 반대하시는 결혼은 하고 싶지 않아요."

 "나도 싫어. 그렇다고 내가 당신 놔줄 것 같아? 전에도 말했지만, 절대로 놔주지 않아. 끝내 반대하신다고 해도 어떻게든 바꿔놓겠어."

 은영은 얼굴에서 손을 내리고 그의 얼굴을 물끄러미 바라보았다. 진심이다. 그는 지금 그녀를 차지하기 위해 정말 무슨 짓이든 할 태세였다.

"왜……."

목소리가 갈라졌다. 은영은 침을 삼키고 다시 시도했다.

"왜 갑자기 저한테 집착하죠? 육체적으로 끌린다는 사실을 확인했기 때문인가요?"

그는 은영의 말에 미동도 하지 않았다. 확신을 가진 사람의 눈. 결정을 내린 남자의 얼굴이다.

"그것도 있어. 그렇지만 다는 아니야. 몸만이 아닌 당신 전부가 필요해. 이은영이라는 여자 전부. 머리카락 한 올, 내뱉는 숨 하나, 머릿속에 스치는 생각 한 조각까지 모조리. 내가 이런 소리를 한다는 게 믿어지지 않지만, 당신은 내 옆에 있어야 한다는 생각밖에 안 들어. 다른 가능성은 전혀 안 떠올라. 그러니까 내 곁에 있어."

은영이 망설이다가 물었다.

"사랑인가요?"

그의 눈이 흔들렸다. 그가 대답했다.

"몰라. 나 같은 놈이 사랑을 할 수 있다고는 생각해 보지 않았어. 단지 확신할 뿐이야. 내 빌어먹을 과거에 걸고 맹세해. 이 충동은 아주 오래가. 아마도 평생. 나는 그저 욕정만으로 당신을 원하는 것이 아니야. 당신은? 당신은 어때?"

은영은 심장이 쿵 하고 울리는 것을 느꼈다. 나는? 나는 어떤가? 내가 지금 그를 원하는 충동이 사랑인가? 알 수 없었다. 그를 남자로 원했다. 그의 지성과 능력을 존경했다. 그의 부와 명예를 탐했다. 그런데 그가 속한 세계는 싫다. 도망치고 싶으면서 그의 옆에 있고 싶다. 이런 자신은 계산하고 조건을 따지는 것일까, 하지 않는 것일까.

평소 생각했던 이상에 가까운 남자가 아까 눈앞에 앉아 있었지만 머릿속에는 태형밖에 없었다. 그게 사랑인가? 모르겠다. 늘 민활하게 돌아가던 머리가 왠지 한 지점에서 멈춰 움직이지 않았다. 그를 원한다.

"저도 모르겠어요. 그렇지만 당신이 내 남자라는 것은 알아요. 당신을 원해요."

태형이 은영의 손을 잡아끌어 가만히 입을 맞추었다.

"지금은 그걸로 충분해."

그대로 한동안 서로를 응시하던 두 사람은 옆으로 지나가는 차 소리에 정신을 차리고 손을 놓았다.

태형이 차에서 내렸다. 은영은 차 앞을 빙 돌아 은영이 앉은 쪽으로 다가오는 모습을 눈으로 쫓았다. 그가 문을 열고 손을 내밀었다. 은영은 두 다리를 내려놓고 그의 손을 잡았다. 그리고 그가 살며시 당겨오는 대로 다리에 힘을 주고 일어났다. 잡았던 손은 자연스럽게 팔짱을 낀 자세로 변했다. 반년 동안 수십 수백 번 반복했던 동작이 자연히 이어졌다. 그가 차 문을 닫고 리모컨을 눌러 차 문을 잠갔다. 그리고 그녀를 이끌어 현관으로 들어갔다. 엘리베이터를 탔다. 태형이 칠층 버튼을 눌렀다. 두 사람은 팔짱을 풀지 않았다. 엘리베이터가 칠층에 도착하고 두 사람은 은영의 집 앞으로 걸어갔다. 은영이 팔짱을 풀고 핸드백에서 열쇠를 꺼내 태형에게 건네었다. 태형이 열쇠를 받아 문을 열고 안을 확인한 다음 열쇠를 돌려주었다. 은영은 열쇠를 돌려받아 가방에 넣고 집 안으로 들어가 돌아섰다. 두 사람은 그대로 잠시 서로를 바라보았다.

"잘 자."

태형이 말했다.

"잘 가요."

은영이 말했다.

태형은 문이 닫힌 뒤에도 그 자리에 서 있었다. 은영은 잠깐, 아니면 꽤 긴 시간 동안 매직윈도로 그 모습을 지켜보다가 잘그락 소리와 함께 열쇠를 잠갔다.

아파트 밖으로 나간 태형이 차 앞에서 은영의 집을 올려다보았다. 베란다에서 은영이 내려다보았다. 태형이 손을 들었다. 은영도 손을 들었다. 태형은 차에 타서 시동을 걸고 떠났다. 그의 차가 모퉁이를 돌아 사라질 때까지 은영은 베란다에서 차의 빨간 미등을 눈으로 쫓았다.

호박마차는 부서졌다. 왕자님은 병사들보다 빠르게 말을 달려서 마을 청년에게로 도망치려던 신데렐라를 쫓아와 마부와 시종들의 목을 자르고 그녀를 마차에서 끌어내려 화려한 호송마차에 가둬 버렸다. 생각해 보면 호박마차는 왕자님에게 가는 수단이다. 요정이 다른 곳으로 가는 마차를 마련해 줄 리가 없는데. 신데렐라는 그 사실에 아무 불만도 갖지 않았다. 왕자님이 쫓아와 주어 기뻤다.

※

 은영의 어머니 정진희 여사에게 오늘 맞선은 재난이었다. 은영과 결혼을 약속했다는 망나니 재벌 후계자가 뛰어들어 와 넋을 빼놓더니 어물어물하는 사이에 상견례 약속까지 잡고 가버렸다. 혹시라도 맞선 주선자가 낌새라도 챌까, 정 여사는 저녁식사 내내 좌불안석일 수밖에 없었다. 남편 얼굴은 아예 흙빛이었다.
 그렇게 정신없는 채로 저녁식사를 하고 지친 몸으로 현관문을 여는데, 기다렸다는 듯이 막내딸 주영이 뛰어왔다.
 "엄마! 언니가 이상해!"
 정 여사는 가슴이 덜컹 내려앉아 부랴부랴 은영의 방문을 열었다. 아무도 없었다.
 "언니 거실에 있어. 진짜 이상해!"
 은영은 거실 소파 등받이에 머리를 놓고 천장을 쳐다보는 자세로 퍼질러 앉아 있었다. 옷은 선볼 때 입었던 그대로였다. 핸드백은 발치에서 뒹굴고 있었다. 다가가 한소리 하려는데 천장을 보느라 치켜든 턱 밑으로 훤히 드러난 목덜미가 눈에 들어왔다. 목과 쇄골이 만나는 곳에 짙붉은 자국이 있었다. 정 여사는 그게 뭘 뜻하는지 한눈에 알아보았다.
 "은영이 너! 누구야! 누가 그랬어! 남정훈 씨냐? 그 사람이 그랬어?"
 다그치는 목소리에 은영이 돌아보며 멍하니 물었다.
 "뭘? 누가? 남정훈 씨가 누구야?"

자신도 모르게 목소리가 한 옥타브 올라갔다.

"얘가! 아까 선본 사람이잖아! 네 목에 그 키스 자국. 그거 그 사람이 그랬니?"

은영이 목덜미를 더듬으며 여전히 넋이 빠진 목소리로 말했다.

"이거? 태형 씨. 태형 씨가 그랬어. 엄마, 있잖아, 그 사람이 날 가졌어."

말이 안 나와 입만 뻐끔뻐끔하는데, 옆에서 남편이 고함을 쳤다. 주영이가 꺄악 하고 기성을 올렸다. 그 소동 속에서 은영이 뭔가 변명을 하려고는 하는데, 곱게 들어줄 정신이라고는 없었다. 그래도 설마했는데. 믿었던 딸년이……. 그예, 지친 몸이 더 이상 버티지 못하고 허물어졌다. 애써 붙들지 않았다.

# 10. 전화

"**내**가 무슨 짓을 한 거야?"

선본 다음날 오후, 주말 일정을 의논하자며 은영을 불러들인 태형이 씩 웃으며 물었다.

"네?"

"어젯밤에 장인어른이 전화를 하셨어. 고래고래 고함을 치면서 뭐라고 하시는데, 말을 빙빙 돌려서 구체적인 내용은 확실히 몰라. 그저……."

그는 잠시 말을 끌다가 은영을 보고 빙긋 웃었다.

"내가 책임질 일을 했다는 것 같아."

은영은 마시던 커피를 푹 내뿜고 사레가 들려 캑캑거렸다. 태형이 바로 다가와 등을 두드려 주며 물었다.

"괜찮아?"

"괘, 괜찮아요. 오해가, 콜록, 오해가 있었어요. 목에 키스자국 남은 걸 어머니가 보시고, 콜록······."

"말하지 마."

태형은 그녀가 기침을 멈출 때까지 끈기있게 등을 쓸고 두드려 주었다. 그러다가 겨우겨우 기침이 멎어 그녀가 한숨 돌리자, 태형은 소파에 등을 기대며 말을 이었다.

"어쨌거나, 무슨 일인지 모르겠지만 당신이 그랬다면 맞을 거라고 말씀드렸어. 그랬더니 책임지라고 소리치셔서 기꺼이 그러겠다고 했고. 그래도 한참 동안 욕을 퍼부으셨어. 알맹이는 없는 소리라 모조리 당신에게 전하고 싶지는 않아. 주요 단어는 요즘 젊은 놈, 혼전순결, 임신, 속도위반 같은 거야."

"미안해요."

은영은 손으로 눈을 가리며 소파에 털썩 기댔다. 얼굴이 뜨거웠다.

"괜찮아. 책임지라 하셨고 책임지겠다 했으니 이야기는 끝. 토요일 자리는 확실한 상견례가 될 거야. 예쁘게 차리고 와."

"알았어요."

"그런데······."

그녀는 두려웠다. 요즘 그에게 부쩍 말을 끄는 버릇이 생겼다. 그리고 그 뒤에는 꼭 그녀가 부끄러워할 만한 소리가 튀어나왔다.

"당신을 가졌다는 게 무슨 소리지?"

'맙소사. 아버지, 그런 소리까지 하셨어요?'

은영은 당장 바닥이 꺼졌으면 좋겠다고 생각했다. 그는 그 말의 의미를 모른다. 절대로 모른다. 그렇지만 그 말 속에는 그녀의 가장 부끄러운 속내가 고스란히 들어 있었다. 도저히 입을 열 수가 없다. 어젯밤 그 말을 내뱉은 자신의 입을 꿰매 버리고 싶었다.

"난 당신을 가질 거라고 생각했는데 이미 가졌다? 그게 무슨 소릴까? 무슨 소리야? 응? 응? 말해봐, 응?"

그녀는 능글능글한 소리를 참다참다 마침내 '몰라욧!' 하고 소리치고는 실장실을 뛰쳐나오고 말았다.

태형은 그녀의 모습이 문밖으로 사라지고 나서도 한참이 지나서야 간신히 웃음을 멈추었다. 귀엽다. 발갛게 얼굴을 물들이며 '몰라욧!' 하고 소리치던 모습은 사진에 담아 액자에 넣어 걸어두고 싶을 정도였다. 언제나 당차고 냉정한 모습만 보여온 그녀에게 그런 일면이 있다는 사실은 정말 뜻밖이었다.

어젯밤 꽤 늦은 시간이었다. 방에서 은영과 했던 키스를 떠올리며 스카치 온 더 록으로 팽팽해진 신경을 늦추고 있는데, 충주댁이 장인어른께서 전화하셨다고 알려왔다. 무슨 일인가 하고 수화기를 들었다. 바로 고함이 터졌다.

[이 빌어먹을 놈! 그 애가, 자네가 자기를 가졌다고 했어! 뻔뻔스러운 놈! 그러고도 뭐? 키스만 했다? 책임져! 내 딸 책임지라고, 이 망할 자식아! 요즘 젊은 것들은 혼전 순결을 개떡으로 알아요. 임신하면 어쩔 거야! 내 딸 속도위반 했다고 구설수에 휘말리게 만들 작정인가! 입이 있으면 말해봐!]

처음에는 무슨 소리인가 했다. 그런데 한마디가 남아 뇌리에 박혔다.

[자네가 자기를 가졌다고 했어!]

기뻤다. 그렇게 기쁠 수가 없었다. 그 말이 어떤 경로를 거쳐 나왔는지는 모른다. 그렇지만 의미하는 바가 뭔지는 짐작할 수 있었기에 장인어른이 쏟아내는 호화찬란한 욕설을 귓등으로 흘려들으며 마냥 기뻐했다.

은영은 처녀다. 말로는 순결에 큰 의미를 두기 때문이 아니라고 했다. 남들이 탐내기 때문에 아껴두었을 뿐, 혼수품 목록의 하나 이상의 의미는 없다고. 물론 그런다고 곧이곧대로 믿으면 바보지만, 어쨌거나 그녀는 그렇게 말한다. 그런데 정작 관계도 갖지 않은 태형이 '자기를 가졌다'고 했다면 마음을 가졌다는 의미밖에는 없다.

머리끝부터 발끝까지 집어삼키고 싶은 여자가 그를 '자신을 가진 남자'로 인정했다. 과거가 어쨌든 지금 그녀에게 온 세상의 모든 사람 중에서 남자는 자신뿐이다. 이만큼 남자로서의 자만심을 충족시켜 줄 방법은 없다.

기쁨과 함께 갑작스러운 두려움이 몰려왔다. 찬란하게 빛나는 보석을 영영 못 잡을까 걱정했는데 어느 순간 손에 들어왔다. 혹여 그 빛이 자신을 떠나면 어쩌는가 생각만 해도 참을 수가 없었다. 그러다가 미처 처리해 두지 못했던 위험요소가 떠올랐다. 급했다. 가까스로 얻은 빛을 잃을지도 모른다. 태형은 굳은 얼굴로 재빨리 전화기를 끌어당겼다.

\*

따르릉.

멀리서 전화 울리는 소리가 들린다. 성주는 고개를 들다가 다시 베개에 머리를 떨어뜨렸다. 머리가 아팠다. 오래도록 위염을 앓아온 뱃속은 쓰렸다. 하루 밤낮 동안 식사를 제대로 못하고 잠도 제대로 못 잤다. 기운이 하나도 없다.

따르릉. 따르릉.

"가요, 가."

가냘프고 쉰 목소리가 들렸다. 성주의 목소리는 좀 더 부드럽고 맑았는데. 그렇지만 지금 목소리는 이렇다. 밤새 울면서 혹사당한 목소리. 희망을 잃고 탈진해 널브러진 스물넷 처녀의 목소리였다.

따르릉.

정말 중요한 전화 같았다. 받기 전에는 절대 그만두지 않겠다 싶었다. 성주는 침대를 짚고 일어났다. 다리가 후들거린다. 웃겼다. 십칠 년 사랑하고 사흘 실연했는데 이 꼴이다. 오빠는 강하다. 이렇게 약해서야 강한 오빠를 쫓아갈 수가 있나. 허정거리며 전화가 놓인 탁자에 다가가 옆의 의자에 주저앉았다.

할아버지가 청혼을 하시고 내내 전화를 기다렸다. 전화가 올 때마다 쪼르르 달려가 두근거리며 수화기를 들었다. 오빠의 목소리였으면 하고 기대했다. 할아버지가 말해줄 때까지. 더 이상 전화를 기다릴 필요가 없을 때까지. 오빠는 이미 다른 여자에게 청혼을 했단다. 그래서 성주의 청혼은 받아줄 수 없단다. 그때 이후로는 시간이 어떻게 흘렀는지 기억이 희미했다. 희뿌연 감정의 지옥 속에서 하루 밤낮을 보냈다.

따르릉.

"여보세요."

전화를 받았다. 그래. 전화를 받았다. 오빠의 전화는 아니지만 어쨌든 전화는 받았다.

[여보세요.]

오빠다.

오빠다.

오빠다.

오빠의 목소리다. 청혼은 거절당했는데. 그런데 오빠가 전화를 했다.

"오빠?"

[성주니?]

"네, 오빠."

기뻤다. 지옥에도 햇빛은 비치나 보다. 혹시 하는 희망이 생겼다.

[너, 목소리가 이상하구나. 어디 아프니?]

오빠가 걱정해 준다. 기쁘다. 그렇지만 너무 걱정시키면 안 될 텐데.

"네, 조금. 감기예요. 심하지는 않아요."

[그래, 다행이다. 너무 전화를 안 받아서 걱정했다. 핸드폰도 안

받고.]

오빠가 안심했다. 다행이다. 그러고 보니 엊그제부터 핸드폰 배터리 충전을 안 했다. 안타까웠다. 제대로 충전했으면 더 일찍 오빠의 전화를 받을 수 있었을 텐데.

"그런데 오빠, 어쩐 일이세요? 전화를 다 주고."

마음을 바꾸신 거죠? 다시 생각해 보니 오빠의 신부는 성주였죠? 그래서 청혼 거절한 것을 사과하시려는 거죠? 그렇죠?

[아, 그게 말이다. 성주야……]

오빠가 말을 흐린다. 언제나 할 말은 분명하게 하던 오빠인데. 잘못 생각한 것을 인정하기가 힘든가 보다. 용기를 줘야 한다.

"말씀하세요, 오빠."

오빠가 말이 없다. 오빠, 용기를 내세요.

[미안하다.]

미안하단다. 왜? 어째서? 설마. 싫어. 안 돼. 하지 마. 말하지 마. 오빠, 말하지 말아요.

[네가 그렇게 생각할 줄은 몰랐다. 미리 분명하게 말해두었어야 하는데.]

아냐. 아냐. 아냐. 그런 게 아냐. 듣기 싫어.

[난 늘 너를 귀여운 동생으로 생각해 왔다. 네가 키스해 왔을 때는 놀랐어. 벌써 여자가 됐구나 싶었다. 그렇지만 역시 동생 이상으로는 생각할 수 없었어. 미안하다.]

눈물이 나왔다. 열일곱 해를 오빠라고 불렀지만 정말 오빠라고 생각한 적은 없었는데. 일곱 살 그때부터 나한테는 남자였는데.

남자 친구였고, 왕자님이었고, 연인이었고, 신랑이었는데. 미안하다고 한다. 동생 이상은 아니라고 한다. 절망이다. 앞으로 열일곱 해를 열일곱 번 더 기다려도 오빠는 내게 오지 않을 것이다. 그 여자를 더 좋아해서라면 싸워라도 보련만, 성주는 영영 아니라고 한다.

"아냐. 괜찮아, 오빠. 내가 잘못 생각한걸……."

응. 잘못 생각한걸. 오빠에게 제일 가깝다고 만족해서 마냥 기다렸어. 화관 쓸 준비만 하면 되는 줄 알았어. 그게 아닌데. 가까워 봐야 약혼자도 아내도 아니었는데. 좀 더 빨리 손을 뻗어야 했어. 오빠가 그 여자를 찾기 전에. 그랬으면 나를 안아줬을지도 모르는데. 그랬으면 내가 오빠 곁에 서 있을 텐데. 이제는 틀렸어. 오빠는 누군지도 모르면서 기다렸던 사람을 만났지? 그래서 성주는 동생일 뿐이지? 그래서 분명히 알 수 있었던 거지?

[이해해 줘서 고맙다. 울지 마. 너한테도 맞는 사람이 곧 나타날 거야.]

마지막에는 입 밖에 내어 말했나 보다. 울먹이는 목소리였나 보다. 오빠가 위로해 준다. 그렇지만 안아주고 눈물을 닦아주겠다고는 하지 않는다. 다른 사람을 어서 찾으라고 한다. 야속했다. 그래서 더 눈물이 난다. 눈물이 쏟아져 더 말을 할 수가 없다.

"응, 아, 핸드폰 왔다. 이만 끊을게. 전화해 줘서 고마워, 오빠."

[그래. 기운 내라. 시간 나면 또 전화할게.]

전화가 끊어졌다. 아무리 꼭 붙들어도 이제는 오빠와 연결되지 않는다. 햇빛은 사라졌다. 시간나면 전화할게. 오빠는 그런 소리를 한 적이 없다. 싫어. 그러지 마. 내가 시간이 나야 전화하는 사람이 되잖아. 어떻게든 시간을 내서 전화하는 사람이 되고 싶었어. 오빠. 그렇게 되고 싶었어. 그거 알아, 오빠? 나 오빠한테 정말 그런 사람이 되고 싶었어.

전화를 내려놓았다. 함께 열일곱 해의 사랑도 내려놓았다. 사랑을 내려놓으니 한성주 안에는 아무것도 없다. 비었다. 텅 비어서 깃털처럼 가벼워져 한 줌 바람에도 날아갈 것만 같다. 몸을 기울이면 공중에 둥둥 뜰 것 같다. 이렇게. 그래, 이렇게.

침대로 돌아가던 성주의 몸이 기우뚱 쓰러졌다. 쿵 소리에 놀라 달려들어 온 가정부 아주머니의 외침을 성주는 듣지 못했다. 비어버린 성주의 머리는 아무것도 생각하지 않았다. 비어버린 성주의 눈에는 아무것도 비치지 않았다.

태형은 전화를 끊고 의자에 몸을 기댔다. 얻는 것이 있으면 잃는 것도 있다지만 사람을 잃는 일은 정말 쓸쓸했다. 성주를 거절하고선 성주가 떠났다고 생각하다니 모순이다. 무슨 상관이랴. 허전함은 어쨌거나 거기에 있다. 친동생은 아니라도 정말 동생처럼 여겼던 성주였다. 예쁜 미소를 물고 달려와 안기는 성주는 정말 곱고 부드럽고 따스한 아이였다. 그 온기를 사랑한다고 생각한 적도 있었다. 은영을 만나지 못했다면 아마도 성주가 주는 포근함에 싸여 살았을 것이다. 앞으로 성주가 그렇게 안겨오는 일은 없다.

성주가 한 말은 맞고도 틀렸다. 태형은 누군지도 모르는 사람을 기다리지 않았다. 성주가 그렇게 포근하기만 하지 않았으면 예전에 성주를 맞아들였을지도 모른다. 그런 면에서는 틀렸다. 그렇지만 은영을 만나서 이제는 그럴 수 없다. 그 부분은 맞았다. 이미 태형 안에서는 모든 코드가 은영에게 맞춰서 움직이고 있다. 기준에 맞춰 은영을 선택했는데, 어느 사이 은영에게 기준이 맞춰져 버렸다. 이제는 어쩔 수 없다.

태형은 진심으로 성주에게 달리 사랑할 사람이 나타나기를 바랐다. 자신처럼 무정하지 않고 정말 다정한 사람, 성주의 따스함을 기쁘게 받아들이고 사랑해 줄 사람 말이다. 그렇게 아직 혼자서 울고 있을 동생을 미리 시집보냈다.

# 11. 상견례

**상**견례. 사람들이 한 자리에 모이는 단합대회. 이제 남이 아니니 잘 지내봅시다. 서로 상(相), 볼 견(見), 예도 례(禮). 서로 보는 예식. 서로 본다면 누가 누구에게 보인다기보다 대등하게 마주 본다는 의미일 텐데 지금의 자리는 아니다. 애써 하하호호 하지만 주눅이 든 부모님과 그런 두 분을 자연스럽게 배려하는 진 회장 내외를 보면서 은영은 '이건 접견례(接見禮)잖아' 하는 비틀린 생각을 누를 수가 없었다.

물론 쓸데없는 자격지심이다. 그저 사회적 지위에 큰 차이가 나다 보니 어쩔 수 없이 생기는 반응일 따름이다. 이래서 한쪽이 기우는 결혼은 하는 게 아니라고 했나 보다. 부부는 같이 서야 하는데 처음부터 빚지고 들어가는 마음이어서야 행복할 수 있을까? 애초에 태형이 원하지 않았으면 없었을 결혼, 그의 마음이 바뀌면 흔적도 없이 사라져 버릴까? 이 결혼, 지금이라도 그만두어야 하지 않을까?

은영이 갈피를 못 잡고 어쩔 줄을 모르는데 태형이 손을 잡아왔다. 은영의 손을 감싸다시피 한 그의 손은 따뜻하고 듬직했다. 고개를 들어 눈을 마주했다. 강하고 단호한 눈빛이다. 은영은 차츰 마음이 안정되어 갔다.

그래, 애초부터 손을 내민 쪽은 태형이었다. 어떤 여자라도 골라잡을 수 있는데, 비공식 약혼자였던 성주까지 마다하고 은영을 택했다. 그가 배경을 고려하지 않았을 리 없다. 그래도 그녀를 원한다는 것은 다른 누구보다 은영이라는 사람 자체가 태형에게 중요하기 때문이다. 스스로 폄하할 필요가 없다. 자기 가치를 높여 가기도 급한데 자기비하에 빠질 짬은 없다. 은영은 그렇게 마음먹기로 했다.

자연스럽게 등이 꼿꼿해지고 고개가 바로 들렸다. 세상만사 마음먹기에 달렸다더니, 마음이 달라졌다고 바로 몸이 반응한다. 재미있었다. 그런 은영에게 아직 쩔쩔매는 부모님의 모습이 보였다.

부모님이 그렇게 행동하시도록 만들었다는 죄책감이 밀려왔다. 며칠 전의 잘못된 말, 그전의 오해받을 행동들. 그런 것들이 당당했던 부모님을 짓눌러 움츠리게 했다. 늦었지만 지금이라도 바로잡아야 한다. 부모님께 못할 짓이거니와, 아무리 단단히 마음먹어도 부모님이 굽히시는데 은영이 당당하기는 힘들었다. 안 하면 안 했지, 그런 결혼은 싫었다.

"어머니, 아버지, 말씀드릴 일이 있어요."

진 회장 내외에게 곧 돌아오겠다고 양해를 구한 뒤, 부모님을 모시고 빈 방으로 움직였다. 상견례 장소로 스위트룸을 빌린 덕에 멀리 갈 필요가 없었다. 두 분께 침대에 나란히 앉으시라고 권하면서 은영 자신은 옆에 놓인 화장대 의자에 앉았다.

"어머니, 그리고 아버지, 제가 지금부터 말씀드리는 것을 잘 들어주세요."

부모님이 어리둥절한 표정으로 고개를 끄덕였다. 은영은 태형에게도 하지 않은 이야기를 부모님에게 말씀드리자니 부끄러웠지만 용기를 냈다.

"우선, 지난번에 드린 말씀 때문에 오해를 하셨는데, 저와 태형 씨, 관계 가진 적 없어요. 그러니까 흠간 딸 시집보내려고 전전긍긍하실 필요 없어요. 이해하셨나요?"

차마 몸을 열어주었다는 의미라는 말까지 하지는 못했다. 설명하기도 부끄럽고 복잡한 데다 그럴 필요도 없었다.

부모님이 은영을 뚫어져라 쳐다보았다. 은영은 거북스러웠지만 당당히 마주 보았다. 지금은 예의 차릴 때가 아니다. 어머니와 아버지가 차례로 고개를 끄덕였다. 밝아진 두 분의 표정이 큰 짐을 내려놓은 듯했다.

"두 번째로, 제가 태형 씨에게 꼬리친 적 없어요."

부모님이 무어라 말씀하시려고 했다.

"아니, 끝까지 들어주세요. 길게 이야기할 시간이 없어요. 간단하게 할게요. 상류층 생활이 화려하지만 결코 마음 편하지 않아요. 겪어봤으니 알아요. 특히 대영 안주인 자리 정도라면. 바라지 않았는데 결혼해 달라고 말한 사람은 태형 씨예요. 그러니까……."

은영은 침을 꿀꺽 삼키며 말을 신중하게 골랐다.

"그러니 절 생각해서 굽히실 필요 없어요. 저, 태형 씨 좋아서 여기 왔지만 부모님 마음 상하시게 하면서까지 결혼하고 싶지 않아요. 아직도 반대라면 지금 말씀하세요."

은영이 단호한 태도를 보이자 부모님은 눈에 띄게 당황하셨다. 누구보다 화려한 것 좋아하던 딸이 다 성사되어 가는 결혼을 안 해도 그만이라고 말한다. 진심인가 생각하실 만했다. 그러다가 어머니가 은영의 안색을 살피면서 다정하게 물어보셨다.

"너, 진 서방 좋아하지? 그 사람 놓치고도 괜찮겠니?"

"네, 좋아해요. 아마도 오랫동안 다른 사람 생각할 수 없을 만큼. 그렇지만 평생 친정에서 죄인 되면서까지 결혼하고 싶을 정도는 아니에요. 그렇게 결혼해서 행복할 것 같지도 않아요."

부모님은 은영의 말을 곰곰 생각해 보더니 차츰차츰 안색이 온화해져 갔다. 아버지가 부드러운 어조로 말씀하셨다.

"기우는 결혼을 해서 네가 마음고생할 것이 걱정됐다. 그 사람도 못 믿겠고. 네 말 듣고 생각해 보니, 조건 따지지 않을 만큼 네가 필요하다는 뜻도 되는구나. 우리가 괜한 자격지심 가질 필요는 없겠다. 그 사람이야 너 좋으면 그만이지. 그러다 못 견디겠으면 한 재산 들고 나와라."

아버지가 껄껄 웃었다. 어머니도 마음이 풀린 듯 편한 얼굴로 웃으면서 그래도 타박을 하셨다.

"이것아, 듣자니 너 잘났다는 소리 같다. 그래도 사람이 겸손할 줄 알아야 해. 모난 돌이 정 맞는다고 괜히 나대다 미움 사지 말고."

은영은 한숨 놓았다. 부모님이 이해해 주셨다.

"알아요. 걱정하지 마세요."

부모와 딸 사이에 훈훈한 분위기가 감돌았다. 선본 날에 은영이 폭탄 선언을 한 이후 서로를 바라보며 그렇게 편안한 웃음을 주고받기는 처음이었다. 그때, 노크 소리와 함께 태형의 목소리가 들렸다.

"은영 씨, 아직 안 끝났어? 다들 기다리시는데."

"네, 나가요."

부모님과 은영은 이해와 신뢰가 담긴 눈빛을 교환하고 웃으면서 방을 나갔다.

그 이후로는 별다른 일 없이 결혼에 관련된 이야기를 주고받으며 상견례를 계속했다. 부모님은 아직 진 회장의 위광에 눌린 기색이면서도 그런대로 의연하게 대하셨고, 진 회장 내외는 달라진 부모님의 태도에 조금 당황하다가 바로 자연스럽게 받아들이며 좀 더 편한 자세를 취했다.

대영 후계자의 결혼인데 시부모님이 될 진 회장 내외는 간소하게 하자고 말해왔다. 오 여사는 손에 익은 멀쩡한 살림살이 바꾸고 싶지 않다 했고, 진 회장은 호화결혼에 대한 인식이 안 좋다는 점을 내세웠다. 약혼도 생략하자고 했다. 그러면서 아들 결혼하는 모습을 빨리 보고 싶다는 이유를 내세웠지만, 눈치는 빤했다. 은영 집안의 사정을 감안한 권유였다. 은영은 고마운 마음을 누를 수가 없었다. 그렇다고 뭘 해드릴 수도 없으니 시집가서 잘해야지 하는 다짐만 굳게 했다.

결국 예물은 딸 시집보내는데 빈손으로 가게 할 수는 없다는 은영 어머니의 주장에 따라 기본적인 것들 몇 가지를 하기로 타협을 봤고, 예식 장소는 오 여사가 다니는 성당에서 친지들만 모시고 식을 올리는 방안을 추진해 보기로 했다.

상견례를 끝내고 나오는데 부모님과 떠나려는 은영을 태형이 잡아끌었다. 은영은 무슨 할 말이 있어서 그런가 하고 그를 쳐다보다가 흠칫했다. 얼굴은 웃고 있지만 눈빛이 싸늘했다. 그러고 보니 처음에는 웃으며 상견례 분위기를 주도하던 그가 어느 순간부터 조용했다.

"저희는 이야기 좀 하다 들어가겠습니다. 먼저 가시지요."

태형의 말에 양가 부모들이 다 웃는데 은영의 부친이 뼈있는 한마디를 던졌다.

"사고만 치지 말게. 아직 날짜도 안 잡혔어."

태형과 은영이 얼굴을 붉게 물들었다. 은영이 아버지를 흘겨봤지만 아버지는 그냥 껄껄 웃고 차를 타셨다.

양가 부모님이 떠나시자 태형이 그녀의 손을 잡고 차를 향해 걸음을 옮겼다. 걸음이 너무 빨랐다. 그녀는 뛰다시피 해야 했다. 차에 이르자마자 그가 조수석 문을 열고 그녀를 밀어 넣었다. 뒤늦게 딱딱한 한마디가 들렸다.

"타."

탕 하고 문이 닫혔다. 은영은 냉랭한 말투에 놀라 멍하니 차 앞을 돌아가는 그를 쳐다봤다. 그의 얼굴은 이제 역력히 화난 기색을 보인다. 상견례를 하면서 그가 화를 낼 만한 일이 있었나 생각해 보았다. 특별한 일은 생각나지 않는다. 중간에 그녀가 부모님을 모시고 잠깐 따로 이야기했을 때 이외에는. 그렇게 화를 낼 만한 일이었을까. 그녀는 그저 큰일만 아니기를 빌었다.

태형이 운전석에 앉았다. 문을 닫을 때도 평소보다 큰 소리가 났다. 그는 벨트도 매지 않고 운전석에 앉은 채 앞만 노려보았다. 뭔가를 보는 것 같지는 않았다. 그보다는 억지로 화를 누르느라 정신이 없어 보였다. 은영은 그의 어깨를 조심스럽게 건드리면서 입을 열었다.

"태형 씨……."

"손대지 마!"

그가 두 주먹을 불끈 쥐고 운전대를 내려쳤다. 은영은 화들짝 놀라 손을 움츠리고 그의 얼굴을 쳐다보았다. 그는 얼굴을 시뻘겋게 물들인 채 고개를 숙이고 있었다.

"지금은 손대지 마. 내가 무슨 짓을 할지 몰라."

은영은 놀랐다. 이렇게 화가 난 태형은 처음이다. 겁이 와락 났다. 그는 체격으로 보나 성정으로 보나 강한 남자였지만 은영을 상대로 이렇게 거친 모습을 드러내는 일은 지금까지 없었다. 그녀는 쿵쾅거리는 가슴을 가까스로 진정시키며 떨리는 목소리로 물었다.

"태형 씨, 무슨 일이에요? 왜 그래요?"

그가 은영을 휙 돌아보았다. 항상 무심하게 가라앉아 있던 두 눈이 활활 타오르는 듯했다. 씹어뱉는 듯 목소리가 튀어나왔다.

"관두려고 했지."

"네?"

무슨 말인지 몰라 은영이 반문하자 그가 와락 달려들어 양손으로 그녀의 팔뚝을 하나씩 움켜쥐고 고함을 쳤다.

"결혼 관두려고 했잖아!"

그랬다. 상견례에서 부모님이 비굴해지는 모습을 본 순간, 은영은 결혼 따위 집어치우고 싶었다. 그렇지만 순간이었는데. 그래서 실례를 무릅쓰고 부모님과 따로 이야기를 하지 않았던가. 이 남자가 순간적으로 지나간 생각을 어떻게 알았을까 궁금했다.

"어떻게 알았어요?"

생각이 그대로 말이 되어 나왔다. 아차 했을 때는 늦었다.

"역시 그랬군. 내가 당신을 몰라? 거기서 따로 할 이야기가 뭐겠어!"

커다란 두 손이 그녀의 어깨를 움켜쥐었다. 그와 함께 고함이 터졌다.

"그러지 말라고 했지! 말했잖아! 나한테서 당신 떼어내려는 놈은 누구도 용서 못해! 그게 당신이라도! 약속해! 안 그런다고! 다시는 안 그러겠다고!"

팔이 부러질 듯한 아픔과 어지럽게 흔들리는 머리, 귀청을 찢는 그의 고함에 정신이 나가려고 했다. 이가 딱딱 부딪쳤다. 이대로 가다가는 위험하다는 생각에 혀를 깨물 위험을 무릅쓰고 악을 썼다.

"알았어요! 알았다고! 아파요! 그러니까 팔 좀 놔요!"

태형의 눈에 간신히 이성이 돌아왔다. 팔을 잡은 손에서 힘이 빠졌지만 완전히 놓아주지는 않는다.

"그러지 말아……."

그가 들릴 듯 말 듯 목소리를 흘렸다. 목소리에 담긴 두려움과 고통을 느끼며 은영은 겉보기에 무심한 태형이 뜻밖에 예민하다는 생각을 했다. 은영의 머릿속을 스쳐 간 생각까지 잡아낼 정도로. 그리고 무너지기 쉽다는 것도. 그 원인이 자신이고 자신만이 그에게 그런 영향을 미친다는 생각이 들자 묘하게도 마음이 놓였다. 마음을 다잡았어도 집안 차이에 대한 부담은 쉽사리 지울 수 없는가 보다. 그의 마음속에 자신의 비중이 무척 크다는 사실을 다시 확인하자 자신감이 솟았다.

"안 그럴게요. 결국 안 그랬잖아요. 부모님이 아버님, 어머님 앞에서 좀 주눅 들어 보이시기에 속이 상했어요. 잠깐. 그래서 부모님 모시고 이야기를 나눴어요. 다 잘됐잖아요?"

태형이 그녀를 노려보면서 말했다.

"당신은 그렇게 간단히 날 버리려는 생각을 했어. 부모님과 이야기가 잘 안 됐으면 어쩌려고 했어?"

"어쩌긴요? 어쨌을까요? 그건 생각해 보지 않았어요. 부모님이 당당하시도록 해드려야 한다는 생각밖에는. 잘됐잖아요? 상견례는 무사히 끝났잖아요."

그의 눈에서 천천히 분노가 빠져나갔다. 그렇지만 고통은 아직도 남아 있었다.

"그래도 잘 안 됐으면?"

"저는 태어나지 않았을 수도 있고, 이미 결혼했을 수도 있고, 끓는 기름을 뒤집어쓰고 콰지모도처럼 추악해졌을 수도 있고, 클레오파트라처럼 뭇 남성을 휘어잡고 태형 씨를 거들떠보지 않았을 수도 있어요. 태형 씨도 성주 씨를 붙잡거나, 어떤 부잣집 막내따님을 골라잡았을 수도 있어요. 일어나지 않은 모든 가능성에 고통스러워할 필요는 없어요. 저는 어쨌든 지금 태형 씨 앞에 있잖아요. 태형 씨도 내 앞에 있잖아요."

스스로를 갉아먹는 그의 고통에 은영은 가슴이 뭉클했다. 별것 아닌 일로 그는 왜 이렇게나 고통스러워할까? 왜 그렇게 그녀를 잃을까 봐 두려워할까? 알 수가 없었다. 그저 그가 안쓰러웠다. 그녀가 모르는 고통을 가슴속에 담고 아파하는 그가 안타까웠다. 언젠가는 이유를 물어야 할 것이다. 일단은 기억만 했다. 지금은 그저 그를 위로해 주고 싶었다.

은영은 가만히 손을 들어 딱딱하게 굳은 그의 뺨을 살며시 어루만졌다. 노려보던 두 눈에서 조금씩 고통이 물러갔다. 대신 서서히 안도감이 밀려들었다. 그는 눈을 감으면서 천천히 고개를 숙여 그녀의 가슴에 고개를 묻었다. 팔이 미끄러져 내려와 그녀의 허리를 꼭 쥐고 당겼다. 그가 했던 말과 같이 절대 놓아주지 않겠다는 것처럼. 콘솔박스를 사이에 두고 자세도 불안정했지만 은영은 한껏 다정하게 그의 머리를 안아주었다.

"괜찮아요. 난 어디에도 안 가요. 이렇게 당신 곁에 있을게요. 염려하지 말아요."

태형이 왜 그러는지 이해할 것도 같았다. 가까운 일가친척도 없고 형제도 없는 그다. 그나마 그를 귀여워해 주던 조부모님마저 그가 초등학교에 다닐 때 차례로 돌아가셨다고 상견례 자리에서 들었다. 다가오는 자는 재산을 노릴 뿐. 예외는 어릴 때부터 그를 좋아했다는 성주 정도였다. 게다가 대영의 후계자라는 자리가 그를 짓눌렀겠지. 스스로 완벽해야 한다는 강박관념이 타고난 성격과 맞물려 몰아가 결국 그를 무심한 사람으로 만들었으리라 짐작했다. 그렇지만 외로웠을 것이다. 가까운 사람을 놓칠까 봐 이렇게나 두려워할 만큼. 은영은 안타까웠다. 그래서 더욱더 그를 단단하게, 그리고 부드럽게 안아주었다.

두 사람은 그렇게 오랫동안 서로를 안고 있었다. 상견례의 날, 태형은 은영의 자존심과, 은영은 태형의 외로움과 만났다.

✽

돌아가는 차 속에서 진 회장이 무심코 중얼거렸다.

"잘됐어……."

"네? 뭐가 잘됐어요? 태형이 결혼이요?"

오 여사가 의아하다는 듯이 물었다. 무심코 머릿속 생각을 입 밖에 낸 모양이었다. 진 회장은 느긋한 기분으로 웃으며 속내를 털어놓았다.

"며느리 될 아이가 현명해서 잘됐다고. 사돈 될 사람들, 굳어 있더니 그 아이하고 잠시 이야기하고 나서 풀어졌잖아. 뭔가 했겠지."

오 여사가 말을 받았다.

"하긴, 생각보다 허영심도 덜하고. 생각없는 애라면 간소하게 하자는 말에 시무룩했겠죠. 다행스러워하더군요. 상황에 맞게 처신하는 걸 보면 괜찮다 싶어요."

진 회장이 묵묵히 고개를 끄덕였다. 파티나 회사에서는 알기 어려운 이런저런 은영의 일면을 볼 수 있었다. 며느리 잘 골랐다 싶어 오늘 상견례는 무척 흡족했다.

"그나저나, 사부인께서 애들 사주를 보셨다는데 말예요."

"사주?"

성당 다니는 사람이 사주에 웬 관심? 진 회장은 내심 어이가 없었지만 결과는 궁금해서 물어보았다.

"뭐라는데?"

오 여사가 약간은 걱정스럽다는 표정으로 이야기를 풀어놓았다.

"태형이가 외강내유, 은영이가 외강내강이래요. 강짜 센 며느리한테 태형이가 쥐여 살지나 않을지 걱정이에요. 강한 사람끼리 엮여 자주 부딪치고 살겠다는 말도 들었어요. 궁합은 좋다니 다행이지만."

오 여사의 말에 진 회장이 의외의 말을 했다.

"좋군."

"좋다니요?"

"태형이 녀석이 겉으로는 냉랭한 척해도 안이 여린 면이 있어. 여차할 때는 그 아이가 의지가 되겠지. 그렇다고 며늘아기가 태형이 대놓고 누를 사람은 아니잖아. 살살 꼬드겨 손가락 끝으로 조종하면 모를까. 그 녀석, 뭣도 모르고 좋아서 하자는 대로 할걸?"

"이이가!"

"왜? 태형이 녀석이 행복하면 그만 아닌가? 사실 태형이 녀석이 그 아이한테 목매지 않았으면 성주도 좋았지. 집안 얘기만이 아니라 걔라면 태형이 떠받들고 살았을 거야. 그래도 태형이가 아니라잖아."

"그렇긴 하죠. 잘살까요?"

오 여사가 긴가민가하는 표정으로 진 회장에게 물었다. 진 회장은 확신을 갖고 고개를 주억거렸다.

"잘살 거야. 그럼."

진 회장은 어젯밤 태형에게 은영과 결혼하라고 은근히 권했던 이유들에 대해 이야기했다. 태형이 대부분 맞게 추측해 냈는데, 하나 짐작하지 못한 부분이 있었다.

진성 쪽에서는 성주 이외의 그 어떤 상류층 아가씨라도 정략결혼으로 볼 수밖에 없다. 진성을 밀어내려는 의도로. 상대적인 박탈감 때문이다. 한 번의 움직임을 태형과 진 회장이 포착했고, 그것을 그들도 알기에 위기감도 있다. 자칫하면 대영 안의 진성 인맥이 과민반응을 일으켜 안팎으로 전쟁이 터진다.

은영만이 유일한 예외였다. 사람들은 두 사람 일을 현대판 신데렐라 스토리로 본다. 그동안 두 사람이 조신하게 지내기는 했어도 남녀 사이야 원래 모르는 것, 꾸며대기 나름이다. 진성 쪽에서 반발하더라도 사랑을 빌미로 무마시킬 수가 있다. 최소한 대영 내부는 괜찮다. 그렇기 때문에 태형의 짝은 성주가 아니면 은영이어야 했다.

성주와 결혼해도 크게 나쁘지는 않다. 그룹 내부에서 진성 파벌이 힘을 얻기는 하겠지만, 하기에 따라서는 태형이 그들을 받아들여 전권을 빨리 휘어잡을 수도 있다. 그래서 태형이 성주를 선택해도 반대하지는 않을 작정이었다.

다만 진 회장은 자신의 부친 대부터 알게 모르게 파고들어 온 진성을 태형의 대에는 조금 정리하고 싶었다. 태형이 성주와 결혼해서 진성을 흡수한다면 좋겠는데, 지금 태형은 너무 젊고 진성에는 혈족들이 많았다. 진 회장 자신의 건강도 완전치 않다. 결혼하면 진성 쪽에서 대영으로 세력을 뻗지, 대영에서 진성을 잠식해 들어갈 가능성은 적다. 외아들로 이어져 온 가문은 그만큼 약했다. 그래서 태형에게 성주와의 결혼을 재촉하지 않았고, 은영이 괜찮다는 생각이 든 뒤로는 웬만하면 태형이 은영을 택해주기를 바랐다.

사실, 진 회장이 은영을 태형의 짝으로 생각하게 된 계기는 은영의 보고서였다. 경제적인 측면은 그다지 의미가 없다 해도, 사람과 사람 사이의 인간적인 역학관계를 보는 눈은 날카로웠다. 태형에게 많이 부족한 부분이다. 둘이 짝을 이루면 걸맞으리라 싶었다.

 우연일지도 모르지만 사주는 대충 맞다. 태형에게는 어딘지 모르게 정신적으로 약한 부분이 있다. 부모로서 모를 수가 없다. 그렇기에 정신적으로 태형에게 무조건 의지하려고 하는 성주는 불안했다. 다른 남자였다면 성주는 최고의 배필이지만 태형에게는 아니었다. 돈은 썩어날 만큼 있다. 진 회장이 생각해 온 이상적인 며느리는 재산이나 명예보다 아들과 대영에게 안정을 가져다줄 사람이었다.

 이제는 은영이 아이들을 쑥쑥 낳아주기만 바랄 뿐이다. 그래서 끝내 아내에게 한 가지를 묻고 말았다.

 "그런데, 사주 보면서 아기 이야기는 없었다던가?"

## 12. 절망

**창**밖으로 하얀 구름이 빠르게 흘러간다. 병원 뜰에 심은 벚나무들이 휘청휘청한다. 바람이 강한 날이다. 하늘은 반쯤 구름으로 덮였지만 어둡지는 않았다. 그저 햇빛이 비쳤다 그늘이 졌다 하는 일이 반복되었다.

성주는 멍하니 창밖을 바라보며 이렇게 지낸 날이 며칠이나 되는지 헤아려 보았다. 거의 일주일은 된 것 같다. 화요일 쓰러져서 다음날 깨어났다. 심한 피로와 영양실조, 경미한 노이로제 증상. 그리고 쓰러질 때 발생한 약간의 뇌진탕. 의사는 입원해서 안정을 취하라고 권했다. 달리 할 일도 없었다. 성주는 그냥 고개를 끄덕였다.

정말 할 일이 없다. 그렇게 열심히 다니던 다도, 꽃꽂이, 서예,

요리강습 등은 모두 오빠의 아내로서 걸맞은 사람이 되기 위해 배웠다. 정작 오빠가 없는데 무슨 소용일까. 그렇게 하나하나 놓으니 아무것도 남지 않았다. 오빠에게서 마지막 전화를 받았을 때와 같은 공허감이 다시 밀려왔다.

'난 뭐 하는 사람이지.'

세상에 태어나 스물네 해를 살았는데 지금 하는 일이 숨 쉬는 것밖에 없다. 허탈해서 웃음이 나올 지경이다. 그래도 뭔가 해보겠다는 생각은 들지 않는다. 구름이 흘러가는 것만 한참 동안 보았다.

삐걱.

병실 문이 열리고 어머니가 들어오셨다. 며칠 사이 꽤나 수척해지신 모습이었다. 남자에 미쳐 넋 놓은 못난 딸자식 둔 죄로 그리 되셨다. 죄송해야 하는데 아무 생각이 없다. 그저 아릿한 슬픔만 느껴질 뿐이다.

"일어났니?"

어머니는 대답을 기다리지 않고 의자에 앉아 들고 온 바구니에서 오렌지를 꺼내 껍질을 벗기기 시작하셨다. 내 탓이다. 쓰러진 뒤로 말을 하지 않았더니 이제는 으레 대답하지 않는 줄 아신다. 실어증일까 염려하시지만 그저 말을 하기가 귀찮을 뿐이다. 방 안에 오렌지 향기가 돈다. 좋아했는데, 하루 종일 먹은 것도 없는데 왜 당기지 않는 걸까?

"먹어라."

건네주시는 조각을 물끄러미 쳐다보다가 그냥 손에 쥐고 창밖을 쳐다보았다. 먹어야 한다고 생각은 하는데 몸이 움직이지 않는다. 어머니가 옆에 껍질을 간 오렌지를 놓아주시는 기척이 들렸다. 그냥 밖만 쳐다보았다.

"성주야."

어머니가 안타까이 부르셨다. 뭔가 하실 말씀이 있는 모양이었다. 눈으로 왜 그러냐고 물었다. 주저주저하며 입을 여셨다.

"너 이러는 거, 태형이 기다리는 거라면 그만둬라. 알리지 않았다."

'아뇨. 기다리지 않아요.'

다른 목소리가 말했다.

'거짓말.'

"그리고 혹시 온다 해도 소용없다. 마음 굳게 먹고 들어라. 태형이 오늘 상견례 했단다. 그 같이 다니던 아가씨랑. 오 여사 다니던 성당에서 빈자리 나면 바로 식 올릴 거란다. 그러니까 아무리 기다려도 소용없어. 상황 보면 모르겠니? 태형이, 그 아가씨밖에 안 보이는 게야. 그러니 그리 서두르지. 이제는 마음 고쳐……."

어머니가 옆에서 계속 말씀하시는데 한 마디만 들렸다.

"태형이 오늘 상견례 했단다."

아아, 그렇구나. 내가 어떻든 오빠는 결혼을 하는구나. 아니, 아니지. 어머니가 알리지 않았다고 하셨지. 그렇지만 알았다고 안 할까? 몰라. 생각하고 싶지 않아.

허망했다. 십칠 년 세월을 마음에 품었던 임이 손 닿지 않는 곳으로 떠나가는데 아무 일도 할 수 없다는 사실이 너무나도 허망했다. 어쩔 수 없음을 안다. 태형 오빠는 안타까워해 줄지는 몰라도 신랑이 되어주지는 않을 것이다. 성주도 그리해서는 안 된다고 배웠다. 남녀 사이의 일은 동정으로 어찌해서는 안 되는 거라고. 스물네 해 살면서 남들 연애도 여러 번 봤고, 자신 좋다는 남자들에게도 여러 번 사양을 했다. 그래도 보고 싶다. 열일곱 해 그리던 임을 어떻게 한순간에 지울까. 잊겠다 마음도 먹어봤지만 차마 그리워 잠도 오지 않았다.

어머니가 한참 말씀을 하시다가 대답 없는 성주에게 지쳐 나가셨다. 아마 창밖을 보며 외동딸 안쓰러워 눈물짓고, 전화로 아버지께 한바탕 하소연하시고, 야속한 사람이라 태형 오빠 욕도 하고 그러시겠지. 딸 보는 앞에서는 차마 못하고 안으로만 삭이기에는 너무 괴로워 어딘가에 쏟아내려 하시겠지. 알면서도 이러는 자신이 바보 같아서 억지로라도 어머니가 깎아주신 오렌지를 넘겨보려다가 옆에 놓인 과도를 보고 말았다.

이러면 안 된다는 것을 안다. 그저 모두가 괴로울 뿐이라는 사실 정도는. 무엇 하나도 달라지지 않는다. 그래도 아마 오빠를 한 번은 더 볼 수 있다. 그 여자의 약혼자인 오빠나 그 여자의 남편인 오빠가 아니라 성주를 보러 온 오빠를. 뭐 어때? 어차피 성주에게는 아무것도 남지 않았다. 성주는 텅 비었어. 거기에 오빠의 마지막 모습을 채우고 싶어.

아프지 않았다. 빨간 피가 몽글몽글 솟아나와 팔을 타고 흘러내리는 모습은 예뻤다. 팔꿈치에서 떨어진 핏방울이 시트를 빨갛게 적시고 퍼져 가는 모양을 보며 성주는 살포시 웃음을 지었다. 한 방울 두 방울 떨어질 때마다 오빠가 더 가까이 오는 것 같았다. 발소리가 들렸다. 오빠, 오빠가 온 거야?

문을 밀고 들어온 사람은 어머니였다. 실망이다. 오빠가 아니다. 그런데 어머니의 얼굴이 너무나 창백해 보였다. 간호하느라 무리하셨기 때문이다. 일어나야 하는데. 오빠가 오기 전에 일어나야겠다고 생각하는데 현기증이 났다. 까맣게 밤이 덮여왔다. 밤은 싫은데. 밤이 되면 오빠는 오지 못하는데.

"성주야!"

어머니 목소리가 아득하게 들렸다. 미안해요, 어머니. 밤이 돼서 졸려요. 조금 잘게요.

✱

은영과 한참을 끌어안고 있다가 겨우 정신을 차렸을 때는 저녁이었다. 머쓱해서 씩 웃었더니 그녀도 마주 웃어준다. 그냥 빙그레 곡선을 그리는 입매가 상냥하다. 이 여자가 이런 표정도 지을 줄 아는구나 하다가 문득 깨달았다. 그에게만 보여준 웃음이다. 그래, 그녀는 그의 여자다. 가슴속에 뭔가 따스한 것이 가득 들어찼다.

늦은 김에 같이 저녁을 먹으려고 차로 이동하는데 핸드폰이 울렸다. 은영에게 대신 받아달라고 하니까 그녀는 핸드폰을 들어 문자판을 물끄러미 보다가 말했다.

"성주 씨네요."

뭐라고 하기도 전에 핸즈프리에 올려놓고 통화 버튼을 눌러 버렸다. 자신 앞에서 통화하란다. 당황했지만 목소리를 가다듬고 말했다.

"여보세요."

잠시 아무 말이 없다가 핸드폰에서 어딘지 익숙한 중년 여자의 목소리가 흘러나왔다. 울먹이는 듯했다.

[태형인가?]

"네. 누구신지요?"

[성주 애미일세. 오늘 같은 날 이러면 안 되는 거 알지만, 내 부탁 좀 함세. 성주 한번 만나러 와주면 안 되겠나? 성주, 병원에 있네.]

"병원에요? 무슨 일인데요?"

[성주 그것이, 그것이……]

성주 어머니가 울음소리를 내며 말을 잇지 못했다. 불길했다.

[손목을 그었어. 오늘이 무슨 날인지 나도 알지만, 이러면 안 되는 거 아는데, 그래도 부탁 좀 들어주게. 자네, 성주 동생같이 생각했잖은가.]

은영을 돌아보았다. 핏기가 가신 얼굴로 마주 보며 고개를 끄덕인다.

"바로 가겠습니다."

[고맙네. 병원 위치가……]

은영을 가까운 지하철역에 내려주었다. 괜찮겠느냐고 묻자 괜찮다고 한다. 하긴, 뭐라고 할 것인가. 그녀가 창백한 얼굴로 조심해서 운전하라고 말하더니 손으로 전화하라는 시늉을 해 보였다. 고개를 끄덕여 주었다. 차를 출발시키는데 룸미러에 그녀의 모습이 비쳤다. 연한 푸른색 정장 슈트를 입은 그녀가 어쩐지 작고 멀어 보인다. 그리고 외로워 보였다.

여자에게 결혼을 약속하고 바로 혼자 둔다. 과거가 뒷덜미를 잡으려고 달려온다. 원인인 자신이 죽여 버리고 싶을 정도로 지긋지긋해서 이를 악물어 봐도 터지는 욕설을 어쩔 수가 없었다.

성주는 창백한 얼굴로 누워 있었다. 원래 가냘프던 얼굴이 이제는 바싹 말라 퀭하게 보일 정도다. 하얀 붕대가 감긴 팔이 가느다랗다. 한결같은 눈으로 쳐다보던 귀여운 소녀가 말라 부스러질 것처럼 보이는 여인이 되어 누웠다. 모두는 아니라 해도 상당 부분이 자신의 책임이다. 알고 있는 이상 가슴을 찔러오는 자책감과 후회를 피할 길이 없었다.

"위험하지는 않았네. 칼 자체가 그리 잘 드는 게 아니었던 데다, 한바탕 앓아서 원체 힘이 없었거든. 이제는 괜찮아."

성주 어머니의 설명을 들으며 침대 곁의 의자에 앉아서 링거 주사를 맞는 손을 잡았다. 서늘했다. 늘 따스했던 성주의 손이 차갑다. 그 차가움이 자신의 냉정함을 꾸짖어와 가슴이 미어졌다.

"잠시 제가 있겠습니다. 식사라도 하고 오세요. 저녁도 안 하셨죠?"

성주 어머니가 가만히 고개를 끄덕이고 병실을 나갔다.

절망 273

다시 성주에게 눈길을 돌려서 찬찬히 훑어보았다. 성주와 은영은 같은 나이다. 전에는 성주가 은영보다 훨씬 어려 보였는데, 지금은 성주가 오히려 더 나이 들어 보인다. 여자는 아픔으로 늙는 것일까. 망나니 시절 아버지가 호통을 치며 말씀하셨다. 여자를 함부로 울리지 말라고. 그 죄가 언젠가는 네 발목을 잡을 거라고. 젊은 호기에 못 들은 척하지 말았어야 했다. 그때 좀 더 주위를 돌아보았더라면 성주는 이렇게 누워 있지 않아도 되었다.

우습게도 성주에게 죄책감을 가지면서 머리에는 순간순간 은영이 떠올랐다. 덩그러니 길가에 놔두고 왔는데 집에는 잘 들어갔을까? 혹시 원망하지는 않을까? 간단히 태형을 버리려던 그녀다. 물론 그러지 않았고 그러게 놔두지도 않겠지만, 불안은 지울 수가 없다. 낮에 그녀의 가슴에 얼굴을 묻고 살 냄새를 맡으며 느꼈던 평안이 오랜 옛날 일인 것만 같다. 그렇게 화가 났는데 그녀가 얼굴을 쓸어주는 한 동작에 모두 사라져 버렸다. 아무도 그렇게 해주지 못했다. 그녀뿐이었다.

"오, 오빠야?"

갈라지고 가냘픈 목소리에 문득 정신을 차리고 성주를 보았다. 바싹 마르고 창백한 얼굴이 화사하게 변했다. 태형이 왔다는 것만으로 피어나는 아이다. 그 마음이 애달프고 답해줄 수 없어서 미안했다.

"그래."

"응, 오빠 오니까 좋다."

살며시 웃음을 짓는 얼굴이 애잔하다. 왜 이 얼굴에 행복한 웃음이 떠오르게 해줄 수 없을까? 스스로 물어봐도 답은 나오지 않았다. 성주가 약해서라고 생각했던 적이 있었다. 이제는 아니다. 여자는 고정된 서류철이 아니라 변화하고 발전하며 진화하는 생물이다. 화려하고 이성적이던 은영이 그를 그토록 따스하게 달래며 안아주었던 것처럼, 성주도 굳건함이 필요하다면 어떻게든 해냈을 것이다.

병원으로 오는 내내 생각해 봐도 결론은 하나뿐이었다. 태형이라는 남자에게 성주라는 여자가 맞지 않았다. 단지 그뿐이다. 서로 사랑하는 부모님을 오래도록 봐온 자신은 의식하지 않는 가운데 알고 있었던 것이다. 성주로는 어떻게 해도 만족할 수 없다는 사실을.

모든 선택 기준이 의미를 잃었다. 태형이 지금 의식하는 기준은 오직 하나다. 자신은 은영이라는 여자를 원한다. 그뿐이다. 침대에 누운 성주를 보며 그런 자신을 아프도록 자각했다. 이기적이다. 자신이 싫어진다. 억지로 생각을 흩어버리고 성주에게 말을 걸었다.

"어리석은 짓을 했구나."

태형이 나직하게 꾸짖는 말을 하자 단번에 성주가 얼굴을 흐렸다.

"죄송해요. 그렇지만, 그렇지만 오빠 얼굴을 한 번 더 보고 싶었어요."

"내 얼굴이야 언제든 볼 수 있잖니. 넌 내 동생인걸."

동생 소리를 싫어하겠지만 말했다. 이런 일이 어떤 식으로 흘러가는지 태형은 잘 알고 있다. 아니, 성주가 손목을 그은 시점부터 세 사람은 진흙탕에 빠져 허우적대는 중이다. 그래도 이미 질릴 정도로 어리석은 짓을 했다. 십칠 년이나 질질 끈 결과가 이것이다. 성주를 받아들일 수 없는 이상 공연한 희망은 금물이었다. 은영마저 울릴 수는 없다. 절박감이 태형을 몰아붙였다.

"더 자라. 자고 나면 기분이 좀 나아질 거야."

"잠들면 오빠는 가버릴 거잖아요."

깨어날 때까지 옆에 있어주겠다는 말은 삼켰다. 그냥 성주의 이마를 쓸어주었다.

"오빠……."

성주가 꺼질 듯 희미한 목소리로 태형을 불렀다.

"왜?"

"오빠가 그 여자를 만나기 전에 청혼했다면 받아주셨을까요?"

일어나지 않은 모든 가능성에 고통스러워할 필요는 없어요.

"그런 일은 없었다. 하나하나 가정해 봐야 마음만 아플 뿐이다. 바뀌지 않아."

성주의 눈에서 빛이 사라졌다.

"그렇겠지요……."

잠을 자려는 듯 성주가 눈을 감았다. 그녀가 자지 않는다는 것쯤은 태형도 안다. 그녀도 안다. 그는 한동안 더 앉아 있다가 그녀의 머리를 한 번 쓸어주고 조용히 일어나 병실을 나섰다.

병실 밖에서는 성주의 어머니가 벽에 기대서서 눈물을 흘리고 있었다. 태형은 정중히 허리를 굽혀 인사하고 자리를 떠났다. 더 이상 그가 해줄 일은 없고, 해줘도 안 된다. 이미 길을 달리한 두 사람이다. 어쩌다 만나는 일은 있을지 몰라도 함께 걸을 일은 없다. 단지, 동생 같은 아이가 손목을 그었는데 등을 돌리는 자신이 너무 이기적으로 보여 씁쓸했다.

*

부우우웅.
은영은 배 위에서 울리는 핸드폰 진동에 놀라 잠에서 깨었다. 밤늦게까지 초조하게 태형이 전화하기를 기다렸는데, 어느 사이에 그대로 까무룩 잠이 들었나 보다. 벌써 새벽 두 시를 넘어가고 있었다. 송신자는 태형이었다. 새벽 두 시에 전화할 만큼 급한 일인가 싶어 서둘러 폴더를 열었다.
[은영 씨…….]
취했다. 평소 지나칠 정도로 분명하던 태형의 목소리가 늘어진다. 자신의 흐트러짐을 용납하지 않는 태형이 그 정도로 취하는 일은 없었다. 얼마나 많이 마셨을까, 그리고 그렇게 고민했을까. 생각하니 아찔했다. 성주가 그에게 그토록 큰 자리를 차지한다는 사실에 불쑥 질투가 치밀었다. 가슴속이 활활 타오르는 것 같다. 그는 이제 내 사람이라고 심장이 비명을 올린다. 아픈 사람을 상대로 이래서는 안 된다고 생각하면서도 자제하기가 힘들었다.
"네. 어디세요?"
자다 깨서 그런지 목소리가 이상하다. 쉬고 갈라지는 양이 꼭

우는 여자가 쥐어짜 내는 소리처럼 들린다.

[집. 병원 나와서 한 잔 걸쳤어. 아, 아까는 집에 잘 들어갔어? 데려다 주지 못해서 미안해. 나도 한심한 놈이야. 상견례 날에 결혼 약속한 여자 버려두고 옛 여자를 쫓아가다니.]

"괜찮아요. 이해해요. 어쩔 수 없는 일이었는걸요."

솔직히 말하면 도로에 혼자 내려섰을 때는 쓸쓸했다. 낮에는 그렇게 그와 교감을 이루었는데 몇 시간 지나지도 않아 버려진 기분이 들어서 화도 나고 어이가 없기도 했다. 그래도 두손두발 묶인 채 보고만 있어야 할 상황이었음은 변하지 않는다. 당장 사람이 죽는다는데 외면하고도 끄떡없을 만큼 태형이 도덕에 무감하기를 바라지는 않았다. 그보다는 앞으로가 문제다. 은영은 그가 어떻게 할 생각인지 들려주었으면 했다.

그는 한동안 아무 말이 없었다. 핸드폰을 통해 들리는 희미한 숨소리만 그가 아직 전화를 끊지 않았다는 사실을 알려준다.

[성주…… 별일없어. 깨서 이야기하고 잠드는 걸 본 뒤에 나왔어. 그대로 집에 가고 싶지 않아서 한잔했어. 바로 전화를 해야 했는데……. 뭐라고 할지 말이 떠오르지 않아서 말야. 미안해.]

"그런 소리 말아요."

애써 마음 다잡고 있었는데 그러면 안 되잖아요. 뭔가 나한테 크게 잘못한 일이 있나요? 아니면 앞으로 잘못할 건가요? 그런 소리가 여자를 불안하게 만든다는 것은 알고 있어요?

"많이 마셨어요? 피곤할 텐데 쉬세요. 이야기는 내일 해도 되니까."

[응……. 당신에게 할 말이 있었는데, 말하다 보니 잊어버렸어. 그래, 당신도 피곤할 거야. 자. 내일 다시 이야기하자, 그럼.]

"네, 잘 자요."

전화가 끊겼다. 그 끊김이 단순한 통화 완료가 아니라 그녀와 그의 관계에 대한 단절인 듯한 느낌이 들어 은영은 가슴이 철렁했다. 뚜 하는 소리가 너무나 크게 들려 귀가 아팠다. 서둘러 폴더를 접는데, 딸깍 하는 소리가 꼭 자물쇠를 채우는 듯하다. 싫다, 이런 기분.

지금 상황은 아주 미묘했다. 오래도록 남자를 사랑해 온 여자, 갑자기 나타나 남자의 마음을 빼앗은 여자, 그리고 그 사이에서 갈등하는 남자. 어느 여자가 남자를 얻고 어느 여자는 손목을 긋는다. 전형적인 삼각관계에, 전형적인 진행이다. 결말은? 새 여자가 남자를 얻는다. 옛 여자가 남자를 되찾는다. 남자가 고민하다 둘 다 버린다. 또는 남자가 두 여자 사이에서 왔다 갔다 하다가 모두 감정의 지옥 속에서 허우적댄다. 첫 번째 결말이 은영에게 가장 좋다. 그래도 옛 여자의 그림자는 남자의 가슴속에 오래도록, 어쩌면 평생 남을 것이다.

은영은 핸드폰을 틀어쥐고 자신은 어떤 결말을 예상하는지 생각해 보았다. 답을 낼 수가 없다. 자신에게 좋은 결말이 나도록 하려면 어떻게 움직여야 하는가. 역시 답이 없다. 고등학교 이후 해야 할 일은 언제나 정확히 알고 어떻게든 했던 그녀가 속수무책으로 끊긴 전화만 쳐다보는 꼴에 어이가 없었다.

그렇게 앉은 채로 어둠이 물러가고 희뿌연 새벽이 왔다가 주변이 조금씩 소란해지면서 아침이 되었다. 그때까지 은영은 꼼짝하지 않고 전화만 노려보았다. 남향인 그녀의 창에 강렬한 햇살이 비쳐들 때쯤 비로소 그녀는 결론을 내렸다. 빤한 결론을 그때까지 미룰 정도로 마음속이 혼란했다.

우습게도 결론은 은영이 답을 낼 수 없다는 것이었다. 답은 두 여자 사이에 낀 남자가 내려야 한다. 병원 안의 여자는 끊임없이 남자에게 관심을 요구할 것이다. 그럴수록 유리해진다. 반대로, 병원 밖의 여자는 그럴수록 불리해질 뿐이다. 은영에게 남은 수단은 단 하나, 현재 그의 여자라는 믿음을 갖고 그저 기다리는 것밖에 없었다. 그가 그녀를 선택하기만을. 행동은 그 다음이다. 그래서 기다리기로 했다. 그녀는 기다림이 오래가지 않기를 바랐다. 결과가 버림받는 것으로 끝나지 않기를 바랐다.

어린 시절, 비슷한 감정을 맛본 적이 있었다. 우정이 지나쳐 소유욕에 가깝게 변질되는 순간. 내 친구가 아니라 나만의 친구로 만들어 버리고 싶은 기분. 물론 그때와 같다고 할 수는 없다. 어린 시절 친구에게 준 마음과 평생을 두고 함께 살아갈 결심을 한 남자에 대한 감정이 같을 리 없다. 분노가 치민다. 질척질척하고 추악한 것들이 가슴속을 할퀴어 상처마다 벌건 핏물이 솟는다. 옛이야기 속에서 질투에 몸부림치던 여자들이 이런 마음이었을까? 아마 그렇겠지. 고대하던 첫날밤 신랑을 빼앗긴 신부 꼴이다. 비공식 약혼자였다고? 이제 와서 무슨 소리? 그 남자는 내 거야!

참았다. 당장 태형에게 달려가 그따위 일로 고민하지 말라고 울부짖고 싶은 기분, 곧장 병원에 뛰어들어 침대에 누워 있을 여자의 머리털을 휘어잡고 패대기치고 싶은 심정, 모두 가까스로 억눌렀다. 옛날에 배웠지 않은가. 그래 봐야 소중한 것을 잃을 뿐이다.

\*

상견례 날, 태형은 집에 돌아와 또다시 술을 퍼마셨다. 십여 년 동안 동생처럼 봐왔던 아이를 외면하기란 쉽지 않았다. 이튿날 내내 퍼질러 잔 그는 저녁 즈음에 깨어났다. 그리고 아직도 병실에 있을 성주에 대한 자책감과 불안해하고 있을 은영에 대한 미안함에 또 술을 마셨다. 해장술에 취해 다음날 출근 시간이 아슬아슬할 때까지 잤다.

출근한 뒤에는 미친 듯이 일했다. 간단히 처리해 왔던 문서도 꼼꼼히 뜯어보며 성주와 은영과 지금 상황을 머릿속에서 몰아내려고 노력했다. 소용없었다. 퇴근 시간이 다가올 무렵 성주가 전화를 했다. 보고 싶다고. 바쁘다니까 성주는 알았다며 끊었다.

요즘에는 매일 오후가 되면 은영이 한 번쯤 실장실을 찾아와 차를 마시고 가곤 했는데, 오늘은 오지 않았다. 엊그제 술 마시며 횡설수설한 일이 마음에 걸려 은영에게 왜 오지 않느냐고 묻지 못했다. 병실에서 기다릴 성주에게 미안하면서도 은영이 보고 싶다. 복잡한 마음에 집으로 돌아가자마자 술잔을 손에 들었다가 취해 잠들어 버려 은영에게 전화를 하지 못했다.

다음날도 일에 빠져 지냈다. 주말에 있는 대영스포츠 가을 신상품 발매 기념 파티에 관해 은영과 의논해야 하는데 그냥 접어두었다. 은영은 오늘도 찾아오지 않았다.

성주가 다시 전화를 했다. 태형은 저녁에 약속이 있어서 갈 수 없다고 했다. 며칠 동안 감정을 너무 소모해 신경이 끊어질락 말락 하는 데다 계속 술을 마셔대 상태가 최악이었다. 조금은 쉬고 싶었다.

간신히 퇴근 시간까지 버틴 다음 집에 와서 씻고 누웠다. 그런데 잠이 오지 않았다. 결국은 또 들이부었다. 새벽이 다 되어서야 경사스럽게도 정신을 잃었다. 미안한 마음 때문에 은영에게는 전화를 하지 못했다.

회사에 지각을 했다. 머리가 깨질 듯 아프고 속은 울렁거려 정신이 없었다. 서류를 들여다보아도 도무지 집중이 안 돼 어쩔 수 없는 것만 처리하고 하루 종일 천장을 쳐다보며 멍하니 보냈다. 가끔씩 은영의 얼굴이 떠올랐다. 은영은 찾아오지도, 전화를 하지도 않는다. 서먹한 상태에서 며칠을 지내니 바로 손 닿는 곳에 있는데도 보러 갈 엄두가 나지 않았다.

늦은 오후에 성주 어머니가 전화를 했다. 어제부터 성주가 아무것도 먹지 않는다고 했다. 갈 수 없다고 했다. 성주 어머니는 이해하지만 야속하다며 전화를 끊었다.

퇴근 직전에 자판기 앞에서 은영을 만났다. 아니, 자판기 쪽으로 가는 그녀를 쫓아가서 만났다. 피곤해 보였다. 한가로이 날씨

이야기와 집안 이야기를 하고 주말의 파티에 관한 의견을 주고받았다. 그리고 헤어지려는데 은영이 뭔가 물으려다가 말고 그냥 웃으며 자리로 돌아갔다. 그 웃음이 쓸쓸해 보였다.

아무것도 묻지 않는 그녀가 고맙기도 하고 미안하기도 했다. 은영은 상견례까지 마친 결혼 상대로서의 입장을 주장해 태형에게 성주와의 관계를 끊으라고 요구할 수 있었다. 성주가 지나친 행동을 했기 때문이다. 그렇지만 은영은 아무 말도 하지 않았다. 아마도 성주와 태형 사이의 오랜 인연 때문에 태형을 배려하고 있다. 아이러니였다. 마냥 기다려 왔던 성주가 손목을 긋고, 온갖 여자다운 술수에 통달한 은영은 두 손 묶어놓고 마냥 기다린다.

그 순간, 태형은 머리털이 쭈뼛했다. 은영이 기다린다. 그것뿐일까. 태형이 아는 은영은 결코 얌전한 여자가 아니다. 그녀의 침묵은 그냥 침묵이 아니다. 그는 뭔가 놓치고 있었다.

방으로 돌아간 태형은 상황을 짚어보며 사흘 만에 처음으로 제대로 된 생각을 했다. 상견례 날 밤에 은영을 두고 성주에게 갔다. 그리고 성주에게서는 매일 전화가 온다. 은영은 침묵한다. 그런 상황이 사흘째다. 어떻게도 할 수 없는 상황이 계속된다. 어제도, 오늘도, 아마 내일도. 쭉. 변함없이. 성주도, 은영도 기다린다. 성주는 태형의 마음이 바뀌기를. 그런데 은영은 무엇을? 결혼 상대인 태형을 은영이 왜 기다려야 하는가?

다른 사람이라면 여자다운 기다림이라고 생각할 수도 있다. 은영은 아니다. 은영의 침묵은 단순한 배려가 아니라는 생각이 점점 강해졌다. 결혼 상대로서의 입장을 주장하지 않는다? 다른 누구도

절망

아닌 은영이? 설마. 없는 권리도 만들어 휘두를 사람이다. 결혼할 생각이 없다면 모를까. 거기에서 생각이 멎었다. 소름이 돋았다. 은영은 아까 뭘 묻고 싶었을까?

'당신과 결혼하는 여자, 내가 맞아요?'

왜 의문스럽지 않을까. 상견례 날, 태형은 그녀를 도로에 내려놓고 병원으로 달려갔다. 지난 나흘간 은영도 성주도 개인적으로 만나지 않았고, 은영은 그 사실을 모른다. 그렇게 보낸 하루는 은영의 입장에서는 성주를 찾아간 하루다. 매일 성주를 택했다는 소리와 다름이 없다. 태형에게 결혼할 의지가 있는지 의심스러워하기에는 충분했다.

"그게 아니야!"

태형은 자리에서 벌떡 일어났다. 은영과 성주를 여자로서 저울질하는 것이 아니라고 말해야 했다. 십여 년간 동생처럼 여겨온 성주를 외면해야 한다는 사실이 괴로울 뿐이라고.

황급히 문을 향해 달렸다. 멈췄다. 그리고 태형은 신음했다.

성주가 식사를 하지 않고 있다. 그대로 두면 정말 죽을지도 모른다. 마지막으로 본 성주의 모습에서는 삶에 대한 희망이 전혀 느껴지지 않았다. 그런 성주가 손목 한 번 그은 것으로 끝낼 리가 없다. 또 손목을 긋는다면? 그때는 어떻게 해야 하는가? 또 병원으로 달려가? 앞으로도 쭉? 결혼하고도?

사랑을 이유로 성주가 목숨을 건 이상, 오빠 동생 사이라는 말은 더 이상 통하지 않는다. 은영과 결혼하고 성주와도 오빠 동생 사이로 남을 길은 끊겼다. 그래서 은영은 묻고 있다. 성주와 보낸 십여 년을 택할 것인가, 은영과의 미래를 택할 것인가. 성주와의 인연을 끊을 각오가 없다면 자신과의 결혼은 여기에서 없었던 일로 돌리자는 말을 하고 있는 것이다.

지나친 생각인지도 몰랐다. 추측일 뿐이니까. 그녀는 태형에게 자신을 주었다고 말했다. 상견례 날에 보았던 은영의 눈빛도, 그때 느꼈던 품속도 그녀 안에 태형이 작지 않다는 것을 알려주었다. 그런데도 그가 끝내 성주의 손을 놓지 않는다고 정말 버릴까. 그는 만약 자신이 은영의 입장이라도 놔줄 생각이 없었다.

'그렇더라도……'

모험을 할 담량은 태형에게 없었다. 그녀를 잃는다는 생각만으로도 손발이 얼어붙는다. 어떻게 그런 생각을 할 수 있느냐고 심장이 울부짖는다. 그녀가 선을 봤을 때부터 의심한 적이 없다. 그 부분은 이미 선택사항이 아니었다. 그런데 가슴 한 귀퉁이에서는 또 다른 속삭임이 들린다. 십여 년간 사랑스럽게 웃음을 지어준 성주는? 이렇게 내버려도 좋은가? 돌아봐 주지 않으면 죽겠다는 아이에게 끝내 등을 돌려야 하는가?

은영은 묻지도 요구하지도 않았다. 마찬가지로 대답해 주지도 않을 것이다. 앞으로 성주를 어떻게 대할 것인가에 대한 모든 판단과 결정은 태형 자신이 내려야 했다. 어쩌면 은영의 침묵은 그런 의미다. 무작정 성주를 버릴까? 은영은 쉽게 등 돌리지 말라고 했다. 그렇다고 성주를 용인하지도 않을 것이다. 아차 실수하면 나락이다. 그녀를 잃는다. 태형이 내린 결정이 마음에 들지 않으면 그녀는 곁을 떠날지도 모른다. 오래 끌어도 안 된다. 결정은 태형만 내리는 것이 아니니까. 그와 결혼하고 싶지 않다던 여자다. 이런 상태를 무한정 참아줄 리가 없다.

 처음으로 성주가 원망스러워졌다. 사태를 이런 지경으로 몰고 간 자신이 저주스럽다. 술. 술이 필요했다.

 다음날 태형은 회사에 가지 않았다. 그의 인생에서 가장 큰 위치를 차지하고 있던, 스물아홉 해를 모조리 바쳐 왔던 대영을 팽개쳤다. 밤부터 마신 술이 아침까지 이어졌다. 인사불성이 되어 쓰러졌다가 깨어나서 다시 마시고 또 쓰러졌다. 아버지는 출근길에 그의 방에 들렀다가 역정을 내셨고, 어머니는 외면하셨다. 핸드폰으로 성주에게서 전화가 왔다. 받지 않았다. 무슨 이야기일지 두려웠다.

✷

 전화가 왔다. 태형이었다. 그가 마침내 결론을 내리고 연락을 했다. 은영은 떨리는 손으로 핸드폰 폴더를 열고 말했다.
 "여보세요."
 [나야. 지금 밑으로 내려올 수…… 있겠어? 아래에 있어…….]
 묘하게 늘어지는 목소리. 취했다. 오늘 출근하지 않았는데. 낮 동안 내내 술을 마신 것일까. 창밖에는 이미 어둠이 깔렸다. 그가 은영을 보러 왔다. 은영은 기대와 불안으로 이리저리 널뛰는 가슴을 누르며 얇은 카디건을 꺼내 두르고 지갑을 챙겨 들어 문밖으로

나갔다. 온갖 차비를 하는 자신이 우습다. 결론을 듣는 데는 오래 걸리지 않을 텐데 막상 그토록 기다려 온 결론이 당도하자 시간을 끌어보려는 모습에 질렸다.

태형은 아파트 현관 옆에 기대어 서 있었다. 힘들어 보이기는 해도 강렬한 눈빛에 망설임은 없었다. 낮에 보았던 어쩔 줄 몰라 방황하는 불안정함은 보이지 않는다. 결론을 내렸다. 어떤 것이든, 그가 자기 자신을 되찾았다는 사실만큼은 기뻤다. 은영은 심호흡으로 뛰는 가슴을 진정시키고 그에게 다가갔다.

"왔어? 걷자."

온 사람은 그인데 되레 그녀에게 왔느냐고 한다. 묘한 괴리감이 주는 통증을 토닥이며 그를 놀이터 쪽으로 이끌었다.

한밤의 놀이터에는 아무도 없었다. 태형이 빈 벤치에 조심스럽게 주저앉았다. 손끝 하나까지 신경을 쓰면서 동작이 흐트러지지 않도록 주의를 기울인다. 스스로 취했다는 사실을 알면서 의지 하나로 흔들리는 정신을 붙잡는 상태로 보였다. 그래도 눈빛은 강하다. 술기운을 빌려 움직이는 상태는 아니다.

"많이 마셨어요? 우리 집으로 가요. 자고 내일 이야기해도 돼요."

태형이 손을 들어 은영의 말을 막았다.

"아니. 지금, 지금 이야기해야 해."

지금 아니면 못할지도 몰라. 조금이라도 빨리 말하고 싶어. 그가 삼켰을 법한 말들이 이것저것 머릿속에서 울려 퍼졌다. 은영은 더 말하지 않고 곁에 앉았다. 술 냄새가 지독하다. 옷이 깔끔한 걸

절망 287

보니 오기 전에 씻었을 것이다. 그런데 곁에서 냄새만 맡아도 취하는 기분이었다. 그녀는 다시 한 번 그를 말릴까 하다가 단단히 굳은 얼굴을 보고 그만두었다.

태형이 생각을 정리하는 동안 어린 주인들이 없어져 을씨년스러운 놀이터를 찬찬히 둘러보았다. 한쪽에 선 가로등. 별빛이 보이지 않는 검은 하늘. 아직은 곳곳이 환한 아파트 창문들. 간간이 부는 바람이 여름밤의 더위를 식혀주었다. 쓸데없이 갖고 나온 카디건을 벗어 옆 자리에 놓았다. 나올 때 밤 열 시가 조금 넘었다. 지난 며칠에 비하면 아주 짧은 기다림인데도 더 참기 어려웠다.

"나를 가리켜 다들 진종마(陣種馬)라고 해. 당신도 알 거야. 진(陣)씨 집안의 종마(種馬). 그게 나야."

그가 뜻밖의 말을 했다. 은영은 잔뜩 긴장했던 몸을 천천히 벤치 등받이에 기대고 힘을 뺐다. 소원대로 이야기는 길어질 것 같다. 그녀는 그를 보는 대신 아파트 사이로 보이는 밤하늘에 시선을 고정시켰다.

"대학 1학년을 마치고 군에 다녀온 뒤부터였어. 시간은 많고 돈도 많고 부모님 덕분에 얼굴도 괜찮게 빠졌고. 있는 대로 여자를 후렸지. 장차 짊어져야 할 대영을 생각하면 답답했어. 그것을 여자로 풀었던 거야. 그러다 우아하고 단정하고 상냥한 여자를 하나 만났어. 학번은 하나 낮은데 같은 학년. 같은 학과. 꼬시다 그 여자 남자 친구와 한바탕 싸우고 친구가 되어버렸어. 그 둘과. 나한테 친구라고는 그때 그 둘뿐이야."

목소리가 어쩐지 따스했다. 눈빛도 온화했다. 그는 허공의 어느

한 지점에 시선을 고정하고 말을 계속했다. 옛날 그때를 더듬는 시선이 어쩐지 애잔해서 은영은 마음이 아팠다.

"이상한 커플이었어. 서로 죽고 못 살면서 깔끔했어. 손잡는 일마저 조심했으니까. 방탕한 나와 다른 두 사람이 눈부셨어. 그러다가 졸업이 가까워졌을 때쯤이야. 여자가 다가왔어. 그 뒤로는 흔한 이야기야. 그때 나에게 있어 여자를 대하는 수단은 섹스뿐이었으니까. 친구였던 여자를 안고, 친구와 여자를 모두 잃고. 하나는 미국, 하나는 유럽으로 가버렸어."

태형이 앞으로 굽혔던 몸을 뒤로 기대 등받이에 얹었다. 그의 말소리에 후회가 묻어났다.

은영은 태형의 몸 전체에서 흘러나오는 고통, 고뇌, 그리고 자책감을 느끼며 그의 옛 인연에 질투하는 마음과 함께 가슴을 미어지게 만드는 또 다른 감정을 경험했다. 아마도 동정심?

충동적으로 그가 몸 곁에 늘어뜨린 손을 살며시 잡아보았다. 그는 잠깐 그녀를 돌아보고 다시 허공으로 눈을 돌렸다. 딱딱하게 굳었던 그의 몸이 약간은 느슨해졌다. 그가 어떤 마음이든 지금 자신이 그만큼은 그에게 해줄 수 있다는 사실은 기뻤다. 그의 목소리에서 고통스러운 기색이 사라지고 평이한 어조가 이어졌다.

"그 뒤로 진종마는 그만두었어. 아니, 그렇다고 생각했어. 어쨌든 함부로 여자를 안는 일은 없어졌으니까. 말은 하지 않아도 꽤 걱정하셨는지, 부모님은 무척이나 기뻐하셨어. 그때쯤이야. 성주가 눈에 들어왔어."

은영은 몸을 바로 했다. 이제부터가 본론이다.

"엉뚱한 생각을 했지. 친구들처럼 예쁜 사랑을 할 수 있지 않을까? 날 좋아하고, 나도 싫지 않고. 나중에 성주가 어린 시절에 흔히 갖는 동경이었다고 하면 놔주자고 생각했어."

"그러지 말았어야 했어요. 그런 애매한 태도는……."

듣기만 하던 은영이 목소리를 냈다. 그가 돌아보며 허탈한 웃음을 흘렸다.

"그래. 받아주지 않을 생각이면 선을 그어야지. 그렇지만 나는 그럴 수 없었어. 두 친구가 떠난 뒤로 순수한 마음을 갖고 다가오는 사람이 없었으니까. 그나마 성주뿐이었지. 성주마저 잃고 싶지 않았어."

이거였다. 상견례 후에 태형이 그렇게나 화를 냈던 이유는 바로 이 때문이었다. 자신의 속에 들어온 사람이 혹시라도 떠나 버릴까 겁내는 마음. 마음 둘 곳을 또 잃는다는 공포. 냉정한 표면 아래 숨은 여린 태형이 그녀에게 보였다. 은영은 그 마음을 꼭 끌어안고 다정하게 어루만져 주고 싶었다. 겁내지 않아도 괜찮다고. 나는 그렇게 쉽게 떠나지 않는다며 안심시켜 주고 싶다는 마음이 가슴 안에 가득했다.

"소중했군요."

은영의 말에 그는 묵묵히 고개를 끄덕였다. 가슴이 지끈거렸다. 부모인 진 회장 내외를 뺀다면 두 친구와 헤어진 뒤로 몇 년간 성주보다 중요한 사람은 그에게 없었다는 이야기다. 성주가 착각할 만했다.

"진종마! 그 빌어먹을 진종마는 사라지지 않았어! 더 악랄한 놈으로 변했을 뿐이야!"

"네?"

갑자기 격한 감정을 표출하는 그가 당황스럽다. 이야기가 비약해서 쫓아갈 수가 없다.

"진종마는 그냥 바람둥이가 아니야. 이기적으로 남을 이용하는 괴물. 단지 드러나는 수단이 여자였어. 젊은 남자에게 종종 용납되는 방종. 그래서 다들 그 본질을 몰라."

한 마디 한 마디 자기비하의 말이 올 때마다 그의 눈이 고통으로 물들었다.

"성주가 처음부터 요조숙녀였을까? 아니, 어릴 때는 말괄량이였어. 그런데 변했어. 언제부터? 내가 대학교 2학년에 복학했을 때쯤. 다들 철이 들었다고 했는데, 그게 아니야. 지금 성주는 예전의 운지와 똑같아. 우아하고 상냥하며 예의 바르지. 가끔씩 만난 운지의 겉모습 카피. 그게 재벌 영양인 성주에게 어울렸기 때문에 아무도 알아채지 못했어. 나밖에는."

은영은 아득해졌다. 그렇게까지 할 정도로 태형에게 집착하는 성주의 사랑이 무서웠다. 성주가 손목을 그은 심정이 이해가 갔다. 단순히 태형의 마음을 돌리려고 그러는 줄로만 알았는데, 어쩌면 그보다 문제가 더 심각할지도 모른다. 태형을 완전히 잃었다고 생각했을 때 성주가 느꼈을 상실감은 단순한 실연 이상이라고 봐야 했다.

"상관없다고 생각했어. 언젠가 결혼할 사이라고 생각했으니까 더욱 그랬지. 말리기는커녕 오히려 부추겼는지도 몰라. 더. 더. 더

운지를 닮아라. 그래서 평생 친구처럼 내 곁에 있어줘. 사랑 따위는 필요없다. 그냥 날 위안해 주는 존재로 있어."

할 말을 잃었다. 사실이 그런지는 모른다. 운지도 모르고, 성주의 어린 시절도 모른다. 또 과정이 그렇게 되었는지 확인할 길도 없다. 지금 태형이 털어놓는 말은 극도의 불안 상태에서 자신을 극단적으로 몰아가는 자기학대일 뿐인지도 모른다. 단지 하나는 확실했다. 태형은 자기가 그렇다고 믿는다. 그가 그렇게 파괴적으로 몰아가게 내버려 둘 수가 없었다.

은영은 그를 무작정 안고 그런 소리 말라며 위로해 주려고 팔을 뻗었다. 그러나 그에게 닿기 직전에 멈췄다. 이성보다는 본능이었다. 깨달음은 그 뒤에 왔다.

방금 은영은 그를 위안하려고 했다. 그가 말한 성주처럼. 그것도 나쁘지는 않다. 많은 남자가 아내에게 그런 역할을 원하고, 많은 여자가 그런 지위에 만족한다. 태형은 아니다. 성주와 같기를 바랐으면 은영을 원하지 않았다. 은영도 그렇게는 살 수 없는 사람이다. 팔을 조용히 거두어들였다. 그리고 멋대로 그를 끌어안으려는 팔들을 잡아 누르며 입을 열었다. 목소리는 다행히 차갑지도 감정으로 헝클어지지도 않고 담담하게 흘러나와 주었다.

"그래서요?"

은영의 목소리에 태형이 돌아보았다. 자괴감에 빠진 눈이 고통스러워 보였다. 그녀도 괴로웠지만, 지금은 그가 겪는 고통에 공명하며 같이 아파해 줄 때가 아니었다. 두 사람 가운데 한 사람은 냉정을 유지해야 했다. 지금은 은영의 몫이다. 두 사람의 미래가 걸렸다.

"성주 씨가 태형 씨에게 어떤 존재인지는 알겠어요. 동생이지만 동생만은 아니죠. 그래서요? 성주 씨를 어떻게 할 거예요? 제가 어떻게 했으면 좋겠어요?"

태형의 눈빛은 더욱 우울해졌다. 앞에 앉은 남자가 지금까지의 그 어느 순간보다 자신을 혐오하는 모습이 눈에 보였다. 그에게 손을 뻗지 않기 위해서는 정말 안간힘을 써야 했다. 그렇지만 지금부터 하는 말은 오직 태형 스스로 정해서 해야 한다.

은영을 선택한다면 물론 받아들이겠지만 성주 문제는 여전히 남는다. 성주를 선택한다면, 생각하기도 고통스럽지만 성주를 선택한다면, 어쩔까. 그녀는 그 순간, 충동적으로 싸울 작정을 했다. 간단히 물러나고 싶지 않다. 그가 갈등한다. 그만큼 두 사람의 비중은 서로 만만찮다는 뜻이다. 싸워볼 이유로는 충분했다. 어쨌든 그는 지금 은영 앞에 있다.

전의를 다지는 그녀의 귀에 태형이 하는 말이 들어왔다. 생각했던 것과는 조금 달랐다.

"소용없었어. 부모님 뵀었지? 나같이 이기적인 놈이 그런 예를 놔두고 덤덤한 부부에 만족할 것 같아? 천만에. 내가 한 짓을 봐. 당신을 얻었다고 생각한 날, 성주에게 전화했어. 미안하다고 했지. 그날 그 애는 입원했어. 알다시피 상견례 날 손목을 그었고. 예전에 당신이 한 말이 맞아. 나는 필요없으면 바로 등을 돌리는 놈이야."

한 마디 한 마디가 전의로 단단해졌던 은영의 가슴에 생채기를 냈다. 성주는 태형에게 십칠 년이나 동생이었다. 오랜 정을 끊는 것이 쉬울 리가 없다. 그런데 못한다고 자조한다. 긴 세월 쌓인 정에 질투하면서도 괴로워하는 그는 동정했다. 상반된 감정이 속에서 싸웠다.

"내가 어떻게 하고 싶냐……. 날 몰라? 갖고 싶은 것은 갖는 놈이지. 혹시 당신을 버릴지도 모른다고 생각했어? 천만에. 나 같은 놈이 그럴 리가 없어."

태형이 말을 끊고 은영의 손을 아프도록 꽉 잡았다. 그리고 그녀의 눈을 똑바로 보면서 말했다.

"성주 병실에 간 것은 토요일 밤, 한 번뿐이야. 그러면서 당신도 찾지 않았어. 왜 그랬을까? 어느 쪽에든 가면 다른 쪽은 놔줘야 하니까. 양쪽 다 갖고 싶은 욕심이었어. 당신은 아내로, 성주는 동생으로. 예전이라면 모를까, 성주가 손목까지 그은 이상 동생으로 대하기는 글렀는데. 나도 참 어처구니가 없지."

그의 눈에 단호한 빛이 짙어졌다. 그러면서도 자괴감은 더욱 진해졌다.

"어제 당신을 만나고 나서 깨달았어. 이대로라면 둘 다 잃는다. 그 생각이 들자마자 어떻게 했을 것 같아? 바로 당신에게 달려가려고 했어. 성주는 생각에도 없었지. 정말 괴로웠던 것은 그때부터야. 내 이기적인 본성과 마주했으니까. 당신의 말이 들렸어. '내게 등 돌리지 않는다고 약속할 수 있어요?'"

그가 자기비판을 끝냈다. 은영은 그의 눈에서 단호함이 천천히 빠져나가는 모습을 보며 아릿한 가슴을 추슬렀다. 뭐라고 말해야 할까? 그의 눈에 가득한 자괴감을 어떻게 하면 지워줄 수 있을까? 마음이 아프다. 당장 그녀에게 달려오려고 했다는 그의 말을 들으며 기쁘기보다는 괴로워하는 그를 보기가 힘겹다.

그때, 자괴감을 덮으며 그의 눈에 이유를 모를 불안과 함께 이글이글 타오르는 열기가 들어차기 시작했다. 그가 한없이 은영에게 집중하는 것을 느낄 수 있었다. 은영은 열기에 노출된 자신이 하얗게 타버릴지도 모른다는 두려움에 사로잡혔다. 그에게 잡힌 손이 으스러질 것 같다. 그렇지만 손을 빼내고 싶지는 않았다. 태형은 한참을 말없이 은영을 그렇게 쳐다보다가 무겁게 입을 열었다.

"약속해 놓고도 언젠가 당신 앞에서 등 돌릴지도 몰라. 성주 손을 멋대로 잡았다가 놔버린 것처럼. 인정해. 며칠을 부정했지만, 난 역시 그런 놈이야. 나도 이제는 날 믿지 못하겠어. 그런데 하나는 분명해. 지금 당신이 너무 필요해. 절실해. 당신을 잃는다는 생각만으로도 두 친구를 잃었을 때보다 몇 배나 몇십 배나 가슴이 타 들어갈 듯 고통스러워. 노력하겠어. 내 안의 진종마를 깊이 가두고 가능하면 목까지 베어 묻어버리겠어. 그러니 내 곁에 있어주겠어? 나와 결혼해 주겠어? 제발…… 그렇게 해주겠어?"

은영은 그의 눈을 깊이 들여다보았다. 밤의 어둠 속에서 그의 동공을 구별하기란 어려웠다. 그저 앞에 앉은 남자의 얼굴에 가득 아픔과 두려움이 들어찬 것만 가슴 깊이 스며들어 마음을 아릿하게 했다.

그는 지금 무슨 소리를 했는지 알고 있을까? 자기 성품마저 무시할 정도로 누구를 원한다는 소리가 무엇일까? 자기를 바꿔서라도 누군가를 갈구한다는 것이 뭘까? 성주가 보여줬다. 은영은 말로 하고 글로 써줘야만 알아듣는 멍청이가 아니다. 그가 한 말, 그가 보이는 감정. 모든 것이 하나를 가리킨다. '사랑' 두 글자만 빼놓고 절절하게 고백을 했다.

　은영은 눈을 감았다. 앞에 말했던 구구절절한 사연이나 다분히 지나친 자기비판은 기억 한구석으로 밀어버렸다. 성주를 동생으로 놔두느냐, 아니면 아예 인연을 끊느냐는 그의 고민도 중요하지 않았다. 지금은 그것들을 생각할 때가 아니었다. 그가 마지막에 보여준 감정이 모든 것을 압도해 버렸다.

　이미 M&A 하듯 결혼을 이야기했던 남녀는 없다. 눈앞에 드러난 태형의 격렬한 감정과 어느 정도인지 스스로도 모를 은영 자신의 감정이 남았을 뿐이다. 혼란스러웠다. 그녀가 지난 며칠간 겪었던 강렬한 질투와 마음의 고통은 그에 대한 마음이 결코 가볍지 않다는 것을 알려주었다. 그가 어떤 결정을 내리든 은영은 싸울 결심을 했다. 그것으로 그의 감정에 충분히 답해줄 수 있을까? 저 거칠고 격렬한 감정에 버금갈 만큼 그를 생각하는가?

　생각이 멈췄다. 그제야 뒤늦게 상황을 제대로 인식한 가슴이 뛰기 시작했다. 빠르게. 더 빠르게. 미친 듯이. 고동 소리가 귀를 꽉 메운다. 오래도록 마음에 뒀던 남자가 고백을 했다. 기쁘지 않을 리가 없다. 이 벅찬 환희를 뭐라고 할까? 은영은 답할 수 없었다. 이 마음은 그의 마음과 같은 것일까? 같은 크기일까? 역시 알 수 없었다. 그러면 어째야 하는가? 그녀는 그를 보았다. 답은 거기에 있었다. 그처럼, 그녀도 그를 잃을 수 없었다.

그와 함께 살면 후회할지도 모른다. 그는 스스로 말한 것처럼 냉정하게 돌아설지도 모른다. 성주가 또 불거질 수도 있고, 상류 사회의 풍파에 넝마가 될 수도 있다. 그렇지만 이런 그를 보내도 후회할 것이다. 어떻게 해도 후회한다면 하고 싶은 대로 해야 하지 않을까. 붙잡은 그의 손에서 살며시 두 손을 뺐다. 그의 얼굴에 괴로움이 짙어졌지만 그는 아무 말도 하지 않고 놔주었다.

은영은 두 손을 천천히 올려 그의 두 뺨을 가만히 만졌다. 며칠 사이 홀쭉해졌다. 오기 전에 면도를 했는지 뺨에 수염은 없었지만 피부는 거칠다. 입술은 터서 허옇게 일어났다. 눈 밑에 시꺼먼 다크서클이 문신처럼 새겨져 있다. 손을 미끄러뜨려 그의 머리를 붙잡고 가만히 당겼다. 손가락에 스치는 그의 머리카락이 부드럽다. 머리를 길렀으면 좋겠다고 했던 그의 말이 이해되었다.

저항하지 않고 다가온 그의 이마에 부드럽게 입술을 눌렀다. 샴푸 냄새와 땀 냄새가 뒤섞여 호흡과 함께 은영의 안으로 들어왔다. 두 눈에 번갈아 키스했다. 코끝에 키스했다. 그리고 입술에 입술을 갖다 대었다. 감촉이 거칠었지만 말랑말랑하고 따스했다. 가슴속에 얼어 있던 어떤 것이 조금씩 녹아가면서 며칠 동안 차가웠던 손끝이 차츰 따뜻해져 갔다. 몸 아래 깊은 곳에서부터 부드러운 열기가 솟아나 온몸으로 퍼져 갔다.

은영은 키스가 더 깊어지고 자신의 몸이 더 뜨거워지기 전에 입술을 뗴었다. 한 번 열어주었던 남자에게 자연스럽게 몸이 반응했다. 이대로 정열에 몸을 맡겨도 좋겠지만, 심장이 외치는 소리에 그대로 따라 버렸으면 했지만, 지금은 그러지 않기로 결정했다. 그냥 며칠간의 고통과 고뇌 끝에 돌아온 남자를 꼭 끌어안아 주고 싶었다. 이제야 안아줄 수 있다. 그래서 그의 머리를 어깨에 기대게 하고 안아주었다.

"바보. 대답은 이미 했어요."

은영의 말을 듣고 태형이 그녀의 귀에 대고 속삭였다.

"그래도 다시 한 번 대답해 줘. 부탁이야."

무엇인가 울컥 치솟아 눈물이 되어 쏟아지려고 했다. 은영은 간신히 참았다. 일로 만나서 조건으로 결혼을 약속한 사람인데 이제는 정말 그의 아내가 되고 싶었다. 세상의 관점에서 보면 예전의 그녀나 지금의 그녀나 아내로서 할 일에 다른 점이 없다. 안으로는 밥하고 빨래하고 그와 잠자리를 같이해서 아이를 낳고 시부모님을 봉양한다. 밖으로는 그의 부인으로서 각종 행사에 참석하고 가능하면 그의 일에 도움이 되도록 인맥을 형성한다. 그런데 그 관계의 한가운데에서 무엇인가가 바뀌었다. 그 역시 바뀌었다. 어떻게 그런 상황이 되었는지는 모른다. 그저 어리둥절하면서도 무척이나 행복했다.

"그래요. 당신의 아내가 되어서 당신 곁에 있을게요."

그의 입에서 한숨이 새어나왔다. 편하게 그녀의 어깨에 머리를 기대며 그의 온몸에서 천천히 힘이 빠져나갔다. 그대로 손만 들어 올려 마치 확인하듯이 은영의 어깨를, 등을 가만가만 어루만지고 쓸어갔다. 얼마 후에 그는 그대로 그녀에게 기대어 잠이 들었다. 은영은 어깨에 기댄 남자를 느끼면서 덥지만 한없이 푸근한 늦여

름밤의 정취를 한동안 즐겼다.

밤이 너무 깊어지기 전에 아버지와 남동생 찬영이를 전화로 불렀다. 그다지 큰 편이 아닌 두 사람에게 키가 190cm에 가깝고 몸도 건장한 태형은 힘에 부친 듯했다. 두 사람은 땀을 뻘뻘 흘리며 태형을 은영의 침대에 옮겨다 내려놓고 한참이나 숨을 골랐다.

"이 녀석, 무슨 일이야?"

자다가 깨서 힘을 써야 했던 아버지가 불퉁한 목소리로 물으셨다. 마음에 들지 않는 사윗감이 미운 짓만 골라서 한다는 기색이 역력하다. 자고 있는 태형 곁에서 그 복잡한 이야기를 할 마음은 없다. 그리고 성주 이야기를 들으면 아버지가 펄펄 뛸 것이 뻔하다. 은영은 그냥 고개를 젓고 입으로 '나중에'라고 말하며 두 사람을 쫓아냈다.

잠이 든 태형은 평화로워 보였다. 은영은 저고리를 벗기고 넥타이를 빼낸 다음 목의 와이셔츠 단추를 두 개 풀어놓았다. 양말도 벗겼다. 어쩔까 하다가 바지도 벗겼다. 팬티 차림에 털이 부숭부숭한 건장한 다리를 보니 몸이 확확 달아올라 어쩔 줄을 몰랐다. 에어컨을 튼 방 안 공기가 쌀쌀하겠다 싶어 얇은 이불을 덮어주고 벗겨낸 옷을 걸어둔 다음, 의자를 끌어다가 침대 옆에 앉았다.

태형이 자는 얼굴은 평화로웠다. 지난 며칠간 그를 괴롭혔던 고뇌가 얼굴에 뚜렷하게 흔적을 남겼지만, 그게 오히려 인간적으로 보여 더욱 마음이 끌리게 했다. 대영의 후계자로 누구보다 오만하고 완벽한 겉모습 뒤에서 마음속의 여린 외로움을 주체하지 못하

절망

는 남자. 위험한 남자다. 예전의 여자들이 그처럼 업신여김을 당하면서도 몸을 던졌던 이유가 이해되었다. 모두 돈을 보고 달려들었다고? 천만에. 성주가 처음이 아닌 것처럼 끝도 아니다. 그의 마음이 어떻든 평생 그에게는 몸을 던져 오는 여자가 끊이지 않겠지. 그 꼴을 보며 살 생각을 하니 속이 상하면서도 자신 역시 그에게 끌리는 여자임을 부정할 수가 없다.

성주를 생각했다. 그녀를 어떻게 해야 하는가. 끝내 은영을 택했어도 태형 속에는 괴로움이 남았다. 태형을 놓아줄 수야 없지만 성주가 죽게 놔둘 수도 없다. 평생 그녀의 그림자가 두 사람 사이에 끼어들다니 안 될 말이다.

은영은 고민에 고민을 거듭한 끝에 결정을 내렸다. 그리고 조용히 이불을 들춰 태형의 옆으로 미끄러져 들어갔다. 태형이 자신을 얼마나 원하는가를 걸어보기로 했다. 그 뒤에 자신의 마음이 어떻게 변하는지 볼 것이다. 이렇게 해서 안 되면 다른 수를 강구할 것이다. 이 전쟁에서 질 생각은 없다. 그가 결정을 내렸듯이 그녀도 결정을 내렸다. 그녀는 태형의 가슴에 몸을 꼭 붙이고 허리에 팔을 두른 다음, 뛰는 가슴을 애써 가라앉히며 잠을 청했다.

# 13. 마음이 가는 곳

**따**스한 기운이 은영의 얼굴을 쓸었다. 부드러운 것이 입술에 닿았다가 떨어져 뺨으로 눈으로 턱으로 목으로 움직여 간다. 기분 좋은 느낌이 허리를 어루만지다 가슴으로 이동해 살며시 압박해 온다. 가슴 끝에서부터 저릿한 자극이 일어나 둔덕을 타고 아랫배까지 흘러내렸다. 몸속 깊은 곳에서 열기가 느껴진다. 입에서 한숨이 새어나왔다.

"음······."

"깼어?"

남자의 목쉰 음성이 나직하게 귓속을 울렸다. 억지로 눈을 뜨니 흐릿한 눈에 익숙한 머리가 들어왔다. 태형. 그의 머리다. 머리가 윗도리 단추를 풀어가는 손길을 따라 목덜미에서 가슴으로 옮겨

가고 있었다.

"뭐, 뭐 해요?"

그가 대답하지 않고 그녀의 가슴을 입술로 애무하며 한 손으로 브래지어 끈을 어깨에서 밀어 벗겼다. 그가 옷을 벗기고 있다! 깨달음과 함께 완전히 잠에서 깨어났다. 순간적으로 손을 머리에 얹어 밀어내리다가 힘을 뺐다. 그때 그가 뜨거운 입술로 오른쪽 가슴의 정점을 점령했다. 가볍게 빨아들이며 혀로 애무했다. 은영의 손가락에 힘이 들어가면서 그의 머리카락을 얽어매고 오히려 안아 들였다. 허리가 비틀리고 젖어들던 깊은 곳이 달아올랐다.

"아, 안 돼……."

"쉬……."

그가 가슴에서 입을 떼어 그녀의 입술로 옮겼다. 입김이 뜨겁다. 입술을 가르고 들어온 혀가 그녀의 혀에게 인사했다. 노크를 하고, 수줍게 도망가는 것을 살며시 붙잡아 돌려 세우고, 꼭 끌어 안으며 부드럽게 속삭였다. 나에게 와. 당신도 나를 안아줘. 당신을 줘. 유혹하며 부드럽게 움직이는 입술 아래서 그와 그녀의 혀가 무도회를 열었다.

입술 끝의 환락에 넋을 잃은 채 윗도리 단추와 브래지어 후크가 차례차례 열려 버리는 사태를 방관했다. 그의 손이 어깨를 쓰다듬다 가슴을 희롱하고 정점을 비틀다 배 위를 미끄러진다. 열정에 기름을 붓는다. 불을 지른다. 손이 멋대로 그의 목을 애무하고 가슴을 쓸어내리며 탄탄한 느낌을 즐기다 단추에 걸렸다. 열기를 주체 못하는 손길에 잠긴 옷이 도무지 열리지 않는다. 밑으로 뻗어

셔츠를 밀어 올리며 단단한 배 근육과 가슴을 스치듯 어루만졌다. 그의 입에서 신음 소리가 흘러나왔다.

그가 스커트의 단추를 풀고 아랫배를 향해 손길을 움직였다. 손이 일으키는 부드럽고 은밀한 감촉에 견딜 수가 없었다. 허리가 꿈틀거린다. 그가 어서 다가오기를, 그의 손길이 더 깊은 곳에 어서 빨리 닿기를 갈망했다. 아무것도 모르면서 그저 재촉하는 한숨만이 입술에서 새어나왔다. 그 소리가 부끄러워 그의 머리를 당겨 다시 키스를 했다. 그가 기꺼이 응해주었다. 그가 나를 원한다. 내가 원하는 것을 받아준다. 서로를 원한다. 더. 더욱더. 더 깊이 그를 알고 싶었다.

깊은 곳을 향하던 그의 손길이 방향을 틀어 허리를 돌아서 엉덩이를 쓸어내렸다. 손끝에 밀리며 스커트와 팬티가 흘러간다. 허벅지를 따라 미끄러지던 스커트가 발끝을 벗어나 사라졌다. 그의 손길이 무릎을 지나 허벅지 안으로 거슬러 올라왔다. 예전에 한 번 다가왔던 손길. 예전의 그 불길을 따라 다시 한 번 불꽃이 그녀의 깊은 곳에 피어났다. 불꽃이 그를 재촉했다. 어서. 어서 와요. 내게로.

머릿속 어딘가에서 경고가 울렸다. 그만. 지금 막지 않으면 멈출 수 없을 거야. 다른 한 쪽에서 바로 대답이 들렸다. 괜찮아. 멈추지 마. 경고와 대답이 뒤섞이기 시작했다. 엄마 아빠가 실망하실 거야. 그래도 좋아. 그가 실망할 거야. 그럴 리 없어. 안고 나면 남자들은 냉정해진대. 그래도 괜찮아. 그래, 그래도 지금은 멈출 수 없어. 그를 향해 열리는 지금 나의 몸과 마음을 멈출 수 없어.

멈추고 싶지 않아. 그러니까 괜찮아.

그에게 점령당한 입술 속에서 한숨과 탄성이 함께 터졌다. 움찔하며 허리가 자신도 모르게 튀어 올랐다. 처음 맞는 남자의 손길은 강렬했다. 가슴을 밀며 도망치려 했지만 그는 용납하지 않았다. 허리가 다시 한 번 휘었다. 이러는 자신이 믿기지 않았다. 그의 가슴을 움켜쥐며 탄성을 질렀다.

"아……."

열기로 몽롱해진 머릿속으로 멀리서 들리는 예쁜 소리가 각인되었다. 아니, 부끄러운 소리. 스물네 해 만에 처음으로 내지르는 교성을 기억했다. 아마도 그에게는 처음이 아니겠지. 가슴속에 아릿한 아픔이 스쳐 갔다. 그곳에 그의 입술이 스쳐 갔다. 아픔이 있던 자리에 불꽃이 피어났다. 불꽃이 피어올라 전신을 활활 태우기 시작했다. 뜨거움에 숨이 막혀 그의 몸을 끌어안았다. 그의 몸은 더욱 뜨거웠다. 몸과 몸이 부딪치고 미끄러지며 끌어올리는 열기에 머릿속이 새하얗게 비어갔다. 참을 수가 없었다. 갈증. 욕구. 소유욕. 그저 닿는 것만이 아니라 아예 그 전부를 자신 속에 담아버리고 싶다. 깊이. 깊이. 아주 깊이.

"제발. 제발……."

애원했다.

내게로 와요.

간청했다.

안아줄게요.

요구했다.

나와 함께해요.

강요했다.

당신은 내 거야.

활짝 열린 몸 안으로 그가 조심스레 들어섰다. 그를 빨리 만나고 싶어 서두르는 그녀를 달래며 천천히.

그가 인사한다.

안녕, 내 사람아.

그녀가 인사한다.

어서 와요, 내 사람아.

아팠다. 몸속 가득 그를 받아들이는 기쁨에도 불구하고 아픔을 어쩔 수 없어 비명을 질렀다. 그가 멈춰서 키스를 한다. 부드럽게 안아주며 위로해 준다. 아파하는 그녀를 보고 안타까워 물러나려 한다. 아픔보다 그가 떠나는 괴로움이 더 커서 끌어안았다.

가지 말아요.

함께 있어요.

혼자 두지 말아요.

날카로운 아픔이 천천히 물러가면서 둔한 통증만 남았다. 견딜 만 해지니 그의 열기가 다시 느껴진다. 가슴을 단단한 가슴이 누른다. 배와 배가 맞닿았다. 다리가 그의 허리에 감겼다. 언제 그렇게 되었는지 기억할 수 없다. 부끄러웠다. 부끄러운 가운데 몸속 깊이 들어온 그가 느껴졌다. 그와 한 몸이 되었다. 아까 느끼던 뜨거운 불꽃도, 순간적으로 찾아왔던 아픔도 모두 아릿한 고통으로 변해 버린 가운데 자신의 존재 가득 그가 들어찼다는 충만감만이

커져 갔다. 그의 등을 쓸고 어루만지고 꼬옥 끌어안았다.

그가 신음하며 움직였다. 몸속으로 찾아드는 그가 느껴진다. 깊이. 더 깊이. 처음으로 몸과 마음을 열고 찾아온 남자를 한껏 깊이 들이고 싶었다. 남들이 말하는 환희나 소설 속의 열락 같은 것은 없어도 지금 가슴이 터질 것처럼 가득한 느낌만은 거짓이 아니다. 그의 움직임에 맞추어 움직였다. 그의 호흡에 맞추어 호흡했다. 마침내 그가 짐승처럼 포효했다. 그가 자신을 으스러질 듯 끌어안고 절정에 오르는 것을 한껏 마주 안아주었다. 무너지는 그의 무게를 느끼며 산산이 흐트러진 그의 머리카락을 가만히 쓰다듬었다. 그와 자신의 호흡이 천천히 잦아드는 감각이 감미롭다. 왠지 눈물이 날 것 같았다.

"미안해."

그가 입술로 눈가를 애무했다. 눈물을 흘렸나 보다. 왜 그랬을까. 슬프지 않은데. 아까 아팠기 때문일까. 그래도 지금은 행복한 기분인데. 그러니 그가 사과하는 말은 듣고 싶지 않았다. 그래서 눈으로 물었다.

'왜요?'

그가 부드럽게 웃으며 대답했다.

"아프게 해서."

마주 웃으며 대답해 주었다.

"괜찮아요. 이제는 아프지 않아요."

그가 다시 한 번 끌어안아 주고 옆으로 몸을 굴리며 몸을 떼었다. 갑작스레 가슴에 밀려든 공기가 허전해서 떨어지는 그를 당겨 꼭 안았다. 그가 팔베개를 해주며 마주 안아주었다. 편안했다.

"일냈군. 어쩌지."

그가 웃음 지으며 말했다. 다행이다. 실수라고 후회하거나 고민하는 모습은 보이지 않는다. 자연스럽게 그리 될 일이 된 기분이다. 그 누구에게도, 그와 자신에게마저도 비난 따위는 듣고 싶지 않다.

"괜찮아요. 다들 그런 줄 알잖아요."

아버지, 어머니는 아니라고 알지만 굳이 말할 필요는 없다. 문득 여기가 집이고 밖에 가족이 있다는 사실이 떠올랐다. 들었을까. 얼굴이 화악 달아올랐다.

"왜 그래?"

"밖에서 들으셨을 것 같아서요."

"다들 나가셨어. 집에는 우리밖에 없어."

안심하는 순간 또 다른 일이 떠올랐다. 회사! 벌떡 일어나다 벌거벗은 가슴에 그가 보내는 눈빛을 보고 눈을 흘기며 시트 자락으로 가렸다.

"오늘 안 나간다고 전화했어. 하루 휴가를 내고. 나는 이틀째인가. 나란히 쉬었으니 내일 나가면 말들이 많을 거야."

그가 어쩔 수 없다는 듯 한숨을 쉬었다. 그 모습을 어제의 필사적이었던 모습과 비교하니 마음이 놓였다. 좀 더 여유로워 보인다. 일어난 김에 침대에서 빠져나와 잠옷 대용으로 쓰는 박스티를 뒤집어썼다. 움직일 때마다 깊은 곳에 둔한 통증이 있다. 마치 그가 아직도 그녀와 함께 있는 것 같아 기쁘고도 묘한 기분이었다.

"왜?"

"언제 돌아오실지 모르는데 둘이 같이 알몸으로 침대 속에 있을 수는 없잖아요. 씻고 올게요. 한숨 더 자요. 태형 씨는 지금도 잠이 모자라 보여요."

그가 시트를 허리에 감으며 일어서려고 했다.

"같이 하지."

같이 씻자고? 우리 집만 아니라면 기꺼이 그렇게 하겠지만 여기서는 안 될 말이다.

"안. 돼. 요."

그가 한숨을 푹 쉬고 침대에 엎어졌다. 입속으로 웅얼거린다.

"기대했는데."

"그래도 안 돼요. 더 자요. 점심시간 되기 전에 깨울게요."

문을 닫았다. 온 집 안이 조용하다. 말을 하면 동굴처럼 울릴 것 같다. 방 안이었다고 해도 그와 몸을 섞으며 내지르는 소리는 밖까지 들렸겠지. 자신의 교성이 온 집 안에 울려 퍼졌다는 생각을 하니 또다시 얼굴로 피가 몰려들었다. 머리를 휘휘 흔들며 애써 생각을 몰아내고 욕실로 들어가 티를 벗었다.

욕실의 큰 거울에 알몸의 자신이 비쳤다. 몸 여기저기에 그와 한 몸이 되었던 흔적이 보였다. 그가 키스한 자국, 그가 세게 안은 자국, 그가 빨아들인 자국. 눈으로 천천히 몸을 훑다가 그곳에서 멈추었다. 허벅지에 조금의 혈흔과 남자의 흔적이 보였다. 부끄러웠다. 몸을 돌려 샤워부스에 물을 틀고 들어갔다. 차가운 물이 달아오른 몸을 훑고 흘러내린다.

 그에게 몸을 열고 그에게 첫 몸을 주었다. 흔히 말하는 절정을 느끼지는 못했지만 불만스러운 점은 없었다. 그보다는 충만한 느낌이다. 지난번에 처음 몸을 열어주었을 때의 기분, 오늘 처음 교성을 지를 때의 기분, 그리고 그와 처음 한 몸이 되었을 때의 감각. 아마도 죽을 때까지 잊지 못할 것이다. 그래서 여자들이 첫 남자를 잊지 못하는 것일까 생각하다가 꼭 그렇지만은 않다고 생각했다. 경험이 없는 그녀가 생각하기에도 그는 익숙하고 다정했다. 그는 어땠을까. 좋았을까. 억지로 생각을 지웠다. 과거에 대한 집착은 의미가 없다.

 물을 끄고 몸을 말린 다음 다시 티셔츠를 입고 방으로 돌아왔다. 그는 자고 있었다. 편안히 잠든 모습을 한동안 바라보다가 옷을 갈아입고 나왔다. 시간은 오전 열한 시가 조금 넘었다. 냉장고에서 콩나물을 꺼내 다듬고 고추 파 마늘을 썰어 콩나물국을 끓였다. 어머니가 따로 장을 봐오시겠지만 이것만은 자신의 손으로 하고 싶었다. 내 남자. 법적 사회적 절차가 남아 있긴 해도 이미 그는 자신의 남자였다. 누군가 알면 자기 남자에게 밥을 먹이고 싶은 충동을 원시적이라고 할지도 모르지만 아무렴 어떻겠느냐는 생각이 들었다. 하고 싶었다. 그러니 한다. 누군가에게 피해를 주는 것도 아닌데. 그런 생각을 하며 국을 끓이고 밥통의 밥을 확인하고 냉장고의 밑반찬을 살펴본 다음, 한가하게 이것저것 생각하다가 적당히 끓어오른 콩나물국의 불을 껐다.

그는 자고 있었다. 살짝 벌어진 그의 입술에 키스를 하고 싶은 충동이 일었지만 혹시라도 깰까 봐 참았다. 여자는 몸 따라 마음도 간다고 하던데 맞는 걸까. 그럴지도 모르고 아닐지도 모른다. 그에게 몸으로 끌리는 것은 사실이지만 몸만 끌리는 것도 아니었다. 문득 사랑일까 하는 생각이 떠올랐다. 확신할 수는 없다. 그렇게 단순하게 보기에는 태형을 대하는 자신이 시작부터 지나치게 타산적이었다. 그래도 어떻게든 그를 돕고 괴로워하지 않게 하고 싶다는 마음 역시 사실이다. 누구에게도 뺏기고 싶지 않은 마음 역시 사실이다. 은영은 오뉴월 봄바람처럼 멋대로 흩어지는 생각을 따라가다 결국 최소한 흔히 말하는 '우정 이상 사랑 이하'는 된다는 결론을 짓고 말았다. 아마도 사랑 쪽에 가까울까. 여자로서 그의 곁에 있고 싶고, 동료로서 그를 돕고 싶다. 남들은 뭐라고 할지 몰라도 아내로서 그의 곁에 있기에는 충분한 이유라고 생각했다.

아내. 그의 아내로 있으려면 해결해야 할 문제가 있다. 자연스레 눈가에 힘이 들어갔다. 그 감정을 부끄러워하지 않았다. 돌부처도 시앗을 보면 돌아앉는다고 했다. 남편 될 사람의 옛 애인에게 질투하는 감정이 잘못이라고 할 사람은 아무도 없다. 남편. 눈길이 자연스레 그에게로 돌아갔다. 시트가 흘러내려 탄탄한 가슴과 배의 일부가 드러났다. 가슴에 손톱으로 긁은 자국이 빨갛게 보였다. 아까 쾌감에 들떴을 때 그의 가슴을 움켜쥐었던 일이 떠올랐다. 붉어지는 얼굴을 느끼며 시선을 돌렸다. 가슴이 빠르게 뛰고 있었다.

은영은 결국 그의 몸에 시트를 덮어주고 의자를 창가로 옮겨다가 앉아 밖을 내다보았다. 하얀 구름이 느릿하게 흘러간다. 한가로운 주말의 한낮. 다들 일하러 가고 조용한 주택가 아파트촌. 안방에는 남편이 자고 시부모님들이 도란도란 말씀하시는 소리가 간혹 들리는 정경이 떠올랐다. 자신은 콩나물을 다듬으며 요람에서 뒹구는 아기를 보고 있을까. 시부모님은 다정하시고, 남편 될 사람도 자신을 아껴줄 것 같다. 뒷날의 일이야 모른다지만, 그 정경을 위협하는 존재는 현재 하나뿐이다. 잠시 부드러워졌던 은영의 얼굴에 날카로운 빛이 서리기 시작했다.

 그녀도 가짜였다. 진실한 자신을 감추고 거짓 모습으로 그에게 다가가려고 했다. 그 마음만은 진짜라고 해도 겉모습을 가짜로 포장했으면 어쨌든 가짜다. 사실 순도 100%의 진실만으로 다른 사람을 대하는 이가 얼마나 될까. 은영이 생각하기에는 하나도 없다. 그렇다면 나 자신이 이미테이션이라고 해서 부끄러울 것은 또 뭘까.
 은영은 그동안 자신을 도금한 양철반지 같다고 생각했다. 겉으로 보기에 반짝이지만 살짝이라도 긁히면 천박한 속내를 드러내는 장난감 반지. 그래서 겉으로는 당당한 척했지만 그의 곁에 자신있게 설 수 없었다. 그런데 순금이라고 생각했던 사람들이 꺼멓게 타고 고통으로 찌들어 버린 속내를 드러내 보인다. 생각해 보면 인생 마지막의 침대에서 소중히 보듬는 반지는 남편이 청혼할 때 떨리는 손으로 내밀었던 14K 실반지인지도 모른다. 까마득히 잊고 보석함 귀퉁이에 던져 두었던, 그렇지만 버릴 수 없었던 도금반지인지도 모른다.

　나의 남자. 나의 남편. 세상의 기준으로 보면, 은영은 결혼하기도 전에 몸을 던진 엉덩이 가벼운 여자다. 자신은 그렇게 생각하지 않는다. 청혼을 받고 받아들였어도 그는 내 남자가 아니었다. 정작 첫 몸을 준 오늘도 아니다. 그때, 처음으로 몸을 열어준 그때에 그는 그녀의 남자가 되었다. 누군가의 아내가 되는 것도 마찬가지다. 반지를 끼고 혼인신고서에 날인하고 첫날밤을 맞기 전이라도 남은 삶 동안 그와 함께 인생의 굴곡진 길을 걷고자 마음먹었다면, 내게 곁에 있어달라는 그는 이미 나의 남편이다. 제도나 관습의 무게를 하찮게 여기지는 않아도, 가장 중요한 것은 마음에서 결정하는 법이다.

　세상에는 수많은 사람이 있고 그들에게는 각자의 생각이 있다. 그들에게는 각자의 삶이 있고 각자의 생각은 세월을 따라 변한다. 다른 누구도 아닌 나 자신, 그리고 다른 어느 때도 아닌 지금, 나에게 가장 중요한 이는 저기에 누워 있는 남편이다.

　아내의 의무가 남편을 위해 밥 짓고, 빨래하고, 아이 낳고, 잠자리를 같이하는 것만은 아니다. 아내의 권리가 그에게 보호받고 그의 돈으로 쇼핑하는 것만도 아니다. 상처받고 돌아온 남편을 안아주고 치료하는 것도, 쓰러져 버린 남편을 지키고 보호하는 것도 인생의 반려자로서 가진 의무이자 권리다. 지키고 보호하는 자가 남편만은 아닌 것이다.


　태형은 기분 좋게 잠에서 깼다. 조용했다. 아까 은영과 몸을 섞은 후 그녀가 돌아오기를 기다리다가 그대로 잠들었나 보다. 기억을 떠올리자 다시 아랫도리가 뜨거워져 왔다.

은영과의 관계는 생각 이상으로 좋았다. 은영은 처음이라고는 믿기지 않을 정도로 열렬히 반응해 주었고, 그런 반응에 자신도 함께 불타올라서 지금까지 겪지 못했던 기분을 맛보았다. 왠지 모르게 그녀가 자신을 깊숙이 받아들인다는 느낌이 있었다. 욕망해소를 위해서가 아니라 서로를 깊이 안아준다는 느낌. 그 감각이 종전의 허전한 정사와 대비되어 느긋한 포만감이 밀려왔다.

만족한 자신과 달리 그녀는 절정을 느끼지 못했다. 자기 욕망을 해소하기에 급급해 혼자만 서둘렀다 싶어서 미안했다. 그래서 무심코 미안하다고 했다가 어쩐지 그녀가 싫어한다 싶어 그냥 아프게 해서 미안하다는 말로 바꾸고 말았다. 이런 게 배려일까. 내 생각보다 상대의 마음을 헤아려 움직이는 것. 어쩐지 진종마가 작아지는 느낌이다.

다음에는 그녀와 함께 절정에 오르고 싶다는 생각을 하며 몸을 일으키는데 창가에 앉은 은영이 돌아보았다.

강렬한 여름 한낮의 태양빛이 창가에 쏟아지고 있었다. 그 빛 속의 그녀는 그 강렬함에 대비되어 마치 부서질 것처럼 연약하고 금방 공기 속으로 사라질 것처럼 덧없어 보였다. 화려하면서도 섬세한 이목구비와 피곤한지 약간은 파리한 안색이 집 안에서 입는 평범한 옷차림에도 불구하고 그녀를 다른 세상의 존재처럼 주위와 구분 짓고 있었다.

벌떡 일어난 순간, 그런 분위기는 사라졌다. 그녀는 한 사람의 여자로 돌아와 다정하게 웃음을 지었다. 등에 식은땀이 주르륵 흘러내렸다. 무서웠다. 그녀가 무서웠다. 자신을 놓아두고 사라진다는 생각이 든 순간 밀려들었던 고통에 손끝이 떨려왔다. 아까 그녀를 안았는데도 지금 사라질지 모른다는 두려움에 떤다. 어젯밤 그녀를 찾아오지 않았다면, 그리고 그녀가 받아들여 주지 않았으면 어떻게 되었을까. 생각만으로도 끔찍했다. 억지로 숨을 쉬며 다가오는 그녀에게 가까스로 웃음을 보였다.

"괜찮아요? 창백해요."

그녀가 태형의 이마를 짚으며 물어왔다. 그는 손의 존재를 증명하는 부드러운 감각에 눈물이 날 것 같았다. 손을 잡아 살짝 입맞춤하며 놀란 가슴을 진정시키고 말했다.

"별일 아냐. 당신이 너무 예뻐서 놀랐어."

그녀가 예쁘게 얼굴을 붉힌다. 손을 잡아당겨 입에 키스를 했다. 약간 저항하더니 살며시 입을 연다. 서투르지만 환영하는 몸짓으로 그녀의 혀가 마중을 나왔다. 좋은 학생이다. 열심히, 그리고 빨리 배운다. 아까의 욕망을 불러일으키는 키스와 달리 인사하듯 감정을 주고받는 따스한 키스였다. 그래도 가슴은 뛴다. 그대로 잡아당겨 침대에 넘어뜨릴까 하는데 그녀가 슬며시 몸을 뺐다.

"무슨 생각을 하는지 모르겠지만, 지금은 점심식사를 할 때예요. 아침도 걸렀잖아요. 우선 씻고 밥부터 먹어요. 콩나물국 끓여 놨어요."

그렇게 말하며 나가 버리는 그녀의 뒷모습을 물끄러미 바라보았다. 앞치마를 두른 모습이 자연스럽다. 늘 회사에서 보는 정장

차림과 파티에서의 화려한 드레스 차림에 익숙해 있다가 이렇게 가정적인 모습을 대하니 이건 또 전혀 색다른 느낌이 그의 가슴속으로 밀려들어 왔다. 내 여자. 자신이 있는 곳에서 자연스럽게 있는 내 여자의 느낌에 가슴이 뭉클했다.

  씻고 식탁에 앉으니 은영이 따뜻한 콩나물국과 밥을 내주고 그녀의 몫도 퍼서 그의 앞에 앉았다. 조용한 집 안에 두 사람이 식사하는 소리만 간간이 들렸다. 고춧가루를 푼 콩나물국은 간간하고 시원해서 입맛에 맞았다. 밥은 방금 한 것 같지 않았고 반찬도 냉장고에서 꺼낸 듯 차가웠지만 한갓진 분위기만으로도 두어 그릇은 그냥 비울 만했다. 결국 밥 한 그릇을 더 청해서 먹고 은영이 설거지를 하는 동안 커피를 준비했다.

  "괜찮아?"

  커피를 가지고 함께 소파로 가서 앉을 때 문득 생각이 나 물었다. 그녀가 빨개진 얼굴로 '뭘 그런 것을 묻느냐'는 눈초리를 보내왔다. 뻔뻔스럽게 웃으며 계속 쳐다봤다. 그녀가 고개를 돌리면서 살짝 끄덕였다. 기분이 좋았다.

  "다음에는……."

  "말하지 말아요."

  목덜미까지 새빨개진 은영이 귀여웠다. 늘 보던 당차고 냉정한 모습과는 완전히 달랐다. 그런 얼굴로 한동안 고개를 숙이고 커피를 홀짝이다가 결심을 한 듯 똑바로 눈길을 보내오며 그녀가 말했다.

"태형 씨는 어땠는지 몰라도 저는 태형 씨에게 안기며 행복했어요. 자꾸 입 밖에 내면 그 느낌이 사라질 것 같아요."

생각이 짧았다. 남을 배려하지 않고 멋대로 하는 고질병은 쉬이 고쳐지지 않겠다고 앙탈한다. 잠시만 방심해도 고개를 들이밀었다. 자책하면서도 기분이 좋았다.

사람마다 다른 것이다. 그녀가 절정을 느끼지 못했다는 점에 구애돼서 어떻게든 가벼운 분위기를 만들려고 노력했지만, 그녀는 오히려 좋았던 기억을 해친다고 받아들인다. 그녀는 사람들이 아니라 은영이다. 대개 어떻다는 기준으로 대할 사람이 아니다. 그녀가 어떤 경우에 어떻게 반응하는지 기억하자고 머릿속에 새기면서 그냥 고개만 끄덕여 주었다.

다시 말이 없는 가운데 한가로운 분위기가 흘렀다. 좋았다. 은영의 화려한 분위기만 보고 결혼하면 늘 주위가 요란하겠다고 생각했다. 역시 사람은 겪어보아야 안다.


"고등학교 1학년 때 왕따를 당했어요."

그녀가 문득 말을 시작했다. 직감적으로 어제 태형이 고백한 일에 대한 보답 같은 거라는 생각이 들었다. 그럴 필요는 없지만 그녀가 어떤 사람인지 알아두어서 나쁠 리 없다는 생각에 그냥 입을 다물고 가만히 그녀를 보며 말을 들었다.

"흔한 이유는 아니었어요. 전 어릴 때부터 약삭빠른 데가 있었는데, 그래서 친구도 별로 없었죠. 그러다 고등학교 1학년 때 친구를 사귀었어요. 이름은 신해정. 마음이 밝고 활발한 애였죠. 처음으로 마음 통하는 친구를 가졌다는 기분에 푹 빠져 버렸어요. 너무 귀해서 그 아이를 나만의 친구로 삼고 싶었어요. 흔한 일이죠."

그녀가 쓸쓸한 표정을 지으며 커피를 한 모금 넘겼다.

"해정이에게 다가가는 아이는 누구든 무슨 수를 써서라도 떼어놓았어요. 그때는 왜 그랬는지. 다른 친구를 사귄다고 해정이가 나를 덜 좋아하게 되는 건 아니었는데. 하여튼, 그런 행동이 오래 갈 리가 없죠. 반 아이들에게 알려지면서 해정이가 떨어져 나가고 반에서 고립됐어요. 자업자득. 다행히 겨울방학이 멀지 않았기에 왕따는 오래가지 않았어요."

그녀의 눈에 칼날 같은 빛이 서렸다. 태형은 긴장하면서 다음 말을 기다렸다.

"문제는 다음 해였죠. 같은 반에서 올라온 아이들이 저를 또 왕따시키려고 했어요. 신체적으로 해코지를 할 정도는 아니었기에 선생님들도 애만 태울 뿐 뚜렷한 도움은 못 주었죠. 해정이한테 미안했기 때문에 예전에는 조용히 있었지만 이번에도 감수할 수는 없었어요. 그 아이들에게까지 미안하지는 않았으니까. 대응하기로 마음먹었어요. 왕따 핑계를 대고 학교까지 빠져 가면서 주동하는 애들의 약점을 캐고 다녔어요. 그러다가 한 아이가 대학생 애인을 가진 걸 알게 되었죠. 육체 관계까지 있는. 그 사실을 확대해서 그 그룹 아이들이 원조교제를 하는 것처럼 소문을 퍼뜨렸어요. 그룹의 아이 가운데 하나가 호텔을 드나들었다는 사실 때문에 모두 색안경을 끼고 봤고, 결국 다들 전학을 가버렸어요."

은영은 커피메이커로 가서 커피 한 잔을 다시 붓고 태형에게 등을 보인 채 말했다.

"사람들에게 좀 가혹한 장난질을 치는 일이 많았던 저에게 그때 일은 좋은 교훈이 됐어요. 그 이후로 쓸데없이 헤살 부리는 일은 가급적 자제했지요. 그렇지만 천성은 어쩔 수 없었달까. 정은이 때문에, 아, 그때 그 사냥꾼이었던 애죠. 그 애 때문에 당신에게 장난을 치고 그게 인연이 돼서 여기까지 왔어요. 아마 그런 부분은 평생 변하지 않을 거예요. 저는 그런 사람이에요. 결혼하기 전에, 아니, 결혼을 더 진행시키기 전에 말해두고 싶었어요."

은영은 커피에 크림과 설탕을 타서 자리로 가지고 돌아왔다. 자리에 앉은 그녀는 등을 꼿꼿이 세우고 태형을 응시했다.

"저도 당신에게 묻고 싶어요. 이런 저와 평생을 함께해 주실 건가요? 아까의 일을 생각하지 말고 답해줘요. 요즘에 처녀 같은 거야 문제도 아니니까."

태형은 그녀의 조용한 기세에 압도당했다. 만지면 부서질 듯 섬세한 얼굴에 칼날 같은 눈빛. 지금 그녀는 완전한 전투 모드다. 그는 침을 꿀꺽 삼키고 신중하게 대답했다.

"아까의 일을 생각하지 말라니, 무리야. 나는 무척이나 좋았거든. 당신이 처음이었다는 사실도 물론이고. 어쨌든 당신 질문에 답한다면, 기꺼이. 기꺼이 당신과 함께 늙어 죽겠어."

그리고 한마디 덧붙였다.

"당신 성격은 장점이야. 대영 안주인에게 그 정도 수완도 없으면 오히려 곤란해."

은영의 눈빛이 부드럽게 풀렸다. 올바른 답변을 했다. 어려운 시험을 하나 통과한 듯해 내심 한숨을 쉬는데 그녀가 다시 확인을 해왔다.

"저는 당신 아내가 되는 게 틀림없군요?"

"당신이 반대하지만 않는다면."

느긋해진 마음으로 고개를 끄덕이며 대답해 주었을 때, 은영이 폭탄을 던졌다.

"그렇다면 부탁이 있어요. 오늘 당장 혼인신고를 해줘요."

태형은 놀라 멍하니 그녀를 바라보았다. 오늘? 당장? 은영이 오늘 그의 것이 된다! 기쁨이 몰려왔다. 그러나 이어서 의문이 고개를 쳐들었다.

"왜? 왜 그렇게 서두르지?"

은영이 무표정한 얼굴로 눈을 내리깔고 커피를 한 모금 마신 뒤에 눈을 들어 그를 응시하며 말했다.

"아기."

푸웃.

입에 머금었던 커피를 쏟아내고 말았다. 태형은 옷이 젖는 것도 모르고 은영을 멍청하니 바라봤다. 그녀는 침착하게 일어나 수건을 가져다가 그의 옷에 묻은 커피가 번지지 않도록 살짝살짝 주의 깊게 닦아냈다.

"아기?"

"네. 오늘 생겼을지도 모르니까."

아기! 남자와 여자의 관계에 의해 발생하는 생명체. 그걸 왜 생각하지 못했을까? 워낙 뜻밖에 발생한 사건이라 둘 중에서 어느 누구도 피임을 하지 못했는데.

태형이 갑작스러운 깨달음에 당황하고 있는데 은영이 빙긋 웃으며 말했다.

"농담이에요. 아이가 그리 쉽게 생길 리가 없죠. 또 어차피 우린 결혼할 거니까 서두를 이유는 안 되고. 아니, 나중에 속도위반 소리를 듣지 않으려면 해둬야 할까? 하여튼."

태형은 도대체 어쩌라는 거냐고 소리를 지르고 싶은 심정으로 넋 빠진 표정을 하고 은영을 바라보았다. 첫 만남부터 그렇더니 저 여자는 정신을 빼놓는 데 일가견이 있다.

"필요해요. 제가 싸우기 위해서는. 그것도 당장. 절 믿어주실 수 없어요?"

"싸우기 위해? 누구와?"

은영의 웃음이 싸늘해지고 눈이 가늘어지며 평소의 냉정하던 얼굴과는 또 다른 날카로운 기세를 피워 올렸다.

"성주."

가슴이 뛰었다. 이런 그녀의 얼굴은 무시무시했다. 마치 반역자에게 사형을 내리는 여왕과도 같이 잔혹한 가운데 위엄마저 흘러나왔다. 편안한 옷차림도 그 분위기를 전혀 손상시키지 못했다. 태형은 깨달았다. 조금 전에 한 이야기는 이 얼굴 때문에 했다. 그리고 앞으로도 이런 얼굴, 이런 태도로 그녀가 요구하면 자신은 거절할 수 없다는 사실도. 적을 상대로 움직여 난도질해 버리겠다는 의미이기 때문이다. 태형은 무심결에 고개를 끄덕이고 말았다. 은영은 그런 그에게 당연하다는 눈빛을 보내더니 말했다.

"식은 예정대로 나중에. 오늘 하는 건 혼인신고뿐이에요. 당신은 아버님, 어머님께 전화하세요. 아까 일을 구실로 내세워도 좋아요. 우리 부모님께는 제가 말할게요. 허락받으면 당신 집으로 가서 필요한 서류랑 도장 챙겨 가지고 바로 구청으로 가요. 그러고 나서 갈 곳이 있어요."

태형은 다시 고개를 끄덕였다. 귀신에 홀린 기분이었다. 어쨌든 오늘 내로 은영이 자신의 법적 아내가 된다는 데는 기분이 나쁘지 않았다. 은영이 자신에게 나쁜 일을 시킬 리가 없다. 그런 근거없는 확신이 태형을 지배했다.

진 회장 내외는 물론 펄쩍 뛰었다. 그러나 결혼식은 예정대로 치를 거라는 말에 누그러졌다. 오늘 실수를 했고, 혹시 아기가 생겼을지도 모른다는 말에는 진 회장도 더 이상 토를 달지 않고 껄껄 웃기까지 했다. 오 여사는 '그 녀석, 버릇 나왔다'며 가슴을 두드렸다.

은영의 부모도 물론 펄쩍 뛰었다. 결혼식을 예정대로 치를 거라는 말에도 누그러지지 않았다. 그러나 오늘 실수를 했고, 혹시 아기가 생겼을지도 모른다는 말에 은영의 아버지는 당장 구청에 가라고 고함을 질렀다. 태형이 다시 한 번 죽일 놈이 되었음은 물론이다. 은영의 어머니는 '너, 집에서 보자'고 했다.

두 사람이 법적인 부부가 되는 데는 그리 많은 시간이 걸리지 않았다. 단지 서류상의 절차에 불과한 일이다. 그와 은영이 전혀 다른 사람으로 변하는 것 역시 아니고 그저 올 일을 앞당겼을 뿐이다. 그렇지만 당연히 그리 된다 싶어도 어떤 일을 마음먹는 것과 마음먹은 일을 실행해 결과물을 손에 드는 것은 다른 법이다. 겉치레도 나름의 무게는 갖는 법. 그도 은영도 구청에서 나와 차에 앉기까지 한동안은 엄숙한 기분에 싸여 있었다.

"안녕하세요, 남편."

은영이 문득 옆 자리를 보며 말했다.

"안녕하시오, 부인."

그가 마주 웃으며 말했다.

두 사람은 그대로 몸을 기울여 부부로서의 첫키스를 했다. 사람들이 오가는 구청 주차장에서 꽃 한 송이 주고받지 않고 한 키스였지만 거기에 쏟은 마음이 여느 부부와 다를 바가 없음을 서로 알고 있었다. 몸속에서 치솟는 열기를 가만가만 잠재우며 혀도 나누지 않고 입술만 맞댄 채 따스하고 부드러운 서로의 입술을 어루만졌다.

한참 후에 입술을 뗀 그가 주머니에서 작은 상자 하나를 꺼냈다. 상자 안에는 흰색, 분홍색, 푸른색 등 세 가지 색의 작은 보석이 엇갈리게 박히고 섬세하게 세공을 한 여자용 백금반지와 같은 기조의 디자인에 심플한 남자용 반지가 들어 있었다. 태형은 말없이 여자용 반지를 빼내 은영의 왼손 약지에 끼우고 반지에 입을 맞추었다. 은영 역시 남자용 반지를 빼내 태형의 왼손 약지에 끼우고 반지에 입을 맞추었다.

"예전 그것인가요?"

은영이 물었다.
"아니. 새로 마련했어. 상견례 때 주려다가 잊었지. 결혼반지는 당신이 골라."
은영이 고개를 끄덕였다. 태형은 다시 그녀의 입술에 가볍게 입을 맞추고 물었다.
"이제 어디로 가지?"
그녀가 말했다.
"병원으로."
그가 차에 시동을 걸고 천천히 차를 출발시켰다. 초대장도 받지 않고 식에 참석했던 사람들은 지켜보던 눈길을 거두고 온화한 웃음을 머금으며 각자의 갈 길로 흩어졌다.

은영은 병실 근처에서 태형을 세우고 소리를 낮춰 말했다.
"태형 씨는 문밖에서 기다려요. 들어 올 필요는 없어요."
"당신."
"네?"
"당신이라고 해. 둘만 있을 때는 나도 당신이라고 부른댔잖아. 당신이 그 말 하는 게 듣기 좋아."
은영은 얼굴이 붉어지는 것을 느꼈다.
"왜 새삼……."
요즘 이야기하다가 가끔씩 무의식중에 '당신'이라는 말을 썼다. 그에게서 옮았나 보다. 그때마다 부끄럽고 가슴이 두근거려 그의 눈치를 살폈는데 별다른 기색은 보이지 않았다. 그래서 그냥 자연스럽게 받아들인다고 생각했다. 그게 아닌 모양이다.

"내 이름이야 이놈저놈 다 부르지만, 당신이라고 하는 사람은 당신뿐이니까. 나한테 당신이라고 한 여자도 당신뿐이니까. 여보도 좋기는 한데, 당신이 당신이라고 부르는 소리를 들으면 특별한 의미가 느껴져."

"흥, 바람둥이. 알았어요. 어쨌든 당신은 문밖에서 기다려요."

은영은 새침하게 고개를 돌리며 말했다. 얼굴이 뜨겁고 가슴이 두근거린다. 앞으로의 대면을 앞두고 긴장했던 몸과 마음이 여유롭게 풀려 나간다. 자신이 그의 아내라는 확신. 전쟁을 확실하고 짧게 끝낼 무기로 필요해서 혼인신고를 선택하기는 했지만, 이런 안정감의 원인은 역시 그의 법적 아내라는 지위다. 그 사실을 상기시켜 주는 배려가 고마웠다.

"왜? 같이 들어가는 편이 좋지 않을까?"

은영은 고개를 돌리지 않고 단호하게 말했다.

"저를 택하고 혼인신고를 한 것으로 당신 역할은 끝났어요. 저 안에서 오갈 말들은 당신이 없는 자리에서 해야 해요. 결말이 어떻게 되든 당신은 문밖에서 듣기만 하세요."

은영은 마지막으로 그의 눈을 보며 말했다.

"저를 믿어요."

태형은 그녀의 기색을 살피더니 묵묵히 고개를 끄덕였다. 은영은 어깨를 굳히고 기세를 가다듬은 다음 병실 문을 밀고 들어갔다. 자아, 전쟁이다!

## 14. 전쟁

**병**실 안에서 은영이 본 광경은 짐작보다 훨씬 참혹했다. 작년 이맘때 보았던 쾌활하고 우아한 여성은 없다. 대신에 하얀 병원침대 위에 기대듯 앉은 여자가 이불 밖에 내놓은 팔 하나에 링거를 맞으며 침대보보다 창백한 낯빛으로 멍하니 창밖을 보고 있었다. 팔이 앙상했다. 얼굴도 예전보다 훨씬 야위어 '얼굴이 반쪽이 됐다'는 말을 실감하게 만들었다. 은영이 들어오는 소리를 들었을 텐데, 살짝 고개를 돌리기만 해도 누가 왔는지 알 텐데도 관심조차 없어 보였다.

반응을 보인 사람은 침대 옆에 앉았던 중년 여자였다. 어머니라는 이름의 죄인. 침대 위의 여인 못지않게 여위고 절망에 차 있었다. 피붙이 딸자식이 하루하루 말라 스러져 가는 모습을 옆에서 지켜보는 심정은 은영이 미루어 짐작하기 힘들다. 그녀와의 만남은 은영의 계획에 없었다. 머리가 성주만으로 가득했으니까. 은영이 다가가자 성주 어머니는 힘겹게 일어나 마주 다가오면서 물었다.

"누구시죠?"

지친 눈에 의아해하는 기색이 떠올랐다. 은영은 허리를 굽혀 정중히 인사했다.

"이은영이라고 합니다. 따님과 이야기를 좀 나누려고 왔습니다."

"무슨……?"

그녀의 얼굴에 의문 인식 놀람이 차례로 떠올랐다가 사라졌다. 그리고 분노와 씁쓸함이 채워져 갔다. 딸의 미래를 어그러뜨린 상대에 대한 어머니로서의 분노, 그리고 손목을 그어 결혼을 방해하고 나선 꼴이 되어버린 딸의 현실에 대한 씁쓸함일 터였다.

대화 소리를 들었는지 침대에 앉은 여인이 고개를 돌렸다. 가슴 아픈 눈빛이다. 행복과 자신감, 그리고 사랑으로 가득했던 눈에서 공허밖에 보이지 않는다.

"나중에 다시 오면 안 될까요? 지금은 보다시피 상태가……."

보통의 상황이라면 얌전히 물러났다. 얼굴을 본 지금은 아니다. 상태는 은영이 예상했던 것보다 훨씬 더 나빴다. 주위 사람들이 죽게 놔둘 리야 없지만, 이대로 가면 성주는 폐인이다. 모두에게 죽음보다 안 좋은 결과를 낳을 수도 있다. 은영은 마음을 다잡았다.

"저와 성주 씨, 한번 만나서 이야기해야 할 사이예요. 그것도 지금. 성주 씨가 연기하는 버림받은 옛 여자 때문에 다들 이 난리잖아요."

성주 어머니의 얼굴이 분노로 벌겋게 달아올랐다. 음성은 다른 곳에서 들려왔다.

"옛 여자라고 하지 말아요."

스물넷 한창때의 여자 목소리가 아니다. 인생길에 지쳐 쉬고 갈라진 노파의 음성이다. 몇 번의 만남을 통해 성주가 말할 때 어떤지 아는 만큼, 과거와 현재의 괴리가 은영의 가슴을 무겁게 짓눌렀다.

"오빠와 난 그런 사이였던 적이 없어요. 동생이래요. 앞으로도 쭉. 그러니까 옛 여자는 될 수 없어요."

당장이라도 바스러질 듯 위태로운 모습이면서 품위는 여전하다. 천상 요조숙녀. 프라이드가 연적 앞에서 무너지는 꼴을 용납하지 못하는 것 같다. 그 모습이 애잔하면서도 당당해 은영은 가슴이 뭉클했다. 같은 여자로서 이런 모습에 반했었다. 그만큼이나마 자신을 남겨줘서 고마웠다. 그리고 그만큼 허물어뜨려야 할 자신의 입장이 새삼 괴로워졌다.

"성주야! 너, 말……."

울먹이는 성주 어머니의 목소리가 옆에서 들렸다. 돌아보니 손으로 입을 가린 채 눈물이 글썽글썽한 눈으로 성주만 본다. 애끓는 모정(母情). 세상에 관심을 끊은 듯 스러져 가던 딸이 말을 했다는 사실만으로 기쁨에 가득한 어머니의 모습이 애달프다.

"엄마, 저, 이 사람과 단둘이 이야기 좀 할게요. 그냥 돌아갈 분은 아니거든요."

성주 어머니가 은영을 힐끔힐끔 돌아보며 망설임이 가득한 음성으로 물었다.

"괜찮겠니? 너……."

"괜찮아요."

성주 어머니는 재삼재사 괜찮겠느냐며 확인을 거듭하고 무슨 일 있으면 호출기로 부르라는 말을 남기면서 병실을 나갔다. 딸에게 무슨 일이 생기면 용서하지 않겠다는 눈길이 뒷덜미에 느껴졌다. 무시했다. 은영은 태어나서 가장 큰 것을 걸고 최대의 적과 마주친 상태다. 다른 곳에 신경 쓸 여가는 없다.

"앉으세요. 고개 들고 이야기하려니까 힘드네요. 어쨌든 난 환자예요."

은영은 침대 곁의 의자에 걸어가 앉았다. 상대가 안 되는 예의 따위는 집어치웠다.

"흥. 공주님 뵙기 힘들군요. 기사와 드래곤이 떼거리로 지키는 공주님. 혼자서는 먹지도 못해요? 꼭 왕자님이 떠먹여 줘야 하나요?"

식사거부를 빗대는 빈정거림에 성주의 얼굴이 살짝 붉어졌다. 예상치 못했을 무례한 말이 숙녀의 가면에 흠집을 낸 것이다. 빙고.

"내가 먹든 말든 무슨 상관이에요?"

"상관있으니까 그러죠. 남자가 청혼해서 그러마고 했더니 웬 여자가 매달려 안 된다고 난장질을 치는데, 밥도 안 먹고 퍼질러져 머리끄덩이 잡고 패줄 수도 없게 하니 상관 안 하게 됐어요?"

막나가는 말에 멍해진 성주가 대꾸를 못했다. 기세를 타고 은영이 계속 공격을 했다.

"십칠 년? 웃겨. 남은 반년에 낚아 올리는 남자를 혼자 십칠 년이나 들러붙어서 자가발전 했다는 소리잖아요. 그게 자랑인가요? 그 사람 난리 피우고 돌아다닐 때 당신 뭐 했어요? 그 사람, 왜 지금 저렇게 냉랭한지 당신 몰라요? 그거 겨우 해결해서 데리고 살려는데 강짜 부리는 꼴, 당신 같으면 그러쇼 하고 내버려 두겠어요?"

"말투가 천박하시군요."

가까스로 세웠을 자존심까지 박박 긁어대자 마침내 성주가 반격해 왔다. 대진해운 파티에서 은영이 했던 소리를 되던진다. 목소리도 처음보다 힘이 실리고 은은하게 분노도 섞였다. 좋은 징조다. 인형 같은 숙녀보다는 상대할 만하게 되었다.

"천박해서 미안해요. 원래 태생이 공주과는 못 돼서."

잠시 침묵이 내려앉았다. 한참을 서로 노려보는데 성주가 입을 열었다.

"태형 오빠와 저, 양쪽 집안에서 인정하는 사이였어요. 그걸 믿고 기다렸어요. 그게 잘못인가요? 제 나이 이제 스물넷이에요. 나이 찰 때까지 태형 오빠가 기다려 줄 거라고 생각했어요. 태형 오빠에게 어울리는 여자가 되려고 필요하다면 뭐든지 배웠어요. 결혼한 뒤에도 아버지 쪽의 인맥을 동원해 오빠를 도울 작정이었어요. 그냥 기다리기만 했다는 식으로 말하지 말아요."

"다른 사람을 베껴가면서?"

흥분으로 살짝 달아올랐던 성주의 뺨에서 핏기가 빠져나갔다. 반칙이지만 반칙일수록 효과는 강하다. 은영은 기어오르는 죄책감을 찍어 눌렀다.

"무슨……"

"여운지."

성주의 말문이 닫혔다. 두 사람은 또다시 말없이 서로 노려보았다. 이번에도 말문을 연 사람은 성주였다.

"상관없어요. 오빠가 당신을 마음에 들어한다면 당신을 베껴도 좋아요. 오빠가 돌아봐 준다면. 그게 어때서? 내가 몸에 익히면 내 거예요."

은영은 인정했다. 무슨 짓을 하더라도 태형의 곁에 있겠다는 성주의 마음만큼은 진짜였다. 그래도 한 번 드러난 약점을 허술히 놓아줄 그녀가 아니다. 어린 시절, 뻘건 핏물이 솟고 검붉은 내장이 드러나도록 상대를 헤집고 헤집어 끝내 숨넘어가는 비명을 듣고서야 만족했던 그녀다. 요즘 자제한다 해서 그 성격이 어디 가버린 것은 아니다.

"그런데, 그거 알아요? 당신 노력이 잘못됐다는 거. 여운지 씨는 태형 씨 친구였어요. 태형 씨가 그러더군요. 장난으로 접근했다가 친구가 됐다고. 당신은 열심히 친구를 베꼈어요. 애인이 아니라. 무슨 뜻인지 알아들었어요?"

성주가 충격을 받은 얼굴로 멍하니 쳐다봤다. 박힌 칼날을 깊이 밀어 넣었다.

"성주 씨, 십칠 년을 태형 씨 곁에서 지켜봤다면서 태형 씨의 마음을 몰랐나요? 겨우 반년을 만난 나도 알겠던데. 당신, 태형 씨를 사랑한 것 맞아요?"

"아냐! 오해했다고 내 사랑마저 부정하지 말아요!"

성주의 눈에 불꽃이 피어올랐다. 본론으로 들어갈 때였다.

"좋아요. 당신 말을 믿지요. 그런데 왜 이러나요?"

"뭘 말예요?"

"죽으려는 거."

불꽃이 꺼졌다. 연적을 만나 애써 자존심의 갑옷을 둘렀던 여자가 순식간에 파편으로 변해서 바닥에 널브러졌다. 안쓰러워 볼 수가 없다. 실수였다. 좀 더 차분히 끌어가야 했을 일을, 성주가 생각보다 대차게 나오는 바람에 과도하게 밀어붙이고 말았다.

은영이 숨을 삼키며 어쩔 줄 몰라 하는데, 가냘픈 음성이 성주의 입에서 새어나왔다.

"가요."

공허. 슬픔. 버림받은 괴로움. 은영도 태형의 연락을 기다리며 미치도록 맛봤던 감정이 갈라지고 터진 입술 사이로 스며나온 단 두 글자에 녹아 있다. 은영은 미안한 심정을 밀쳐 냈다. 시작하지 않았으면 모를까, 여기서 그만두면 안 되었다. 정말 죽어버릴지도 모른다.

"왜 죽으려고 해요?"

"가세요. 오빠가 당신을 선택했다는 걸 잊었어요. 이런 이야기가 무슨 소용이죠? 오빠는 오지 않는데."

성주가 간호원 호출기를 누르려고 했다. 그녀를 막으면서 은영이 다시 대답을 요구했다.

"왜 죽고 싶어해요?"

몇 주간 제대로 먹지도 않고 병실 침대에 누워 있던 여자의 힘으로는 은영의 방어를 뚫을 수 없었다. 끝내 호출기를 누르지 못하자 성주가 지친 얼굴로 목소리를 흘렸다.

"죽고 싶은 게 아니에요. 살 이유가 없어요. 성주한테는 오빠뿐이었는데 오빠가 없어져 버렸어요. 성주 안에는 아무것도 안 남았어요. 비었어요. 그래서 빈 오빠의 자리를 채우고 싶었어요. 오빠가 보고 싶었어요. 그래서 그랬어요. 죽을 생각은 없었어요. 그냥 오빠가 보고 싶었어요. 성주만 생각해 주는 오빠가. 알아요. 그런다고 오빠가 선택해 주지는 않겠지요. 오빠한테 나는 동생일 뿐이니까. 당신과 헤어진다고 해도 저한테는 오지 않아요. 그냥 오빠가 보고 싶었어요. 그래서 그랬어요."

은영은 넋두리 같은 성주의 읊조림을 들으며 말을 잃었다. 그녀는 정말 전부를 걸고 태형을 사랑했다. 모든 것을 태형에게 맞춰 십칠 년을 살았다. 끝내 좌절로 이어졌다 해도 성주의 잘못은 아니다. 태형이 그녀의 사랑을 받아주지 않았을 뿐이다.

그렇다고 태형에게 그녀를 받아주라고 말할 수는 없다. 은영은 멋 부리며 남자를 양보하는 골 빈 여자가 아니다. 태형은 그녀에게도 소중한 남자이자 남편이다. 설혹 아직 혼인신고를 하지 않았다고 해도, 성주의 사랑이 아무리 커도, 심지어 성주가 당장 죽어

넘어진다 해도, 양보하는 일 따위는 은영의 머릿속에 없다.
 은영은 치밀어 오르는 동정심을 때려눕혔다. 대신 냉정함이라는 방패와 잔인함이라는 흉기를 꺼내 들었다. 눈에 힘을 주고 기세를 피워 올렸다. 성주 안의 공허와 상실감마저 짓밟아 버리겠다는 결의를 가슴에 가득 담아버렸다.
 "웃기는군요. 그래서 죽으려고 해요?"
 "죽을 생각이 아니었다니까요."
 이제는 상관없다는 투다.
 "이대로 가면 죽어요."
 "당신이 상관할 바가 아니에요."
 고개마저 돌리고 자신 속으로 침잠해 들어갈 태세다. 은영은 마지막으로 성주가 무심해질 수 없는 무기를 꺼내 들었다.
 "아뇨, 상관할 일이에요. 태형 씨가 마음을 다칠 테니까."
 성주가 고개를 휙 쳐들었다. 그녀의 눈에 아픔과 함께 희미한 희망이 떠올랐다. 은영은 그 희망을 힘차게 밟아 뭉갰다.
 "착각하지 말아요. 태형 씨는 당신을 동생으로서 소중하게 생각해요. 지난 나흘간 태형 씨는 술독에 빠져 지냈어요. 마침내 나한테 올 때까지. 당신과 나에 대한 사랑을 저울질하며 괴로워한 게 아니에요. 동생이 아프다는데 가지 않는다는 사실에 대한 죄책감 때문에 괴로워했어요. 당신 말이 맞아요. 나와 헤어진다고 해도 태형 씨는 당신과 결혼하지 않아요. 당신은 지금 아무것도 얻을 수 없는데 공연히, 공연히 태형 씨를 괴롭히고 있어요. 내가 여기 온 이유도 그거예요. 알아들어요?"

성주의 공허했던 눈에서 눈물이 괴었다. 절망과 고통, 그리고 미안함의 눈물이었다. 자신 때문에 괴로워하는 연인을 생각하며 겪는 아픔. 사랑이 아니었으면 없었을 그 눈은 은영의 눈에도 정말 서러워 보였다.

"오빠를 괴롭히고 싶어서가 아니에요. 그냥 보고 싶었던 것뿐인데. 미안해요, 오빠······."

은영은 늦추지 않았다. 정신적으로 혼란하고 체력적으로 약한 지금이 아니면 먹히지 않을 억지들이다. 기회가 왔을 때 끝장을 봐야 했다. 급소에 박힌 칼날을 비틀었다.

"미안하다면서 괴롭히는 것이 당신 사랑인가요? 태형 씨를 그런 식으로 사랑해 왔나요?"

"그렇게 말하지 말아요! 그런 게 아니야! 왜 나한테 이래요? 당신, 오빠 가졌잖아. 오빠 당신 거잖아. 인정해. 인정한다니까! 그런데 왜 나한테 이래요?"

은영은 냉랭한 목소리로 성주의 항변을 받아쳤다. 피를 흘리는 상처를 벌려 내장을 드러냈다.

"당신이 태형 씨를 괴롭히니까."

"나보고 어쩌라고요. 이렇게 괴로운데. 이렇게 사랑하는데. 이렇게 보고 싶은데. 나도 어쩔 수 없어요. 나도 죽고 싶지는 않아요. 그렇지만 더 이상 살 의미가 없는걸요. 내 안에는 아무것도 남지 않았어요."

"아니, 틀렸어요. 당신 안에 아직 남은 게 있어요."

성주가 눈물로 뒤범벅된 얼굴을 들어 은영을 쳐다보았다. 애절했다. 은영은 다시 한 번 동정심을 내리눌렀다. 그리고 고통에 몸부림치는 내장을 쥐어짰다.

"태형 씨에 대한 사랑."

성주의 얼굴이 멍해졌다. 서서히 뺨에 핏기가 오르고 눈에서는 불꽃을 뿜었다. 얼굴이 일그러졌다. 그녀는 더 이상 고상하고 아름다운 요조숙녀가 아니다. 탑 속에서 기사와 용에게 돌봄을 받으며 잃어버린 사랑에 한탄하는 공주가 아니다. 그녀는 가망이 없는 사랑에 고통받고 질투하는 여자였다. 마침내 요조숙녀가 피 흘리는 심장을 드러내고 비명을 질렀다.

"그래서, 그래서 살라고? 오빠를 사랑하는 채로? 내가 아닌 당신과 오빠가 행복하게 사는 모습을 지켜보라고? 그렇게 평생?"

은영은 끝없이 이어질 듯한 원망 섞인 질문들을 단호히 끊어버렸다.

"당신 사랑은 고작 그거예요? 십칠 년을 키워왔다고 자랑했던 그 대단한 사랑이 고작?"

성주는 어이없다는 듯 은영을 쳐다보았다.

"고작? 대체 뭘 바라요? 뭘 더 바라기에 나한테 이래요?"

당차게 연적을 대했던 여인이 하소연을 한다. 멀지 않다. 은영은 눈물범벅인 성주의 눈을 보면서 나직한 목소리로 차근차근 숨통을 죄어갔다.

"당신이 죽으면 태형 씨가 괴로워해요. 그러니까 살아요. 살아서 태형 씨를 사랑하세요. 절대 당신 마음을 받아주지는 않겠지만, 당신, 십칠 년이나 해왔잖아요? 당신이 내내 혼자면 태형 씨가 슬플 테니까 남자를 만나요. 가능한 한 빨리, 그렇지만 이상할 정도로 서두르지 말고. 아무나는 안 돼요. 그래도 태형 씨는 괴로워할 테니까. 좋은 남자여야 해요. 당신을 정말 사랑해 줄 남자. 원한다면 소개해 줄게요. 당신이 원하는 만큼. 당신이 그 남자를 사랑하지 않아도 돼요. 속으로는 태형 씨를 사랑하면서 겉으로 그 남자를 사랑하는 척만 해도 돼요. 단, 그 남자나 태형 씨가 눈치채게 하면 안 돼요. 행복해 보여야 하니까. 불행해지면 안 돼요. 알겠어요? 당신이 정말 태형 씨를 사랑한다면 죽지 말고 행복하게 사는 모습을 보여야 해요. 다시 말하지만, 진짜 행복하지 않아도 돼요. 당신이 행복하다고 태형 씨가 생각하기만 하면 오케이. 쉽잖아요? 당신, 십칠 년이나 짝사랑했다면서요?"

은영이 한 마디 한 마디 할 때마다 한탄과 공허가 빠져나가고 원망과 미움이 들어섰다. 말도 안 되는 궤변이다. 은영도 알고 성주도 안다. 그렇지만, 거기에 든 얼마간의 진실 또한 둘 다 알고 있었다.

성주가 괴로워하거나 심지어 죽는다고 해도 태형은 은영과 헤어지지 않는다. 태형은 이미 결정을 내렸다. 은영도 전처럼 내버려 두지 않을 작정이다. 그렇지만 태형의 마음에 평생 상처로 남을 일이다. 은영이 성주의 사랑을 빌미로 들이민 칼날은 바로 그 상처였다.

그렇게 당신 사랑이 대단하면 사랑하는 사람이 아프지 않게 해서 증명해 보라고 윽박질렀다. 그럴 수 없다면 대단치도 않은 사랑 집어치우고 당장 일어나라고 비웃었다.

그런다고 성주가 정말 사랑하지도 않는 남자를 잡아 시집갈 리는 없다. 그저 살 이유 하나만 심어주고 싶었다. 사는 이유는 하나면 된다. 당장 적당한 것이 없으면 태형에 대한 사랑으로라도. 아니면 은영에 대한 미움이라도. 그렇게 살다가 차츰 다른 것에 눈을 돌리면 된다. 궤변이라도 좋다. 어차피 사랑 자체에 논리란 없다. 세상 사람들이 사랑이라는 이름으로 어떤 미친 짓들을 벌이는지 하나하나 뜯어보면 정말 가관이다. 그러고도 행복해하니 정말 세상은 요지경 속이다. 그런 미친 짝사랑에 휩쓸린 은영 자신마저도 이 모양 요 꼴을 하고 있지 않은가.
"내가, 내가 왜 그래야 해요? 싫어, 나 그런 거 안 해!"
은영이 잔혹한 웃음을 만들었다. 필사적으로 버티려는 성주에게 마지막 일격을 가했다.
"해. 왜냐하면, 당신에게는 다른 길이 없으니까. 내가 없어도 태형 씨는 당신에게 가지 않을 테니까. 죽으면 당신이 그토록 사랑하는 태형 씨는 평생 상처받겠지. 사랑하는 사람에게 할 짓이 못 돼. 살아도 이 모양이면 상처를 주는 건 여전해. 그러니 당신은 해야 해. 다른 길이 있으면 말해봐. 응? 응?"
말 한 마디 한 마디가 성주의 방어를 조금씩 깎고 부수고 허물어뜨려 마침내는 흔적도 없이 날려 버리는 모습을 볼 수 있었다. 궁지에 몰려 웅크리고 웅크리다 마침내 힘이 다해 널브러진 그녀의 눈에 눈물이 차 오르기 시작했다.
"당신, 진짜 미워요. 밉살스러워 죽겠어요. 오빠는 어째서 당신 같은 여자를 택했을까?"

오랫동안 마주 노려보던 두 사람 사이에 마침내 성주의 허탈한 음성이 울려 퍼졌다. 먹혔다. 성주의 사랑이 그만큼 강하지 않았다면 먹히지 않았을 억지였다. 조금이라도 성주가 스스로의 사랑에 대한 자부심이 약했으면 태형에게 상처 입히고 자멸하는 길을 택했을 것이다. 바람피우는 남편 놔두고 보쌈당해 온 시앗에게 강새암부리는 아낙의 심정, 질투로 미쳐 버릴지언정 남자에게 미움받고 싶지는 않은 마음, 사랑하는 남자에게 바늘 끝만한 상처도 주고 싶지 않을 성주의 여심을 자극해 항복을 받아냈다.

 은영은 어깨를 으쓱하고 옆에 있는 바구니에서 오렌지 하나를 꺼내 들며 칼을 찾았다. 눈에 보이지 않았다. 그녀는 다시 어깨를 으쓱하고 매니큐어를 곱게 칠한 손톱을 들어 살펴본 다음, 작은 한숨을 내쉬며 긴 손톱을 오렌지에 박아 껍질을 벗기기 시작했다.

 "남들은 오빠를 아빠로 잘도 바꾼다는데 왜 오빠는 언제까지나 저한테 오빠일까요?"

 성주가 손등으로 눈에 맺힌 눈물을 닦아내며 애절한 목소리로 말했다. 은영이 무심한 목소리로 받아주었다.

 "나한테 묻지 말아요. 나는 모르니까. 태형 씨한테 묻지도 말아요. 괴로워할 테니까."

 은영이 다 깐 오렌지 한 조각을 성주에게 건네주었다. 성주가 조각에 묻은 매니큐어 찌꺼기를 보고 찡그리더니 살살 털어내고 속껍질을 깐 다음, 조금 갈라내어 입에 넣고 한참을 우물우물 씹다가 삼켰다. 은영이 그녀의 요조숙녀다운 행동을 재수없다는 표정으로 쳐다보고 있는데, 성주가 마침내 주르륵 눈물을 흘리며 울먹이는 목소리로 말했다.

"용서 안 해. 용서 안 해. 당신 나한테 이러고 가서 오빠 행복하게 해주지 않으면 내가 저주할 거야!"

은영은 사물함을 뒤져 찾아낸 접시에 나머지 오렌지를 담아 침대 위의 성주 손 닿는 곳에 올려놓아 주었다.

"그런 소리, 자주 들어서 겁나지도 않아요. 그리고 걱정 말아요. 나도 행복하게 살고 싶으니까."

성주가 흥 하고 두 번째 오렌지 조각을 집었다. 은영은 핸드백을 들고 일어났다. 병실 문을 향해 몸을 움직이려다가 세우고 어깨 너머로 인사 대신 한마디 던졌다.

"태형 씨의 모든 옛 여자에게 다 이럴 줄 알아요? 태형 씨 동생이니까 특별 서비스예요. 살아남은 것을 영광으로 아세요."

침대에서는 '흥' 소리만 들려왔다.

전쟁은 끝났다. 상처를 입었지만 앞으로 살아갈 여자가 하나, 그 여자 때문에 앞으로 속 썩을 여자가 하나. 문득 죽게 내버려 두었어야 하지 않았을까 하는 생각이 떠올랐지만, 아무리 생각해도 태형이 괴로워하는 꼴은 볼 수 없다. 이로써 상류사회에서 확실하게 은영의 적이 될 여자가 최소한 둘이다. 성주와 성주 어머니. 필사적으로 싸웠는데 보람도 없이 손해만 막심하다. 은영은 쓴웃음을 지으며 병실 문을 밀었다.

문밖에는 태형과 성주 어머니, 그리고 의료진이 대기 중이었다. 은영은 병풍처럼 둘러선 사람들을 오만하게 쓸어보았다. 여자들 눈에 경외심이, 남자들 눈에는 두려움이 들어 있는 것 같았지만 상관하지 않았다. 어차피 또 볼 일은 없는 사람들이다.

"성주 씨는 지금 오렌지를 먹고 있어요. 용무도 끝났고. 혹시 환자 괴롭혔다고 절 경찰서로 데려가실 건가요?"

의료진이 고개를 도리도리 흔들었다. 성주 어머니는 은영이 인사를 건넬 틈도 없이 병실 안으로 사라졌다. 은영이 의료진에게 고개를 까딱하고 태형 쪽으로 몸을 움직이자 의료진도 병실 안으로 몰려 들어갔다.

"괜찮아?"

따스한 태형의 말에 왠지 눈물이 나올 것 같았다. 눈물 흘릴 이유가 없어 울지는 않았다. 그냥 고개만 끄덕였다. 그러자 태형이 그녀의 손을 잡고 급하게 발을 옮겼다.

"왜 그래요, 태형 씨?"

"당신."

태형의 목소리가 어깨 너머로 들려왔다. 목이 막힌 듯 쉰 목소리였다.

"아무튼요. 어디 가는 거예요?"

말을 하자마자 태형이 돌아서서 은영을 끌어안았다. 안심이 되었다. 그제야 은영은 자신이 내내 최고의 긴장을 유지하고 있었다는 사실을 깨달았다. 온몸의 힘을 빼고 그에게 기대었다. 따뜻하고 듬직했다. 내 남자. 내 남편. 그의 품에 안겨 있다는 사실이 너무 좋았다.

그렇지만 지금 있는 곳은 병원 복도였고 옆으로는 사람들이 지나다녔다.

"좀 놔줘요."

"싫어."

"왜 그래요, 정말?"

"안 놔줘."

정말 놓아주지 않을 기세이기에 은영은 포기했다. 얼굴 좀 팔린다고 큰일날 것도 없다. 어차피 그 난리를 피웠으니 얼굴은 팔릴대로 팔렸다. 그냥 그가 만족할 때까지 그의 온기를 즐기기로 했다.

한참을 그렇게 서 있었다. 창밖으로 흘러가는 구름도 보고, 열린 창문으로 들어온 바람이 자신과 태형의 머리카락을 뒤섞는 것도 보고, 지나가다 손짓하는 어린아이에게 윙크도 해주었다.

"고마워."

"네?"

"성주가 잘못됐으면 나 자신을 용서하지 못했을 거야. 당신은 내 은인이야."

은영은 말없이 그의 등을 쓰다듬다가 '흥' 하고 코웃음을 치고는 말했다.

"용서 못하면요? 날 혼자 두려고? 그건 제가 용서 못하겠는데요?"

"그런가? 그래도."

"그렇게 고마우면 이걸 지참금으로 해요."

"응?"

"진종마 후유증 치료. 전문의 한 명 영구 무료임대. 평생 애프터 서비스. 어때요?"

태형이 은영을 숨이 막히도록 끌어안았다. 은영은 행복한 마음에도 답답해 불평했다.

"숨을 못 쉬겠어요. 그만 놔줘요. 그리고 남들이 봐요."
"보라고 그래. 내 마누라 내가 안겠다는데 누가 뭐래."
"그래도."
"안 돼."

성주는 의료진이 법석을 떨다 이내 나가자 남은 오렌지를 하나씩 입에 넣었다. 은영 앞이라 얌전을 떨었지만 음식이 넘어가니 갑자기 배가 무척 고파져 매니큐어 묻은 게 없나만 확인하고 쏙쏙 입 안에 집어넣어 대충대충 씹어 넘겼다. 오렌지 하나는 금방 없어졌다. 오렌지를 하나 더 달라고 어머니께 부탁하려고 했는데 자리에 안 계셨다. 아마도 의료진과 이야기를 하시는 모양이다. 사실 식사를 하지 않아서 위험했지, 다른 병은 없다. 몸만 회복하면 바로 퇴원이다.

퇴원을 생각하니 병실이 갑갑했다. 입원 기간 내내 한 번도 제대로 본 적 없었던 병실을 찬찬히 둘러보았다. 병원 특유의 소독약 냄새. 그리고 희미한 향수 냄새. 아마도 그녀의 것이리라. 샤넬 계열의 향수인 듯한데 세련되면서도 독하지 않다. 달큰한 맛은 없지만 시원하다. 향수는 체향과 섞여 바른 사람만의 향이 된다. 지금 공기 중에 떠도는 그녀의 향기는 매력적이었다. 그리고 오렌지 향기. 얼굴을 찌푸리며 맨손으로 오렌지를 까던 그녀가 생각났다. 킥 하고 웃음이 샜다.

식사 시간은 멀었고 당장 배는 고팠다. 오렌지를 하나 더 까먹자 마음먹고 쟁반을 집어 들며 침대를 내려서는데 쟁반 밑에 접힌 종이 하나가 깔려 있었다. 뭔가 하고 펴보니 복사한 종이였다. 혼인신고서. 오빠와 그녀의 혼인신고서였다. 울컥하고 눈물이 솟았다.

그녀는 왜 이걸 가져왔을까. 왜 이걸 두고 갔을까. 용의주도한 여자. 잔인한 사람. 인정했다. 아아, 인정했다. 그 여자가 옆에 있으면 오빠에게는 아무 문제도 없을 것이다. 그 여자가 오빠를 보살피는 한, 성주가 치고 들어갈 일은 없다. 성주가 병원에 묶여 그저 오빠가 오기를 기다리기만 하는 동안, 그녀는 오빠를 점점 더 옭아매어 평생 떠나지 않을 구실을 만들어 버렸다.

갑자기 병실이 갑갑해 주체할 수가 없었다. 링거 주삿바늘을 빼 버리고 병실 밖으로 뛰쳐나왔다. 후들거리는 다리가 마음에 안 들었지만 그 여자의 향수 냄새가 밴 병실이 참을 수 없이 갑갑했다. 병실 밖으로 나온 그녀는 두 남녀를 보았다.

영화 '지붕 위의 바이올린'이 생각났다. 그 영화의 노랫말처럼 둘이서 자연스러운 사이를 동경했다. 오빠와 그렇게 되었으면 하고 얼마나 바랐는지 모른다. 그 모습을 오빠가 눈앞에서 다른 여자와 만들고 있었다.

패배감, 상실감, 질투, 분노. 그리고 그 밖에 서 있는 또 다른 감정. 성주는 아연했다. 흐뭇함. 서로 껴안고 다정하게 서로의 귀에 속삭이는 그 모습이 너무나 흐뭇해 보였다. 지나가는 사람들이 흥겨운 얼굴로 미소를 지으며 발걸음 소리를 죽이고 돌아간다. 두 사람만의 세계가 거기 있었다. 성주의 눈에 눈물이 고였다.

남자가 고개를 들었다. 남자와 눈길이 마주쳤다. 남자의 눈에 안타까움과 슬픔이 있었다. 그녀가 옳았다. 평생을 두고 행복하게 해주리라 다짐했던 남자가 자신 때문에 슬퍼하고 있다. 성주는 살며시 허리를 굽혀 사랑하는 남자에게 마지막 인사를 했다. 그리하고 싶었던 게 아니다. 그리하지 않으면 그가 행복하지 않으리라 생각하기 때문이다. 고개를 드니 그가 가만히 고개를 끄덕였다. 그 눈에서 안도와 이해, 그리고 애정을 보았다. 동생에 대한 애정. 남자를 보내고 오빠를 얻었다.

성주의 사랑이 모자라서가 아니다. 두 사람 분을 넘고도 남을 만큼 사랑했기에 십칠 년간이나 그를 붙들고 버틸 수 있었다. 그녀는 그의 짝이 아니다. 단지 그것뿐. 노력으로 넘을 수 없는 그 벽이 너무나 허망해서 떨어지려는 눈물을 붙들고 조용히 방으로 돌아와 문을 닫았다. 세상에 문을 닫고 그에게 가려는 몸에 벽을 만들고 그 벽에 기대어 그예 눈물을 쏟았다.

그녀가 그를 사랑하라고 한다. 사랑하고 사랑해서 그 마음이 다해 마침내 그에게 더 이상 줄 것이 없으면 다른 사람을 사랑하라고 한다. 십칠 년간을 퍼올려도 넘치기만 하는데 어떻게 비우라는 소리인지 알 길이야 없지마는 물길 막고 터지도록 내버려 두지 않은 것만은 고마웠다. 사랑해도 된다. 그 물길이 그에게 가 닿지 않는다 한들 어떠리. 들판에 넘치다 보면 빗방울 하나만큼은 그에게

가 닿을 수 있다 여기리라 마음먹었다.

  그러다 마음이 다하면 사랑을 하리라. 이번에는 주고받는 사랑을. 그래, 그러리라. 그들이 반년 만에 그리 되었는데 앞으로 살아갈 날들이 더 많은 자신 앞에 또 다른 사랑이 준비되어 있지 않다고 누가 말할 수 있겠는가. 자신이 그랬듯이 자신을 사랑해 줄 이가 또 없다 누가 자신할 수 있겠는가.

  그렇지만 지금은 그저 눈물이 났다.

  지난 세월 키워온 사랑이 불쌍해 눈물이 났다.

  갈 곳 몰라 넘치는 마음이 서러워 눈물이 났다.

  알면서 받아주지 않는 임의 마음이 야속해 눈물이 났다.

  우는 자신이 안쓰러울 부모님께 미안해 눈물이 났다.

  이 마음 다할 때가 언제일까 막막해 눈물이 났다.

  그렇게 흘려도 흘려도 끊이지 않는 눈물이 서러워 눈물이 났다.

  다시는 울지 않겠거니, 오늘만은 울어도 괜찮다고 생각하자 더 눈물이 났다.

## 15. Interlude

**병**원을 나온 두 사람은 일단 진 회장 댁으로 움직였다. 식을 올리지는 않았지만 법적으로 부부가 된 이상 시부모님께 인사라도 드려야 했기 때문이다. 성주에 관해 이런저런 이야기를 하다가 문득 태형이 물었다.

"우리가 혼인신고까지 한 걸 성주도 알지?"

"혼인신고서 복사한 것을 성주 씨가 볼 만한 곳에 두고 나왔어요. 아마 지금쯤은 봤겠죠."

태형은 그 말을 듣고 씁쓸하게 웃더니, 갑자기 싱긋 하는 웃음으로 바꾸며 은영에게 다시 물어왔다.

"우리 결혼은 공개됐군. 그러면 각오는 됐겠지?"

"각오요?"

"우리 어머니께 끌려 다닐 각오."

은영이 어리둥절해서 무슨 소리인지 모르겠다는 표정을 짓자, 태형이 웃음기 섞인 목소리로 친절하게 보충설명을 해주었다.

"나는 외아들이야. 알다시피 어머니는 나 이후로 아이를 못 낳으셨고. 딸을 못 낳아서 무척 서운해하셨어. 며느리 들이면 데리고 다니면서 딸한테 할 만한 일들 모두 해보겠다고 벼르셨는데, 당신 보고 '가르치는 보람이 있을 것 같다'고 하셨거든."

은영은 황당했지만 생각해 보니 큰일은 아니다 싶었다. 그의 말대로 피할 수 있는 일도 아니어서 별일 아니라는 듯 손을 저으며 생각을 입 밖에 냈다.

"주말에 들르면 되죠? 어차피 주중에는 회사 일도……."

태형이 그녀의 말을 바로 끊었다.

"회사는 무리야."

"네?"

"회사는 그만둬야 한다는 말이야. 내일이라도 사표를 내."

"왜요?"

은영의 계속되는 반문에 그가 차분한 어조로 참을성있게 하나하나 설명해 주기 시작했다.

"우선, 당신은 오늘 일로 대영의 작은 사모님이 됐어. 당신은 모르나 본데, 내 파트너 일을 할 때부터 은밀히 경비원이 붙었고, 앞으로는 정식으로 붙을 거야. 말해두지만, 당신의 안전은 그룹 차원의 일이니까 거부권은 없어. 보디가드 붙어다니고 운전사가 모시는 사원 같은 건 상상도 안 가지? 가급적 눈에 띄지 않게 한다

해도 조만간 다들 눈치 챌 거야. 게다가 사모님에게 일시키는 사원들 입장은 생각해 봤어?"

은영은 당황했다. 태형의 아내가 된다는 것에만 골몰해서 그러면 대영의 안주인도 된다는 부분까지는 생각이 미치지 않았다. 물론 부잣집 사모님으로 경호원 데리고 다니는 상상이야 가끔씩 해 봤지만 갑자기 현실로 들이닥치니 어리둥절하기는 마찬가지다. 반쪽짜리라도 조금씩 직장 다니는 맛을 느끼기 시작했는데 벌써 그만두어야 한다니까 괜히 서운했다.

그렇다고 태형의 말에 거역하자니, 그의 말이 옳아 그럴 수도 없다. 상견례 때가 떠올랐다. 잠깐 헤어질 생각을 했다고 그 난리를 피웠는데 납치라도 당하면 태형이 무슨 일을 벌일지 상상도 가지 않는다. 아까 성주 앞에서는 꽤나 잘난 척 떠들었다. 정작 정신 차려야 할 사람은 자신이다. 태형을 생각해서 포기해야 할 일이 의외로 많다 싶어 한숨이 나왔다. 그와 같이 있는 동안 한숨만 늘어가니 더 한숨이 나왔다.

"회사를 그만두면 어머니가 오라고 하시는 말씀에 거역할 수 없을걸. 어차피 대영 며느리로, 진씨 가문의 종갓집 며느리로 배워야 할 일도 산더미야. 눈들 때문에 식 전까지는 함께 살지 못하더라도 매일 찾아뵈어야 할 거야."

출퇴근 장소가 진 회장 댁으로 바뀐다는 말이다. 배울 것이 산더미란다. 끌고 다닐 작정을 예전부터 하셨단다. 은영은 점점 머리가 아파왔다.

"그건 그렇고, 우리 어떻게 할까? 생각해 보니 이미 신고도 했겠다, 자제할 이유는 없다 싶은데."

"자제? 그건 또 무슨 소리죠?"

"그러면 남편 독수공방 시킬 생각이었어?"

은영의 얼굴이 화끈 달아올랐다. 첫 경험이 오늘이었다. 깊은 곳이 아직도 얼얼한데 '독수공방' 운운하니 부끄러워 몸 둘 바를 모를 정도다. 아무 말도 못 하고 있는데 그가 확인사살을 했다.

"말해두는데, 나는 혼자 잘 생각 같은 건 없어. 오늘 아침에 당신 침대에서 깨어나며 얼마나 기분 좋았는지 모를 거야. 식까지 참을 생각도 없고. 당신은 확실한 내 아내니까, 나도 남편의 권리라는 것을 행사해 볼 작정이야. 각오해 둬."

은영은 한 침대에서 깨어 기분 좋았다는 그의 말에 행복한 기분이 들었다. 그래서 무심코 묻고 말았다.

"우리 집에서요?"

"당신 집이 무리라면 우리 집이든, 호텔이든, 사무실이든. 정 없으면 차 속에서라도."

"당신!"

새빨개진 얼굴로 은영이 소리치자 태형이 웃음기 섞인 목소리로 받았다.

"왜 불러?"

은영이 태형을 노려보다가 주위를 둘러보았다. 차는 진 회장 댁이 멀지 않은 주택가 속을 천천히 나아가는 중이다. 은영은 길가의 공원을 가리키며 소리쳤다.

"저기 세워요!"

"왜?"

당황한 태형이 되묻자 은영이 다시 소리쳤다.

"세우라면 세워요!"

끼익!

차가 급하게 멈추자 은영이 바로 문을 열고 뛰어나와 공원으로 걸음을 옮겼다. 도심공원치고는 좀 넓은 편이다. 아직 퇴근 시간이 안 돼서인지 아이들 몇을 빼고는 공원에 사람이 없었다. 태형도 내려서 부리나케 쫓아오며 물었다.

"무슨 일이야? 우리가 가는 거 부모님도 알고 계셔. 기다리실 텐데."

은영은 그를 무시하고 공원 여기저기를 두리번거리며 살폈다. 태형의 차와 멀지 않은 장소를 택해 멈춰서는 검은색의 중형차 하나가 은영의 눈에 잡혔다. 모를 때는 전혀 눈치를 채지 못했는데, 알고 보니 왜 몰랐을까 의아할 정도다. 은영은 남들 시선에 잘 뜨이지 않을 곳으로 움직이며 태형에게 요구했다.

"내 경호원 불러와요."

"응?"

"자꾸 멍청하게 반문하지 말고 부르라면 불러요! 얼굴은 봐야 할 거 아녜요!"

은영이 날카로운 눈을 하고 새침한 얼굴로 쏘아붙였다. 태형이 찔끔해서 핸드폰을 꺼내 들고 누군가와 통화를 했다. 은영은 아까 발견한 중형차를 주의 깊게 살폈다. 곧 사람이 나올 거라고 생각했는데 아무 움직임이 없다. 그런데 불쑥 옆에서 인기척이 나며 침착한 여자 목소리가 들렸다.

"부르셨습니까, 실장님."

놀라 돌아보니 바지 정장을 입고 선글라스를 쓴 여자였다. 흔히 말하는 보디가드의 이미지와 달리 체격은 크지 않지만 바디라인이 그만이다. 운동으로 다져진 몸매다. 은영은 부러웠다. 자신도 아침마다 집 근처를 달리면서 몸매 관리에 신경을 쓰긴 해도 저런 바디라인을 얻자면 꽤나 노력해야 한다고 생각했다. 근육질인 사람은 옷을 입었을 때 말라 보이지만 몸무게는 많이 나간다고 심술궂은 생각도 해봤다. 그래도 질투는 난다. 다가와 서는 자세가 매끈하게 다듬은 회초리처럼 날카롭고 강인하면서도 여유가 있어 보였다.

"어, 아내가 좀 보고 싶다고 해서. 인사하지. 당신 담당인 하신 주 씨."

"안녕하십니까. 처음 뵙겠습니다."

인사를 하는 목소리가 딱딱하다. 입장상 감정을 자제하기 때문이라고 짐작되었다. 은영은 마음에 들었다. 냉정하다는 점만 빼면 허스키하면서도 상당히 여성스러운 편이다.

"안녕하세요."

은영은 그녀와 악수를 하고 물끄러미 그녀의 얼굴을 쳐다보았다. 처음에는 무심하던 보디가드는 은영이 계속 쳐다만 보자 점점 당황해하는 기색이 역력해졌다.

"용건을 말씀해 주세요."

그녀가 마침내 참지 못하고 용건을 물어왔다. 은영은 씩 웃으며 대답했다.

"핸드폰 좀 줘보세요."

그녀는 영문을 모르겠다는 표정을 지었지만 곧 핸드폰을 꺼내 은영에게 건네주었다. 은영은 그 핸드폰을 켜고 자신의 핸드폰으로 전화를 걸었다. 핸드폰에 뜨는 번호를 보고 '하신주 경호원'이라는 이름으로 저장한 뒤 핸드폰을 돌려주었다.

"무슨 문제가 없다면 안경 좀 벗어줄래요?"

안경을 벗은 얼굴은 의외로 순해 보였다. 화장기 없는 얼굴에 쌍꺼풀은 없지만 눈매가 곱고 얼굴 선도 가늘다. 차갑고 무표정한 점만 빼면 예쁘장하다고 할 수도 있는 모습이었다.

"잘 부탁드려요. 나이가 저보다 많아 보이시네요."

"스물아홉입니다."

"언니라고 부를게요. 그런데 한 팀이 아닌 모양이네요?"

그녀가 움찔하더니 눈을 빛내면서 은영을 가만히 살폈다. 그러다가 고개를 끄덕이며 말했다.

"지금은 두 분이 함께 계시니 두 팀이 붙었죠."

"그렇군요. 언제부터 절 따라다니셨어요?"

"……."

"제가 믿을 수 있어야죠?"

"이은영 씨가 실장님과 파티에 다니기 시작했을 때부터입니다."

그렇게 일찍. 대영의 작은 사모님은 생각보다 중요한 존재였다. 단순한 애인 정도로 생각할 파트너한테도 경호원을 붙일 정도라면 더 이야기할 것도 없다. 은영의 생각을 짐작한 듯 하신주 씨가 앞말에 설명을 덧붙였다.

"보통은 그러지 않는데, 시기가 좋지 않았어요. 작은 사모님 자리를 노리는 누군가가 해코지하지 않는다는 보장이 없었거든요."

은영은 고개를 끄덕였다. 진 회장의 건강이 좋지 않았던 때다. 만약의 일이 있다면 그룹 총수는 아직 젊은 태형 대신에 다른 사람이 되더라도 진 회장의 재산만큼은 대부분 태형 차지였다. 그런 때 태형의 옆에 있는 여자라면 자연히 주목 받게 마련이었다. 위험도 따라서 높아진다. 은영은 자신도 모르는 가운데 상당히 위험한 상황에 처했던 셈이다. 은영은 다음 질문을 했다.

"혼자 하시나요?"

"특별한 일이 없으면 2인 1조, 하루 삼교대입니다. 갑자기 결혼하셔서 지금은 그렇지만, 앞으로는 좀 더 강화될 것 같습니다."

"시간 나는 대로 다른 분들도 뵈었으면 좋겠어요."

"이야기해 두겠습니다."

"그런데, 결혼하셨나요?"

"……안 했습니다."

"상대는? 예쁘신데, 데이트는 안 하세요?"

그녀의 얼굴이 살짝 붉어졌다. 얼굴에 홍조가 떠오르니 예상한 대로 상당히 매력적이다.

"지금은 특별한 상대가 없습니다."

"예전에는 있었다는 거군요. 아, 대답하실 필요는 없어요. 그런 건 차차. 그건 그렇고, 얼마나 보셨어요?"

그녀가 당황하고 붉어진 얼굴로 되물었다.
"무, 무엇 말씀이신지요?"
"화장실. 선. 우리 집. 공원. 구청. 병원."
하나씩 물을 때마다 그녀의 얼굴이 조금씩 더 붉어졌다.
"……"
"다 보셨군요."
은영도 얼굴이 붉어져 갔다.
"기본적으로 타깃에서 눈을 떼지 않게 되어 있습니다."
"이거, 프라이버시는 없군요. 아, 괜찮아요. 이해하니까. 그냥 그렇다고요."
은영이 손부채로 뜨거운 얼굴을 부치면서 그녀를 안심시켰다. 그리고 태형을 돌아보며 말했다. 저절로 눈에 힘이 들어갔다.
"그런데 차 속에서? 꿈도 꾸지 말아요!"
말도 곱게 나오지 않았다. 태형이 붉어진 얼굴로 외면하며 떠듬거렸다.
"워, 원래 그런 건 서로 알면서 모르는 척하는 거야. 그리고 선팅이……"
은영의 눈빛이 더 강해지자 태형은 하던 말을 멈추고 험험 하며 헛기침을 했다.
"됐어요."
은영은 한 마디 더 쏘아주고 아직도 얼굴에 붉은 기가 남은 보디가드에게 눈길을 돌렸다.
"일하시는데 불러서 미안해요. 어떤 식으로 경호가 이루어지는

지 저도 대강 알아두기는 해야 할 것 같아서요. 그나저나, 경호하시는데 제게 뭔가 문제는 없나요?"

"별다른 것은 없습니다. 작은 사모님은 상당히 경호하기 편한 쪽입니다. 밤놀이 같은 것도, 험험, 거의 없으시고 뜻밖의 행동을 하는 경우도 드무니까요. 정식 경호에 들어가면 그날그날 일정을 미리 알려주셔야 합니다. 쇼핑 시간이 긴 편인데, 대개 여자들은 그러니까 특별하지는 않습니다. 다만, 개인적으로 충고를 드린다면, 아침 운동을 하실 때 브래지어는 하는 편이 좋겠습니다. 그 시간에 운동하는 남자들도 있어서……."

"참고할게요. 하여튼 만나서 반가웠어요. 또 봐요."

은영은 더 민망한 소리가 나오기 전에 서둘러 인사를 했다. 다른 이야기는 따로 만나 물어봐야 할 것 같았다. 은영이 손을 내밀자 그녀는 악수를 하고 태형에게 살짝 목례를 보낸 다음 모퉁이를 돌아 사라졌다. 아마 보이지 않는 곳에서 이쪽을 관찰할 것이다.

은영이 보디가드의 뒷모습에서 눈을 떼며 태형에게 그만 가자고 말하려는데 눈에 들어오는 그의 표정이 묘했다. 눈길을 따라가 보니 낙낙한 하얀 원피스에 감싸여 은근히 도드라진 가슴을 보고 있었다. 은영은 무의식중에 가슴을 감싸 안으며 소리쳤다.

"뭐예요!"

태형이 쑥스러운 듯 머리를 긁적이며 시선을 외면했다.

"어, 그게……. 말을 듣다 보니 당신 가슴을 제대로 본 적이 없는 것 같아서. 얼굴을 묻으면 무척 기분이 좋은데 말야. 알잖아, 그때. 오늘 아침에는 정신이 없어서……. 언제 제대로 한번 보여

줄 거지?"

"이이가 정말! 어서 가요. 아버님 어머님 기다리시겠어요."

"아, 알았어. 그런데 오늘 밤은 안 될까?"

"가기나 해욧!"

차 쪽으로 태형을 몰아가며 은영이 핸드백을 휘두르자 태형이 이리저리 피하고 막으면서 눈부시게 웃었다. 그 빛이 너무나 시려 그녀는 더욱 소리를 지르고 화를 냈다. 그럴수록 그의 웃음소리는 높아만 갔다.

진 회장 댁에 도착하니 조금씩 저녁 어스름이 지고 있었다. 두 분 내외가 현관에서 반갑게 맞아주셨다.

"이리로 출발했다는 연락 받고 한참 기다렸다. 왜 이렇게 늦었니?"

오 여사가 응접실로 가는 도중에 자상한 웃음을 보이며 물어왔다. 은영은 그다지 숨길 것도 없다 싶어서 사실대로 말했다.

"오는 길에 공원에 들러 잠깐 지체했어요. 경호 이야기가 나와서, 말 나온 김에 제 경호원을 만나보았죠. 경호 같은 일은 생각도 못했는데. 만나 보니 괜찮은 사람이었어요."

오 여사는 그 심정 안다는 듯 고개를 끄덕였다.

태형과 은영은 응접실에서 두 분께 절을 드리고 마주 앉았다. 삼시 후 가정부가 차를 가져다 놓자, 긴장된 침묵이 흘렀다. 간간이 파티에서 만나고, 며느리 시험 보느라 한 번 찾아오기도 했지만 시부모와 며느리 입장에서 만나기는 처음이어서 긴장되고 손에 땀이 뱄었다. 은영은 치마에 손을 문질러 닦고 싶은 기분을 간신히 참았다. 하얀 옷에 얼룩은 정말 꼴불견이다.

다들 차에 한 번씩 입을 대고 찻잔을 내려놓을 무렵, 진 회장이 웃음기 어린 목소리로 입을 열었다.

"결국 이렇게 됐구나. 태형이가 신입사원 쿼터 하나를 특별히 빼서 네가 다니는 대학에 배정했을 때 이상하다고 생각은 했어. 아마 남몰래 학과장한테도 따로 연락을 넣었겠지. 저놈이 좀 치밀한 데가 있거든."

'쿼터? 내 학교? 뭐야, 이 남자! 자기는 아무 짓도 하지 않았다고 시치미를 떼더니!'

은영이 태형을 노려보자 그가 쑥스러운 듯 시선을 외면하면서 커피잔을 들어 올렸다. 커피잔 뒤에서 우물거리는 말이 들려왔다.

"입사지원서 들고 찾아온 사람은 당신이야."

은영은 시부모님 앞이라 차마 목소리는 높이지 못하고 눈빛만 가다듬어 쏘아주며 나직하게 말했다.

"결혼 예정도 없는 4학년 여대생이 학과장 추천 거부할 만큼 배짱 좋은 줄 알아요? 게다가 천하의 대영인데?"

태형은 기왕 들킨 것, 배 째라는 식으로 어깨를 으쓱하며 선선히 털어놓았다.

"그때는 상황이 급했어. 느긋하게 그룹 내에서 사람 선발할 시간도 없었고. 당신은 그룹 내에 연줄도 없고, 그룹 외부에 인맥도 없는, 아무도 모르는 사람이었어. 보안 문제는 오케이. 집안도 큰 차이가 나니 나만 잘하면 결혼으로 밀어붙여지지 않겠다 싶지, 알아보니 마침 자질도 적당한데 망설일 이유가 없는 거야. 나머지는 그때 이야기한 대로. 사실, 당신이 그 자리에 몰이꾼으로 나타났을 때 이거다 싶었어. 결혼 문제로 주위의 압력에 골치가 아팠거든. 어떻게든 숨 좀 돌리려고 발버둥을 친 거지."

그는 말을 끊고 커피를 한 모금 넘긴 뒤에 잔을 내려놓으며 빙그레 웃었다.

"그러다 뜻밖에도 피하려던 결혼에 제대로 걸려 버렸어. 지금 와서 생각하면 어리석은 짓이었는데, 뭐, 불만은 없어. 전혀."

은영은 '흥' 하고 고개를 돌리면서도 은근히 마음이 설레었다. 처음 만났을 때부터 그가 자신을 눈여겨봤다. 연애 감정은 아니었다 해도. 계기는 상관없다. 어쨌든 만났고, 이렇게 함께하게 되었다. 그렇지 않았을 만약의 경우는 생각할 필요가 없다. 그가 어떤 술수를 더 부렸는지는 몰라도 기꺼이 눈감아주고 용서해 주리라 마음먹었다.

"허, 이 녀석들아, 우리 앞에서 벌써부터 부부 싸움이냐? 이거, 눈 둘 곳을 모르겠구나."

두 사람이 얼굴을 마주하고 쳐다보며 동시에 얼굴을 붉혔다. 진 회장 내외는 그 모습에 소리를 내어 웃었다.

"거, 보기 좋구나. 앞으로 내내 그렇게만 살아라."

은영은 부끄러워 들릴락 말락 하게 '네' 하고 대답하면서 안 보이게 태형의 옆구리를 꼬집었다. 태형은 움찔하지도 않았다. 그녀는 그런 그의 모습에 더 심술이 났지만 지금은 때가 아니라는 생각에 참았다.

마침 가정부가 들어와 저녁식사 준비가 다 되었다고 알렸다. 오 여사가 일어나자고 손짓하며 말했다.

"늦었으니 저녁은 먹고 가거라. 사부인께는 전화드렸지?"

은영이 '네' 하고 대답하니 오 여사가 웃으며 가볍게 농을 걸어왔다.

"그때보다 얌전하구나. 괜찮아. 편히 해라. 나는 얌전한 체 의뭉 떠는 며느리는 싫다."

은영은 얌전히 '네' 하는 수밖에 없었다. 오 여사가 '쿡쿡' 하자 옆에서도 남자들이 빙그레 웃었다. 어쩌지도 못하고 하는 대로 당하는 상황인데 기분은 나쁘지 않다. 편하게 대해주는 오 여사가 고맙고 안심도 되었다. 의도하지는 않았어도 어쨌든 오랫동안 점 찍었던 며느릿감을 밀쳐 내고 들어선 자신이다. 오 여사가 못마땅하게 대해도 어쩔 수 없었다. 그런 상황에서 반갑게 맞아주니 무척이나 기쁘다. 은영은 좋은 시부모님을 만난 행운에 감사했다.

식탁에 앉으니 사십대쯤 되어 보이는 아주머니가 갖가지 반찬과 국 찌개 등을 사람들 앞에 놓아주었다. 은영이 일어나 도우려고 하자 오 여사가 그냥 앉아 있으라고 말렸다.

"나중에 실컷 하게 될 텐데 뭘. 저번 일 벌충하는 셈치고 오늘은 그냥 있어라. 네 손맛도 괜찮지만 충주댁 요리 솜씨 역시 남 못지 않아. 한번 맛보려무나."

은영은 '아무렴 저보다 훨씬 나으시겠지요' 하며 아주머니를 힐끗 쳐다보았다. 아주머니는 넉넉하게 웃고 있었다. 은영도 살며시 웃어주었다.

　식사는 편안하게 진행되었다. 양쪽 집안의 안부를 묻는 것으로 시작해 오면서 있었던 경호원과의 일들, 오 여사가 결혼 직후에 겪은 경험담, 태형이 어릴 때 벌였던 사건들 등이 차례로 지나가며 식탁에 화목함을 더했다. 진 회장이 짓궂게도 태형이 어떻게 은영의 집에서 하룻밤을 지내게 되었는지 물었을 때는 태형과 은영 모두 얼굴을 붉힌 채 '그냥 어쩌다 보니'라는 말만 연발했다. 그런 분위기는 저녁식사를 끝내고 다시 응접실로 움직여 커피잔을 들 때까지 계속 유지되었다.

　은영이 충주댁의 요리 솜씨를 한바탕 칭찬하고 이것저것 배워두고 싶은 요리를 묻다 잠시 대화가 끊겼을 때였다. 오 여사가 각오했던 이야기를 끄집어냈다.

　"조금 이르다고 생각은 한다만, 아무래도 지금 이야기해야 할 것 같구나. 오기 전에 성주 만나러 갔다면서?"

　분위기가 가라앉았다. 은영은 두근거리는 가슴을 진정시키며 침을 꿀꺽 삼키고 조신하게 대답했다.

　"네."

　"어떻든?"

　"평소 때보다 많이 약해져 있었습니다. 좀 다투기는 했지만 잘 이해시켰습니다. 앞으로 별 문제는 없을 것이라고 생각합니다."

　병실 안에서 있었던 일은 말할 수도 없고, 말할 필요도 없었다. 오 여사에게는 요점만 알리는 것으로 충분하리라고 생각했다. 오 여사는 고개를 끄덕이고 잠시 말이 없더니 찬찬히 당신의 생각을 풀어놓았다.

"양쪽 집안이 일 관계로도 친분으로도 가까워서 성주와는 앞으로 이래저래 만날 사이다. 아마 그래서 오늘 거기 다녀왔겠지. 혼인신고도 그래. 어차피 그리 될 일, 끌어봐야 서로 마음만 아플 뿐이니까. 빨리 결론짓는 쪽이 낫다. 잘했어."

은영은 오 여사의 말에 그냥 네네 하고 대답했다. 사실대로 조목조목 짚어나가니 덧붙일 것도 뺄 것도 없다.

"너에 관해 말들이 많을 거야. 집안이나 성주 문제로. 그래도 너는 이제 태형이의 아내고 대영의 며느리다. 당당해야 해. 널 업신여기면 태형이와 우리 집안, 나아가 대영까지 업신여기는 행동과 마찬가지니까 한발도 물러서지 마라. 힘이 부족하면 내가 도와주마. 알겠니?"

은영은 가슴이 뭉클했다. 눈시울이 뜨거워졌지만 믿고 밀어주시겠다는 분 앞에서 우는 꼴을 보일 수 없어 참았다. 허리를 반듯하게 펴고 오 여사의 눈을 바라보았다. 몇십 년 동안 대영의 안주인으로 버텨온 여성이 눈앞에 있었다. 우아하고 침착하면서도 굳건하게 진 회장 옆에 앉은 모습이 눈부셨다. 그 여성을 배우고 닮으리라 다짐하며 단단한 결의를 담아 '네' 하고 대답했다. 오 여사는 은영의 모습이 마음에 든다는 듯 고개를 끄덕이더니 갑자기 씩 웃으면서 분위기를 바꿨다.

"그나저나 나는 걱정이야. 태형이 네가 울린 여자가 한둘이어야 말이지. 신혼 첫날부터 이리 속을 썩이니 내가 정말 새아기 볼

낯이 없다. 너, 어쩔 셈이냐?"

오 여사가 짐짓 가볍게 농하듯이 태형을 추궁했다. 은영은 속내를 짐작했다. 태형이 요즘 조용히 지내지만 옛 애인들은 많고도 많다. 정식 아내가 되어버린 지금, 그들이 은영을 가만 놔둘 리가 없다. 대비하라고 귀띔해 주시는 셈이다. 사정을 알기에 은영은 웃으면서 말했다.

"괜찮아요. 저 사람 과거 전문의로 영구 무료봉사, 평생 애프터서비스를 해주기로 약속했으니까요."

자신에게 맡겨두라는 의미다. 그리고 태형을 노려보며 경고했다.

"그렇지만 새 증상을 들고 오면 전 몰라요. 파티 가면 저이 좋다고 달려드는 여자가 좀 많아요? 그때는 계약을 다시 생각해야죠."

태형이 펄쩍 뛰었다.

"어, 그게 무슨 소리야? 나 요즘 당신밖에 모르잖아. 본 적도 없는 여자들이 달려드는데 나보고 어떡하라고?"

"흥. 몰라요."

은영이 짐짓 삐친 척하자 태형이 쩔쩔 맸다. 그 모습을 진 회장 부부가 보며 소리 내어 웃었다. 웃음 아래 불안 한자락을 깔고 있지만 앞으로 잘되기를 바라는 마음만큼은 하나였기에 그들 네 사람은 오늘부터 한 가족이었다.

✷

수유동의 아파트촌은 조용했다. 시간은 밤 아홉 시를 지나 열 시에 가까웠다. 아파트 불빛은 아직도 많이 남아 어둠이 내려앉은 아파트촌을 환히 밝히고 있었다. 조금씩 늦더위가 가시는 참이라 밤은 시원했다. 열린 차창으로 놀이터에서 밤놀이에 열중하는 아이들의 꺅꺅거리는 소리가 간간이 들렸다.

태형은 현관 근처의 빈자리에 차를 세웠다. 두 사람은 진 회장 댁을 떠나 집에 도착할 때까지 거의 말을 하지 않았다. 긴 하루였다. 아침에 깨어 처음으로 몸을 섞고 함께 식사를 한 다음 혼인신고를 하고 성주에게 다녀와 진 회장 댁에 들렀다. 그 사이사이의 일들까지 전부 포함시키면 며칠을 보낸 것처럼 아득한데 이상하게도 피곤하지는 않다.

옆을 돌아보니 그녀가 마주 보며 웃음 짓는다. 불빛에 하얀 살결이 도드라지고 눈이 반짝거린다. 그녀는 피곤할 것이다. 그래도 아직 놓아주고 싶지가 않다. 어둑어둑한 속에서 그녀의 분홍빛 입술만이 도드라져 보였다.

태형은 자신도 모르게 몸을 숙여 그녀의 입에 입을 갖다 댔다. 살짝 벌린 입술에 끝이 닿았다. 가만히 누르자 매끄럽고 탄력있는 감촉이 느껴졌다. 살며시 문질렀다. 그녀가 들릴 듯 말 듯 한숨을 내며 입술을 벌렸다. 그녀의 한숨을 들이마시며 억지로 입술을 떼었다. 그녀가 눈으로 묻는다.

'왜요?'

"키스만으로 끝날 것 같지 않아서."

목소리가 탁하다. 헛기침을 하고 싶지만 참았다. 그녀의 얼굴이 붉어진다. 그 모습이 너무나 아름다워 심장이 마구 두근거린다. 무작정 끌어안아 버릴 것만 같아서 눈을 떼고, 시동을 끈다, 창문을 올린다, 부산을 떨었다.

차에서 내려 그녀가 앉은 쪽으로 천천히 차 앞을 돌아가며 그녀를 보았다. 하얀 옷을 입은 그녀의 눈길이 쫓아온다. 우쭐거리는 몸을 간신히 억제하고 겨우겨우 평소의 걸음을 내디뎠다. 병실 앞에서의 그녀가 생각났다. 온몸을 투지로 채우고 하얀 얼음꽃 같은 자태로 문을 밀고 들어가던 모습. 그 눈빛에 심장이 멈춰 버리는 줄 알았다.

차 문을 열고 손을 내밀었다. 그녀가 가지런히 두 다리를 내밀고 손을 꼭 잡는다. 살며시 끌어당겼다. 끌려오는 그녀의 몸이 전혀 무게를 갖지 않은 듯 가볍다. 차 문을 닫고 리모컨으로 열쇠를 잠근 다음 팔짱을 끼려고 하는데 그녀의 왼팔이 부드럽게 허리를 감아왔다. 자연스럽게 그녀의 어깨로 팔이 올라갔다. 어깨가 가냘프다. 부드럽다. 꽉 움켜쥐면 바스라질 것 같아 그저 살짝 대기만 했다. 선선한 밤공기보다 따스한 그녀의 체온이 감미롭다. 그대로 천천히 현관을 향해 걸었다. 살짝살짝 부딪쳐 오는 그녀의 가슴과 엉덩이의 감촉이 가까스로 잠재운 불꽃을 피워 올렸다. 고문. 감미로운 고문. 몽롱한 가운데 엘리베이터에 도달했다.

엘리베이터 앞에 어느 아주머니 한 사람이 서 있다. 어쩔 수 없이 어깨에서 손을 떼어 내리는데 그녀의 팔이 허리를 미끄러져 팔짱을 끼었다. 은영이 인사했다. 그쪽도 인사했다. 엉겁결에 고개를 숙였다. 나와 은영의 얼굴을 번갈아 보면서 무슨 사이냐는 눈빛을 보냈지만 은영은 그냥 웃음을 지을 뿐 아무 말도 하지 않는다. 엘리베이터 문이 열리고 함께 올라탔다. 칠층 단추를 누르고 구석에 그녀와 함께 섰다. 눈을 둘 곳이 마땅찮아 이리저리 방황하다가 엘리베이터 벽면에 반사된 그녀의 모습에 멈추었다. 멍하니 바라보았다. 반사된 그녀가 나를 바라보고 있다.

땡.

엘리베이터가 칠층에 도착해 문이 열렸다. 아주머니에게 인사하고 머리를 드는데 빙그레 웃는 얼굴이 들어왔다. 얼굴에 열기가 올라온다. 힐끗 보니 은영의 얼굴도 발그레하다. 은영을 가볍게 밀며 서둘러 내렸다.

천천히 그녀의 집을 향해 걷는다. 그녀가 허리를 감아온다. 따라서 팔을 그녀의 허리에 둘렀다. 실수였다. 거기가 원래 있을 자리라는 듯 멋대로 찾아드는 손끝에 녹아버릴 듯한 허리의 감촉과 사랑스러운 그녀의 몸동작들이 하나하나씩 전해져 온다. 부드러운 등에 닿아 움직임을 따라 조금씩 미끄러지는 팔로부터 그녀가 느껴져 미칠 듯하다. 중독된 사람이 거침없이 마약을 들이키듯 그녀의 몸을 당긴다. 그녀가 저항없이 기대온다. 그녀의 집 앞이다.

은영을 돌려 세웠다. 그녀의 얼굴이 눈앞에 있다. 비단을 펼친 듯 흘러내린 머리카락, 반듯한 이마, 우아하게 휘어진 눈썹, 그리고 눈. 가느다랗게 쌍꺼풀이 진 반달 모양의 눈이 열기를 품고 바라본다. 그 눈빛에 취해 버릴 것 같아 애써 눈길을 끌어내리는데 반듯한 코와 함께 살짝 벌어진 그녀의 입술이 눈에 들어왔다.

몸이 말을 듣지 않는다. 그대로 그녀의 입술에 입술을 댔다. 가만히 혀를 밀어 넣으니 그녀의 혀가 마중을 나왔다. 그리고 그리다 예전에 언제 만났는지 기억나지도 않을 만큼 오랜만에 만난 듯한 반가움. 한숨을 내쉬며 한숨을 빨아들였다. 어깨에 휘감기는 손길을 느끼며 그녀의 등허리를 감싸 안았다. 입술이 눌리고 혀가 미끄러지고 팔이 휘감긴다. 가슴이 맞닿고 배가 눌리며 다리가 얽혀 들어간다. 온몸으로 그녀를 느끼며 조금 더, 조금 더 그녀를 느끼고 싶어 깊숙하게 빨아들였다. 그녀가 빨려들었다가 도망간다. 끄트머리를 붙잡고 따라간다. 깊이깊이 쫓아가며 그녀의 안을 한 치한치 탐색해 간다.

딸깍.

팔이 그녀의 목을 기어 올라간다. 그녀의 팔도 내 목을 감아온다.

끼익.

"언니 왔…… 꺄악!"

노란 현관 불빛 아래에 고등학생으로 보이는 여자애가 두 손으로 입을 막고 휘둥그레진 눈으로 태형을 쳐다본다. 멍한 머리에 은영을 닮았다는 생각이 스며들었다. 은영보다 어린 은영을 닮은 여자애. 그러면 동생. 은영의 동생!

순식간에 이성이 돌아오고 지금 어떤 장면을 들켰는지 깨달으면서 얼굴로 피가 확 몰렸다. 마찬가지로 빨개진 은영이 옷을 추스르는 모습이 눈가에 걸렸다. 그녀가 떠듬떠듬 추측을 확인시켜 주었다.

"어, 주, 주영이 있었니?"

여자애는 은영의 말을 무시하고 발그레한 얼굴로 발을 동동 구르며 호들갑을 떨기 시작했다.

"어머, 어머, 어쩜, 어떡해, 형부, 형부 맞죠? 꺄아! 엄마! 언니 왔어요! 형부랑 같이! 꺄아!"

여자애가 입을 손으로 가렸다가 몸을 돌려 팔을 귀엽게 저으며 뛰어가다 돌아보고 외친다. 그러다 입술을 가리고 또 발갛게 얼굴을 붉히더니 팔랑팔랑 안으로 뛰어들어 간다. 앙증맞게 소리를 지른다. 그 모습을 보며 은영이 손을 들어 눈을 가렸다. 손 밑의 얼굴이 붉다. 다른 손은 내 손을 꼭 잡고 있다. 그 손이 뜨겁다. 아니, 내 손이 뜨겁다.

두 사람이 붉어진 얼굴도 수습하기 전에 사람들이 현관으로 몰려나왔다. 그리고 두 사람이 거실에 도착하기도 전에 현관 앞에서 두 사람이 벌인 만행이 여자애의 입을 통해 허공에 낱낱이 수놓아졌다. 여자애의 말을 그대로 옮기자면 그 자리에서 불이 활활 타올라도 이상하지 않을 만큼 뜨거웠단다. 태형은 내심 그 말대로 타버렸으면 했다. 그래도 입으로는 그냥 들어가기 전에 가벼운 뽀뽀를 하던 참이라고 발뺌을 했다. 물론 아무도 믿지 않았다.

그렇게 시작된 은영의 친정 방문은 장인장모님 인사, 처음 보는 처남처제 인사, 그리고 장인어른의 욕설 섞인 꾸중으로 이어졌다. 지은 죄가 있어 고개를 숙이고 '그저 죽이지만 말아주십시오' 하는데, 장모님께서 그만 하라고 말려주셨다. 사위 사랑은 장모라더니 그 말이 맞다 안도하기도 잠깐, 식 올리기도 전에 애 들어서면 어쩔 거냐고 조곤조곤 타이르신다. 몸 둘 바를 모를 지경이다. 말리는 시누이가 더 밉다더니, 옆에서 '요즘 세상에', '뭘 그런 걸 가지고' 하며 한마디 두 마디 거드는 처남처제가 원망스러웠다.

두어 시간 만에 쫓기듯 은영의 집 문을 나선 태형은 차에 타기 전에 은영의 아파트를 올려다보았다. 바라던 대로 은영이 베란다로 나와 내려다보다가 키스를 날렸다. 태형도 키스를 날렸다. 자신도 모르게 헤벌쭉 웃음이 지어졌다. 칠층 높이에서 내려다보는 그녀가 웃는지 우는지 잘 보이지도 않는데 어쩐지 웃는다는 것을 알 수 있었다. 누군가 부르는 듯 은영이 뒤를 돌아보고 그에게 바이바이 하며 손을 흔들더니 들어갔다. 태형은 마주 손을 흔들다가 은영의 모습이 사라지자 차에 탔다.

시동을 걸고 안전벨트를 하고 운전대에 손을 올려놓으니 천천히 이성이 돌아왔다. 오늘 하루가 머리를 스쳐 갔다. 긴 하루. 몇 번이나 천국과 지옥을 왔다 갔다 한 절대로 잊을 수 없는 날이었다.

왕자님은 기분 좋은 얼굴로 신데렐라의 집을 떠나 궁성으로 출발했다. 구두 같은 것은 떨어뜨리지 않았다. 신데렐라를 놓고 왔어도 그는 행복했다. 가능한 한 빨리 데려갈 것이다.

# 16. 해빙, 그리고 결빙

은영은 회사로 들어가기 전에 조금 떨어진 곳에서 대영전자 건물을 올려다보았다. 삼십팔층짜리 현대식 건물이 삼성동 테헤란로 한자락을 점령하고 스카이라인에 오만한 자세로 웅크리고 있다. 반년 넘게 다닌 곳인데, 생각해 보면 첫 출근 때를 제외하고는 이렇게 전체를 본 적이 없다.

나름대로 상당한 기대와 각오를 하고 시작한 직장 생활이었다. 그런데 난데없는 파티 파트너 일을 맡아 이리저리 휩쓸려 다니는 바람에 직장 생활은 내내 반쪽짜리였다. 그리고 그나마도 곧 끝장난다. 왠지 가슴이 뭉클해 출근 시간이 아슬아슬할 때까지 그렇게 회사 건물을 바라보았다.

"퇴사한다고?"

차장은 은영이 퇴사한다고 하자 무척 놀랐다. 얼굴에 놀람이 가득한 게, 전혀 짐작하지 못한 사람의 표정이었다. 차장의 반들반들한 머리가 불빛에 번쩍했다. 놀랐을 때의 밝기는 그다지 강한 것 같지 않다고 생각하면서 은영은 속으로 웃었다.

"이렇게 갑자기?"

"실장님께는 엊그제 말씀드렸어요. 하던 일들은 대부분 다 끝냈고, 밀린 자료는 다 정리해 두었어요. 필요하시다면 며칠 더 나오겠지만."

차장은 잠시 생각을 하더니 둥글둥글한 얼굴에 아쉽다는 표정을 하며 고개를 끄덕였다.

"실장님도 아신다면 어쩔 수 없지. 그나저나 은영 씨가 해오던 자료는 어쩌지?"

은영은 그냥 웃음을 지었다. 실장의 파티 파트너라는 특수한 상황 때문에 가능했던 일이다. 딱히 대안은 없다. 그렇지만 어차피 없었던 자료다. 그 말은 반드시 필요한 자료가 아니라는 뜻도 되었다. 자신이 해왔던 일이 그 정도였다고 생각하면 씁쓸해지지만 그래도 최선을 다해왔고, 그 정도로 만족할 수밖에 없다. 평가는 자신의 몫이 아니다. 만약 은영이 해왔던 자료가 꼭 필요하다고 생각하면 회사에서는 어떻게든 방법을 강구할 것이다. 다른 사람을 고용해서라도. 회사에 없어지면 안 되는 사람이란 없는 법이다.

"그런데 퇴사는 왜?"

"저, 결혼해요."

"뭐?"

차장이 멍청하게 쳐다본다. 주위에서 머리를 들고 바라보는 동료들의 시선이 느껴졌다. 모르는 척하고 생글생글 웃었다.

"상대가 누군데?"

"회사원이에요. 날짜는 아직 안 잡혔는데, 그쪽에서 좀 서두르고 있어서 퇴사하고 준비에 전념하려고요."

그렇게 시작된 마지막 출근은 조금 부산하고도 평화롭게 흘러갔다.

예상대로 인수인계에는 별문제가 없었다. 아쉬운 것은 직장동료와의 관계였다. 몇 달간 같이 지냈지만 우여곡절이 많았던 탓에 대부분 경원하다시피 하더니 막상 떠날 때는 의외로 다들 살갑게 대해주었다. 아마도 떠나는 날까지 외면하기는 미안했던 듯했다. 송별회는 생략했다. 너무 갑작스럽게 떠나는 데다, 한창 중국 수출 건으로 밤늦게까지 야근하며 고생하는 사람들을 끌고 나가기가 미안하기도 했다. 그저 '청첩장 보낼게요' 하니 '나중에 시간 나면 놀러오라'고 답하는 정도였다. 동료와의 관계가 거기까지인 듯해 씁쓸했다.

상대에 대해서는 그냥 '대기업 간부'라고만 밝혀두었는데, 그게 누굴까 하고 다들 나름대로 추측하는 모양이었다. 늘 실장과 묶어 씹어댔으면서도 상대가 실장이라고는 생각하지 못한다. 어쩌면 신랑 될 사람의 회사를 밝히지 않은 것을 두고 형편없는 데로 시집가서 창피해 그런다고 짐작할지도 모른다. 그대로 두었다. 조만간 밝혀질 일이고, 당장 알려서 친하지도 않은 사람들에게 미주알고주알 늘어놓고 싶지도 않았다.

사실은 유정 선배에게만 알렸다. 회사 사람들 중에서 알리고 싶은 유일한 사람이기도 했고, 결혼식에 꼭 와주었으면 하는 유일한 사람이기도 했고, 이미 대충 짐작하는 사람이기도 했다. 유정 선배가 진심으로 축복해 주는 말을 들으며 눈물이 나올 뻔했다. 누가 먼저 결혼하든—아마 은영이 먼저일 확률이 높지만—부케는 남은 사람에게 주기로 약속도 했다.

한때 은영에게 대시했던 박 대리는 소식을 듣고 비실거리며 웃었다. 그 얼굴에 대고 '당신 실장과 결혼하는 거야!' 라고 외쳐 줄까 하다가 관뒀다. 그는 언젠가 자멸할 타입이다. 은영과 태형에게 찍혔으니 승진에는 한계가 있을 것이다. 당장은 능력과 외모가 받쳐 주겠지만 그 얄팍한 속내가 여자들에게 드러나는 날도 아마 멀지 않다. 그전에 누군가 순진한 아가씨가 걸려들 가능성이 있는데, 그건 그 사람 사정이니 알 바 아니다. 단지 회사 사람은 아니기를 바라는 마음에 유정 선배에게 살짝 귀띔을 해두기는 했다.

김 선배가 금요일까지 일하고 월요일에 사표를 내는 편이 이득이라고 충고했는데, 그냥 웃어주었다. 틀린 말은 아니다. 직장인에게는 단 몇 만 원도 소중한 법이다. 그렇지만 지금은 그런 일을 낱낱이 챙길 만한 마음의 여유가 없었다.

'재계인사 총람'이 앞으로도 필요하기 때문에 간간이 회사에는 들틀지도 모른다. 사원 단합대회 같은 날에 모두들 얼굴을 볼 수도 있다. 몇몇은 계속 보겠고, 몇몇은 더 이상 볼 수 없을 것이고, 몇몇은 차츰 만나기 어려워져 얼굴이 희미해질 것이다. 그래도 이은영이라는 사람이 대영전자 기획실에서 일한 아홉 달 남짓한 기간은 기록에 남는다. 기쁜 일만 있었던 것은 아니지만 기쁜 일도 있었고, 괴로운 일만 있었던 것은 아니지만 괴로운 일도 있었다. 사물을 정리하고 책상을 닦으며 마음이 짠했다. 마지막 인사를 하자 남자 직원이 사물을 엘리베이터에 옮겨주었다. 거기서 작별인사를 했다. 아마 돌아서면 다들 일 생각으로 머리가 가득해 이은영은 바로 잊을 것이다. 그래도 가끔은 그런 사람이 있었다고 기억해 주면 좋을 것 같다는 생각을 했다. 사모님이 아닌 이은영이라는 직원 말이다.

언젠가 결혼해 퇴사할 생각은 했어도 이렇게 빨리 할 줄은 몰랐다. 직장 문제로 고민하는 여성들에게는 남자보다 은영 같은 여자가 더 밉살스러운 존재라고 한다. '기껏 키워놓으니 결혼해 나가버린다'는 말의 전형이 그녀니까. 어쩔 수 없다. 내 인생은 이렇게 풀렸다. 되는 대로 살아야지 어쩌겠는가.

어쩔 수 없는 일이라도 아쉬움은 여전하다. 이런 상황을 만든 태형은 미안해해야 마땅하다. 그만 아니었으면 은영은 갖가지 일도 배우고 보람도 느끼면서 어쩌면 무척 친해졌을 동료들과 활기찬 직장 생활을 누렸을 테니까. 그러니 이 일은 부부 싸움 할 때 두고두고 써먹을 무기로 잘 간직해 둘 작정이었다. 그렇게 보면 꼭 손해 본 일은 아닐지도 모른다.

✽

 퇴사한 이후, 은영의 생활 리듬은 종전과 크게 달라졌다.
 아침에 일어나 운동을 하는 것은 똑같았지만, 그 후에는 오전 중에 집안일을 하며 어머니에게 잔소리를 들었다. 오래도록 집안일을 해온 어머니는 은영이 하는 일마다 모두 불만인 듯, 하나하나 야단을 쳤다.
 점심을 먹고 나서는 진 회장 댁으로 가서 진씨 집안의 살림살이를 배웠다. 충주댁과 장을 보며 식구들이 좋아하는 음식들에 대해 듣고, 오 여사의 감독을 받으며 식사 준비를 했다. 시어머니는 역시 시어머니다. 그래도 때때로 같이 쇼핑에 나가거나 전람회, 각종 공연 등에 동반해서 교양을 쌓았고, 사람도 소개 받았다. 몇 번 안 되었지만 가문의 대소사에 참석해 친척들에게 미리 얼굴도 선보였다.
 태형과는 생각 밖으로 자주 만나지 못했다. 일이 워낙 바빠 식사 시간에도 맞추지 못하는 경우가 많았기 때문이다. 집에서 함께 식사하게 되면 나중에 방으로 올라가 키스를 하거나 이야기를 나누곤 했다. 몸을 섞을 짬은 없었다. 오 여사의 감시가 만만찮았다. 참다못한 태형이 '이미 혼인신고까지 했는데 그냥 살겠다'고 했더니 오 여사는 '며느리 보쌈하듯 들일 수 없다'며 일언지하에 묵살했다.
 물론 혼인신고까지 한 성인 남녀가 굳이 허락을 받을 필요는 없다. 태형에게 시간이 나면 둘이서 데이트도 했고, 때때로 태형의 오피스텔에서 밤을 보냈다. 태형은 언제나 만족해했고, 은영도 조금씩 몸을 여는 기쁨을 알게 되어갔다. 처음 사고를 친 날에는 다행히 아이가 생기지 않았다. 그 뒤에는 둘 다 조심을 했다.

그렇게 날이 흘러 결혼식을 얼마 앞두지 않은 어느 날이었다. 아침부터 부슬부슬 가을비가 내리면서 기온이 뚝 떨어져 곧 닥칠 겨울을 알려주었다. 은영이 진 회장 내외와 저녁식사를 하고 슬슬 돌아갈까 생각하는데 태형에게서 전화가 왔다. 손님들을 모시고 갈 테니 돌아가지 말고 기다리라고 했다.

태형이 데리고 온 사람들은 태형과 비슷한 나이대의 남녀 한 쌍이었다. 남자는 태형보다 조금 작은 키에 체격도 좀 작고 금테안경 속의 눈이 부드러웠다. 여자는 보랏빛 정장을 멋스럽게 입은 여자였는데, 대단한 미인은 아니어도 잘 정리된 눈썹과 단정한 코가 깔끔한 인상을 주었다. 한마디로 우아한 숙녀라고 할 만했다. 진짜. 은영은 그녀에게서 반년 동안 보아왔던 상류사회 여자의 냄새를 맡았다.

두 사람을 응접실로 안내하고 충주댁에게 차를 부탁한 다음 자리로 돌아가자, 태형이 자기의 왼쪽 옆 자리를 두드리며 앉으라고 했다. 은영이 자리에 앉으니 태형이 손을 잡으며 앞에 앉은 두 사람에게 소개했다.

"인사하지, 내 아내."

두 사람의 눈에 이채가 떠올랐다. 적의는 없다. 막연한 호기심과 호의. 은영은 내심 안도하면서 자신의 이름을 알렸다.

"이은영입니다."

두 사람이 각각 예의를 차리며 자신을 소개했다.

"도천수입니다."

"여운지라고 해요."

여운지!

은영은 심장이 쿵하고 떨어지는 기분이었다. 태형이 진종마로서의 삶을 그만두는 직접적인 원인을 만든 여자. 그리고 지금도 가까운 사람을 잃지 않기 위해 발버둥을 칠 만큼 큰 상처를 준 여자. 태형 자신은 의식하지 못했겠지만 아마도 그의 첫사랑이었다고 은영이 짐작하는 여자였다. 은영은 얼굴에서 핏기가 가시는 것을 느꼈다.

"저희를 아시는군요. 꽤 놀라셨나 봐요."

여자가 은영을 걱정해 주는 음성이나 낯빛에 가식은 없었다. 격렬하게 뛰던 심장이 차츰 가라앉았다. 순간적으로 그녀가 옛사랑을 되찾으러 온 줄 알았다. 그 순간의 감정을 은영은 뭐라고 표현해야 좋을지 몰랐다. 심장을 쥐어짜 불에 활활 태우는 느낌이랄까. 생각도 못했던 강렬한 질투심에 은영은 진정할 수가 없었다. 그런 은영의 떨리는 손을 태형이 두 손으로 꼭 잡아주었다. 그의 체온이 따뜻했다.

"괜찮아?"

"네, 뜻밖이라 조금 놀랐어요. 전에 이야기했던 두 분 맞지요?"

물으면서 가만히 태형의 얼굴을 살폈다. 그의 얼굴에는 은영을 걱정하는 다정한 기색뿐 죄책감이나 미안함은 없었다. 은영은 비로소 안도했다. 그러자 지금의 상황이 묘하다는 생각이 들었다. 이 두 사람은 왜 찾아왔을까? 그것도 태형이 곧 결혼식을 올리려는 지금? 의문은 바로 질문이 되어 나왔다. 은영에게는 느긋하게 상황을 살피고 기회를 기다릴 만한 여유 따위는 한 줌도 없었다.

"연락이 끊겼다고 들었는데, 두 분 다 외국으로 나가셨다면서요? 귀국하신 건가요?"

남자와 여자가 마주 보고 싱긋 웃더니 은영을 돌아보았다. 남자 쪽이 입을 열었다.

"저는 미국 뉴저지로, 운지는 영국 에든버러로 갔었지요. 지금은 둘 다 뉴저지에서 지냅니다. 이번에 태형이 결혼한다는 이야기를 듣고 잠시 귀국했어요. 결혼식까지 보고 다시 나갈 예정입니다."

남자가 잠시 말을 끊자 여자가 말을 이었다.

"예전 일로 태형 씨와 한 번은 이야기를 해야 하겠기에 좀 여유를 두고 들어왔어요. 괜한 오해를 살지도 몰라 은영 씨는 만나지 않으려고 했는데 태형 씨가 만났으면 하더군요."

은영은 여자의 얼굴을 쳐다봤다가 남자를 봤다가 다시 태형을 보았다. 세 사람의 태도를 보면 결혼에 문제있을 이야기는 아니었다. 또 태형이 굳이 만나기를 바랐다면 태형의 입을 통해서라기보다는 그들로부터 직접 들어서 오해나 의문의 여지가 없기를 바라기 때문이다. 즉, 은영에게 피해가 갈 이야기는 아니다. 생각해 보면 옛날 애인이 나타났다고 태형이 갑자기 은영에 대한 태도를 바꿀 리가 없다. 그저 갑작스러운 일에 지레 놀랐을 뿐이다. 은영은 긴장을 풀고 태형을 보면서 확인했다.

"제가 들었으면 하나요?"

태형이 고개를 끄덕였다. 은영은 여자를 보고 말했다.

"그럼 듣겠어요."

여자는 잠시 말을 고르다가 이야기를 시작했다.

"천수와 저는 그러니까, 어릴 때부터 집안에서 정혼한 사이였어요. 그런 거 있잖아요. 친분있는 집안에 비슷한 때에 태어나니 연분이다 싶어 결혼시키자고 약속하는. 그렇다고 꼭 결혼하라는 건 아니었는데, 친하게 지내다 보니 당연한 일로 생각하게 되었죠. 그래서 대학도 같은 곳을 골랐고, 내내 붙어다녔어요. 소위 말하는 캠퍼스 커플이었던 셈이에요."

남자가 말을 받았다.

"커플은 커플인데, 어릴 때부터 약속한 사이다 보니까 오히려 곤란했습니다. 집안 어른들도 우리 둘에게 남녀유별을 유독 강조하셨고. 무의식중에 그게 머릿속에 박혀서였는지, 커플이라면서 키스조차 제대로 못했습니다."

다시 여자가 말을 이어갔다.

"서로가 서로를 어떻게 보는지 알 수가 없었어요. 다른 사람을 사귀어본 적도 없으니 분간이 가지 않았던 거죠. 이것도 나중에 가서야 알았지만. 하여튼, 그런 상황에 태형 씨가 등장했어요."

그리고 은영을 보면서 주저주저 확인을 했다.

"그러니까 아시죠? 저와 태형 씨 사이에 무슨 일이 있었는지. 태형 씨가 안다고 하더군요."

은영은 고개만 끄덕였다. 지난 일이라는 것을 알면서도 가슴이 아팠다. 그렇지만 지금은 자신의 그런 감정을 분석할 때가 아니었다. 은영은 들고 있던 커피잔으로 이야기를 계속하라는 시늉을 하고 커피를 조금 마셨다. 커피가 썼다.

"아시다시피 태형 씨는 그러니까, 매력적인 사람이죠. 저는 그게, 혼란스러웠어요. 집안에서는 졸업과 동시에 결혼하기를 바라는데 천수는 무관심하고, 태형 씨는 매력적이고. 한때 저한테 대시했다가 천수와 친구가 된 뒤로는 아예 생각지도 않으니 여자로서 조금 자존심 상하고. 그래서 그만…… 어리석은 짓을 저지르고 말았어요."

여자가 얼굴을 붉혔다. 태형은 조금 어색한 것 같고, 남자도 편치는 않은 기색이었다. 당연한 일이다. 은영은 자신이 이 이야기를 왜 듣고 있는지 알 수가 없어졌다. 모두가 불편한 이야기를, 그것도 지난 이야기를 왜 굳이 해야 하는가?

무의식중에 입 밖에 낸 모양이다. 여자가 웃으면서 설명을 해주었다.

"우리 세 사람, 그러니까 당사자인 저와 태형 씨나 천수 모두 혼란한 상황에서 벌어진 일이었어요. 아직 어렸달까. 저는 천수를 제외하고는 제일 가까우면서도 강하고 매력적인 태형 씨에게 무작정 혼란스러운 마음을 기대 버렸고, 아마도 친구가 별로 없어 외로웠던 태형 씨는 무작정 받아주었고, 천수는 어쩔 줄 모르면서 아무것도 하지 못했죠. 그걸 알아주셨으면 했어요. 제가 옛 애인 같은 게 아니고, 우리 사이에 심각한 연애 감정 같은 것은 없었다는 사실을. 그저 사고였다는 것을."

남자가 중간에 끼어들었다.

"제일 나빴던 사람은 저였습니다. 이상하게 돌아가는 상황을 알면서도 말리거나 어떻게든 해볼 생각을 하지 않았거든요. 방관했어요. 모두 상처받을 것을 알고 있었는데. 결국 그렇게 되었지요."

여자가 커피를 한 모금 마시고 잔을 내려놓으면서 말을 받았다.

"어쨌거나 일은 벌어지고 우리는 뿔뿔이 흩어졌죠. 우습게도, 태형 씨는 몰랐지만 천수와 나는 얼마 후에 다시 만났어요. 집안끼리의 친분은 쉽게 사라지는 게 아니고, 우리가 헤어진 이유를 집안에서는 몰랐으니까요. 그리고 알게 되었어요. 나한테는 천수가, 천수한테는 내가 가장 자연스럽다는 것을 말이죠."

여자와 남자가 서로 눈길을 주고받았다. 그 사이에는 은영이 짐작하기 어려운 이해와 친밀함이 흐르고 있었다. 두 사람이 낀 반지는 한 쌍이었다. 은영의 눈길이 거기에 가 닿자 여자가 웃으면서 말했다.

"집안에선 다시 한 번 난리가 났죠. 그럴 걸 왜 헤어졌냐고. 어쨌든 결혼했습니다. 일 년쯤 지났어요. 태형 씨에게는 늘 미안했는데, 민망해서 만나게 되지가 않더군요. 그래서 태형 씨가 깊은 상처를 받았다는 것도 눈치 채지 못했어요. 많은 여자를 사귄 사람이니 괜찮았을 거라고 쉽게 넘어갔죠. 자신만 아픈 줄 알고. 잘못이었어요. 가까운 사람과 아무래도 좋은 사람은 다른 법인데. 그때는 그걸 몰랐어요. 역시 어렸던 거예요."

태형이 말을 받았다.

"그건 아냐. 내가 멍청했던 거지. 같이 있어야 할 두 사람 사이에 괜히 끼어들었다가 피에로 된 꼴이잖아. 나야말로 두 사람에게 내내 미안했어. 그 마음은 지금도 변함이 없고. 게다가 지금은 은영 씨가 옆에 있어주니까 괜찮아. 옆에 있어 당연한 사람을 만난다는 일이 어떤 것인지 알게 되었으니까."

태형이 씩 웃으면서 머리를 긁적였다.

"아, 이거 쑥스럽군."

태형의 말에 불안하던 마음이 푸근하게 가라앉았다. 아마 그는 남자와 여자가 이야기하는 내내 그 말을 하고 싶었을 것이다. 과거는 과거고 지금 태형에게 소중한 사람은 은영이라고. 은영은 그의 손을 꼭 잡아주었다. 그가 마주 웃었다.

은영은 앞에 앉은 두 사람을 차분히 바라보았다. 태형의 마음을 알 수 있었다. 굳이 이 이야기를 은영이 들었으면 하는 그의 마음을 말이다. 굴곡이야 있었지만 어쨌든 두 사람은 태형의 단둘뿐인 친구였다. 부모님인 진 회장 내외나 동생뻘인 성주와는 또 다른 의미로 소중한 사람들이다. 잃고 싶지 않고, 가능하면 자주 만나고 싶겠지. 그런데 은영이 오해하면 곤란하기에 굳이 불렀다. 은영이 이해하고 허락해 주었으면 했기 때문이다.

솔직하게 말하자면 은영은 싫었다. 사정이야 어찌 됐든 흉터는 흉터다. 지금은 다시 만난 기쁨에 들떠 있지만 아마도 예전 같은 우정을 회복하기에는 무리다. 남자끼리, 또는 여자끼리라면 모를까. 그런 간극이 태형에게 다시 상처를 줄지도 모른다는 부분이 마음에 들지 않았다. 가까운 사람을 잃는 데 극도의 공포를 느끼는 태형의 내면 역시 여전할 것이다.

그래도 태형은 지금 행복해 보였다. 태형에게 정말 소중한 사람이라고 해봐야 그의 부모님과 은영, 성주, 그리고 이 두 사람이다. 잃은 줄 알았던 두 사람이 돌아왔다. 완전하지는 않다 해도 없는 것보다는 낫다. 앞으로의 일은 모르지만, 만약 두 사람으로 인해 태형이 또 상처받는 일이 생겨도 그때는 은영이 옆에 있다. 태형이 기댈 곳 없이 아파하는 일은 없을 것이다.

사고뭉치 세 사람을 지켜보다 삐걱거리면 기름칠을 해야 한다고 생각하자 벌써부터 골치가 아파왔다. 어쩔 것인가. 은영에게 태형의 행복은 중요했다. 그가 행복해지겠다는데 막고 싶지는 않다. 까놓고 말해 앞에 앉은 두 사람이야 어떻게 되어도 상관없다. 그저 태형만 괜찮으면 된다. 어차피 두 사람이 사는 곳은 미국이니 기껏해야 가끔씩 전화하고 한 해에 한두 번 만나는 정도다. 그 정도는 은영이 주의만 기울이면 컨트롤할 수 있다.

은영이 그렇게 결론을 내리고 느긋하게 커피를 한 모금 넘기려는데 주위가 조용했다. 눈을 들어보니 세 사람이 은영을 쳐다보고 있었다.

"네? 저한테 뭔가 말씀하셨나요? 뭘 좀 생각하느라……."

은영이 싱긋 웃고 변명을 하자, 세 사람이 안도하는 게 느껴졌다.

"아니, 갑자기 말이 없기에."

태형이 어색하게 말하며 잔을 들어 올렸다. 은영은 별것 아니라는 듯이 잔을 내려놓으며 가볍게 말했다.

"토요일 결혼식에 두 분 모두 온다고 하셨지요? 식순에 변화를 줄까 잠시 생각해 봤어요. 제 동생이 신랑 쪽 증인을 하는데, 기왕이면 친구 분이 해주시는 것은 어떨까 하고. 안 될까요? 곤란하시면 어쩔 수 없지만."

그 말에 남자의 얼굴이 눈에 띄게 밝아졌다.

"저희야 괜찮지만, 동생 분이 실망하지 않을까요?"

"좋아라 할걸요. 걔는 처음부터 싫다고 했어요. 요즘도 나만 보면 빼줄 수 없냐고 하소연인데 안 된다고 했거든요."

그 뒤로는 결혼 식순 이야기와 세 사람의 대학 시절, 두 사람의 미국 생활 등을 화제로 편안한 시간이 이어졌다. 두 사람은 결혼식 날 식장에 늦지 않게 가겠다는 약속을 하며 밤이 이슥해져서야 불러온 택시를 타고 남자의 본가로 돌아갔다.

두 사람이 탄 택시가 멀어지는 것을 눈으로 전송하고 있는데 태형이 슬그머니 은영의 손을 잡아왔다.

"너무 늦었어. 자고 가."

은영은 그의 얼굴을 쳐다보고 잠시 망설이다가 살짝 고개를 끄덕였다. 손끝에서 심장이 욱신거린다.

대문을 닫고 계단을 천천히 오르면서 두 사람은 말이 없었다. 비는 그쳤지만 사방에는 비 냄새가 가득했다. 약간은 비릿하면서도 싱그러운 느낌. 쌀쌀한 공기 속에서 마주 잡은 태형의 손이 따뜻했다. 짧은 거리라도 젖은 잔디 대신 징검다리처럼 놓인 돌길 위로 은영이 걸을 수 있도록 이끄는 그의 배려가 고마웠다. 별 의미 없는 이야기를 소곤소곤 주고받으며 두 사람은 그렇게 대문부터 현관까지 짧은 소풍을 했다.

"단풍이 다 져버리지 않았으면 좋겠어요. 성당 주변의 단풍나무들이 예쁘던데."

"괜찮을 거야."

"추울까요?"

"설마, 오늘이야 비 때문에 좀 쌀쌀하지만 토요일에는 맑아진다고 했어."

"너무 추워지기 전에 하게 돼서 다행이에요."

"나야말로. 거기 찾은 건 정말 운이었어. 더 기다려야 한다면 아무 성당이나 가서 데모라도 했을 거야."

오 여사가 다니는 성당은 워낙 큰 곳이라 행사가 많은 데다 가을 시즌을 맞아 예정이 꽉 차서 도저히 태형과 은영의 결혼식을 끼워 넣을 수가 없었다. 날짜가 너무 촉박한 탓이다. 이미 혼인신고까지 한 마당에 더 이상 늦추기도 힘들어 은영은 아무 데서나 하자고 했다. 그런데 태형이 반대하고 성당을 고집하며 가능한 곳을 여기저기 알아보기 시작했다. 굳이 왜 그러나 싶었는데, 최근에 이유를 알았다.

가톨릭에서는 이혼을 인정하지 않는다. 태형이야 어머니의 영향으로 어릴 때 세례를 받았다지만 담 쌓고 산 지 오래고, 신자가 아닌 은영과 결혼하기에 이혼하자면 못할 것도 없다. 그래도 태형은 그 상징성에 의미를 두고 '절대 등 돌리지 않겠다'는 약속을 성당에서 식을 올리며 그 나름대로 재확인해 주려고 한 것이다. 은영은 그저 고마웠다.

다들 잠든 집 안은 조용했다. 진 회장 부부는 초저녁에 일찍 잠자리에 들었고, 충주댁도 얼마 전에 쉬러 갔다. 두 사람은 아직 켜져 있던 집 안의 불을 하나하나 끄면서 이층에 있는 태형의 침실로 올라갔다.
"먼저 씻어요. 전 화장 지우고 나중에 할게요."
옷장 옆의 화장대에 앉으면서 은영이 말했다. 태형은 묵묵히 고개를 끄덕이며 웃옷을 벗어 의자에 걸치고 넥타이를 풀더니 로브 하나를 들고 욕실로 들어갔다.
방은 큼지막했다. 짙은 갈색의 월넛 원목 색과 흰색을 기조로 꾸몄는데, 한쪽에는 킹사이즈의 침대가 있고, 그 반대쪽에 월넛 원목 옷장과 같은 색의 화장대가 놓였다. 화장대 자리에는 원래 태형이 쓰던 책상이 있었지만 다른 혼수보다 먼저 화장대부터 장만하면서 서재로 옮겼다. 매일 진 회장 댁에 오기 때문에 화장대는 필요했다. 은영과 태형의 삶은 조금씩 확실하게 섞이고 있다. 은영은 방을 둘러보다 구석에 놓인 침대를 애써 외면하고 몇 안 되는 화장품 중에서 클렌징 로션을 골라냈다.
은영이 화장을 다 지워갈 때쯤 태형이 욕실에서 나왔다. 거울에 반사된 그의 모습을 보자 가슴이 뛰기 시작했다. 흰색 목욕로브를 걸치고 수건으로 젖은 머리를 말리며 방 안으로 들어오는 모습이 야성적이었다. 살짝 열린 가슴을 통해 그의 탄탄한 가슴이 엿보였다. 그녀는 갑자기 몸이 달아오르는 기분에 미리 잠옷 대용으로 꺼내두었던 태형의 셔츠를 움켜쥐고 서둘러 욕실을 향해 걸음을 옮겼다.

　태형이 지나가는 은영의 허리를 잡아채 돌려 세웠다. 그리고 놀라 벌어진 은영의 입을 입술로 덮어버렸다. 비명은 그의 입속으로 사라졌다. 은영을 낚아챌 때의 거친 동작과 달리 입술이 닿은 다음부터 그의 입술은 부드러워졌다. 가볍게 가볍게 스치면서 은영의 입술 위를 미끄러지다 오물거리며 애무했다. 그녀는 놀라 굳었던 몸을 풀면서 기쁘게 그의 키스를 받아들였다. 그녀에게 허락받지 않고 입맞춤할 수 있는 남자. 대문에서부터 조금씩 달아오르던 몸이 급격히 뜨거워지는 느낌을 즐기며 그의 입에서 갈라진 틈을 찾아 살며시 혀를 밀어 넣었다. 기다렸다는 듯 그가 그녀의 혀를 빨아들였다. 어디선가 신음 소리가 났다. 누구의 목소리인지 깨닫자 몸이 더욱 달아올랐다.

　허리를 감았던 그의 손이 등줄기를 따라 천천히 기어올랐다. 그의 손길을 따라 은영의 아랫배로부터 치밀어 오른 열기가 온몸을 채우며 머릿속을 하얗게 태워갔다. 뜨겁다. 이건 정상이 아니다. 그와 여러 번 몸을 섞었지만 이렇게 속수무책으로 휘둘린 적은 없었다. 휘감은 그의 혀, 내리누르는 그의 입술, 압박하는 그의 가슴, 목덜미를 주무르는 그의 손길, 그리고 틈도 없이 밀어붙여진 아랫배에서 느껴지는 그의 욕망. 모든 것이 한꺼번에 몰아쳐 은영의 감각을 혼란시켰다. 한꺼번에 집어삼켜지는 것 같았다.

　두려움에 그의 가슴을 밀어냈다. 빨려 들어갔던 혀를 되찾으려고 했다. 겨우 입술을 떼어내고 흩어지는 이성을 긁어모아 말했다.

"씨, 씻어야……."

욕망에 젖어 쉬어버린 목소리. 자신의 목소리에 반응하는 그가 느껴졌다. 그의 반응에 움직이는 자신의 욕망이 느껴졌다. 떼어내는 입술을 쫓아와 다시 점령하는 그의 입술이 느껴졌다. 지금 그만두지 않으면 씻지도 못한 채 그대로 그에게 안겨 버린다는 다급함과 달리 손이 멋대로 움직여 로브 깃 사이로 그의 가슴을 어루만졌다. 뜨거웠다. 그녀만큼 그도 뜨거웠다. 그의 입에서 신음 소리가 흘러나왔다. 그의 손가락이 목덜미부터 원피스의 등 쪽에 달린 단추를 하나씩 풀어 여는 느낌이 미치도록 애를 태웠다. 그의 입이 입술을 떠나 천천히 목덜미를 따라 흘러내리며 지나간 자리마다 그의 존재를 각인했다.

"그만…… 그……."

그의 손이 열린 옷깃 사이로 미끄러져 들어와 등을 쓸며 어깨에 걸린 옷을 밀어냈다. 그의 입술이 쇄골을 따라가며 하나씩 화인을 찍었다. 그와 동작에 보조를 맞춰 그녀의 두 손이 천천히 가슴을 지나 탄탄한 배를 어루만지다 허리로 돌아가 끌어안았다. 그의 입술이 쇄골을 떠나 아래로 미끄러졌다. 그와 함께 나머지 한 어깨마저 옷을 벗어났다. 브래지어의 후크가 풀리고 조였던 가슴이 풀려났다. 옷과 브래지어가 함께 흘러내렸다. 그와 함께 그녀의 신음도 흘러내렸다.

"흑!"

그가 가슴의 정점을 삼켰다. 치달리는 감각이 몸을 달려 아랫배에 뜨거운 불꽃을 피워냈다. 다리가 풀렸다. 그의 허리를 감았던 손이 미끄러져 넘어질 것 같다.

그가 한 손으로 휘청거리는 그녀의 몸을 휘감아 안아 올리다시피 하며 침대를 향해 걸음을 옮겼다. 다른 한 손을 그녀의 목에 감고 어루만지며 천천히 목을 따라 입술을 미끄러뜨렸다. 달뜬 신음이 흐른다. 허리에 걸렸던 옷이 조금씩 흘러내려 침대에 닿기도 전에 완전히 벗겨져 버렸다. 로브가 열린 그의 몸이 달아오른 그녀의 몸에 밀착되었다. 뜨겁다. 자신보다 뜨겁게 그를 채운 욕망이 그녀의 몸속에서 그에 맞먹는 열기를 피워 올리게 만들었다.

이제는 아무 생각도 할 수 없다. 늘어졌던 팔을 그의 허리로 가져가 꿈틀거리는 근육을 따라 손을 미끄러뜨렸다. 가슴으로, 목덜미로, 그리고 뒤로 돌려 머리카락 속으로 손가락을 집어넣고 세게 당겼다.

"키스해 줘요."

그가 키스해 주었다. 깊이. 그녀는 빨아들였다. 깊이. 그의 모든 것을 빨아들이고 싶었다. 키스는 짧았다.

입술이 떨어지며 등에 시트가 닿았다. 온몸에 익숙한 그의 무게가 느껴졌다. 그를 꼭 끌어안으며 눈앞에 보이는 목덜미에 입 맞추었다. 그의 몸이 조금씩 그녀의 몸 위로 미끄러져 내려갔다. 그녀의 몸에 붙은 마지막 천 한 조각을 함께 밀어 내렸다. 천이 허벅지를 따라 움직이는 느낌에 미칠 것 같았다. 천을 따라 허벅지 뒤를 쓸어가는 그의 손길이 너무나 느렸다. 재촉하고 싶었다. 어서

하라고 그에게 키스를 했다. 지나가는 턱에, 입술에, 코에, 눈에, 이마에, 머리카락에. 천천히 가슴을 따라 미끄러져 내려가는 그의 혀를 느끼며 그의 머리카락을 애무했다. 발끝에 걸렸던 팬티가 떨어졌다. 그가 멈추지 않는다. 그의 입술이 배꼽과 아랫배를 지나 더욱 내려가서 그녀의 깊은 곳에 닿았다. 키스를 했다.

"아!"

허리가 휘었다. 자신도 모르게 그의 머리카락을 와락 움켜쥐었다.

"안 돼! 아! 학!"

그가 엉덩이를 움켜쥐고 혀를 움직였다. 몸이 멋대로 움직인다. 입에서 뜨거운 소리가 튀어나온다. 마구 도리질을 쳤다. 한껏 뜨거워진 몸이 마침내 끓어올랐다. 부탁했다. 쾌감이 온몸을 달리며 세포 하나하나를 물들여 미칠 것만 같았다. 애원했다. 다리가 그의 머리를 죄었다. 그만하라고 했다. 허리를 밀어 올렸다. 그만 하게 하고 싶지 않다. 깊은 곳이 주체할 수 없는 열기를 쏟아낸다. 그가 필요했다. 비명을 질렀다. 더. 그만. 제발.

"아악!"

강렬한 느낌이 전신에 휘몰아치며 그녀는 마지막 비명을 올렸다. 그리고 무너졌다. 깊은 곳에서 격한 떨림이 느껴졌다. 남자를 원하는 욕구가, 찾아오지 않은 남자를 원망하는 외침이 온몸에 메아리쳤다. 흐느꼈다. 온몸이 완전히 통제를 벗어나 멋대로 떨고 있다. 눈물이 흘렀다. 가쁜 자신의 호흡이 더없이 부끄럽다. 너무나 부끄럽다. 그의 앞에서 속절없이 절정을 맞아버린 자신의 모습을 보인 게 밑바닥 끝까지 속내를 드러낸 것 같아 그렇게 부끄러울 수가 없었다. 눈을 가리고 그냥 울어버렸다.
"쉬……. 미안해."
그가 손을 치우고 눈에 키스해 왔다. 미안하다는 그가 미웠다. 밀어냈다. 그래도 키스해 왔다. 내버려 두었다. 코에, 그리고 입에 살짝살짝 키스해 주었다. 키스를 받을 때마다 격한 느낌이 조금씩 조금씩 가라앉았다. 흐느낌이 잦아들었다. 그의 입술로부터 들어오는 따스한 기운을 따라 손발에 희미하게 힘이 돌아오는 것이 느껴졌다.
"저리 가버려요."
그가 꼭 안았다. 그 느낌이 좋아 밀어내지 않았다. 그냥 안겨 있었다. 아랫배에 그의 욕망이 느껴졌다. 그는 아직 욕망을 풀어놓지 못했다. 괴로울 것이다. 그런데도 자신을 안고 위로해 주는 느낌이 너무나 좋았다. 가학적인 쾌감. 욕망에 떨면서도 참아야 하는 그의 모습에 복수를 하는 기분이 들었다.
"왜 그랬어요?"
그가 얼굴과 목덜미 전체에 잔 키스를 하며 대답해 주었다.
"당신이 절정을 맞는 모습을 보고 싶었어. 나는 기쁜데 당신은 좀처럼 절정을 느끼지 못하니까. 그래서 오늘만큼은 그 모습을 보고 싶었어. 당신이 너무 고와서. 예뻐서. 그래서 괴롭히고 싶었어. 미안해."
"나쁜 사람."
용서해 주기로 했다. 함께 절정을 맞고 싶어하는 그의 마음을 알 수 있었다. 가만히 그의 머리카락을 어루만지며 당겨서 이마에 키스를 했다. 눈에, 코에, 입술에 입 맞춰주었다. 다리를 벌려 그의 몸을 감싸고 목을 꼭 끌어안으며 말해주었다.

"이리로 와요……."

그가 천천히 밀려들어 왔다. 그 어느 때보다 부드럽게, 아주 천천히, 그녀의 안을 그로 채워갔다. 너무나 느려 조바심이 나는 것을 참으면서 그냥 그의 목덜미를 애무했다. 이번에는 그가 느끼는 절정을 볼 것이다. 그렇게 마음먹었다.

그는 응해주지 않았다. 팔꿈치로 무게를 지탱하는 듯 전혀 무겁지 않았지만 몸을 떼지도 않았다. 그렇게 온몸을 감싸고 천천히 움직였다. 그의 몸 전체가 온몸으로 느껴졌다. 눌린 가슴이 일그러지고 정점이 미끄러지는 느낌이 좋았다. 배에 닿은 그의 배 근육이 좋았다. 까슬까슬하게 느껴지는 그의 다리가 얽혀오는 기분이 좋았다. 이마에서 미끄러지는 그의 입술이 좋았다. 밀리지 않게 목을 잡고 안은 그의 팔이 주는 단단함이 좋았다. 손끝에 얽혀오는 그의 머리카락이 주는 감촉이 좋았다. 그의 모든 것이 좋았다. 참을 수 없이 좋았다. 그래서 끌어안았다. 있는 힘껏 끌어안았다. 그의 모든 것을 갖고 싶었다. 그의 모든 것을 끌어들여 몸 안에 가두어 버리고 싶었다.

그래도 그는 자신을 풀어놓지 않았다. 그런 그가 안타까워 움직였다. 괜찮다고. 어서 오라고. 더 깊이 들어오라고 부탁했다. 그래도 오지 않았다. 입술을 찾아 빨아들였다. 그의 입술을 씹었다. 입을 벌리고 혀를 찾아 감아내었다. 온몸을 움직여서 모든 것을 사용해 재촉했다. 잘못이었다. 그는 움직이지 않았다. 대신 자신이 움직여 버렸다. 그를 위해 움직이던 것이 어느 순간부터 자신을 위해 움직이기 시작했다. 그에게 기쁨을 주려던 것들이 자신의 기쁨을 요구하기 시작했다. 그때 그가 움직였다.

격렬했다. 멈춰 있었던 때가 거짓말이었던 것처럼 그는 폭풍처럼 그녀를 유린했다. 한없이 파고들어 오는 그를 느꼈다. 기꺼이 자신의 깊은 곳을 열어주었다. 더욱 깊이 들어오기를 갈망했다. 그와 하나가 되어 움직였다. 한 몸이 된다는 게 이런 것이었다. 모든 것이 그와 어울려 돌아갔다. 안에서 서서히 치올라 가는 그 무엇이 몸 안을 가득 채우고 또 채워 입으로 터져 나왔다. 거침없이 울리는 신음. 분방한 사지. 뒤틀리는 몸. 끝없는 갈증. 그 끝에서 그가 울부짖었다. 그녀가 다시 한 번 절정을 맞았다.

두 사람은 오래도록 마지막의 자세 그대로 움직이지 않았다. 그녀는 아직도 자신과 결합되어 있는 그를 느꼈다. 신기한 감각이었다. 그는 서서히 물러나고 있었지만, 그녀의 아주 깊은 곳에는 아직도 그가 남아 있는 것 같다. 어쩌면 그의 분신. 그녀는 그 느낌을 소중히 보듬어 깊이 간직했다.

사람들은 어째서 여자가 몸을 준다고 하는 것일까. 온 힘을 다해 그녀를 안아준 그의 몸을 어루만지며 그녀는 알 수가 없다고 생각했다. 주는 쪽은 남자다. 오늘 그녀는 그의 일부를 받았다. 다음에도 또 받을 것이다. 받고 받아서 모아 커지면, 그래서 온전한 그와 같아질 정도로 커지면, 그에게 분신을 돌려주려고 마음먹었다. 정말 그의 아기를 낳고 싶어졌다. 그래서 이 외로운 남자에게 언제까지나 등 돌리지 않고 사랑해 주며 사랑받아 줄 존재를 또 하나 만들어주고 싶었다.

\*

　새벽에 문득 깨어 남편을 돌아보았다. 그의 품에서 깨어나는 기분은 무어라 말할 수 없이 좋았다. 차마 놓치기 싫어 밀려오는 잠을 막으며 오래도록 즐겼다. 그 따뜻하고 든든한 느낌은 어느 누구와도 나누고 싶지 않다. 언젠가 아이가 태어나더라도. 생기지도 않은 아이에게까지 질투하는 자신에게 질렸지만 어쩌랴. 아마도 좋은 엄마는 애저녁에 글러 버린 모양이다.
　이제는 낮의 시간에 그와 함께할 수 없다는 사실이 안타까웠다. 하나를 잃고 하나를 얻었다. 잃은 하나가 빠진 부분을 얻은 하나가 채워주지 않았다. 빈 부분은 그대로 남아 아가리를 벌리고 갈망을 호소했다. 그와 같은 시간을 호흡하는 모든 사람에게 질투했다.
　다른 자가 그와 그녀의 침대 안으로 밀려들어 오도록 용납할 수 없었다. 은영은 살며시 남편의 침대에서 벗어나 창가로 다가갔다. 새벽의 주택가는 고요하다. 어슴푸레하게 밝아오는 하늘 아래에서 지붕들의 윤곽이 조금씩 색으로 물들어간다. 강철의 안개가 낀 듯 시리고도 날카로운 빛깔의 새벽하늘이 조금씩 파란 빛을 더한다.
　질투 때문에 그의 품을 떠나다니. 성주의 마음을, 사랑으로 파멸해 가는 여인들의 고통을 이해할 수 있었다. 같은 길을 걷지 않으려면 어떻게든 자신의 마음과 타협해야 한다. 그와 함께하는 기쁨에 익숙해지면 어떻게든 해낼 수 있으리라고 스스로를 위로했다.

어디선가는 질투할 대상에 선을 그어야 한다. 그 경계에 선 남편의 친구들. 그들을 어찌해야 할지 고민되었다.

두 사람이 부부라는 사실은 의심하지 않는다. 서로가 가장 중요한 존재라는 것도. 그렇지만 사랑의 문제는 별개다. 남편을 사랑하면서 아기를 위해 목숨을 던지는 엄마들. 기업을 위해 사랑하는 사람을 제쳐 두고 짝짓기를 하는 상류사회 사람들. 사랑하는 존재와 가장 소중한 존재는 다를 수 있다.

삼 년이나 붙어다녔으면 여자가 그를 사랑하기에는 충분한 시간이다. 혼란해서 몸을 던졌다고? 웃기는 소리다. 어느 여자가 겨우 혼란한 감정 때문에 몸을 던진단 말인가? 그 여자는 최소한 그때만큼은 태형을 사랑하고 있었다. 그리고 한 번은 이야기를 해야 할 것 같아서? 더 웃기는 소리. 그가 결혼해서 더 이상 손 닿지 않는 곳으로 가버리기 전에 보고 싶었다고는 왜 말하지 못할까. 대체 어느 누구가 잘 덮인 옛일을 들추고 싶어한다는 말인가? 들쑤시고 싶지 않다면?

남편이 겨우 돌려받았다 생각한 우정의 속내를 알고 마음 아파하지 않기를 바랐다. 그들 때문에 남편과의 사이에 틈을 만들고 싶지 않았다. 어쩌면 그 여자 자신조차 모를 감정을 들추고 싶지 않았다. 그 남자는 모른다. 아니면 알면서 이번에도 방관하고 있거나. 그 자신이 말했던 대로 가장 용서하지 못할 자는 그일지도 모른다.

한성주. 여운지. 그리고 또 그의 단단한 외피를 뚫지 못하고 여린 속살을 바라보며 눈물지었을 어딘가에 있을 법한 여자들. 눈물지을 여자들. 전쟁은 이제 시작이다. 안심할 틈은 없다.

마지막으로 물러가는 새벽빛으로 은장도 끝에 날을 세웠다. 그리고 화려한 도갑(刀匣)에 꽂아 넣었다. 그날에 남편이 다치지 않도록. 그런 다음 질긴 끈으로 쉽사리 빠지지 않게 묶고 남편의 옆으로 돌아갔다. 그의 팔을 끌어 허리에 감고 그의 가슴에 손을 올린 채 그의 품에 얼굴을 묻었다. 그의 냄새를 들이마셨다. 이 자리는 나의 것이다. 어느 누구도 침탈하지 못하는 나의 장소다.

# 17. 결혼

10월 마지막 주 토요일은 유감스럽게도 꽤 쌀쌀했다. 그래서 사람들은 아직도 고운 단풍을 보러 성당 건물 밖으로 나가기보다는 대부분 안에서 이야기를 나누고 싶어했다. 그 때문인지 건물 안은 춥지 않았다. 아니, 그보다는 더웠다. 신부 대기실은 찌는 듯했다.

"은영아, 너, 땀 흘리지 마. 자꾸 화장 번지잖아."

은영의 어머니 정 여사가 뺨에 파우더를 톡톡 두드리며 말했다. 은영은 정 여사의 타박에 입술을 삐죽이며 불평을 늘어놓았다.

"그게 맘대로 돼요? 더운 걸 어떡해요. 그러게 웨딩드레스를 너무 두껍게 하지 말자니까."

"그렇다고 얇게 했다가 감기 걸리면 내가 무슨 원망을 듣게. 이제 입 다물어. 입술 그려야지."

화장 전문가가 펜슬을 꺼내자 정 여사가 그만 말하라고 말렸다. 그래도 은영은 하던 말을 그치지 않았다.

"나 튼튼해요. 좀 추워서는 감기 안 걸려. 하긴, 지금 와서 불평해 봐야 소용없지."

"입 다물라니까."

은영이 겨우 입을 다물자 전문가가 그녀의 입술 선을 따라 곱게 펜슬을 미끄러뜨렸다. 이내 입술 선은 완성되고 안에 연지만 칠하면 되었다. 화장 전문가가 연지와 붓을 정 여사에게 건네주며 말했다.

"이제 선 안에 발라주시면 됩니다. 넘치지 않게 조심하시구요."

연지를 받아 든 정 여사가 붓으로 찍어 은영의 입술 가까이 가져다 대다가 도로 내렸다. 그리고는 떨리는 손을 무릎 위에 내려놓으면서 한숨을 쉬었다.

"손이 떨려서 못하겠다. 그냥 부탁하자니까 말 안 듣고. 하여간 고집은."

은영은 그 손을 잡아 살며시 비벼주며 미안해하는 얼굴로 위로를 했다.

"그래도 엄마가 해주는 화장 하고 시집가고 싶었단 말야. 사진 때문에 전부는 안 된다니 입술만이라도. 응? 응?"

정 여사가 다시 한숨을 쉬고는 붓을 들어 올리며 말했다.

"에구, 이 철없는 것. 이것이 시집간다고 생각하니 다행이라고 할지, 걱정이라고 할지. 가서는 이러지 마라. 알겠니? 아무리 편하게 해주셔도 시부모님인 거야. 늘 공경하고. 알아들어?"

"네, 알았어요. 귀에 딱지 앉겠어요."

"어휴, 내가 말을 말아야지."

이윽고 입술이 곱게 칠해졌다. 은영은 예쁘게 화장해 주었다고 전문가에게 감사 인사를 한 다음 부채로 살랑살랑 부채질을 했다.

똑똑.

"네."

"여기, 이은영 씨 신부대기실 맞죠? 어머, 맞네."

열린 문으로 살짝 들여다보던 사람이 문을 열고 들어왔다. 유정 선배였다. 그 뒤로 김 선배를 비롯한 기획실 직원 몇의 얼굴도 보였다.

"어서 오세요. 춥죠?"

"춥지는 않은데 좀 쌀쌀하네. 이 계절에 결혼이라니, 실장님도 꽤 급했나 보다. 오면서 들으니까 속도위반 아니냐는 사람도 있더라."

은영은 그렇지는 않다고 말하며 깔깔 웃다가 화장에 금 간다고 정 여사에게 꾸중을 들었다. 신부가 자꾸 웃으면 첫딸 낳는다는 구박도. 회사 사람들은 예쁘다고 칭찬하고는 하나둘 대기실을 빠져나갔다. 그 사람들과 엇갈려 한 여자가 들어왔다.

처음에는 모르는 사람인 줄 알았다. 그런데 어딘지 익숙한 얼굴 선이 보였다. 누군가 기억이 날 듯 말 듯해서 누구냐고 물어보려 할 때, 그 여자가 말했다.

"예쁘구나. 축하해. 나, 기억나지 않아? 나, 해정이야."

은영은 벌떡 일어났다. 하마터면 울음이 나와 화장을 다 망가뜨릴 뻔했다. 동창들 주소를 수소문해서 청첩장을 보내기는 했지만 와줄 거라고는 기대하지 않았다. 거의 십 년이 다 되어가는 고교 시절의 벗. 자신의 어리석음 때문에 떠나보냈던 아이가 눈앞에 여자가 되어 서 있었다. 단발머리가 등의 반 정도까지 길어지고 성숙함과 화장 때문에 몰라보게 아름다워졌어도 변함없이 다정해 보이는 해정이었다.

  "오랜만이야……."

  말이 떨려 나왔다. 어쩔 수가 없었다. 그 이상은 말이 나오지 않았다. 해정은 소리 없이 웃으면서 고개를 끄덕였다. 그렇게 한참을 마주 보다가 해정이 신혼여행 다녀오면 전화하라고 하면서 메모를 건네주고 대기실을 나갔다. 메모지는 여기저기 많이 구겨져 있었다. 은영은 메모를 살며시 쓰다듬다가 핸드백 속에 넣었다.

  은영이 갑작스러운 해정과의 만남에 멍해져 앉아 있는데 다시 누군가 신부대기실 문을 노크했다. 그리고 대답하기도 전에 문이 열리면서 진행요원이 목만 들이밀고 말했다.

  "신부님, 준비 다 됐으면 나오세요."

  은영은 갑자기 뛰는 가슴을 심호흡으로 진정시키면서 문을 열었다. 꽤 많은 사람이 문 밖에서 신부를 기다리고 있다가 환성을 올리고 박수를 쳤다. 그 속에 정은의 얼굴이 언뜻 비쳤다. 은영은 그녀 쪽에 고개를 살짝 숙여 보인 다음, 신부다운 우아한 걸음을 조심스럽게 내디뎠다. 사실 다리가 떨려서 빨리 걸을 수도 없었다.

예식이 열리는 본당 앞에서 아버지가 기다리고 있었다. 눈시울이 조금 뜨거워졌다. 은영이 가까이 다가가서 새신부로서 단장한 모습을 보여 드렸다. 아버지의 눈에 눈물이 괴었다. 은영의 손을 잡고 지그시 바라보던 아버지가 마지막으로 은영의 어깨를 안아보며 나직하게 속삭였다.

"네 방, 그대로 둔다. 오면 다시는 안 보낸다. 네가 택한 결혼이니 악착같이 버텨서 잘살아라. 아비 말이 무슨 뜻인지 알지?"

목소리를 내면 울어버릴 것이 뻔해서 고개만 조금 끄덕였다.

'네, 아빠. 무슨 말씀이신지 알아요.'

따로 살던 사람들이 같이 산다. 시댁에서 아무리 잘해줘도 친정은 아니다. 생활수준이 크게 다르니 하루하루의 일상이나 생각하는 방식마저도 차이가 난다. 주변에서는 벌써부터 백안시하는 사람투성이다. 아무래도 힘들 결혼. 출가외인이라지만 결혼하더라도 너는 내 딸, 버틸 수 있는 데까지만 버텨봐라. 그렇게 말씀하신다. 그렇지만 정말 돌아가면 펑펑 우는 그녀를 안아주면서 가슴 아파하시겠지. 끝내 말려야 했는데 허락했다고. 그렇기에 은영은 잘살 수밖에 없다.

"너무 빨리 걷지 마시구요. 머리는 적당히. 너무 들지도, 깊이 숙이지도……."

진행요원이 주의를 주는 소리가 멀리서 들린다. 심장만 터져라 쿵쾅거렸다. 앞도 잘 보이지 않는다. 사람 많은 파티에 수십 번 참석하는 동안 이런 적이 없었는데, 왜 지금 이렇게 떨리는 걸까? 은영은 알 수 없었다.

"신부 입장!"

울려 퍼지는 오르간 소리에 맞춰 버진 로드를 걷는다. 이미 버진은 아니지만.

따지자면 처음부터 이상했다. 입사 초년병이 파티 파트너라니.

그래도 키스는 좋았다. 그래서 결혼 신청도 받아들였는지 모른다.

다른 길도 있었다. 문성도 나쁜 사람은 아니다. 미래는 알 수 없었지만.

또 다른 길도 있었다. 선본 사람도 괜찮았다. 그를 택했으면 편했겠지.

그래도 그를 택했다. 그리고 그에게 첫 몸을 열어주었다.

시부모님들은 좋은 분들이다. 잘해주실 것이다. 잘해 드려야지.

반대하시던 부모님들마저 두고 간다. 이제는 기꺼워하시는 듯 보이지만 스물네 해 모시고 살았던 부모님 속내를 모를까. 그것 또한 두고 간다.

이미 나는 그의 아내다. 오래전 그의 여자가 되었고, 다음에는 그의 아내가 되었고, 이제 그의 신부가 된다. 그 어디에도 거짓은 없다. 의미는 다를지라도 그만큼의 순수는 지니고 간다.

한 걸음 한 걸음 다른 가능성을 버리고 순수하지 못했던 자신을 뒤로하며 그 앞으로 나아간다. 순수한 그만의 아내가 되기 위하여. 자신만의 남편을 맞으러 간다.

어느 사이 제대 앞에 도착했다. 화려한 스테인드글라스를 통해 오색의 빛이 비쳐 드는 속에서 하얀 턱시도에 흰 장갑, 흰 구두를 갖춘 차림을 하고 그가 기다린다. '세상 누구보다 어울리지 않는다'고 한탄했던 그의 말이 무색하게, 보자마자 가슴이 미친 듯이 뛴다. 뒤편에 서서 인자한 웃음을 짓는 중년의 신부가 눈에 들어와 겨우 멈췄던 걸음을 떼어 그의 옆에 섰다.

언젠가처럼 떨어진 그의 체온에, 체취에, 아니, 존재에 반응한다. 귀가 멍하다. 소리가 멀리 들린다. 예식이 진행되는 동안 머릿속에 솜이 가득 들어찬 느낌을 떨치지 못했다. 기도 소리, 성서를 읽는 소리, 오르간 소리가 귓가를 건드리고 지나간다. 앉고 서고 돌아서고 대답하는 과정을 차분히, 남의 몸속에서 관찰하듯 지켜보았다. 그저 형식일 뿐인데 어째서 이런 마음이 되는 것일까? 하나하나가 지나가며 뭔가의 흔적을 남겨간다.

"나 진태형은 당신을 내 아내로 맞아 믿고 아끼며 결코 등 돌리지 않고 함께 살아갈 것을 약속합니다."

"나 이은영은 당신을 내 남편으로 맞아 믿고 도우며 결코 그 곁을 떠나지 않을 것을 약속합니다."

남들과 다른 맹세라도 괜찮다. 옆에 선 남자가 아니라면 세상의 어느 누구도 자신의 남편이 될 수 없음을 이미 인정했다. 스스로의 모자람이 갈퀴를 걸어 차마 토해내지 못하게 한다 할지라도 깊이 새겨진 한마디가 자신 속에 있음을 부정할 수 없다. 커지고 커져 더 이상 담아두지 못하면 말하리라. 그때가 언제인지는 몰라도 반드시 온다는 확신만큼은 자신 속에 있다.

그가 당기는 팔을 따라 돌아서서 손가락을 내밀었다. 약간 넓어

보이는 무늬 없는 백금 가락지. 서로의 사이에 아무것도 끼워 넣지 말기를, 반지에 새겨지는 흠집 하나하나가 장식이 되기를, 그렇지만 영원히 변함은 없기를 바라면서 은영이 골랐다. 그가 반지를 은영의 왼손 중지에 끼워 넣었다. 그로써 은영은 그의 신부가 되었다. 은영이 그로부터 반지 하나를 받아 그의 왼손 중지에 끼워 넣었다. 이로써 그는 은영의 신랑이 되었다.

신부의 축복을 받고 하객들에게 인사하고 그의 팔짱을 끼었다. 천천히 버진 로드를 되짚어가며 그의 아내로서 첫 발을 내디뎠다. 수백 번 해본 그와의 팔짱이다. 아니다. 공식적인 그의 아내로서는 첫 팔짱이다. 손가락에 걸리는 반지의 무게, 손끝에 느껴지는 그의 단단한 팔뚝, 한껏 뛴 사람처럼 가빠오는 자신의 호흡, 웅성거리며 바라보는 사람들의 시선, 그리고 시린 듯 청명한 늦가을의 공기. 본당을 나선 은영의 몸을 그가 돌려 세웠다.

베일이 걷히고 턱을 살며시 치켜 올리는 그의 손길을 따라 고개를 들었다. 그의 얼굴이 눈에 들어온다. 진태형. 나의 남자. 나의 남편. 나의 신랑. 그가 천천히 고개를 기울여 은영의 입술에 입을 맞추었다. 가볍게 눌러오는 그의 입술이 따뜻하다. 살며시 입을 열었다.

태형이 들어와 인사한다.
안녕, 나의 신부.
은영이 반갑게 맞았다.
안녕, 나의 신랑.

이미 부부인 두 사람이 남들에게 보이기 위한 결혼식에서 남들에게 보이기 위한 키스를 하며 남들에게 보이지 않는 깊은 곳에서 둘만의 약속을 나눴다.

# 에필로그

**신**데렐라가 나와 마찬가지였다면 궁성 생활은 보나마나 별로 행복하지 않았다.

결혼 후 만나는 사람마다 색안경을 끼고 보았다. 남자들은 어떤 부분이 대영 황태자를 매혹시켰는가 알아보려는 듯 몸을 할끗거렸고, 여자들은 어떻게 하면 자신이 더 경멸하는지 알리려는 듯 갖은 술수를 다 했다. 그럴 때마다 몸을 꼿꼿이 세우고 덤벼드는 자들의 목덜미를 은장도로 그어버렸다. 언젠가는 친구를 사귀고 동료를 모아야 하겠지만, 당장은 전투에서 승리하는 것이 먼저였다. 매일매일 상처를 입었다. 다행히 흉터가 될 만큼 깊은 상처는 허락하지 않았다. 그래도 쓰린 상처가 아려서 잠 못 드는 밤이 계속되었다. 상처를 어루만져 주는 남편의 손길이 없었다면 흘린 피에 잠겨 질식해 버렸을지도 모른다.

　난데없이 끌려가 당장 결혼해야 했던 신데렐라는 얼마나 막막했을까. 나는 그나마 운이 좋은 편이다. 반년여의 기간 동안 나름대로 마음이 통하는 사람들을 만났다. 남편과의 결혼이 알려지고 나서 대부분 태도가 조금씩 바뀌었는데, 그래도 변치 않는 사람 역시 있다. 기대했던 사람이 소원해지고 멀어질 것 같던 사람이 그 자리에 그대로 있기도 했다. 성주 어머니는 쌀쌀맞은데 성주는 뜻밖에도 나름대로 곰살궂게 군다. 정은과는 가끔 식사와 쇼핑을 한다. 유정 선배는 회사에 갈 때마다 반갑게 맞아준다. 해정과는 시시때때로 만난다. 역시 사람은 사귀고 볼 일이다. 사업 관계로 만난 사람들도 몇몇은 내 곁에 남았다. 진실한 우정 운운하기는 어렵지만 그래도 대하기 편한 사람은 있는 법이니까.

　가끔씩 파티에서 유문성 씨를 만난다. 태형 씨와는 웃는 얼굴로 칼 꽂을 분위기를 만드는데, 곁에 있으면 오싹하다. 다행히 내게는 부드럽지만. 우연히 기회가 닿았을 때 그가 그때의 일은 오해였다고 다시 말했다. 나를 단순한 놀이 상대로 생각했다면 그렇게 조심해서 접근하지는 않았다는 말도 했다. 사실인지 거짓인지는 모른다. 단지 그때 그를 향해 자랄 뻔했던 마음은 바로 상류사회의 냉기에 쏘여 얼어서 죽어버렸다. 그렇게 쉽게 죽을 만큼 약한 마음이었다. 물론 남편에게는 조금도 말하지 않았다. 평생의 비밀이다. 어쨌거나 이제는 상관없는 일이다. 나는 더 이상 그에게 여자로 다가가고 싶은 마음이 생기지 않고—그가 여전히 매력적인 남자이기는 하지만—그 역시 전쟁을 불사하고 나를 채갈 생각은 없는 듯하다. 그와의 일은 일어날 뻔했던 일로 그쳤다. 그 이상 가정을 보태 그렇잖아도 복잡한 머리 괴롭힐 생각은 추호도 없다.

　태형 씨의 친구 부부―그렇게 부르기로 했다―는 미국으로 돌아갔다. 예상했던 대로 가끔씩 전화 정도만 오간다. 눈에서 멀어지면 마음에서 멀어진다고 한다. 서로의 맺힌 부분마저 풀었으니 별다른 일 없도록 조심만 하면 자연히 소원해진다. 미국 출장에는 반드시 동행하겠다고 마음먹었다.

　종종 몸을 던지는 아가씨, 아주머니들을 제외한다면 남편과 나의 결혼전선은 맑고 쾌청하다. 가끔씩 또는 자주 소나기가 내리기는 한다. 특히 침대에서는 아주 뜨거운 한여름이라고 할 수 있다. 결혼 직전의 그 일 이후 그를 보면 주체할 수 없이 뜨거워지곤 하는데, 이유를 모르겠다. 넋 놓고 있다가 정신 차리니 키스해 버린 적도 있다. 나만 그러지는 않아서 자존심은 건재하다. 그의 카드를 박박 긁어대는 일은 즐겁고, 그의 식사를 준비하는 시간은 기쁘다. 구시렁거리는 친척들이 없진 않아도 태형 씨와 나는 대충 무시하며 산다. 사람이 완벽할 수야 있겠는가. 언젠가는 나도 어머님처럼 훌륭하게 종갓집 종부 역할을 해낼 수 있다고 믿는다.

　매일매일 대영이라는 왕국이 얼마나 강한지 알 수 있었다. 왕과 왕비가 왕자와 마찬가지로 나를 전적으로 지지해 준다. 눈앞에서 경멸을 퍼부어대는 자들은 점차 사라져 간다. 뒷소문이야 내가 죽을 때까지 여전하겠지만 언제나 그럴 것이기에 무시하기로 했다.

아마도 나는 평생 진짜 상류사회 사람은 되지 못한다. 많은 사람들이 아니라고 한다. 그리고 나 자신도. 나의 꿈은 언제나 화려한 곳에서 지치도록 논 다음, 안심할 수 있는 곳에서 자는 것이었다. 빨강 구두처럼 그 속에서 죽도록 춤추고 싶은 마음은 전혀 없었다. 아니, 정정. 전혀는 아니다. 단지 진심으로 바란 적도 없고, 진심으로 기대한 적도 없다. 내가 여기 머무는 이유는 남편이 여기 있기 때문이고, 시부모님이 있기 때문이다. 그리고 그 세 사람에게 필요한 사람이 아니었다면 나는 이 배타적인 상류사회에서 순식간에 흔적도 남기지 못하고 벌써 떨려났다.

아무래도 진짜가 될 수는 없지만 여기에 머물 필요는 있고, 그래 주기를 바라는 사람도 있다. 진짜는 아니지만 진짜처럼 쓰는 것을 이미테이션이라고 한다. 그러니 아마도 나는 상류사회에서 평생 이미테이션이다.

생각해 보면 그와 나의 사이는 이미테이션으로 출발했다. 처음 만난 자리에 그곳 사람이 아닌 내가 나갔으니 이미테이션이었고, 연인도 아내도 친지도 아니면서 파트너를 했으니 이미테이션이었다. 사랑도 없이 필요하기에 결혼을 약속했으니 이미테이션이고, 전쟁 도구로 필요했기에 혼인신고를 했으니 이미테이션이고, 이미 부부이면서 남들에게 보이려고 결혼식을 했으니 역시 이미테이션이었다. 그렇지만 이미테이션에도 의미는 있다. 필요하기에 존재한다. 그 필요에 응했던 나는 언제나 진심이었다.

그가 나를 필요로 하기에 곁에 있고, 그가 필요하기에 그의 곁에 있다. 그러니 그와 나의 사이는 역시 이미테이션이다. 금고 속에 재워놓았다가 가끔 꺼내 쓰는 보석이 아니라 늘 목에 걸고 다니는 이미테이션이다. 그러다 하나하나의 흠에 추억이 쌓여 금고 속의 보석보다 소중해질 이미테이션이다.

## 번외
## 삼 년 후 – 일곱의 낮과 밤

**쾅!**

 책상을 내려친 주먹이 얼얼했다. 앞에 선 판매이사의 얼굴이 오랜만에 찔끔하며 새하얗게 변했지만 자제할 여가가 없다. 태형은 마음속에 휘몰아치는 자책감과 분노에 또다시 책상을 부서져라 두들겼다.
 "빌어먹을!"
 신제품 mp3 플레이어의 상표명이 저작권법에 걸렸다. 어처구니가 없다. 다행히 출시하기 전이지만 상표명 선정부터 디자인, 선전 문구, 포스터, 광고 제작, 모델 섭외, 자료 배포 등등 홍보와 관련된 모든 작업을 처음부터 다시 해야 한다. 즉각 공장에 연락해 생산 라인은 멈춰 세웠다. 상표명이 찍힌 외피는 폐기하는 수

밖에 없다. 이미 생산된 겉포장이나 사용자 가이드도 폐기. 잠정적으로 집계된 손해액만 육억 원. 혹시라도 입점 계약에 맞추지 못한다면 신용이 떨어지는 것은 물론, 손해배상까지 물어야 할지도 몰랐다. 출시가 늦어지는 만큼 부가될 손해는 짐작도 가지 않는다.

"광고 제작회사에는 연락했습니까?"

"네, 바로……."

"삼십 분 뒤에 마케팅팀과 관련부서 소집하고 회의합니다. 전부 야근 신청 해두라고 하세요. 자료 빠짐없이 챙기고, 대책들 생각해 두라는 말도 전해요. 그 밖에 할 말 있습니까?"

"없습니다."

"나가보세요."

문을 닫고 나가는 판매부장의 소리가 들릴 때까지 태형은 허공한 지점에 시선을 고정시키고 이를 갈았다. 그러다 탕 하는 소리와 함께 한숨을 푹 쉬며 힘없이 의자 등받이에 몸을 기댔다.

자신의 책임이다. 물론 실무책임자야 따로 있지만, 기업의 오너로서 가장 기본적인 상표 선정과정을 허술히 넘어가도록 내버려둔 자신의 책임은 피할 수 없다. 다행히 생산라인을 오늘부터 가동한 참이라 피해가 적다. 그만하기를 다행이라고 생각해야 한다. 문제는 다른 데 있었다.

태형이 소소한 실수를 저지르는 일이 벌써 몇 번째인지 모른다. 처음에는 회의 시간을 깜빡하거나 집에다 서류를 두고 나오는 정도였다. 잘못된 지시를 내렸다가 철회하는 일마저 있었다. 회사라는 조직체계가 겨우 큰 사고는 막아주었다. 그러다가 이번 일이 터졌다. 더 이상은 곤란했다. 정말 곤란했다.

"망할 마누라야……."

미칠 것 같다. 그녀를 생각하자마자 몸이 반응을 해버린다. 여자 때문에 실수 저지르는 놈들은 죄다 바보라고 생각했는데, 자신이 그 꼴이다. 그것도 욕구불만 때문에! 어이가 삼천리 저편으로 출장을 가버렸다.

아내가 첫 아이를 임신하고 내내 조심해야 했다. 의사는 괜찮다고 했지만, 할머니와 어머니의 전례에 비추어 혹시라도 발생할 만약의 일을 생각하지 않을 수가 없었다. 향긋하고 달콤하고 부드러운 아내의 몸이 점점 윤기를 머금어 빛을 더해가는 모습을 하루하루 지켜보면서 지옥과 천국을 동시에 경험하는 희한한 날들을 살았다. 어쩌다 한 번씩 갖는 아내와의 시간은 돌아버릴 것처럼 황홀해서 갈증만을 더했다.

첫 아이 은태가 태어났을 때, 아내가 무사하다는 말을 듣고 얼마나 안심했던가. 그리고 자신과 그녀의 피를 이은 아들이 생겼다는 기쁨과 함께 떠오른 생각이 그것이다. 해금(解禁)! 조금만 더 기다리면 아내를 안을 수 있다! 이번에는 오래도록 피임하고 말겠다!

그때까지도 괜찮았다. 아이를 보는 기쁨으로 참을 수 있었다. 아내의 몸 회복이 먼저라는 당위성에 자신의 욕망 따위는 우선순위에서 한참 밀렸다. 그녀가 곁에 있어준다는 것만도 어디냐. 그렇게 달랬다.

"그따위 소리, 하는 게 아니었는데……."

입이 방정이다. 정말이다. 의사의 허락이 떨어지고, 바로 그녀의 향기로운 몸속으로 가라앉았다. 다짐하고 다짐했던 피임마저 겨우 생각날 정도로 미쳐 버렸다. 그렇게 포식한 다음날 아침, 만족감에 실수를 하고 말았다. 아이를 낳고 아직 두두룩한 그녀의 뱃살을 어루만지며 두고두고 후회할 소리를 했다.

"당신도 이제 아줌마가 됐구나."

그래도 날 미치게 하는 것은 여전해. 그 말은 할 짬이 없었다. 아내의 얼굴이 창백해지더니 울상이 되었다가 결심으로 바뀌기까지 정말 촌각밖에 걸리지 않았다. 뒤늦게 이 소리 저 소리 해봤지만 마이동풍(馬耳東風)! 아내는 당장 침대에서 뛰어나가 헬스클럽에 등록하고 아이 돌보기와 집안일을 제외하면 몸매 회복하는 데 전력을 다했다. 게다가 아이를 낳느라 등한시했던 사교 모임마저 밀려들었다. 후계자를 낳아 지위를 굳건히 한 만큼 그녀를 만나고 싶어하는 사람은 기하급수적으로 늘어만 갔다.

네 번. 지난 두 달 동안 고작 네 번이다. 자신 역시 최근에 대영전자 사장을 이어받아 눈코 뜰 새 없이 바쁜 터다. 집에 돌아가면 지쳐 쓰러질 지경인데 아내마저 하루 일정에 녹초가 되어서 서로 겨우 얼굴만 보고 잠드는 날이 계속되었다. 먼저 자라고 했다가 '당신이 옆에 없으면 잠이 안 와요' 한마디에 헤벌쭉, 더 이상 말을 못했다. 팔불출 맞다. 그런 꼴이니 지친 아내의 얼굴에 차마 손을 내밀지 못했다.

나흘 전 일이다. 우연히 아내의 통화를 들었다. 주말의 약속이

펑크 났단다. 토요일 하루가 완전히 비었다고 했다. 몸이 끓었다. 다른 일정을 잡지 말라고 했다. 하루를 온전히 둘이서만 보내자고 약속했다. 아내도 불만스러운 표정은 짓지 않았다. 그 뒤로는 매일이 어떻게 흘렀는지 가물가물하다.

그랬던 나날의 결과가 이 것이다. 더 이상은 곤란하다. 어떻게든 하지 않으면 역사 속의 수많은 남자들처럼 여자 때문에 나라 말아먹는 추태를 보이고 말 상황이다. 태형은 이를 악물었다. 그리고 결정을 내렸다.

✽

은영은 어리둥절했다. 갑자기 전화를 해서 모든 일정을 취소하고 집에 가 있으라더니 직접 차를 몰고 와서 바로 은영을 태우고 어디론가 달리기 시작한 지 두 시간이 흘렀다. 방향을 보아하니 청평에 있는 진씨 가문 별장이다. 주말도 아닌 금요일에, 그것도 퇴근 시간이 아닌 한낮에 별장에는 왜 갈까?

"여보, 왜 그래요? 무슨 일인데 그래요?"

남편은 말이 없다. 입을 꾹 다물고 앞만 뚫어져라 쳐다보면서 운전을 했다. 한참을 기다려도 대답할 기미는 보이지 않는다. 은영은 포기하고 창밖으로 눈을 돌렸다. 한 방울 두 방울 떨어지던 빗방울이 조금씩 많아지고 있다. 창문을 올리고 의자 등받이를 조금 눕혀 편하게 몸을 기댔다. 아직 밤도 아닌데 벌써 노곤하다.

'아무래도 운동 시간을 조금 줄여야겠어. 모임 횟수를 줄이든

지. 이래서야…….'

옆에 앉은 남편의 얼굴을 힐끗 쳐다보았다. 그도 피곤해 보인다. 얼마 전에 사장 자리를 물려받은 뒤로 매일 무리를 하고 있다. 그러니 무슨 소리를 할까. 그 모습이 안쓰러워 차마 안아달라는 말도 못하고 매일매일 몸을 학대하다시피 했다. 이제는 그것도 한계다.

옆 자리에서 코롱과 뒤섞여 풍겨오는 그의 체취에 숨이 막힐 것 같은데, 하필이면 비가 와서 창문도 열 수 없다. 아까부터 뱃속에서는 불꽃이 이글거린다. 자신이 이런 여자였나 싶을 정도로 그가 탐난다. 그래도 참았다. 당장 안기고 싶어도 참았다. 저 피곤한 얼굴에 주름을 더하고 싶지는 않다.

끼익!

그가 갑자기 갓길에 차를 댔다. 별장이 멀지 않은 한가로운 산길이다. 간간이 차가 지나갈 뿐, 인적도 별로 없다. 왜 이런 곳에 차를 세웠느냐고 물으려는데, 그가 갑자기 운전대를 내려쳤다.

쾅!

흠칫 놀랐다. 그 순간, 그가 달려들어 키스를 했다. 야수! 물어뜯을 듯 달려드는 입술에 정신 못 차리고 온전히 자신을 내어주고 말았다. 놀람이 가시기도 전에 아프도록 짓누르는 입술에 죄책감 섞인 해방감을 느꼈다. 그대로 입을 벌리고 그의 혀를 삼켰다. 간신히 간신히 제어해 오던 불꽃이 폭발하듯 불타오르며 온몸을 휘감아간다. 빨아들이고 어루만지고 쫓고 쫓기면서 미친 듯이 그를 먹어치웠다.

그의 손이 아프도록 가슴을 주무른다. 단추가 튀어나가고 브래지어가 밀려난다. 가슴의 정점이 비틀리고 입에서는 비명 같은 탄성이 터져 나와 그의 입속으로 스며든다. 그의 머리카락을 휘젓고 목을 쓸다가 넥타이를 잡아당기며 가슴의 단추를 훑어버렸다. 든든한 가슴을 어루만지다 꽉 쥐었다. 그의 탄성이 입속으로 넘어가 뱃속의 욕망을 부채질한다. 그의 손길이 스커트를 뚫고 그대로 깊은 곳을 향해 밀려들었다. 이미 완전히 젖어버린 깊은 곳을 그의 손가락이 어루만진다. 그의 입술을 물어뜯으며 신음을 내뱉고 그대로 그의 중심을 쥐었다가 바로 놔주며 바지의 지퍼를 내렸다. 그가 팬티를 뜯어냈다. 그녀도 팬티를 밀었다.

그가 그녀를 와락 잡아끌어 자신의 앞에 앉혔다. 그리고 그대로 그녀 안으로 밀려들었다. 충족감. 쾌락. 소유욕. 아프도록 가슴을 물어뜯는 그의 머리를 한껏 끌어안고 미친 듯이 움직였다. 광기. 욕망. 점점 부풀어 오르는 그를 느끼며 목청껏 교성을 내질렀다. 옥죄고 풀고 문지르면서 그에게 매달렸다. 순식간에 끝을 향해서 달려가는 몸. 절정이 멀지 않다. 조금만 더.

태형이 갑자기 그녀를 밀어내고 몸에서 빠져나갔다. 원망의 외침이 날카롭게 입술을 뚫고 튀어나간다. 제어하지 못한 팔들이 그의 어깨를 두드린다. 그를 다시 끌어들이려고 몸을 밀어붙였다. 뜨거운 그의 분신이 가슴에 뿌려져 흘러내린다. 늦었다. 충족되지 못한 욕망이 흐느낌으로 변해 입술을 뚫고 흘러나왔다.

그의 손이 그의 몸을 대신해 어루만진다. 자신도 모르게 허리를 움직여 보조를 맞추었다. 누르고 미끄러지고 어루만지고 살며시 쓰다듬는다. 갈 곳 몰라 방황하던 욕망이 날뛴다. 그의 가슴을 할 퀴었다. 어깨를 물어뜯었다. 눈물과 함께 한숨과 욕망의 외침이 대책없이 터져 나갔다. 부정당했던 절정이 다가온다. 몸이 비틀린 다. 한껏 그의 몸을 끌어안는다. 그의 손가락에 한껏 자신을 밀어 붙이며 목 안에 꽉꽉 들어찬 욕망을 쏟아냈다. 욕망이 치달려 입 술 끝에서 터졌다.

"악!"

한참을 숨만 고르며 덮치듯 그에게 안겨 씨근거렸다. 그러다 천 천히 이성이 돌아오면서 무슨 짓을 했는지 깨달았다. 맙소사. 경 호원들이 보고 있으리라는 생각이 들자 부끄러움이 밀려왔다. 정 신없이 그의 어깨를 두들겼다. 그가 손목을 붙잡고 사과의 말을 건넸다.

"미안해. 참을 수가 없었어. 당신 향기가, 도저히, 미치게 해."

몸부림치던 것을 멈추었다. 그도 마찬가지다. 그녀와 같았다. 광기와도 같은 갈구. 서로를 원하는 욕망에 둘 다 함께 져버렸다. 온몸에서 힘이 쭉 빠져나간다. 그대로 그의 가슴에 기대어 버렸 다. 그의 가슴이 아직도 세차게 뛴다. 땀 냄새. 그리고 욕망의 냄 새. 다시 몸이 끓어오르려고 했다.

아직도 떨리는 몸을 간신히 움직여서 옆 자리에 몸을 실었다. 그리고 비가 들이치든 말든 창문을 내렸다. 시원한 산속의 밤공기 가 밀려든다. 아무것도 생각하지 않는 채 머릿속을 울리는 심장소 리만 느꼈다. 얼마나 그랬을까. 치밀어 오르던 불꽃이 조금씩 가 라앉았다. 그래도 불씨는 깊은 곳에서 여전히 이글거린다.

"미안해. 벌써 임신은 곤란해."

은영은 아무 말도 할 수가 없었다.

"그대로는 버틸 수 없어. 일주일 휴가를 냈으니까, 당신도 쉬는 거야. 당신 비서한테는 말해뒀어."

놀람과 환희가 뒤범벅이 되어서 머릿속을 휘저었다.

"아이는요?"

"충주댁이랑 어머니가 봐주실 거야. 유모도 찾아뒀으니까 걱정하지 마."

일주일. 그와 함께하는 일주일. 돌아버릴 것 같은 행복감이 밀려왔다. 아무 말도 못하고 그냥 고개만 끄덕였다. 그는 씩 하고 멋진 웃음을 날리더니 차를 출발시켰다.

별장은 주위의 숲과 조화를 이루도록 지어진 이층 양옥이다. 너른 잔디밭에 파라솔 의자가 놓이고, 한쪽에 마련된 계단을 내려가면 청평 호반을 산책할 수 있다. 그렇지만 지금 은영의 눈에는 그 어느 것도 보이지 않았다. 그저 닫힌 별장 문만이 눈에 와 박혔다.

"음식 같은 것은요?"

"별장지기 아저씨가 다 채워놓으셨을 거야. 일주일 머무를 예정이라고 말해뒀으니까 알아서 해놓으셨겠지."

그가 트렁크에서 커다란 옷가방 두 개를 꺼내 들었다. 용의주도한 사람. 이미 모든 준비를 마치고 은영을 낚아채 데리고 왔다. 불만은 없다. 전혀.

"회사 일은요?"

"아버지가 대신해 주시기로 했어. 그리고 대영에 인재는 많아. 나 하나쯤 고작 일주일 자리 비운다고 무너지지 않아. 그보다는 내가 지금 이대로라면 오히려 위험해."

그가 손을 잡아끌며 하는 말에 얼굴이 붉어져왔다. 의미를 충분히 알아들었기에 가슴이 뛰었다. 그의 손이 뜨겁다. 그렇게 꿈꾸는 기분으로 별장 문을 향해 걸었다.

탕!

문이 닫혔다.

철컥!

문이 잠겼다.

이제부터 일주일간 여기는 그와 은영만이 존재하는 세계. 좁지만 그로 충만한 곳. 그만 생각해도 되는 장소다.

가방이 떨어지는 소리를 들으며 키스를 했다. 부드럽게 입술이 맞닿았다. 단추가 떨어져 나가 활짝 벌어진 그의 셔츠를 어깨에서 미끄러뜨렸다. 그가 입술을 살짝 핥았다. 상의가 어깨에서 벗겨졌다. 혀를 밀어 넣어 혀끝을 그의 혀끝에 가져다 댔다. 짜릿하다. 손을 훑어내려 그의 바지 버클을 풀었다. 그가 혀를 낚아채 휘감았다. 스커트가 흘러내린다. 휘감긴 혀를 빨아들였다. 그가 따라온다. 지퍼를 열고 바지를 밀어 내렸다.

그대로 벽에 밀어붙여졌다. 다리가 들리고 그의 몸이 밀려들었다. 팔로 그의 목을 휘감으며 욕망에 굴복했다. 시작이다.

✽

그날, 그들은 끝내 짐을 풀지 못했다. 현관에서 열정을 나눈 뒤, 은영은 태형의 품에 안겨 욕실로 들어가서 또 한 몸이 되었다. 지친 그들은 그대로 침실에 들어가 쓰러지듯 침대에 누워서 서로를 끌어안고 잠들었다. 그리고 새벽에 은영이 깨어나서 그를 또 유혹했다.

짐은 끝내 다 풀지 못했다. 다음날 아침, 태형은 가방을 침실에 가져다 두고 어차피 보일 사람도 없는데 시간 낭비하지 말라며 짐을 정리하려는 은영을 침대로 끌고 갔다.

배가 고프면 냉장고에서 음식을 꺼내 먹었다. 차분히 요리를 할 틈은 없었다. 밥을 먹다가 서로의 입 속에 남은 것들을 탐했다. 도마 소리에 주방으로 침입했다. 물소리에 욕실을 습격했다. 커튼 소리에 거실에서는 가쁜 숨이 흩어졌다. 한 번 가방에서 나온 옷들은 다시 들어가지 못하고 집 안 곳곳에 흩어졌다. 서로의 품에서 잠들고 서로의 품에서 깨어났다. 그렇게 하루하루가 흘러갔다.

푸른 숲에 서서히 그늘이 내려앉고 산새들의 지저귐조차 멈춰버린 듯 온 세상이 적막으로 덮여가는 가운데 뜨거웠던 한낮의 태양이 침몰해 간다. 나무 끝도 호반도 따라서 붉게 물들어간다. 은영은 태형과 함께 얇은 모포 한 장을 함께 두르고 거실의 긴 소파에 붙어 앉아 그 노을을 바라보았다.

평화롭다. 그들을 몰아세우던 욕망은 아랫배 깊숙한 곳에서 잠든 듯 가르랑거린다. 그녀나 태형이 자극하면 금세 깨어나 난리를 치겠지만 지금은 두 사람 다 몸에 와 닿는 서로의 감촉을 즐길 뿐, 그럴 생각이 없다. 그저 옆의 온기를 느끼고 싶다. 영원히. 그와 마찬가지로 자신도 온기를 나눠주고 싶다. 영원히. 마침내 때가 왔다.

"사랑해요."

"사랑해."

누가 먼저라고 할 것 없이, 마음속에 있는 말들을 내놓았다. 서로를 보고 빙그레 웃음을 지었다. 상대의 마음속에 무엇이 있는지 모를 리 없다. 그렇지만 상대의 음성을 귀로 듣는 기분은 역시 각별하다. 갉작거리던 마음속의 가시가 떨어져 나가고 행복이 차오른다.

한참을 그렇게 마주 보다 입을 맞댔다. 조금씩 누르며 그의 입술이 주는 느낌을 만끽했다. 부드럽고 따스하고 매끈거리면서 어쩐지 단단한 느낌. 그 사이로 그의 혀가 들어왔다. 자신의 혀로 감싸고 끌어안았다. 어쩐지 뱃속의 야수는 잠잠하다. 그저 따스한 느낌만이 오가면서 언제나 그 자리에 있던 무엇인가를 자극해 가슴 가득 솟아올라 넘쳐흐르게 한다.

"마지막 날이네."

살며시 입술을 떼고 그가 말했다. 아쉬움과 만족감. 애정과 욕망. 소유욕과 헌신. 그리고 사랑. 모든 것을 담은 목소리가 귀를 애무한다.

"네."

같은 목소리가 흘러나갔다.

"밤에는 같이 있자."

그가 이마에 입술을 누르며 말했다.

"네."

그가 눈과 코, 그리고 입술에 차례로 입맞춤했다.

"그리웠어."

"저도."

천천히 소파 위로 쓰러지며 그와 말을 주고받았다. 모포가 흘러내렸다. 개의치 않았다. 마지막 남은 노을빛에 그의 어깨가 물들었다. 살며시 쓰다듬었다.

"언제나 옆에 있어줘."

그가 턱에 목에 가슴에 배에 허벅지에 무릎에 발끝에 그리고 깊은 곳에 키스를 하며 말했다.

"항상 같이 있어요."

그의 머리카락을 손가락으로 얽어매고 감촉을 즐기다 가쁜 숨을 내뱉으며 말했다.

"당신을 사랑해."

"당신을 사랑해요."

입술을 포개며 그를 받아들였다. 짐승들이 발톱과 이빨을 감춘 채 서로를 가만가만 쓰다듬었다. 나의 남자, 나의 남편, 나의 신랑, 그리고 내 사랑. 그를 몸속 깊이, 그리고 마음속 깊이 받아들였다.

## 작가후기

　글을 쓴다는 것은 행복하면서도 괴로운 작업이다. 〈이미테이션〉은 특히 그랬다. 어느 날 문득 떠오른 이미지를 글로 옮기기 시작해 두어 주일 만에 완성했을 때는 그야말로 세상을 다 얻은 것처럼 의기양양했다. 그리고 써 내려간 글을 하나둘씩 뜯어고치면서 자신의 부족함을 절감했다. 플롯도, 전후 맥락도, 주인공들의 감정선마저 엉망인 글을 다듬고 다듬다 지쳐 술을 진탕 마시고 취해 버린 일도 많았다. 로맨스 사이트인 로망띠끄에 글을 내놓으며 필명을 '날림붓'으로 했던 이유도 그것이다. 스스로에 대한 자조(自嘲)이자 경계(警戒)였다.

　청어람 출판사에서 〈이미테이션〉을 종이책으로 내자고 권해주었을 때, 기쁘면서도 두려웠다. 수정궁의 지옥을 다시 겪어야 하기 때문이었다. 예상대로 무수한 수정을 거듭했다. 한 배에서 태어난 일란성 쌍둥이가 인생을 겪으며 서로 다른 사람으로 바뀌어가듯, 한 이미지에서 태어난 글이 다른 모습으로 바뀌어갔다. 이미테이션을 이미테이션 그대로 있도록 하면서 깎고 다듬는 과정은 기쁨이고 고통이었다.

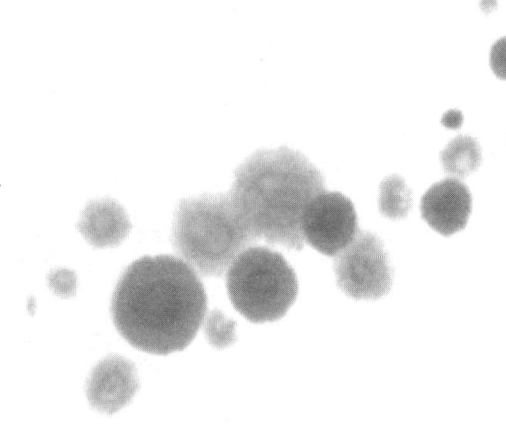

　이제 책을 세상에 선보이면서 은영과 태형, 그리고 성주가 사랑하고 고민하는 모습을 제대로 전달했는지 걱정이 된다. 은영의 부모님이 결혼하는 딸을 지켜보며 애태우듯이, 〈이미테이션〉이 독자들 품에서 사랑받기를 기도한다. 은영처럼 괴로운 일이 있더라도 행복하기를, 성주처럼 우는 일은 없기를 소망한다. 이제는 더 이상 어떻게 해줄 수 없기 때문이다.

　마지막으로, 도움을 주신 모든 분들께 감사드린다. 부족한 글을 연재하도록 해주고 전자책으로 내주신 로망띠끄 운영진 여러분, 여러 가지 비판과 격려를 해주신 로망띠끄 회원 여러분, 그리고 〈이미테이션〉이 책으로 나오기까지 부족한 점과 고칠 점을 알려주시고 아낌없는 격려를 보내주신 청어람 출판사의 담당 편집자 이종민 대리님께 고마움을 전한다.

2008년 1월
—저자.